U0528745

华 章
传奇派

品味无限不循环的人生

唐镇故事 画师

By
Li Ximin

李西闽
◎著

Tang Zhen Story

Painter

2
○
●
○

图书在版编目（CIP）数据

唐镇故事. 2, 画师 / 李西闽著. — 重庆：重庆出版社, 2022.8
ISBN 978-7-229-17015-8

Ⅰ.①唐… Ⅱ.①李… Ⅲ.①长篇小说—中国—当代 Ⅳ.①I247.5

中国版本图书馆CIP数据核字（2022）第133176号

唐镇故事2：画师
TANGZHEN GUSHI 2: HUASHI

李西闽 著

出　　品：	华章同人
出版监制：	徐宪江　秦　琥
责任编辑：	王昌凤
特约编辑：	黄卫平
责任印制：	杨　宁　白　珂
营销编辑：	史青苗　刘晓艳
装帧设计：	人马艺术设计·储平

重庆出版集团
重庆出版社 出版
（重庆市南岸区南滨路162号1幢）
北京盛通印刷股份有限公司　印刷
重庆出版集团图书发行有限公司　发行
邮购电话：010-85869375
全国新华书店经销

开本：880mm×1230mm　1/32　印张：13.5　字数：338千
2022年10月第1版　2024年1月第2次印刷
定价：52.80元

如有印装质量问题，请致电023-61520678

版权所有，侵权必究

序：重新出发
李西闽

2007年8月，修改完"唐镇三部曲"之《腥》[1]，就把这部写了近两年的长篇小说给了《收获》杂志，心里忐忑不安，不知道等待它的命运是什么。当此作在当年的《收获》长篇专号秋冬卷发表之后，我得到了巨大的鼓励，像是获得了重要的奖赏。于是，我开始了"唐镇三部曲"之《酸》的构思，可是这部书没有开始写，就碰到了汶川大地震，我在彭州银厂沟遇险，深埋废墟76小时。获救后，很长一段时间，我无法面对自己的伤痛，除了《幸存者》，没有触及其他写作。直到2009年7月，我回到老家长汀，住在破旧的红星酒店，花了一个多月的时间，写出了《酸》，这部小说发表于2010年《收获》长篇小说专号春夏卷。紧接着，开始构思"唐镇三部曲"之《麻》，2011年年初，在三亚大东海的一间出租屋里完成了此书的创作，《麻》发表于《收获》长篇小说专号春夏卷。历经数年写作的"唐镇三部曲"，似乎耗尽了我的心血，但是我的心血没有白费，

---

[1] "唐镇三部曲"以往结集出版时，书名分别为《酸》《腥》《麻》。本次新版，"唐镇三部曲"改为"唐镇故事"系列，《酸》《腥》《麻》分别命名为《执梦》《画师》《饥饿》。——编者注

无论如何，它见了天日，并且得到大量读者的认可，它是我个人文学创作的一个重要的里程碑。

从17岁那年秋天离开故乡河田镇，我的心灵和故乡就有了一条神秘的通道，我经常会沿着那条通道，偷偷回到故乡，一遍遍地审视那片苦难而又多情的土地，许许多多的人物和奇闻怪事在我内心奔涌。故乡浇灌了我的灵感之花，却惨痛地折磨着我，有个奇怪的声音在我心底呐喊，带血的呐喊，在雨天，在阳光灿烂的日子，在迷雾之中，在深沉的暗夜，无处不在的呐喊促使我写完了"唐镇三部曲"。可以这样说，"唐镇三部曲"是我献给故乡河田镇的一曲挽歌，一个古老中国乡镇的百年孤独。"唐镇三部曲"写了一个中国农村小镇一百年的历史，从清朝末年写到民国，从民国写到当代，我试图探索唐镇人恐惧的根源，也探索这个民族隐秘的内部，刺痛人心的苦难和悲伤，以及刻骨铭心的爱恋，我的笔触是悲悯的，深情的，饱含热泪的。

在"唐镇三部曲"中，我写了众多的人物。比如《酸》里面的太监李公公，回归故乡养老的李公公起初是以善人的面目出现的，暗中积蓄力量为他日后的作恶做准备，他对权力的向往，源自他一生当奴才的命运，他的皇帝梦，也是一种反叛，但这种反叛是以奴役唐镇人为目的，而不是给自己和唐镇人带来自由和美好的生活。他是个有双重人格的人物，有卑微可怜的一面，做太监的经历是悲惨的，受尽凌辱，毫无人格可言；另一方面，他又狂妄自大，残暴邪恶，在唐镇登上权位，践踏无辜者的生命与尊严，最后走向覆灭之路。比如《腥》里的宋柯，一个从外地来到唐镇的画师，专门以给死人画像为生，他是孤独的，孤独的人一旦遇到刻骨铭心的爱情，就被蛊惑了，无法脱身，命运的绳索紧紧地套住了他。在宋柯身上，我报以了极大的同情，他身上独特的气味让一个叫凌初八的女人迷恋，那种气味是他的宿命，也是中国知识分子的宿命。比如《麻》中的游武强，这个抗日英雄有很多毛病，吹牛好色，但是他身上保留着一种不畏强暴的气质。我试图写出人的复杂性，在众多的人物中，哪怕只出现过一次的人物，我也倾注了极大的力量去描写。我喜欢将人物推到极端的状态，来拷问人性。

其实，最让我自己动容的是两位女性。一个是凌初八，她是《腥》中的主要人物，凌初八是孤苦的，她被宋柯身上的腥味迷住之后，就踏上了一条不归路。在那苦难年代里，腥味是一种让人迷醉的情爱之味，也让凌初八疯狂，不顾一切。情爱，是人类最美好的情感，而又是残忍的，它让肉体燃烧，让飞蛾扑火。凌初八为了深爱的宋柯用蛊毒害人性命，她的爱是疯狂的，用他人的尸体维持爱情，这是一朵苦难年代的恶之花，放任欲望使她陷入了万劫不复的深渊，最终她将自己推上了刑场。另外一个女性，是《酸》中的李红棠，在写作的过程中，每当写到这个人物，我的眼中都会充盈着泪水，她有个为虎作伥的父亲，也有个善良的弟弟，而她一直在四处寻找失踪的母亲，并且和唐镇最不起眼的上官文庆产生了真挚的爱情，最终，她和得了怪病的上官文庆相拥而亡，没有什么力量可以将他们分开。李红棠是"唐镇三部曲"中的一抹亮色，是唐镇最后的花朵，是苦难年代残存的绝美歌谣。

小说中将小镇命名为唐镇，其实和唐朝没有什么关系，尽管我梦想回到唐代，做一个仗剑独行的侠义之士，或者成为一个醉卧长安、放荡不羁的诗人。唐镇的唐，就是中国的意思，唐镇，也就是中国的一个小镇。每次到国外，都会去唐人街逛逛，唐人街给了我启发，于是就有了唐镇。

有朋友问我，为什么"唐镇三部曲"，每本书都是以气味命名，而气味在小说中总是飘来飘去。写作是一场冒险，而对于总想写出与众不同小说的我而言，更热衷于冒险。构思"唐镇三部曲"之初，有次在地铁上，闻到了一股怪味，那股怪味是某个人身上散发出的狐臭味，它刺激着我的嗅觉神经，让我突然来了灵感，于是就有了《腥》这个书名。腥味，是一种古怪的味道，某天，我突然发现，每个人身上都有腥味，这是肉体最基本的味道，几乎所有动物都有这种味道，鱼腥味、猫腥味，等等，也许人经过进化，腥味不是那么明显了。可是，我分明发现了这种味道，而且，人类在情欲达到高潮之际，腥味尤其明显，男人女人都一样，腥味就是情爱的异味。用气味当作小说的主角，是一种冒险，这种冒险是值得的。

我力图每本书的写作都有不一样，无论故事还是文体。我喜欢文体的实验，这样无疑增加了写作的难度，有难度的写作才有快感。如果每本书都是一种写作模式，那一生写一本书就够了。每本书都不一样，对我来说，创作会更有激情，对读者而言，也有新鲜感，有期待。"唐镇三部曲"，有我自己的追求，《酸》中的儿童视角，《腥》对气味的强调，《麻》的文本并置，说明了这个问题。当时《收获》编辑叶开就否认这是恐怖小说，我不以为然，在我心里，没有类型小说和严肃小说之分，小说需要创新，就要不停地尝试，我是个喜欢尝试的人。当然，大胆尝试意味着冒险，那就让我一直冒险下去吧，我的人生之旅本身就充满了种种危险，我无所畏惧。我是个桀骜不驯的人，没有那么多禁忌。

"唐镇三部曲"，曾经在十月文艺出版社、上海文艺出版社、重庆出版社出版过，这次还是由重庆出版社再版，特别感谢徐宪江先生，给了我一次重新出发的机会。书能够再次出版，还是需要面对许许多多新老读者，还是面临着一次检验，还是会有读者喜欢，或者不喜欢，欢迎一切赞美与批评，赞美与批评都是我写作的动力，我照单全收。

是为序。

李西闽

2022年3月23日于上海家中

目录

第一部

上　狗呜咽 /2

中　风呜咽 /70

下　人呜咽 /127

第二部

上　雪飘飘 /190

中　风飕飕 /273

下　心慌慌 /349

如果被恶的命运缠上了,离死也只有半步之遥。

——题记

第一部

上
狗呜咽

1

民国三十五年农历四月十八，黄昏，夕阳从黑色的瓦楞间收起最后一抹橘红色的光亮，身材瘦长的画师宋柯面色凝重地进入了唐镇。这个偏远的山区小镇在宋柯眼中就是一块陈年的破布，没有想象中那么生动。宋柯轻微地叹了口气之后，身上的毛孔便一个一个奇异地张开，自由而贪婪地呼吸着炊烟中散发出来的松香味儿，这种气味让他有些兴奋又有些不安。

宋柯走在唐镇唯一的狭长小街上时，人们向他投来陌生、警惕而又狐疑的目光。宋柯觉得自己的目光十分苍白，不敢和那些各种各样的眼睛对视，他是一个无依无靠的异乡人。

躺在街旁的一条褪毛土狗翻滚起来，吐着湿漉漉的舌头，朝宋柯吭哧吭哧地摇晃过来。

宋柯从来没见过如此丑陋的狗，他的心收缩了一下，停住了脚步。

土狗在离他不到一米远的地方也停了下来，抬起狗头，用那双阴郁的狗眼审视着宋柯。土狗不停地抽动着鼻子，似乎在嗅着宋柯身上的特殊气味。宋柯紧张极了，面对这条土狗束手无策，它会不会突然向宋柯发起攻击，扑上去，疯狂地撕咬他？

土狗和宋柯对峙着，宋柯内心充满了恐惧。

天色渐渐地昏暗下来，小街上的许多眼睛阴冷漠然地注视着宋柯和狗。

就在无助的宋柯准备扭头奔逃的时候，有一个人冲上来，狠狠地踢了土狗一脚，骂了声："死狗，给老子滚开！"

土狗呜咽了一声，连滚带爬地跑了，跑出一段路后，土狗躲在一个角落里，回过头，意味深长地望着宋柯，狗鼻子还不停地抽动着。

宋柯松了口气，看清了眼前替他解围的人。

这是个穿着打满补丁黑布短衫的矮个男子，宋柯无法分辨出他的年龄，只是觉得此人奇丑无比，五官挤在一起，像是一颗没有长开的苦瓜，斜眼歪嘴，脸上的皮肤粗糙黝黑，乱糟糟的头上有几块铜钱大小的秃疤。宋柯弄不明白自己为什么刚刚来到唐镇就会碰到一条丑陋的狗和比狗还丑的人。

那人友好地朝宋柯笑了笑说："别怕，那狗不咬人的，就是咬人的狗，见到我三癞子，也不敢乱来的！"

宋柯脸上浮起了一层笑意："谢谢你，请问镇公所在哪里？"

三癞子眨了眨眼："你是从县城里来的宋画师吧？"

宋柯点了点头："是的，请问你怎么知道？"

三癞子咧了咧嘴："你去问问全镇的人，有谁不知道这两日有个姓宋的画师会来！我一看你是个有学问的人，就知道宋画师来了。"

宋柯发现那些冷漠地注视他的人都换上了笑脸，那些野花般绽放的笑脸无法让他亲近，却显得异常陌生和遥远。

三癞子莫名地兴奋着:"宋画师,我带你去找镇长吧。"

宋柯说:"你知道镇长在哪儿?"

三癞子提高了声音:"唐镇没有我不知道的事情,镇长现在正在皇帝巷的洪福酒馆喝酒呢。"

有人大声说:"镇长每天都在洪福酒馆喝酒,这是连狗都知道的事情!"

许多人哄笑起来,哄笑声落下去后,天也完全黑下来了,要不是小街两旁的人家和店铺掌起了灯,唐镇的小街就会是一条黑暗的幽冥之路。

宋柯没想到破布般的唐镇还有这么一条繁华的巷子。和小街上坎坎洼洼鹅卵石路面不一样的是,皇帝巷的路面是青砖铺成的,走在上面平稳踏实。皇帝巷两边的门庭虽说古旧,却显得气派,每个门庭的上方都挂着大红灯笼,从红灯笼上的字号可以看出皇帝巷里尽是旅店、酒馆、赌场、妓院……镇公所竟然也在其中,而且就在洪福酒馆的对面。

三癞子说,这条巷子原先叫兴隆巷,这里成了人们寻欢作乐的地方后,唐镇的人就把它称为皇帝巷。在小镇人眼里,皇帝过的就是花天酒地的日子。置身皇帝巷,宋柯恍如隔世,如果不是因为饥肠辘辘,他一定会以为自己在梦幻之中。宋柯和三癞子走到洪福酒馆门口,听到里面传出行酒令的声音。

三癞子一本正经地对宋柯说:"宋画师,你先在这里等着,我先进去告诉镇长一声,说你来了。"

宋柯看着三癞子像条狗般窜进了洪福酒馆。

不一会,三癞子手上抓着一根骨头,边啃边走出来,他身后跟着一个五大三粗满脸胡楂的中年汉子。

宋柯见过此人,就是他到县城里让宋柯来唐镇的,他叫钟七。

宋柯朝他笑了笑:"钟先生——"

钟七爽朗地说:"宋画师,您来了,请进,请进——"

三癞子站在一旁讪笑,钟七盯了他一眼,低吼道:"还不快滚!"

三癞子手中拿着那根肉骨头,仓皇而去。宋柯进门时,回头望了望奔跑而去的三癞子,发现他没有穿鞋子,光着脚板。

2

几年前,唐镇来过一个叫张咔嚓的照相师傅。他从县城来到偏远的唐镇,是因为唐镇没有一家照相馆,唐镇的人对照相十分陌生,张咔嚓的照相馆开张那天,门口围满了看热闹的人,可就是没有人愿意进去试着照一张相。张咔嚓没有办法,只好用钱买通了一个人到他照相馆照了一张相。

很奇怪的是,那个第一个在照相馆照相的人第二天晚上就死了,死的原因十分简单,那人是上山扛木头时掉到山崖下摔死的。

唐镇于是就有了一种对照相馆大为不利的说法:那人的死和照相馆有关,是张咔嚓的照相机把那人的魂魄摄走了……这种说法在唐镇传得沸沸扬扬,有人还说张咔嚓是个专门来唐镇收人魂魄的巫师,他的照相机里装满了数不清的灵魂。人们不敢踏入照相馆半步,胆大的人也只是用怪异的充满恐惧的目光往照相馆投上一瞥,有人还在半夜往照相馆的门口泼上一盆狗血。

张咔嚓很快就离开了唐镇,唐镇是他的一个噩梦。张咔嚓的离开,对唐镇画像店的老画师胡文进而言,是一件值得庆幸的事情,他还真担心张咔嚓会把他的饭碗打碎。

胡文进心安理得地给唐镇的人画了几年像后,在一个清晨起床后就倒地而亡。胡文进的死,给唐镇造成了一场不大不小的慌乱。胡文进死了,谁来给唐镇的人画像?这对唐镇人来说,是一个极其重大的问题。不知道从什么时候起，唐镇有了一个不成文的规矩，人死了一定要留下一幅画像，无论富贵人家还是贫穷百姓，给将死的人或者死去的人画像是必不可少的事情。这也就凸显出了胡文进，也就是画师的重要性。

胡文进一生都是孤独的，没有婚娶，也没有带一个徒弟，唐镇有许多人想把自己的儿子交给他当学徒，都被他拒绝了，这源于他一个自私的想法，他一直认为徒弟会抢他的饭碗，他是一个把饭碗看得比死还重的人。当他面对死人画像时，他脸上会浮现出舒畅的微笑，那也许是他最快乐的时光。

胡文进死后，唐镇的人纷纷向镇长提出要求，要镇长赶快找一个画师来，否则，唐镇往后的死人会因为没有画像不得安宁，活着的人也会不得安生。镇长觉得这是一件有关唐镇民生的大事，很少为人民着想的他决定要好好为唐镇人做一件有意义的事情，于是，他就派自己的跟班兼唐镇保安队队长的钟七走了一趟县城，找回了落魄的画师宋柯。

钟七肩负着如此重大的任务来到了县城，他没有直接去寻找画师，而是进入了一家妓院。钟七一直向往着到城里好好玩一回女人，现在机会终于来了。城里的女人和唐镇的女人不一样，城里的妓女也和唐镇的妓女不一样，城里的妓女比唐镇的妓女要白要嫩，而且更有味更骚情。钟七在妓院里打了一天一夜的滚，花掉了镇长给他的几块大洋后，得出了这样的结论。浑身软绵绵的钟七像是被抽去了筋脉，他走出妓院的门，阳光眩目。此时，他记起了到县城来的目的。钟七走在县城的一条小街上，发现了坐在画摊后面打瞌睡的宋柯。脸色苍白而又瘦弱的宋柯成了钟七的目标，他走上前唤醒了宋柯，然后笑着对宋柯说："你的生意很淡呀！"宋柯没有说话，只是无精打采地看着这个不速之客。钟七又说："我想给你指一条赚钱的路，不知你意下如何？"宋柯疑惑地看着他。钟七笑了笑："我和你说的是实在话，唐镇的老画师死了，我们要找个画师来接替他，如果你愿意去的话，肯定比你在这里无人问津强许多的！"宋柯这才开了口："唐镇？需要画师？"钟七点了点头。宋柯干渴的眼睛里突然注入了一股活水："我去！"钟七隐隐约约闻到了一股怪味，但是他没有理会。

3

宋柯吃完饭，钟七把他带到了小街旁边的画店里。画店是座窄窄的小木楼，楼下是店面，楼上是卧室。画店原来是老画师胡文进的，胡文进死后，因为没有继承者，画店就被镇公所收去了。镇长早就想好了，新画师来了，就把画店归他用。

钟七把画店的杉木门打开，一股浓郁的霉气冲出来，宋柯呛得咳嗽了两声。

钟七提着灯笼笑着说："宋画师，这房子有些日子没人住了，把窗户打开来透透风就好了。"

宋柯说："没关系，没关系！"

钟七又客气地笑着说："宋画师，你走了一天的路，十分辛苦，晚上就好好睡一觉吧，有什么事情明天再说。"

钟七把画店的钥匙给了宋柯，匆匆地走了，他一定是赶回去和镇长那一干人继续喝酒。镇长本来也让宋柯喝酒，却被宋柯拒绝，他说他从来都是滴酒不沾的，把肚子填饱就可以了。除了皇帝巷还有些声音，唐镇此时已经沉寂下来，小街上的人家和店铺都已经门户紧闭，冷清中透出一种说不出的诡异。宋柯点亮了一盏油灯，如豆的油灯照亮了画店。宋柯关上了店门，紧紧地把门反闩上，把唐镇陌生的夜色关在了门外。他仿佛听到了狗的呜咽，心里紧了一下。

宋柯想把店里的窗户打开，但是考虑了一下，便把这个念头压了下去，觉得还是忍耐忍耐，等天亮了再说。画店的墙壁上挂满了炭笔画的黑白人像，那一双双眼睛都画得明亮有神，仿佛在和宋柯说话。老画师胡文进每当画出了得意之作，都要再画一幅留下来，挂在墙上，他一生画的都是死人，从来没有画过活人，唐镇活着的人是不会去找他画像的。这些，宋柯都不知道。画店在油灯的飘摇中显得阴森。尽管这是初夏温暖的日子，宋柯也感觉到了冷。

宋柯手里端着那盏油灯，踩着吱吱嘎嘎作响的木楼梯上了楼。

楼上的霉气也很重，但是比楼下要好些。楼上的空间十分逼仄，瘦高的宋柯伸手就可以摸到房顶的黑瓦。逼仄的空间里放着一张油漆剥落的雕花老床，还有一张书桌和椅子以及一个陈旧的柜子，在角落里还放着一个盖着盖子的马桶。宋柯觉得这个居住条件比在县城里租的小房间要好得多，重要的是这里清静，是他想要的自己可以主宰的空间。他把油灯放在了书桌上，便搜寻起来，他希望能够找到前主人留下的什么东西，可他异常失望，书桌的抽屉里以及那个柜子里都是空空的。

宋柯从楼上的窗户看出去，窗外是浓重的黑，黑暗中似乎有一双眼睛在窥视他。宋柯浑身打了个寒战，赶紧把黑布窗帘拉上了。这时，窗外传来了狗的呜咽声。

宋柯的确很疲倦了。他吹灭了灯，躺在那张老床上。宋柯睁大眼睛，他的目光无法将黑暗撕破。把身体放平后，他长长地呼出了一口气，这些年来，每次长途跋涉后，他平躺在床上，都会这样长长地呼出一口气，呼出内心的无奈和积郁。这时，宋柯的眼前就会浮现出一个女人的面容。他的心里顿时波涛汹涌，想大声地喊出那个女人的名字，可喉咙里像堵着一团黏黏的泥巴。宋柯皮肤的毛孔中渗出了细密的汗。

一股奇异的腥味连同宋柯的呼吸在逼仄的空间里弥漫。

那股奇异的腥味让宋柯沉睡。

隐隐约约地，宋柯听到了一个苍老而又沙哑的声音在飘荡。宋柯惊异地睁开眼睛，有一个人站在了床边，他裹在一团夕阳般的光中。这是个眼窝深陷的老者，穿着黑色的衣服。宋柯问他："你是谁？"老者松树皮般沟壑纵横的脸上掠过一丝忧郁，他苍老而又沙哑的声音飘进了宋柯的耳朵："我替别人画了一辈子的像，可我死了，却没有人给我画一张像！"……宋柯醒过来，眼前还是浓重的黑暗，他浑身被冷汗湿透了，冰凉冰凉的。

宋柯睡意全无。

他摸索着起来点亮了油灯。楼上就他一个人，窗外起风了，风声带不走宋柯的寂寞。宋柯重新躺在了床上，他没有把油灯吹灭。宋柯发现房梁上有一个蜘蛛网，有只蜘蛛在蛛网中间挣扎。宋柯脑海里突然产生了一个想法，他自己是不是一只在蛛网中挣扎的蜘蛛呢？

此时，宋柯仿佛听到楼下有什么响动。

窗外又传来了狗的呜咽……

4

镇长游长水对宋柯心里没有底，他不知道花了几块大洋让钟七从县城里请来的宋柯画技如何。按钟七的说法，画师宋柯十分了得，死人也能够画活了。要是真能够把死人画活，这可不见得是件好事情，因为请宋柯来唐镇就是画死人的。但是话说回来，宋柯如果有这一手，倒是不负重望，为唐镇人请回来这么一位了得的画师，他当镇长的也脸上有光。为了试探宋柯的画技，游长水心里有了主意。

宋柯的到来，让唐镇人的心踏实了许多，他们不用担心人死了没有画师画像了，他们又十分好奇，这个异乡人是个什么样的人呢？对于老画师胡文进的品性，唐镇人了如指掌，都知道他小气内向不善言语又好吃却不近女色……身材瘦长脸色寡淡苍白的宋柯穿着一身灰布长衫打开画店店门后，小镇街上的许多人朝画店围拢过来。他们的脸色各异，但已经不像宋柯刚刚进入唐镇时那么冷漠。这些围观的人都不说话，宋柯用手耸了耸眼镜，茫然地看着他们。

某个街角，那只褪毛的土狗吐着舌头，往宋柯这个方向张望。

这时，钟七出现了，他对围观的人们大声说："宋画师又不是猴子耍把戏，你们围在这里干什么！散了，散了，不要打扰宋画师了！"

人们窃窃私语，三三两两地离去。

宋柯笑着对钟七说："钟队长，谢谢你！"

钟七也笑着说："宋画师，你别见怪呀，山里人没有见过世面，有个生人来了就当猴子耍把戏，总想凑着看个热闹。对了，宋画师，昨天晚上睡得好吧？"

宋柯说："睡得很好，很好！"

钟七说："我们这里条件有限，有不到之处，宋画师要多多包涵呀，有什么困难也可以向我们说。"

宋柯把钟七请进了画店。

钟七坐下来，目光在墙上挂着的画像上扫来扫去。

宋柯和他保持距离地站着，目光有些迷离。

钟七说："宋画师，你也坐呀！"

宋柯没有坐："钟队长有什么吩咐？"

钟七点燃了一根纸烟说："宋画师，在县城里时，我急急忙忙的，也没有对你了解什么，现在游镇长有些不放心，想看看你画的东西。宋画师，你别见怪呀，这是我们游镇长的意思。"

宋柯明白了："钟队长，你就这样坐着，我给你画个像吧，画完了，你拿给游镇长看。"

钟七连忙摆了摆手说："不要画我，千万不要画我。我不是死人。对了，我提醒你一句，在唐镇，你千万不要画活人，否则人家会找你拼命的。"

宋柯觉得奇怪："为什么不能画活人？"

钟七神色凝重地说："唐镇只有死人才画像的，活人不画，也许画了，魂就会飞掉，就会成为死人了。宋师，我看你就照着老画师留下来的这些画像随便画一张吧，我也好去向游镇长交差。"

宋柯摇了摇头，眼镜片里透出坚定的光芒："我从来不画别人画过的东西！"

钟七有些为难："那你准备画谁？"

宋柯说："请问，老画师死后是不是没有人给他画过遗像？"

钟七点了点头："可是，你没有见过他呀，怎么画？"

宋柯说："你只要给我描述一下他的相貌，我就可以画了。"

钟七半信半疑地说："真的？"

宋柯点了点头。钟七就把自己对老画师胡文进的印象一五一十地告诉宋柯。在钟七的叙述中，宋柯脑海浮现出一个老者的形象，这个形象和他在夜里梦见的老者十分吻合。宋柯觉得有阴冷的风在他的脸面上拂过。钟七闻到了一股淡淡的腥味，这股淡淡的腥味让他不舒服，他刚刚踏进画店时就闻到了这股怪味。钟七讲完后就离开了，离开前，他让宋柯把画店楼上楼下的窗门都打开，透透气。宋柯望着他匆匆离去的背影，若有所思。

吃完午饭，宋柯就把画好的胡文进的画像送到了镇公所。

镇长游长水看完胡文进的画像，吃惊地抬起头，审视着脸色苍白的宋柯，老半天才说出一句话："宋画师，你真的能够把死人画活呀！连照面都没有打过的人都画得如此传神，可见宋画师不是一般的人呀！"站在一旁的钟七也呆了，他没有想到自己毫不费力叫来的宋柯竟然如此厉害。宋柯笑了笑说："游镇长过奖了，我就是一个手艺人，凭本事吃饭，只要你们用得着我，我会尽力去做的。"游镇长和钟七都闻到了一股淡淡的腥味。宋柯很快地拿着胡文进的画像离开了镇公所，对于衙门，宋柯内心总会感到一丝不安和惶恐。

5

三癞子扛着一把锄头经过画店门口时，往里面瞥了一眼。宋柯也看到了三癞子，他朝三癞子笑了笑，三癞子阴沉着脸走了。宋柯觉得三癞子今天和昨天黄昏时判若两人。镇的小街呈东西走向，三癞子沿着镇街一直往西走去。宋柯走到画店门口，望着三癞子的背影，初夏的风把他的头发吹得凌乱，他头上的疤在午后的阳光下熠熠发亮。三癞子的背影在宋柯的眼中苍凉起来。宋柯怎么也想不到，这个唐镇最丑陋的人会成为他此后唯一的朋友。

冥冥中有种声音在召唤着宋柯。他说不清楚那声音来自何方。宋柯把画店的门关上了，也从镇街上往西走去。宋柯在镇街上行走的过程中，许多人在街边向他行注目礼。宋柯能够把死人画活的消息，短短的时间里就在唐镇不胫而走，来了一个比老画师厉害的人，让唐镇人对宋柯充满了敬意，想想自己或者自己的亲人死后能够留下一幅高水平的画像，是多么风光的事情！

那条褪毛的土狗从小街的某个角落里钻出来，跟在了宋柯的后面，它和宋柯总是保持着一定的距离。走到小街的尽头，宋柯看到的是一条溪流，溪水在阳光下无限地明亮着，从不远的山沟里一直流淌下来，又弯弯曲曲地绕着唐镇流向远方。水流发出汩汩的声响，滑过宋柯饱经风霜的心地，有种柔软从他的颅顶袅袅升起。

宋柯的目光延伸到不远处的一片山坡上，那片山坡被野草覆盖着，一棵树也没有。宋柯可以看到山坡上的一些坟墓，他也看到了三癞子。宋柯心想，三癞子在那片山坡上干什么呢？宋柯产生了好奇心，他决定到那片山坡上去看看，反正没有什么事情，如果唐镇不死人的话，他就会一直这样清闲着。宋柯从溪流上的小木桥上走过，一直朝山坡上走过去。土狗跟在宋柯后面，走到小木桥边的时候，它停了下来，犹豫了一会儿，然后才吐着湿漉漉的舌头，一摇三晃地走上桥去。

走着走着，宋柯的额头上就冒出了汗粒。他想回镇子里去，可好奇心还在驱使他往前走。好不容易来到了那片山坡，一朵巨大的乌云遮住了太阳。这片山坡仿佛刹那间阴森起来。走近前，宋柯才发现这片山坡是个乱坟岗，他在溪流旁看到的只是露出草丛的坟墓，现在，宋柯看到野草下面到处都是大小不一的坟墓。一阵风刮过来，撩起了宋柯长衫的衣角，野草瑟瑟作响，似乎有许多魂魄在迎风起舞。

三癞子在挖坑。他对宋柯的到来毫无感觉。三癞子挖出的坑在这片山坡上就像是他头上的疤记。宋柯走到了三癞子旁边，三癞子光着膀子旁若无人地挖着坑，挥汗如雨。那只土狗不敢靠近他们，躲在草丛里，吭哧吭哧地喘着粗气。三癞子和宋柯都没有发现那条土狗。

宋柯不明白三癞子挖这个坑有何用处，被三癞子挖出的泥土是红色的，像是被血液浸染过。这时，一只老鹰在他们头顶的天空盘旋，像是随时要俯冲下来，把三癞子叼走。三癞子停下了手中的活计，抬头看了看被乌云遮住太阳的天空，他发现了那只老鹰，并且朝那只老鹰怪叫了一声。三癞子的怪叫尖锐而又凄厉，老鹰盘旋了几圈后扑打着翅膀尖叫着飞走。

三癞子把目光投向了宋柯："宋画师，你不应该来！"

宋柯感觉到三癞子话中蕴藏着玄机，不清楚三癞子是说他不应该来唐镇还是不应该来这片阴森的山坡。

宋柯笑笑:"你挖这个坑干什么?"

三癞子的声音阴郁起来:"我挖的是墓穴。"

宋柯说:"镇上没有死人,你挖墓穴有什么用?"

三癞子眼睛里充满了邪气:"总会有人要死的,这个墓穴总会派上用场的。"

宋柯觉得三癞子有些瘆人:"你是不是感觉到有人要死了?"

三癞子冷笑了一声:"死人对你来说不是很好的事情吗?你可以给死人画像得到丰厚的报酬!"

宋柯说:"如果这样,我宁愿饿死。"

三癞子说:"如果我是给我自己挖墓穴呢?我死了,你会给我画一张像吗?"

宋柯说:"会的!"

三癞子说:"不要说得这么肯定,你给我画像可是一分钱也拿不到的,我没有亲人,我是个孤佬!"

宋柯说:"我会给你画的,只要我还活着!"

三癞子盯着他的眼睛说:"那我会在死之前给你挖个墓穴!"

宋柯浑身颤抖了一下,眼前一片迷蒙,三癞子的脸顿时模糊极了。

此时,他们听到了狗的呜咽……

6

猪肉铺的屠户郑马水靠在椅子上呼呼大睡,有只苍蝇在他油乎乎的脸前飞来飞去,苍蝇停在了他红通通的酒糟鼻子上,郑马水的鼻子奇痒无比,他下意识地拍了一下自己的鼻子,这一拍没有拍死苍蝇,却把自己给拍醒了。郑马水骂骂咧咧地伸了个懒腰,从椅子上站了起来,用脏兮兮的围裙擦了擦脸。天色已近黄昏,郑马水看了看案板剩下的几块猪肉,自言自语地说:"再没有人来买,老子就收摊了,拿回家自己吃!"

郑马水看到了画师宋柯。

宋柯经过猪肉铺时,瞟了屠户郑马水一眼。

郑马水笑着对宋柯说:"你就是新来的宋画师吧?"

宋柯彬彬有礼地朝他点了点头。

郑马水大声说:"宋画师,你过来!"

宋柯停住了脚步,这个满脸横肉的胖子想干什么?宋柯从他友好的眼神中判断出郑马水没有恶意,就走近前去。宋柯轻声地说:"你叫我有事?"

郑马水也压低了声音说:"宋画师,你喜欢猪腰子吗?"

对宋柯而言,这是个奇怪的问题。宋柯摇了摇头。

郑马水疑惑地说:"不会吧,你怎么会不喜欢猪腰子呢?看你这身体,猪腰子对你有大用的。你不知道吧,老画师还活着的时候,每天都要我给他留一个猪腰子的,他活了七十多岁,靠的就是猪腰子。在我们唐镇,并不是谁都能够吃到猪腰子的,我只是给老画师留着,别人想要都没门!我知道你来了,也会像老画师那样喜欢猪腰子的,今天特地给你留了一个。"

宋柯听得一头雾水。

郑马水说着弯下腰从案板底下的一个箩筐里掏出一个猪腰子,在宋柯的面前晃了晃:"这个猪腰子就送给你了,今天不收你的钱。"

郑马水根本不管宋柯脸上出现的怪异神色,便把猪腰子用一根湿稻草捆扎好,递给了宋柯。

宋柯犹豫了一下,鬼使神差地伸出手接过了那个猪腰子。郑马水显得很兴奋,他嘀嘀地咧开大嘴笑着,露出满口黑乎乎的牙齿。

宋柯在郑马水的笑声中转过身朝画店走去。他的背影单薄而又孱弱，仿佛一阵风也可以把他吹出唐镇的小街。

郑马水望着宋柯的背影，喃喃地说："狗屁的钟七，给他留了猪腰子也不来取，下回再不给他留了。"

郑马水的鼻子抽动了几下，他闻到一股淡淡的腥臭味。是不是自己没有卖掉的猪肉坏了？这不可能呀，猪早上才杀的，况且现在天还不算太热，怎么可能坏了呢。郑马水抓起一块肥猪肉放在鼻子下闻了闻，便断定猪肉没有变坏。那么，那股淡淡的腥臭味从何而来？

太阳还没有落山，宋柯就把画店的门关起来了。来到唐镇一天一夜，宋柯就知道，唐镇如果不死人是不会有人来找他画像的了，画店的门开不开都是一样的。宋柯宁愿不开店门，躲在画店里。这样是不是自己的灵魂就可以安宁？

宋柯面对着那个猪腰子，神情沮丧。

宋柯从来都不食用动物内脏。他认为动物内脏很脏，想起来都觉得恶心，不要说吃了。宋柯不明白自己为何会从那个屠户手中接过这个猪腰子，难道这是他对落寞的现实生活的妥协？他不相信自己的生活会在唐镇有什么根本的改变，来到唐镇的唯一目的就是更彻底地逃避。

宋柯的胃里有只虫子蠕动着。

他感觉到了恶心。

宋柯抑制住自己，不让自己吐出来。多年的流浪生活让他锻炼出了非凡的抑制能力。他努力地让自己胃里那只愤怒的虫子冷静平息下来。宋柯必须面对这个猪腰子，否则他不相信自己能够在这个看上去封闭的山区小镇生存下来。

宋柯想到了老画师胡文进。

此时，宋柯倒是希望他出现在自己面前，和自己交谈。宋柯也许会问他，为什么他会一生喜欢吃猪腰子。

宋柯站在画店的中央，墙壁上密密麻麻挂着的死人画像压迫着他，他承受不了那些死者的眼睛对自己灵魂的折磨。宋柯突然有了一个想法，就是把这些画像都取下来。宋柯很快地把这个想法付诸行动，他站在凳子上把墙上的画像一个一个地取了下来。完事后，宋柯想，把老画师胡文进的这些得意之作放哪里呢？他不可能把这些画像扔到镇子外面的垃圾堆里去，那样不但对死者以及死者尚且活着的家人不敬，老画师胡文进的灵魂在九泉之下也不会安宁。

宋柯想了想，还是决定把这些画像收藏起来。可是，放在哪里好呢？放在这店面上显然不合适，楼下店面里面的狭小厨房更不可能放这些画像。最后，宋柯想出了一个办法，把这些画像全部放在楼上卧室的大床底下。干完这一切，天已经黑了，宋柯点亮了油灯，回到了楼下的店面里。

宋柯把他画的老画师胡文进的画像装在了一个像框里，挂在了右面墙的正中间，然后把一张桌子放在了胡文进画像的底下。宋柯把那个让他恶心的猪腰子装在一个盘子里，放在了桌子上。这样看上去，猪腰子无疑就成了胡文进的供品。

宋柯站在胡文进的画像底下，凝视着画像，眼睛里飘摇着如豆的火苗。宋柯凝重地说："老画师，你安息吧，我如今把你供奉在这里，也把你生前爱吃的猪腰子放在这里，供你享用。我尊敬你，希望我在这里不会打扰你，希望能够和你和平共处，相安无事。"

宋柯说完后，朝胡文进的画像深深地鞠了三个躬。

宋柯听到了一声沉重而悠长的叹息。

7

宋柯来到唐镇的第三天，一个离开唐镇数年的男人回到了唐镇。这个男人穿着一身洗得发白的旧军装出现在唐镇街上的时候，就有人飞快地跑去镇公所报讯,对镇长游长水说:"游镇长,你侄儿游武强回来了!"

游长水正和钟七在说着什么,听了那人的话,他们同时抬起了头,神情紧张地注视着那报讯的人。

游长水说:"你说什么?"

那人说:"游镇长,你的侄儿游武强回来了!"

游长水睁大了眼睛:"真的?他不是死在战场上了吗?"

那人说:"真的回来了,不信你到街上去看,他现在正在和棺材店的老板张少冰说话呢。"

钟七的脸色变得煞白:"他怎么回来了,我分明看他死在战场上了的呀,难道他是一只鬼?"

报讯的人看他们紧张疑惑的样子,感觉无趣,悄悄地溜走了。

游长水挠了挠头,叹了口气说:"回来就回来了,管他呢,他认我这个叔叔的话就让他到保安队当个队副;他要不认我这个叔叔,就随他去吧。反正我没有亏待他,当初是他自己要去当兵的,我没有逼他离开唐镇。钟七,你说我说的话有没有道理?"

钟七点头哈腰地说:"镇长说得在理,在理,镇长你对他算是仁至义尽了!"

钟七的脸色还是那样煞白,他心里忐忑不安,游武强这三个字在他心里就像是一把锋利的刀子,在无情地割着。过了一会儿,钟七说:"镇长,我看我先去安排一下武强兄弟吧。无论怎么样,他还是您老人家的侄儿吧,他回来了,您的姿态应该高点,否则会给人落下话柄!"

游长水思忖了一会儿说:"那你去看看吧,也不要勉强他,他想怎么样就怎么样。"

棺材店门口围了许多人。

长着一张马脸的游武强坐在棺材店里的一副棺材上面,大声地说话:"那些日本鬼子嗷嗷地往上冲呀,我们的人一个接着一个地倒下。老子火了,端起机枪,站起来对着冲上来的鬼子一阵猛扫,我也不知道我打死了多少鬼子,只知道我打得过瘾的时候,一颗炮弹把我炸晕过去了。我没有想到我还能够从死人堆里爬出来,我醒过来就想,就是和日本人战死,我也不会像钟七那样当逃兵!钟七丢人哪!每次长官训话说起钟七,老子的脸上就没有光彩,谁让他是和我一起投军的同乡,平常还和老子称兄道弟的!……"

有人说:"钟七跑回来说他是抗日英雄,还说你阵亡了呢!你叔叔还让他当了保安队长,你说的是不是真的呀!"

很多人在笑。

这时,棺材店的老板张少冰端了一碗茶水,递给游武强:"武强,喝口茶再说吧,你有多少年没有喝家乡的茶了呀!"

游武强咕嘟嘟地喝下那碗茶,把碗放了棺材板上面,抹了抹嘴巴说:"笑话,他钟七算个屁!还他娘的抗日英雄,他娘的就是一个逃兵!老子一辈子也看不起的逃兵!我阵亡了?亏他说得出口,他连我们打仗都没有看到就逃了,他怎么知道老子阵亡了!"

又有人说:"那你是真正的抗日英雄啰!你是抗日英雄应该在队伍里提升了吧,怎么跑回唐镇来了呢?"

游武强说:"打完鬼子,我以为天下太平了,没有想到又和共产党打起来了,老子不想打自己中国人,就跑回来了!"

这时,钟七出现了,他从人群中挤进了棺材店里,红着脸对游武强说:"兄弟,你回来了,怎么不事先捎个信来呢?"

游武强看到钟七,气不打一处来:"谁的裤腰带没有勒紧,把你这根鸟露出来了!谁他娘的是你兄弟,瞎了你的狗眼!老子看见你这个逃兵就来气,滚,给老子滚得远远的!"

平常在唐镇人面前耀武扬威的五大三粗的钟七在游武强面前低下了头:"武强兄弟,我当时也是没有办法呀,你不知道,我那时

19

候拉痢疾拉得快死了，才掉队的！"

围观的人一阵哄笑，游武强给他们出了一口气，况且也看清了钟七这个"抗日英雄"的真面目，他们不笑就不正常了。棺材店门口的人越来越多，围了里三层外三层，平常冷清的小街上不知怎的一下子冒出了这么多人。这个没有经过战火洗礼的偏远小镇，顿时弥漫着一股浓郁的硝烟味。

游武强噌地从棺材上立起来，站在比他高出一头的钟七面前，指着钟七的鼻子，恶狠狠地骂道："你怎么没有拉痢疾拉死在路上？你知道有多少兄弟战死在战场？你就是把大天说破，你也是个不折不扣的逃兵！你他娘的还有什么脸面站在老子的面前！你给老子滚开，老子看到你就想一枪毙了你！滚，给老子滚！"

棺材店老板张少冰吓坏了，赶紧用身体挡在了游武强和钟七中间："武强，算了，算了，过去的事情就过去了。不要再追究了，没有意思，乡里乡亲的，低头不见抬头见，和为贵，和为贵！"

游武强愤怒地吼道："我和这个逃兵是仇人，永远也不可能讲和的！他永远是我游武强的仇人！"

钟七见势不好，脸红耳赤地挤出人群，仓皇而去！

人群中爆发出一阵强烈的哄笑。

张少冰神色严肃地对围观的人们说："大家散了吧，武强兄弟辛苦了，让他休息休息吧，等他休息好了，再听他讲打日本人的事情。散了吧，大家散了吧！"

听了张少冰的话，大家就纷纷离开了。

人群散去后，张少冰对游武强说："武强，你回来有什么打算？"

游武强说："我先住在你的棺材店里吧，反正你的棺材店里晚上也不住人，我还能有什么打算，先住一阵再说，习惯就住下去，租几亩地种，住不下去，就离开唐镇，再出去闯荡，哪里的黄土不埋人啊！"

张少冰说:"住在棺材店里,不委屈你了?我看你还是低一下头去找你叔叔吧,他应该会不计前嫌,好好安置你的。"

游武强咬咬牙说:"我就是饿死,也不会去找那条老狗的,我就在你棺材店住定了,你不用担心我,要知道,我是从死人堆里爬出来的人!"

张少冰无语。

棺材店对面的一个角落里,那条褪毛的土狗在呜咽。

8

宋柯来到镇东头山脚下的土地庙里,看着被香火熏黑了的土地公公和土地娘娘的泥塑,有些入神。镇街上发生的事情和他无关,他也不是个爱凑热闹的人,热闹早已经远离了他。他曾经是在一个多么热闹的地方呀,现在他离那个热闹的地方是多么的遥远。宋柯突然听到了有人打呼噜的声音。他的心提到了嗓子眼:大白天谁会在土地庙里睡觉?他正疑惑着,呼噜声消失了。一个蓬头垢面的人从土地公公和土地娘娘的塑像后面站了起来。宋柯吃惊地说:"三癞子,你怎么会在这里睡觉?"

三癞子从神坛上跳了下来,伸了伸懒腰说:"我不睡这里你让我睡哪儿?我没有家,这里就是我的家。"

宋柯说:"镇上的人允许你住在这里?你不怕冒犯神灵?"

三癞子用手背揉了揉满是眼屎的眼睛说:"他们不会管我的。刚刚开始时怕,时间长了也就不怕了,土地公公可怜我,他不会怪罪我的。"

宋柯笑了笑。

三癞子指着土地庙外面那棵老樟树说:"镇上的人谁也不敢爬上这棵树,只有我敢。"

老樟树看上去像一个饱经风霜的老者,笼罩着一种神秘的色彩。宋柯说:"为什么?"

三癞子这时得意起来,苦瓜脸上出现了笑容:"都说这棵老樟树是土地公公的化身,谁要是爬上了这棵树,就会有灾祸,所以,没有人敢冒犯这棵树的。我告诉你一件事情吧。你知道刚刚回来的兵痞子游武强的爹是怎么死的吗?"

宋柯摇了摇头。

三癞子说:"在游武强三岁那年春天,闹饥荒。游武强他爹为了得到两斤地瓜干和镇上的一个人打赌。那人说,只要游武强他爹爬上这棵老樟树,并且砍下一枝枝条来,就给他两斤地瓜干。镇上的很多人都劝他不要冒这个险,游武强他爹不听。他真的爬上了老樟树,还砍了一枝枝条下来。当时在场的人都吓呆了,他们看到砍掉枝条的地方流出了血。游武强他爹突然就从树上掉下来,重重地摔在了地上,像是有人把他从树上扔下来的。他摔在地上当时就不省人事,被人抬回家不久就一命呜呼了。"

宋柯说:"有这样的事情?"

三癞子突然跑出了土地庙,猴子般爬上了老樟树。宋柯也跟了出去。三癞子在树上对宋柯说:"宋画师,你一定想问我,为什么我爬到树上会没有事情吧?告诉你吧,我有的时候会觉得活着很没有意思,特别是饿得发慌和想女人的时候,我就会爬上这棵老樟树,希望土地公公惩罚我,让我死掉,结果怎么也死不掉。也许土地公公还不让我死。"

三癞子说出的话让宋柯惊愕。

三癞子没有理会宋柯的惊愕,从树上爬下来后,走进土地庙里,从一个角落里抄起一把锄头,扛在肩膀上走出了庙门,朝镇街上走去。三癞子的脸色顷刻间变得阴郁。宋柯对着他的背影说:"三癞子,你要去哪里?"

三癞子头也不回地说:"我要去五公岭挖墓穴。"

宋柯知道了,那片被野草覆盖的山坡叫五公岭,三癞子要穿过镇街,往西走,经过溪流上的小木桥才能到达他的目的地。

宋柯突然想,谁会是在他来唐镇后第二个让他画像的人呢?

9

钟七的老婆沈文绣路过棺材店时,看到游武强坐在棺材店门口的竹椅子上给几个人讲他的英雄史。游武强撩开自己的旧军衣,露出了他满是伤疤的肚皮。他指着那些伤疤说:"这块是子弹打的,这块是弹片划的……我身上就没有一块好肉了,全是伤疤。"那几个人张着嘴巴,惊恐的样子。沈文绣也看到了游武强肚皮上的伤疤,她的心突然被一支铁箭击中,疼痛极了。游武强一抬头,目光就和少妇沈文绣慌乱的目光碰在一起。

沈文绣慌慌张张地走了。

游武强的目光一直追着沈文绣的背影,口里说:"这个女人是谁?"

有人回答他:"大英雄,那是逃兵钟七的老婆沈文绣。"

游武强的目光从沈文绣的身上收回来,脸色涨得通红,恶狠狠地说:"他娘的,老子在抗日前线出生入死,到现在也还是光棍一条,他狗屁的钟七,一个可耻的逃兵竟然娶了个如花似玉的女人!老天不公呀!"

又有人说:"钟七命好呀,沈文绣去年还给他生了个双胞胎,两个都是儿子!"

游武强咬牙切齿地说:"钟七这个浑蛋应该断子绝孙!"

游武强眼睛里燃烧起恶毒忌恨的火苗。

沈文绣不敢回头看游武强,游武强的回来,给沈文绣带来了痛苦。刚开始时，沈文绣心里对游武强充满了仇恨，当她看到游武强肚皮上伤疤的那一刹那，郁积在她心中的仇恨神秘地消失，她甚至有些同情游武强了。

在游武强回到唐镇的这两天晚上，钟七都很晚才回家。满身酒气的钟七回家后，就变着法子折磨沈文绣。他把睡得烂熟的沈文绣一把抓起来，口里喷着酒臭吼道："老子没有回家，你睡什么觉！给老子爬起来！"

沈文绣睡眼惺忪地说："钟七，你疯了！大半夜，你闹什么呀！把孩子都吵醒了！"

钟七抓住了她的头发，使劲地扯着："你这个烂货，也学会顶嘴了，谁他娘的教你的，游武强那个下三烂在外头教训我，你竟然也敢在家里教训我，老子看你是皮痒了！"

钟七把沈文绣推倒在床上，抽出皮带，在她身上一下一下用力地狂抽起来。沈文绣痛得嘶叫起来，她的叫声痛苦而又凄惨。他们睡在另外一张床上的两个双胞胎儿子被钟七的暴行吵醒了，坐在床上看着父亲对母亲疯狂施虐，大声地哭起来。

孩子的哭声吵醒了隔壁房间里钟七的母亲。

钟七母亲来到了钟七房间门口，用拐杖敲打着门扉："钟七，你这个畜生，你在造什么孽呀！"

孩子的哭声和母亲的话没有让钟七停止在沈文绣身上施暴，反而令他变得更加疯狂了："王八蛋，我让你说我是逃兵，我抽死你，王八蛋，我让你说我是逃兵！老子当逃兵怎么啦，还有人他娘的当汉奸呢！我抽死你，王八蛋！"

钟七完全控制不住自己了，此时，在他眼里，他打的是游武强，而不是自己的老婆沈文绣……

入夜后，沈文绣就会产生一种恐惧感，浑身上下莫名其妙地抽动，仿佛钟七的皮带抽在身上。沈文绣的情绪紧张到了极点，她无法想象半夜三更回家的丈夫会怎么虐待她。丈夫变成这样，都和那个叫游武强的人有关，可她现在对那个男人已经恨不起来了。隐隐约约地，沈文绣还有了一种担心，担心游武强会遭钟七的黑手，她很清楚自己的丈夫是个什么样的人，他心狠手辣什么事情都干得出来。沈文绣是个贤良的女人，她把两个儿子哄睡后就去照顾婆婆。

沈文绣在给婆婆洗脚时，婆婆看着沉默的她，伸出手摸了摸她的头发，叹了口气说："文绣，你受苦了！这个不肖子怎么能够这样打你呢，打贼也不能这样打的呀！晚上他回来，你就把门闩紧，不让他进屋，让他死在外面！"

沈文绣轻声说："婆婆，我没事的，他在外面受了气，回来朝我发发也是正常的，谁让我是他的老婆呀！我想，过几天，他的心里把那桩事情放下后就好了。"

婆婆抹了抹眼睛："多么通情达理的媳妇儿呀！如果他再打你，天理也难容！"

听了婆婆的话，沈文绣心宽了许多。

这个晚上，钟七和镇长他们喝完酒，看他们开始打麻将后，就溜了出去。钟七来到了逍遥馆。逍遥馆就是唐镇唯一的一家妓院，也在皇帝巷里。这是一栋三进三出的府第式老宅子，原来是唐镇的一户大户人家的住所。那家人在外面发了横财，就搬到城里去住了，把这个老宅子卖给了李媚娘，做了妓院。李媚娘是个丰腴的半老徐娘，她对任何人都报以蜜糖般的笑脸。钟七摸进逍遥馆，李媚娘同样给他蜜糖般的笑脸，她这时正在用一根牙签挑指甲缝。一个穿着分叉口裂了线缝的旧旗袍的年轻女人站在她后面，轻轻地给她捶背，她的瓜子脸显得憔悴，眼睛黯然无光，眼圈黑黑的，眼泡有些浮肿，薄薄的两片嘴唇寡淡而没有一丝血色。

李媚娘媚笑着对钟七说："钟队长，今天这么早就过来了呀，坐，坐！"

钟七发现李媚娘说话的时候，嘴角的那颗豆大的黑痣轻微地颤动着，他想，如果李媚娘没有这颗黑痣，她应该是很迷人的。可李媚娘总是在某些时候夸耀她嘴角的那颗黑痣，说很久以前有个算命先生对她说过，正因为她有了这颗痣，她这一生才会衣食无忧。

钟七说："不坐了，老子难受，进房吧！"

李媚娘就对身后的女人说："飞蛾，还不快陪钟队长进房，上厅的右偏房今天刚刚添了新的席子，就带钟队长到那间房去吧。"

杨飞蛾迟疑了一会儿，在李媚娘的催促下，才把钟七领到上厅的右偏房里。

李媚娘叫了一声："凤凤，还不死出来给老娘捶背，没有客人你赖在床上挺尸呀！"

杨飞蛾带钟七进入房间后，扑通朝钟七跪下了。钟七愣了一下说："飞蛾，你这是干什么呀，是不是有人欺负你了，你对我说，是谁？老子给你出气！"

杨飞蛾的眼泪扑簌簌地滚落下来，她抱住了钟七的大腿说："钟大哥，你今天晚上放过我好吗？这两天晚上你都喝多了来我这里，你用手抓我的下身，都被你抓烂了，流了好多血，痛死我了。钟大哥，等我好了再陪你睡，你怎么弄我都可以，今天晚上你就放过我好吗？"

钟七听了杨飞蛾的话，非但没有同情杨飞蛾，反而恼怒起来："臭婊子，和老子啰唆什么，你痛关我鸟事，老子什么时候来，你就什么时候陪老子。你他娘的生来就是给男人干的，老子不干你，别人也会干你！快给老子爬上床去，老子等不及了！"

杨飞蛾可怜兮兮地说："钟大哥，你就放过我这一次吧，我真的很痛呀！"

钟七恶狠狠地说："臭婊子，我让你爬到床上去，别在这里和老子装死！"

杨飞蛾颤抖着说："钟队长，你杀了我吧，我不想活了！"

钟七踢了她一脚，把她一把抓起来，扔到了床上。钟七脱光了自己的衣服，扑了过去，把杨飞蛾身上的旗袍撕扯下来扔到了地下，杨飞蛾没有穿内衣和内裤，露出白生生的肉体。钟七掰开了杨飞蛾的双腿，进入了杨飞蛾。杨飞蛾咬紧牙关，泪水满眶满眶地涌出来。钟七低吼着在杨飞蛾身上努力着，可不一会儿，钟七底下的那截命根子瘫软下来。

钟七又努力了几次也没有让自己坚挺起来。

他哀叫了一声，用手使劲地抓住自己的头发，撕扯着，然后痛哭流涕。

杨飞蛾心里清楚钟七的阳痿和游武强有关，钟七从前可不是这样的，他不但做那种事情十分威猛，而且还有些小情小趣，做完事后还会留下来逗逗乐，不像唐镇的其他嫖客，做完扔下钱就匆忙而去。这两三天，钟七变了一个人，变得像个魔鬼，令杨飞蛾痛不欲生。杨飞蛾心里说："这是报应呀！你钟七也会有今天！"

杨飞蛾脸上满是泪水，但是她的嘴角露出了一丝莫测的笑意。

钟七突然把手从自己的头发上抽出来，伸到了杨飞蛾的阴部，使劲抓了下去："你这个臭婊子，竟敢嘲笑老子，老子不能便宜你了，我弄死你！"

杨飞蛾撕心裂肺地惨叫道："啊——钟七，你不得好死……"

10

这个夜晚对宋柯而言，十分宁静，宁静得可以听到镇子外面汩汩的溪流声。但他听不到杨飞蛾的惨叫，也听不到棺材店里游武强沉睡时发出的呼噜声。他在想一个女人，那个女人虽然遥远得不可企及，可他仿佛可以闻到她身上法国香水的味道，仿佛伸手就可以触摸到她如玫瑰花般开放的笑脸。一股腥臭的味道在画店的楼上弥漫开来，渐渐地，随着宋柯对那女人的思念越来越深厚，这股腥臭味越来越浓郁，从楼梯口飘散到楼下，也从紧闭的窗户的缝隙中透露出去。

油灯飘摇，如一息残存的生命。

宋柯呼唤着："苏醒，苏醒……"

宋柯在呼唤中渐渐地沉睡。

如豆的油灯飘摇着在时间的缓缓流逝中渐渐熄灭。在油灯熄灭的一刹那，从灯芯上冒出的轻烟中隐隐约约出现了一张苍老的脸。画店的楼上楼下陷入了黑暗之中。窗外传来了狗的呜咽。宋柯迷迷糊糊地感觉到床底下有细微的响动，他的四肢动弹不得，像是被绳索捆绑住了。

宋柯觉得有个人站在他的床边，他的头皮一阵发麻，顿时清醒过来。宋柯尝试着动动手脚，还是无法动弹，他在黑暗中睁大眼睛，企图看清在黑暗中站立着的人。可是他什么也看不到，就像他无法看清黑暗中隐藏着的太多的秘密，宋柯的呼吸沉重起来。

黑暗中传来一声悠长的叹息。

是的，宋柯的确感觉到了床边站着一个人，那个人靠他那么的近，只要一伸手就可以触摸到他的脸。黑暗分泌出的阴冷扑面而来。宋柯没有办法控制自己，嘴唇微微地发抖。

宋柯的身体动弹不得，他试着看自己能否说出话来。他张开嘴巴说："你是老画师胡文进吧？"

一个苍凉的声音飘进了宋柯的耳朵："我不是胡文进，我叫郑秋林。你一定知道唐镇的郑马水吧，我是他爹。"

宋柯说："你怎么会来到这里，你为什么不回家睡觉呢？"

郑秋林说："我一直在画店里，是胡文进把我带来的。家我回不去了，我儿子郑马水早就把我忘记了。"

宋柯身上越来越冷:"你能不能帮我把灯点燃,这样我可以看着你的脸和你说话。"

郑秋林说:"我点不了灯,就是点亮了灯,你也是看不到我的,我就是一缕游魂,我已经死了七年了。以前,胡文进活着的时候,我会找他说话,现在他也死了,我不想和他说话了,死人和死人说话没有什么意思,我也看不到他了。"

宋柯胸口像压了一座大山,他有点喘不过气来,呼吸粗重起来。

郑秋林幽幽地说:"宋画师,你想知道我是怎么死的吗?"

宋柯一句话也说不出来了。

黑暗中传来了阴冷的声音:"你想不想听,我都要说的,说出来我就痛快了,否则我不会瞑目的。宋画师,我告诉你吧,我是吃猪肉撑死的。在我儿子郑马水当屠户之前,我从来没有好好地吃过一顿猪肉。我把他送去学杀猪,就是希望日后天天能够吃上猪肉。我儿子出师当屠户的第一天晚上,就带回来了一大块五花肉,那块五花肉足足有十多斤呀。我们全家就像过年一样高兴。十多斤五花肉焖了一大锅,我们全家人放开肚皮吃也没有吃完,还剩了一大盆。我也是个没有出息该死的人。半夜时,我还惦念着剩下的那盆红焖肉,于是,我悄悄地爬起来,到厨房里偷吃那盆红焖肉。我一块一块地吃着,好像要把几十年的猪肉一次性吃回来。我哪里是在吃肉呀,完全是在报复贫穷。我吃不下了,还在吃,我想停下来也停不下来了,好像有个人不顾一切地往我嘴巴里塞肉,我吃着吃着就听到一声巨响,我的肚子撑爆了,肠子流了一地……"

11

唐镇每月有三次圩日,分别是农历初五、十五和二十五。圩日是唐镇方圆几十里山地约定俗成的集市交易日，农户会在圩日这天把自己生产的粮食和日用品挑到唐镇进行交易；小商小贩也闻风而动，把城里和别的地方的商品运到唐镇来叫卖。圩日是唐镇热闹的日子。

农历四月二十五这天，是唐镇的圩日。晌午不到，唐镇的小街上已经热闹非凡了，小街两旁摆满了摊档，赴圩的人们在镇街上来回走动，为自己需要的东西挑挑拣拣，大声地讨价还价。

宋柯的画店到了晌午还关着店门，画店斜对面的胡记小吃店已经坐满了吃点心的山里人。镇街上的吵闹声仿佛对宋柯没有一丝影响，他还躺在床上睡大觉。楼上还残留着淡淡的腥臭味，腥臭味也从紧闭的窗门缝隙中一丝一缕地飘出去。

一个穿着一身士林蓝粗布侧襟衫的健硕女人，挑着一担小竹篮路过画店门口时，停住了脚步，她戴了一顶斗笠，斗笠在她的额前压得很低，看不清她的眼睛。她站在那里，鼻子不停地抽动，像是闻到了什么好闻的气味。站了一会儿，女人才挑着那担竹篮离开，找个地方去卖她的竹篮了。

宋柯好不容易醒过来，听到了窗外传来的集市的喧闹，也听到了楼下咚咚的敲门声。

宋柯昏头昏脑地从床上爬起来，口干舌燥地下了楼。

宋柯打开了画店的门，钟七站在了他的面前。钟七挎着盒子枪，穿着黑绸布衣服还戴着黑色的礼帽，身后还跟着两个背着长枪的保安队队员。这个阵势让宋柯吃了一惊："钟队长，你这是？"

钟七笑了笑："宋画师，你别害怕，我不是来找你麻烦的。今天是圩日，我带他们俩出来维持社会治安的。路过你画店的门口，看你的店门关闭着，就觉得奇怪，圩日是做生意的好时候，你应该把门打开的，周边的乡村里知道唐镇来了新的画师了，会来请你去给死人画像的。你可不要错过了这个好机会呀。"

宋柯说："谢谢钟队长了，我这就把画店开张起来。"

钟七离宋柯很近，他又闻到了一股淡淡的腥臭味。他弄不清楚这是什么味道，只知道这股腥臭的味道特别难闻，像是腐烂后的死蛇在烈日下暴晒后散发出来的臭味。钟七捂住了鼻子，带着那两个保安队员走了。

钟七走过去后，有人悄悄地对同伴说："钟七原来是个逃兵，别看他牛高马大的，根本就是个怕死鬼。他和游武强没法比，他还怕游武强找他麻烦，每天都挎着盒子枪，看看，现在又带两个狗腿子，分明是给自己壮胆。让这个逃兵带保安队保护我们老百姓，我看不安全。真不知道要是土匪带人来抢劫，他会不会逃跑。"

宋柯进去洗了脸，漱了口，便坐在店里的太师椅上，无所适从。在县城里的那些日子，他每天到街上摆个画摊，守株待兔地等待人们来买他的画，或者等待人们来找他画像。事实上，找他买画和画像的人微乎其微。为了糊口，他没有办法，只好把自己的画贱卖给县城里比较大的画店，换一些吃饭的钱和房租。来唐镇前，他把自己所有的画作都贱卖掉了。他希望生活会在唐镇重新开始，他不希望在唐镇也过着守株待兔的日子。可现在的日子分明就是守株待兔的日子，只是比在县城里安宁了一些。夜里发生的事情，他白天一醒来就忘了个精光，他只记得刚刚来唐镇的那天晚上，关于老画师的梦。他相信老画师的魂魄还在画店里飘荡，可他已经不害怕了。

宋柯坐在那里，看着店门口熙熙攘攘来来回回的人，心想，自己怎么也融不进去。三癞子站在了店门口。他丑陋的脸上堆着笑。宋柯不知道他要干什么。宋柯对他说："三癞子，你进来吧。"

三癞子说："宋画师，我不进去。"

宋柯说："你不进来，你站在那里干什么？对了，今天你为什么不去五公岭挖墓穴？"

三癞子说:"我想叫你和我一起去看把戏。今天是圩日,有把戏看,我为什么要去挖墓穴?就是死,也要先把把戏看完了再说。"

三癞子的眼睛里有了点天真的成分,这让宋柯觉得三癞子可爱起来。

宋柯有点感动,他站起来,朝三癞子招了招手:"进来吧,别在门口站着。"

三癞子说:"宋画师,我不进去了,把戏已经开始了。你去不去看?"

宋柯考虑了一下说:"好吧,我和你一起去看耍把戏。"

镇子东头土地庙外面的空坪上,人们围成了一个圈,圈子里的地上垫着一块污迹斑斑的红布,红布上放着很多瓶子,堆着一小堆手指粗细的截成一段一段的树根,红布上还有一个小竹笼,小竹笼被一块黑布罩着。圈子里一个裸露上身,腰上绑着红色功夫带,浑身黝黑伤痕累累的中年汉子正在耍拳,边上站着一个同样裸露上身,腰上绑着功夫带的少年,他一手拿着一块青砖。

三癞子拉着宋柯的手挤到了最前面。三癞子坐在了地上,宋柯站在他后面。三癞子看着走江湖的汉子耍拳,眉飞色舞,双手握成拳头舞动着,口里还发出嗷嗷的声音。宋柯从兜里掏出了一个本子和钢笔,在上面描画着。

中年汉子耍完拳,朝围观的群众抱了抱拳,然后盘腿坐在了地上,闭上眼睛,运起功来,只见他浑身的肌肉一块一块地突出来,看上去像石头般坚硬。不一会儿,站在一旁的少年就走上前,把手上厚重的青砖狠狠地砸在中年汉子的头上。两块青砖都砸碎了,中年汉子的头安然无恙。三癞子大声地喊了一声好,使劲地拍起巴掌,人群中也爆发出热烈的叫好声。做完这些,中年汉子就拿起了红布上的一个瓶子,从里面倒出了几颗黑色的药丸,干吞了下去。接着就开始介绍跌打药丸的神奇功效。

买药者寥寥无几。

宋柯心里有些同情这两个跑江湖的卖药人。

宋柯还没有缓过神,中年汉子又开始表演新节目了。宋柯看到了蛇,一条长长的蛇,三癞子说,这是一条过山风,是山里最毒的蛇之一。中年汉子掀开竹笼子上的黑布,宋柯就看到了那条吐着信子的过山风。中年汉子把蛇从竹笼子里抓了出来,他右手的拇指和食指掐住了蛇头,蛇身缠在了他粗壮的手臂上。这时,给中年汉子打下手的少年脸上出现了惊惧之色,他赶紧拿起了一个装了少许清水的粗糙的陶碗和红布上的一截树根,在碗里飞快地磨了起来。中年汉子对少年说:"孩子,别怕,没事的!咱们的药好,死不了人的!"

宋柯不知道中年汉子要做什么,他为中年汉子捏了一把汗。

这时,宋柯身边的人都悄悄地离他和三癞子远了点,那些人闻到了淡淡的难闻的腥味。他们断定,这难闻的腥味就是从三癞子或者宋柯身上散发出来的。在不远处,一个戴着斗笠的女人拿着一条扁担朝宋柯走过来。

中年汉子看着少年把树根磨好了,就对着大家吐出了赤红的舌头。他转了一个圈,让所有在场的人都看见了他的舌头后,就把舌头伸进了张开的吐着信子的蛇口中。少年站在他旁边,端着陶碗的手微微颤抖。在场的所有人都替中年汉子捏着一把汗,有几个女子用手掌捂住了眼睛。宋柯怔在那里,牙关轻轻地打战。三癞子张着嘴巴,嘴角口水流出来了也不知道。这时,那个戴着斗笠拿着扁担的女人站在了宋柯的身后,她低着头深深地呼吸着,像是在呼吸一股奇异的香味,场子里中年汉子的事情对她根本就没有起任何作用。

中年汉子的舌头被毒蛇狠狠地咬了一口。

有人惊叫出来。

33

中年汉子用牙紧紧地咬住了自己的舌头，让自己的舌头露在嘴巴外面。他不慌不忙地把蛇放回了笼子里，用黑布盖上。然后从少年的手中接过了那个陶碗，沿着人群走了一圈，一手端着陶碗，一手指着自己被蛇咬后马上肿起来流着血的舌头，喉咙里发出叽里咕噜的声音。

紧接着，中年汉子就把陶碗里的药水用手抹在了舌头上。

药水在他的舌头上很快就起了作用，中年汉子从舌头上撸下了许多像鼻涕般的黏液，中年汉子一次一次地把舌头上的黏液甩在地上。他舌头上的流血止住了，肿也神奇地消退了。最后，他把陶碗里剩下的药水一口喝了下去，把碗扔在了地上，向围观的人们抱起了拳。

人们报以热烈的掌声和呼叫。

宋柯心里的一块石头落在了地上，脸上露出了笑容。

宋柯现在才知道，那一截截的树根是治蛇咬伤的药。和刚才卖跌打丸的情况相比，卖蛇药的境况就完全不一样了，人们纷纷掏钱买他的蛇药。山里蛇多，蛇药对当地人来说是最实用的东西。

三癞子站了起来，拍拍屁股，对宋柯说："宋画师，你也买一根蛇药吧。"

宋柯说："为了卖点药，真玩命呀！"

站在宋柯身后的女人不知什么时候消失了。

那只土狗站在老樟树底下，望着宋柯，呜咽着，它的眼睛里有黏黏的液体渗出。

12

就在农历四月二十五这天，发生了一件让人怎么也意料不到的事情。这个事情的发生让落寞的画师在唐镇有了给死人画像的机会。

和热闹的圩市相比，五公岭背面的一个叫过风谷的山谷里是那么的空寂。如练的溪水平缓地从谷地里流过，溪流两旁的潮泥地长满了鲜嫩的野麦草。这个季节正是野麦草最鲜嫩的季节。野麦草是兔子最喜欢吃的一种野草。平常，会有不少人在过风谷的溪流两旁拔野麦草。因为这是圩日，过风谷沉寂着，只有山风无拘无束地在阳光下的山谷里鼓荡来鼓荡去。

午后，有个女人出现在了过风谷，她的头上包着印着碎花的蓝色头巾，她在溪流边选择了一块野麦草最丰肥的地方停住，把挑在肩膀上的畚箕放了下来，蹲在草地上拔野麦草。

这个女人就是钟七的老婆沈文绣。

镇上的女人们会在圩日这天给自己放假一天，三三两两结伴在集市上游来逛去，买些自己喜欢的小东西，或者去看走江湖的耍把戏，有时还会有提木偶的艺人在唐镇搭个棚子表演木偶戏，女人们便会被木偶戏吸引过去，她们会尽情地为戏中人物的命运欢笑或流泪，暂时忘记了自己的苦苦挣扎的生活。沈文绣是孤独的，她在唐镇没有一个朋友。钟七也不允许她和别的女人在一起家长里短地闲扯。况且，当她被从前线逃跑回家的钟七在路上碰见，带回唐镇的第一天起，唐镇的女人们就向她投来了莫测的目光，这种目光和她们看待皇帝巷逍遥馆里的妓女如出一辙。圩日对她来说是一种折磨，热闹会勾起沈文绣对故乡的痛苦回忆，所以，这个内心无比孤独的异乡女人，总是在唐镇热闹的日子里，一个人躲到僻静的地方。

沈文绣没有想到这个阳光灿烂的日子是那么的灰暗，死一般灰暗。

其实，在她挑着一担空畚箕走出唐镇的时候，一双歹毒仇恨的眼睛就瞄上了她。在沈文绣从唐镇走到过风谷的过程中,那双燃烧着熊熊火焰的眼睛一直没有离开过她。沈文绣却没有发现跟踪她的人。

沈文绣蹲在草地上拔草,圆润的屁股绷得紧紧的。那双眼睛看到沈文绣圆润的屁股,突然从另外一片野草丛中豹子般一跃而起,朝沈文绣身后猛扑过来。猝不及防的沈文绣被那人扑倒在草丛里,当那如狼似虎的男人在沈文绣的挣扎中从后面褪下了她的裤子,把她的身体扳过来和她面对面时,沈文绣才看清这个人的脸。

刚开始被扑倒时,沈文绣心想一定是碰到土匪陈烂头了,陈烂头经常会这样突袭在野外单独劳作的妇女,他像风一样来无影去无踪。这个男人根本就不是土匪陈烂头,而是刚刚回唐镇没几天的抗日英雄游武强。

沈文绣大声嘶叫:"畜生,放开我!放开我!"

沈文绣边喊叫边撕打着游武强,游武强咬着牙说:"老子今天就当一回畜生了,老子就是要给钟七这个逃兵戴上一顶绿帽子!"

沈文绣声嘶力竭地说:"畜生,你欺负我一个弱女子算什么好汉,你有本事去把钟七杀了!你这样和日本鬼子有什么两样!放开我,畜生!"

游武强不说话了,他疯狂地撕开了沈文绣的衣服,露出了两个奶子,两个丰满的奶子却伤痕累累,沈文绣裸露在光天化日下的肉体其实都伤痕累累。游武强发了一会儿呆,眼睛里掠过一丝柔软的神色,但很快地,他的眼睛里马上重新燃烧起熊熊的欲望之火,身体死死地压在了沈文绣的身体上,他的双手也死死地抓住了沈文绣抓挠撕打他的双手……

风还是无拘无束地在山谷里鼓荡。

溪流边萋萋的野麦草在风中摇曳。

光着膀子的游武强坐在草地上抽烟,沈文绣躺在他身边的草地上，用衣服捂住了胸部，双手紧紧地抓着胸前的衣服，她哽咽着，流着清亮的泪水，秀美的脸在阳光下显得楚楚动人。

游武强抽完烟，长叹了一声站起来，俯视着草地上哀伤的沈文绣，粗声粗气地说："我承认，我是畜生，可你心里比我更清楚，钟七比我更畜生，我可以强奸你，但是我不会打你，打女人的男人算什么东西！"

说完，游武强手拎着自己的旧军装，扬长而去。

沈文绣哽咽着，最后号啕大哭起来。

沈文绣的哭声在寂静的过风谷里随风飘荡。

游武强听到了沈文绣的哭声，可他连头也没有回一下。

13

这个夜晚伸手不见五指。三癞子躺在土地公公和土地娘娘的后面，无法入睡。

他今天一天都很兴奋，因为看到了走江湖的人的精彩表演。在散圩后，大家都离开了，三癞子还在看着那个走江湖的中年汉子和那个少年收拾东西。三癞子突然觉得自己很迷恋他们走江湖的生活。他想自己要是有他们的本事就好了，可以天天在土地庙门口耍把戏卖药赚钱。他甚至走到中年汉子面前，诚恳地对中年汉子说："师傅，请带我走吧，我要和你们一起去跑江湖。"中年汉子看了他一眼，递给三癞子一张钞票说："你走吧。"三癞子没有接那张钞票："我不要你的钱，只想和你们一起去跑江湖。"那个少年说："你把钱收起来吧，去买点东西吃。"三癞子说："我不是要饭的，我不要你们的钱，我只是想和你们一起去跑江湖！"中年汉子收起了钱，没有再理他。他们收拾完东西，就在斜阳中上路了，他们要到另外一个有圩日的地方去。三癞子跟着他们走了好长一段路，中年汉子回过头对他说:"你还是回去吧,跟着我们没有用的,我们赚点钱不容易,要养家糊口,多一个人就多一份负担,我们不可能带你走的,快回去吧,不要再跟着我们了,我们还要赶路!"三癞子站在那里,看着他们走上了一条山路,然后很快地消失在山坳里了。他凄凉地站在斜阳之中,黯然神伤,中年汉子不要他,他明天只好到五公岭继续去挖他的墓穴去了。

黑暗中,他听到了土地庙外面骤然而起的风声,风声很紧,呼啸着。不一会儿,天空中传来了炸雷的响声。闪电划过土地庙门外的天空,像一条张牙舞爪的巨龙。雨在雷电的霹雳过后,稀里哗啦地落下来。

三癞子的心在雨声中沉重,土地庙里变得异常沉闷。他想起了在宋画师刚来那天晚上做的那个梦。这些日子以来,那个梦一直在折磨着他,他只有在挖墓穴的时候,内心的恐惧才会释放出去。

那个晚上,三癞子梦见宋柯和他都死了。突然就死了,死因不明。三癞子的梦是从他和宋柯死后开始的。很多穿白色衣服的人把他们的尸体抬到了五公岭的那片乱坟地上。看不清这些穿白衣服的人的脸,他们好像不是唐镇的人,仿佛来自另外的一个世界。他们身上散发出逼人的寒气。三癞子和宋柯分别被两条破草席裹着,没有把他们装进棺材。那些阴冷的白衣人把他们扔在山坡上的野草丛中。有人阴森森地说话:"三癞子连墓穴都没有挖好,不用埋他们了,就把他们扔在这里吧,我们走!"那些白衣人就突然消失了,像水汽那样蒸发掉了。被裹在破草席里的三癞子听见了狗的呜咽。那条褪毛的土狗呜咽着朝他扑过来,撕咬开了破草席,他的尸体完全暴露在了土狗的眼中。土狗呜咽着开始撕咬他的腿,仿佛要从他的腿开始吃,然后一点一点地像啃一根肉骨头那样把他啃光。三癞子大声地惨叫着,浑身动弹不得,任凭土狗撕咬……他醒过来后浑身冷汗。他对土地公公说:"土地公公,我死了吗?我死了吗?"

没有人回答他的问题，只有黑暗中他自己沉重而又急促的喘息。

三癞子翻了个身，他今天晚上无论如何也睡不着觉了。睡不着觉最痛苦的事情莫过于想女人。唐镇有许多女人，可没有一个女人是他的。连唐镇的老妓女也瞧不起他，还有那个不值钱的寡妇余花裤，也经常用唾沫啐他。想起女人，三癞子浑身燥热，着了火一般，心里有千万只猫的爪子在无情地抓挠着。这个时候，他会想象钟七的老婆沈文绣在和他翻云覆雨。沈文绣是唐镇最标致的女人，就是他死了也得不到。想着想着他就想到了死。可死也是一件不容易的事情，他多次爬上土地庙门口的那棵老樟树，希望土地公公惩罚他，让他死，可土地公公就是不让他死，让他活在恐惧和折磨之中。

三癞子爬了起来，从土地公公和土地娘娘的中间跨了过去，跳下了神坛，疯狂地朝门外奔去。他闯入猛雨之中，让倾盆而下的雨水把他身上的欲火浇灭。突然一道闪电划过，借着闪电的光亮，他看到自己的面前站着一个没有脸的白衣人！

这个暴雨之夜，钟七没有回家，他在逍遥馆抱着哭泣的妓女杨飞蛾，呼呼大睡。

雨中的镇街上流淌着雨水，有些低洼的地方涨起了水。一个人从一条巷子里走出来，踩着鹅卵石铺成的街面上的流水，来到了棺材店的门口。

游武强躺在棺材里，他没有睡着，而是在想着问题。自从他回到唐镇后，白天到处去给人家讲他抗战的事情，讲到吃饭时间，就随便在谁家里混一顿饭，反正粗茶淡饭的，况且也不是饥荒年月，人家也不会在意那一碗饭；晚上，他就住在棺材店里，棺材店老板张少冰说要给他弄一张床，被游武强拒绝了，他说他就睡在棺材里，棺材是这个世界上最好的床。张少冰知道他的脾气，也就由他去了。

游武强正在想着事情，突然，门口响起了敲门声。游武强警觉地从棺材里爬了起来。

14

唐镇在雨水中变得阴郁潮湿。这是唐镇的雨季，每年这个时节，雨水就特别多，让人担心过量的降雨会造成山洪暴发。唐镇建立在一个小盆地上，四周都是山，如果山洪暴发，唐镇势必会受到洪水的冲击。断断续续下了两天的雨，镇子外面唐溪的水暴涨起来，浑黄的大水把通向五公岭的小木桥也冲垮了。每年这个时候，就有一条小木船在这里摆渡供人们过往，到了雨季结束后，人们重新修建小木桥。

唐镇大部分的人都提心吊胆，他们时不时会跑到唐溪边的河堤上看大水涨到什么位置了。宋柯没有这个概念，他根本就不知道山洪的厉害。今天，他快到中午了也没有开画店的门，也没有人来找他。今天的雨水不大，屋檐上滴落的雨水声有节奏地敲打着宋柯的神经。宋柯在画店的阁楼上支起了一个画架，他准备画些油画。可在他拿起油画笔的时候，他的心莫名地颤动了一下。宋柯想起了三癞子。自从圩日那天见到他之后，宋柯这两天都没有见到三癞子，宋柯突然对这个唐镇的孤佬担心起来。

想到三癞子，宋柯无心作画了，三癞子会不会出什么事情呢？

宋柯撑着一把油纸伞从镇街上走过，一股淡淡的腥臭味也在镇街上飘过，街上行人稀少，这股淡淡的腥臭味没有引起人们的注意。镇上的很多人都到河堤上去看大水了。宋柯朝镇东头的土地庙走去。他瘦长的身影有些凄清。宋柯来到了土地庙的门前，土地庙的门是开放的，没有人会把它关上，只有三癞子晚上睡觉时，才偶尔会把那两扇沉重的杉木门关上。

宋柯站在土地庙门口，叫了声："三癞子——"

土地庙里没有人回答宋柯。

宋柯走了进去。

宋柯没有在土地庙里找到三癞子，只是在一个角落里，看到了三癞子挖墓穴用的工具。这些挖墓穴的工具静静地摆放在那里，宋柯的反应是，三癞子一定不在五公岭的那片山坡上。那么，三癞子会去了哪里呢？他来唐镇后，几乎每天都可以见到三癞子，在他的内心深处，已经把这个被唐镇人漠视的苦人当成朋友了。

一股焦虑感在宋柯的心里油然而生。可他再焦虑也没有用的，在人生地不熟的唐镇，虽然说镇子不大，也就是一条小街十几条小巷，但要找个人是多么的困难。

宋柯无奈地叹了口气，正要离开土地庙，有个人浑身湿漉漉地闯了进来。这个没有带任何雨具的人就是游武强，他的手中提着一把生锈的刺刀。游武强脸呈凶相，他粗声粗气地问宋柯："宋画师，你看到三癞子没有？"

宋柯摇了摇头："我也正找他呢。"

游武强斜斜地瞥了他一眼："你找三癞子干什么，是不是也要他给你挖墓穴？"

宋柯摇了摇头。

游武强说："你不找他挖墓穴，还能有什么鸟事！三癞子生来就是替人挖墓穴的料，谁的墓穴有他挖得好呢？这样的人在唐镇还没有出生。对了，你如果找到三癞子，就说我游武强找他，让他挖个墓穴，今天不是钟七死就是我死！好了，不和你废话了，老子要去找钟七算账了！"

宋柯骇然地看着游武强提着那把生锈的刺刀冲入细密的雨帘中。

41

宋柯突然大声地对着游武强的背影说:"三癞子在五公岭已经挖好墓穴了!"

15

游武强冒雨来到郑马水的猪肉铺前,把刺刀插在摆放猪肉的案板上,抹了一把从头上淌到脸上的雨水,对郑马水说:"马水,给我割一块肉。"

因为下雨,猪肉铺的生意清淡,郑马水昨天早上杀的猪今天还在卖,看到游武强来买肉,郑马水油乎乎的肥脸上露出了笑容:"武强,你要割多少呢?"

游武强气势汹汹地反问他:"你说我能吃多少呢?"

郑马水嘿嘿地笑出了声:"我怎么知道你能吃多少呢?"

游武强不耐烦地说:"少废话,快给我割两斤肉吧!"

郑马水脸上堆着笑:"好,好,给你割两斤好肉。武强,我有话在先,这猪可是昨天杀的,猪肉有点不新鲜了,但是我保证没有坏掉,价钱可以便宜一半,反正就这些肉了,赶紧卖完拉倒。"

郑马水心里却在说:"屌你老母的,不就是一个兵痞吗,和老子凶个鸟,老子手上的杀猪刀也不是吃素的,可别把我惹火了!"

游武强看郑马水切完肉,称都没有称就要用湿稻草捆扎猪肉。游武强一把抢了过来,说:"不用捆了!我现在就把猪肉吃掉!"

郑马水吃惊地睁大眼睛:"你说什么?"

游武强没有理他,自顾自地把刺刀从案板上拔起来,把那块肉一小块一小块地切碎。然后跳起来,一屁股坐在了猪肉案板上,用刺刀的刀尖挑起一小块肉,送进自己的嘴巴里。游武强用力地嚼着生猪肉,嚼了几下就咕噜地吞了下去。吞下第一块肉,游武强对愣在那里的郑马水说:"你他娘的肉的确不新鲜了!"

郑马水连连点头："对，对，是不新鲜了，我不是和你有言在先的吗！"

郑马水怀疑游武强是不是疯癫了。他要是没有疯癫，吃下这两斤生猪肉也应该会疯掉的，按唐镇人的说法，吃生猪肉会患猪癫疯的。猪癫疯是一种治不好的疯病，得了这种疯病的人也活不长。

郑马水呆呆地看着游武强一块一块地往嘴巴里塞生猪肉。

游武强两边太阳穴上的血管蚯蚓般突出来。这时有几个人围过来。有人对他说："游英雄，你不能这样吃生猪肉呀，会得猪癫疯的！"

游武强边嚼生猪肉边说："我死人的肉都生吃过，还怕这生猪肉！"

游武强的眼睛血红。他吃着生猪肉的样子就像是在吃人肉，十分的骇人。这时，钟七的老婆沈文绣躲在一个巷子口的墙后面看着吃生猪肉的游武强，她的眼睛里充满了泪水。

游武强很快地吃完了那两斤生猪肉，抹了抹嘴巴，大声对郑马水说："多少钱？"

郑马水说："武强兄弟，这两斤猪肉就算我送给你吃的，钱就不用了，你走吧，如果还想吃猪肉，你尽管来，想吃多少都可以，我都免费，谁让你是英雄呢！"

游武强从旧军装的兜里掏出一块银圆扔在案板上说："你以为我是要饭的吗，狗屁的郑马水！钱你收好了，不用找了，如果老子还有命回来吃你的旧猪肉，到时再算！你放心，这钱是老子用命换来的，不是当土匪抢来的！"

游武强说完话，提着那把切过生肉而变得油乎乎的生锈的刺刀朝皇帝巷走去，雨水打在他的身上，噼啪作响，雨又稠密了。有些人跟在他的后面。他快要进入皇帝巷的时候，棺材店的老板张少冰撑着油纸伞追了上来，拦住了游武强："武强兄弟，你今天怎么啦，你想干什么呀！快回去吧，你能够回来，就是命大的了，我这些天正在张罗着给你说一门亲，好好地让你过上几天好日子呢！你怎么就这样想不开呢，他做他的逃兵，你当你的英雄，怎么也要活下去呀！"

游武强一把拨开了张少冰："少冰，你是我兄弟，我知道你胆小，连你自己棺材店里的棺材都会让你害怕。你应该好好活，你上有老下有小，我和你不一样，兄弟我光棍一条，不惜这条烂命，我为了一口气活，也为一口气死！你就不用拦我了，如果你真认我这个兄弟，我要是死了，你就施舍一副上好的棺材给我，我就心满意足了！"

张少冰知道他的脾气，他决定要做的事情是谁也拦不住的。只好眼睁睁地看着他去了。

游武强来到了镇公所的门口。

那时，镇长游长水和唐镇的三个乡绅正在打麻将，这样的落雨天十分适合玩乐。他们玩得正在兴头上，一个保安队员慌慌张张地跑进来说："不、不好啦——"

游长水抓了一个麻将牌，没有打出去，他冷静地对那个保安队员说："出了什么事，如此慌张！是不是唐溪涨大水了？或者说陈烂头又抢了谁家的东西了？"

保安队员说："都不是，大水没有超过河堤的警戒线，陈烂头也没有抢谁家的东西，已经好久没有听到他的风声了。是、是你侄儿游武强来找事了！"

游长水拿着麻将牌的手颤抖了一下："你再说一遍，是谁来找事？"

保安队员说："是你的侄儿游武强。"

游长水叹了口气说："这个畜生终于找上门来了！"

他接着问保安队员："你们队长呢？"

保安队员说："镇长你不是让他到对面的洪福酒馆订菜了吗？"

游长水"哦"了一声，站了起来，走了出去。那三个乡绅也站了起来，跟在了游长水的身后。游长水站在镇公所的门前，神情肃穆地看着站在雨中浑身像落汤鸡般的游武强。

游武强的眼睛血红，透出一股杀气，他的手上紧紧地握着那把生锈的刺刀，刺刀的刀刃上有些缺口，那是不是杀人时留下的缺口？那刺刀上的锈迹是不是没有擦干净的人血？

游长水冷笑了一声说："你回来多少天了？怎么才来见我，我好歹是你叔叔，好歹从小把你养大。你就这样恨我？"

游武强也冷冷地说："钟七呢？"

游长水心里明白，钟七一定是躲在洪福酒馆不敢出来了。游长水看到几个保安队员端着枪站在他的左右，又冷冷地说："你找钟七做什么？"

游武强还是冷冷地说："这是我和钟七之间的事情，和你没有关系。我问你，钟七呢？"

游长水说："腿长在他的身上，他去哪里是他自己的事情，我哪里知道。你要是找我，你可以到里面谈，我们还是叔侄关系，你要是没有什么事情，该到哪里就到那里，不要在这里影响我们的公务！"

游武强说："钟七是你脚下的一条狗，你告诉他，今天有他没我，有我没他。我在五公岭的乱坟坡上等他，他要是个男人就来找我！今天他不来找我，明天我同样会要了他的命！"

随即，游武强又大声吼道："钟七——你他娘的给老子听着，我知道你现在就缩在镇公所里面！你要是有种，你就到五公岭来，你可以带上你的盒子枪，我等着你！"

游武强扬长而去。

游武强离开皇帝巷后，钟七才从洪福酒馆钻了出来。游长水冷冷地对他说："你怎么就惹上了他这个孽障呢！从小他就不听我的话，我打他骂他，他就是不服我的管教，还恨上我了，早早地离开了家，在外面浪荡！你和他闹，你有什么胜算？"

钟七的脸色阴沉下来，犹如阴霾的天空。

唐镇的许多人都知道，要出事了！只有异乡人宋柯对将要发生的一切一无所知，他只是紧闭画店的门，在画店的阁楼上为三癞子牵肠挂肚。宋柯在嘈杂的雨声中吹起了长箫，箫声穿过窗棂，在落寞的雨中的唐镇飘荡。

16

入夜后，雨停了。天地一片漆黑。游武强浑身冰冷地坐在五公岭乱坟坡三癞子挖好的那个墓穴旁，大口地喘着粗气。他听到唐溪大水咆哮的浪涛声。游武强在这里等了整整一个下午，也没有见钟七前来。其实游武强应该意料到钟七不会前来赴约的，他要是敢前来赴约，那他就不会当逃兵了。游武强咬着牙，用刺刀使劲地插着泥土！

就在游武强英雄无用武之地，用刺刀插着泥土的时候，一个保安队员从镇街上闪进了钟七家的那条小巷，来到了钟七的家门口。钟七的家门紧闭着。保安队员从门缝间可以看到里面的灯火。保安队员敲了敲门，此时虽然雨停了，但屋檐上还是滴滴答答地漏下雨水。保安队员看里面没有反应，又加重了力气敲了敲门。他等了一会儿，就听到有细碎的脚步声来到了门后，里面传来女人警觉的声音，声音里夹杂着一丝恐慌："谁？"

保安队员说："我是猪牯呀，大嫂。"

沈文绣压抑着自己复杂的情绪说："什么事？"

猪牯说："我们钟队长让我来通知你，他晚上不回家住了。"

沈文绣的心狂乱地跳动着："你们队长没、没有什么事吧？"

猪牯说:"大嫂很关心我们队长呀,我们队长真有福气,讨了你这样一个好老婆。大嫂,你放心吧,钟队长不会有事的,他现在正和游镇长他们喝酒呢。"

猪牯走了后,沈文绣回到了厅堂里。正在吃晚饭的婆婆放下了筷子,对她说:"谁呀?"

沈文绣两个年幼的儿子天真地看着脸色阴霾的母亲。

沈文绣脸上强挤出笑容:"是猪牯,说钟七晚上不回来住了。"

婆婆叹了口气说:"这个畜生!他是根本不把这个家当家了。要不是我骂他,说他经常晚上不回家也不和家里说一声,他也不会让猪牯来说的。这个畜生迟早要出大事!文绣,这个家多亏了你呀,要不是你,我早就被他气死了,骨头从坟墓里挖起来都可以用来敲鼓了!文绣,这个畜生还不把你当人,那样恶毒地折磨你,他不是人呀!我怎么就养了这么一个混账儿子!文绣,我知道你心里有说不出的苦,为了这两个孩子和我这把老骨头,你就多多担待一些了。我替那个畜生给你赔不是,我给你跪下磕头也可以的,你就是不要想不开,很多事情不要往心里去,都是命!"

沈文绣没有说话,端起碗,使劲地用筷子往嘴巴里扒饭,眼泪却扑簌簌地滚落到饭碗里。此时,沈文绣的心里响起了一支凄苍的歌谣,这支歌谣让她卑微的灵魂战栗不已。在这个夜里,会发生什么难以想象的事情呢?

夜深了。

雨后的山野有风拂过。

虫豸的声音从四面八方响起,企图和唐溪咆哮的大水声抗衡。萤火虫在黑暗的山坡上发出了星星点点的亮光,仿佛是许多鬼魂的眼睛。

因为大水而变得宽阔的唐溪也在黑夜里发出水的白光,神秘莫测,令人心里发寒。

游武强还是呆坐在三癞子挖的墓穴旁边，看着唐溪。生锈的刺刀插在他面前的泥土里，无声无息。刺刀不会说话，不会告诉他这样的黑夜里所隐藏的危险。游武强的衣服还是湿漉漉地黏在他的肉体上，他感觉不到寒冷，反而觉得身上冒着热气，热气中还夹杂着馊哄哄的汗臭。

游武强的脑海里总是出现一个画面：沈文绣赤身裸体地蜷缩在床上，两手抱着头，脸部肌肉扭曲的钟七挥舞着铜头皮带，疯狂地抽打着沈文绣，沈文绣蜷缩的裸体抽搐着，嘴巴里发出绝望的哀叫……

游武强的头要炸了。

就在这时，游武强听到了歌声。

凄凉的歌声：

"郎呀，妹子心比天高命如纸薄呀，郎呀——

"郎呀，烟散了水流走了，妹子的心碎了呀，郎呀——

"郎呀，天好远路好长，何处寻你的踪迹呀，郎呀——

"郎呀，风好大雨好急，妹子的泪血一般黏呀，郎呀——

"……"

这是唐镇的男人死了，送葬时死者的女人才会唱的丧歌。丧歌声是从唐溪边上传过来的，十分瘆人。游武强有点不敢相信自己的耳朵，这半夜三更的，有谁会在镇外的唐溪边上朝着五公岭方向唱着丧歌呢？游武强从泥土里拔起刺刀，用刺刀尖在自己的胳膊上划了一下，痛感使他异常清醒。那丧歌声是那么真实地在空旷的原野上回荡，而且游武强听出了是谁的声音。当他分辨出是谁的声音后，马上站了起来，手中提着那把生锈的刺刀，深一脚浅一脚地朝唐溪奔跑过去。他身后传来沉闷的雷声。

游武强站在唐溪边上，听着对岸的丧歌声，情感异常复杂。女人的歌声凄凉而又绝望，在大水骇人的咆哮声中显得那么微弱。游武强从女人的歌声中听出了血和泪……游武强望着对岸，他什么也看不见，对岸黑黢黢的一片，犹如地狱深处。

平常只有几十米宽的唐溪，现在仿佛是一条大河，大水把两岸的河滩全部淹没了，宽阔的河面上回旋着一个个巨大的旋涡，仿佛要把一切活物吞进去，大水的咆哮声增加了唐溪的恐怖色彩，游武强觉得有数不清的鬼魂在河面上疾走、号叫。

天空中突然霹雳一声，一道闪电划破了对岸浓重的黑，一刹那间，游武强看到了对岸的河堤上站着一个女人。一股热血冲上他的脑门，他朝着对岸大吼了一声："等着我——"

游武强勒紧了腰带，把刺刀插在腰间的皮带上，"扑通"一声跳进了湍急的大水之中。对岸的歌声戛然而止，随即传来一声尖叫……

17

这个黑夜里唐镇在沉寂中隐藏着躁动。宋柯在飘摇的油灯熄灭之后，又睁开了眼睛。他的身体像是被无形的绳索捆绑住了，动弹不得，他已经不是第一次碰到这样的事情了，自从他把那些死人的画像堆放在床底下，每天晚上，他就会在油灯的油燃尽后，被幽冥的声音唤醒，然后身体无法动弹，听着死人讲述他的死亡故事，几乎每个晚上出现的都是不同的鬼魂，讲着不同的关于死亡的故事。宋柯听得毛骨悚然，却没有办法拒绝倾听。他在恐惧中等待天亮，他清楚，天亮后他就会恢复平静，就会把夜里发生的事情遗忘。

比如这个晚上，出场的是个死去的理发师。理发师一出场就用阴森森结巴的声调对他说："我、我、我死、死得冤呀——"宋柯看不到他的面容，连影子都看不到。宋柯只是想象着他的样子。他仿佛看见理发师抖抖索索地站在床边，手中拿着锋利的剃刀。宋柯担心着理发师会把手伸过来，按住他的头，然后把锋利的剃刀在他的头上脸上一刀刀地划着，最后，在他的脖子上抹上一刀。

理发师用他结巴的话语，给宋柯讲了他的死亡故事：

一天深夜，有人翻墙进入了理发师的家里。那人就是土匪陈烂头。陈烂头用盒子枪指着他，把他从被窝里提了起来。理发师吓坏了，甚至把尿也屙在了裤裆里。陈烂头对他说："你不用怕，老子只是头发长了，需要你给我刮个光头。"理发师连连点头："好、好，我、我给你、你刮——"陈烂头收起了盒子枪，说："干你娘的，连话都说不清楚的人也能剃好头，而且还能够成为唐镇最有名的剃头匠，这他娘的什么世道！"如果是一个普通人，哪怕是唐镇的镇长坐在理发师的面前，理发师也不会害怕，或者还会用结巴的语言和来找他理发的人开上几句不荤不素的玩笑。可是，这是闻名唐镇方圆几十里地的土匪陈烂头找上门来让他剃头，他腿肚子能不颤抖吗！不光他的腿肚子颤抖，他的手和嘴唇都在颤抖。理发师怎么也想不到，他因为恐惧而生发的颤抖和本能的结巴让他送了命，他越是在意面前的人是个杀人不眨眼的土匪，他的生命就越受到威胁。假如，理发师能够像给普通人理发那样以平常的心态去给陈烂头理发，轻松地把他那硕大的头颅当成一个芋头，那么，他或者会多活几年。就在理发师给陈烂头把头刮光后，他还想给陈烂头的头修得更干净一点，手中的剃刀却在颤抖中划破了陈烂头的后脑勺。理发师害怕极了，手中拿着剃刀不知所措。陈烂头用手抹了抹受伤的地方，他摸到了血。血让陈烂头野性发作，他把沾血的手指放在舌头上舔了舔，对理发师冷冷地说："你是不是想杀我？"理发师手里拿着剃刀摆动着，想解释什么，嘴巴里却发出了含混不清的声音："我、我、我，要、要，不、不，杀、杀——"理发师没有说完完整整的一句话，陈烂头的枪响了，子弹从理发师的脑门上穿了进去……

理发师的鬼魂在向宋柯叙述死因的时候，画店的门口出现了一个神秘的白衣人。神秘的白衣人站在黑暗中大口大口呼吸着。黑暗中跑过来那只褪毛的土狗。它站在离白衣人一丈远的地方朝白衣人不停地呜咽着。白衣人退了几步，土狗前进了几步。白衣人站住了，土狗又站住了，朝白衣人呜咽。雷声响起来，风在镇街上灌过来灌过去。白衣人和土狗对峙了一会儿，就转身走了。豆大的雨点落下来，紧接着，雨水又密密麻麻地从天降落。

就在白衣人鬼魅般离开镇街后，棺材店的门被打开了，两个人一前一后地进入了棺材店。刚好有个人起来上厕所，他看到那两个人进入了棺材店。这个人上完厕所后，就偷偷摸摸地来到了棺材店的门口，把耳朵贴在了棺材店的门板上，他听到了让他心惊肉跳的声响，那是男女交欢时发出的叫唤声。这个好事之人就是唐镇的保安队员猪牯。

猪牯在黑暗中狞笑着，飞快地朝皇帝巷奔去。

杨飞蛾脸色潮红，眼泡浮肿，她在昏红的灯光中，仇恨地审视着躺在自己身边的钟七，杀了他的心都有了，她好几次想用剪刀捅进钟七的心脏，可她就是下不了手，尽管她的下身痛得几乎要她的命，已经糜烂得流出了脓血。杨飞蛾只能在想象中，一次一次地用各种手段把钟七杀死，就在杨飞蛾展开她的想象力的时候，她听到了逍遥馆外面传来的急促的敲门声。

钟七被杨飞蛾推醒了，他对杨飞蛾怒骂道："臭婊子，你想找死呀，连个觉也不让我睡！"

杨飞蛾说："刚才李妈妈在外面叫你呢，说出事了！"

钟七听了杨飞蛾的话，立即从床上弹了起来，赶紧在枕头底下摸出了盒子枪："出什么事情了？"

杨飞蛾说："我不知道出什么事情了，李妈妈叫你赶快到门口去。"

钟七麻利地穿上衣服，冲出了逍遥馆。

猪牤见钟七神色慌张地走出来，就凑过去，在钟七的耳朵边上轻轻地耳语了几句。钟七听了猪牤的话，牙关打战："你说的是、是真的？"猪牤说："我说的千真万确，如果有半点假话，我被雷劈死！"猪牤刚刚说完，天上就响起了炸雷的响声，猪牤浑身哆嗦。钟七说："我先去找游镇长说说这事，看他怎么处理，干他娘的游武强，他怎么能够干出这样伤天害理的事情！"

约莫过了半个时辰，镇公所的大门洞开，从里面冲出一群保安队员，他们荷枪实弹，举着火把，在钟七和猪牤的率领下，朝镇街上蜂拥而去。雨水越下越猛了，这的确是个令人不安的夜晚。

那只褪毛的土狗还在画店门口呜咽着。

18

新的一天来临了，宋柯还是没有看到三癞子。三癞子的失踪对唐镇人来说并不重要。人们只会在死人的时候想起他来，会叫他去挖墓穴，因为他挖的墓穴又大又深，还有一种说不出的让死人安生的感觉。宋柯觉得自己和三癞子一样，平常也是可有可无的人，他们都是为了死人而活着的人。宋柯在这个晌午醒来，推开阁楼的窗，一股暖洋洋的气息扑面而来，他看到了阳光。一缕阳光从云层里斜透出来，刚刚好照在了宋柯的脸上，宋柯苍白的脸被镀上了一层橘红色。太阳很快又钻进了云层，尽管如此，天空还是明亮了许多，隐隐约约可以看到淡淡的日影。宋柯长长地呼出了一口气，雨终于要停了，阴霾的雨季是不是要过去了？宋柯呼吸了一口从窗外拂进来的新鲜空气，感觉肚子饿了。他的目光落在了画店斜对面的胡记小吃店里。

宋柯踏进了胡记小吃店。小吃店的老板娘胡二嫂笑脸相迎："宋画师,你要吃点什么?"

宋柯说:"来一碗扁食和二两煎包。"

胡二嫂说:"你坐着稍等一会儿,很快就给你上来。"

宋柯看着胡二嫂不慌不忙地照顾着两个锅,一个锅在煎包子,一个锅在煮扁食,宋柯不明白为什么唐镇人会把馄饨叫作扁食。宋柯自从来到唐镇后,极少自己做饭,大多时候都是在小吃店里随便吃点什么。有一点让他不解,他从来没有看到过胡二嫂的丈夫胡二哥,有人说,胡二哥是个木匠,长年在外地做手艺,只有过年的时候才回来。

的确,很快地,胡二嫂就给宋柯端上了一碗扁食和一盘煎包。

胡二嫂笑着对宋柯说:"宋画师,你知道昨天晚上镇上发生的事情吗?"

宋柯咬了口煎包,摇了摇头:"不知道。"

胡二嫂说:"全镇人都知道了,就你不知道。"

宋柯想,唐镇发生什么事情和自己有什么关系?他是个落寞的人,现在除了关心三癞子,不会去关心别的事情,仿佛唐镇天塌下来了也和他无关。

胡二嫂不管宋柯愿不愿意听,还是笑着对他说:"昨天晚上,钟七的老婆沈文绣和游武强通奸被抓住了,就在张少冰的棺材店里,听说钟七带人撞开门时,沈文绣还在棺材板上一丝不挂呢!游武强没有抓住,被他跑掉了,说是从棺材店的后窗逃掉的。真是看不出来,沈文绣这个女人会这么骚,游武强回来没几天就和他搞上了。看来沈文绣也活不长了。就是钟七甘心做活王八,钟姓的宗族里也不会放过她的。听说钟姓人扬言,如果抓住了游武强,要活剐了他,就是游镇长出来说话也没有用,他的侄儿睡人家老婆,理亏呀!"

宋柯抬起了头:"有这样的事情?"

胡二嫂点了点头，满脸鄙夷的神色："撇开沈文绣这个骚狐狸不说，游武强也不是个东西，还抗日英雄呢，想搞了去逍遥馆不就行了，实在不行，去找寡妇余花裤也没人讲他，偏偏要去嫖人家老婆。"

宋柯吃惊地看着胡二嫂，他不明白为什么胡二嫂会说出这样的话来。宋柯正在纳闷，镇街上便骚动起来。胡二嫂几步就抢出了小吃店，兴奋地看热闹去了，宋柯耸了耸眼镜，还剩下的两个煎包怎么也吃不下去了。小吃店里有股腥臭的味道在慢慢地飘散。

一夜之间，沈文绣变成了另外一副模样，披头散发，脸色脏污，右眼角肿起一个乌青的大包，把眼睛挤成了一条细细的缝，她的下嘴唇也破了，嘴角还淌着血。沈文绣被五花大绑着，无力地耷拉着头，撕破的衣服血迹斑斑，赤着双脚。她被钟家宗族的人抓到镇街上游街。一个老头在前面开道，边敲着铜锣边用沙哑的嗓子喊叫："大家来看呀，来看偷汉子的女人沈文绣啦——"沈文绣后面有几个男人押着她。

宋柯看到这个场面就心惊胆战，他回到画店，关上了门，来到了阁楼上。他从窗口上望下去。很多人在街两旁朝不成人样了的沈文绣指指点点，议论纷纷。人们的表情各异，有人愤慨，有人幸灾乐祸……还有人朝沈文绣身上扔脏污之物。沈文绣路过画店门口时，抬头看了看宋柯，她的另外一只眼睛里透出一种决绝的神色，淌血的嘴角还露出一丝冷笑。宋柯的心颤动了，他十分同情这个唐镇最美丽的女人，他可以想象沈文绣的精神和肉体受到了多大的折磨，此时，宋柯真希望那个一直宣扬自己是英雄的游武强突然从天而降，把身处水深火热之中的沈文绣劫走，可这只是宋柯的美好想象，直到沈文绣死之前，英雄游武强也没有出现在她面前。

就在这时，宋柯看到小吃店的胡二嫂提了一个马桶走到了沈文绣的面前，骂骂咧咧地把马桶里的屎尿泼在了沈文绣的身上。宋柯吃惊地睁大了眼睛，胡二嫂怎么能够这样做！宋柯的胃里顿时翻江倒海，他无法再看下去了，关上了窗门。宋柯颓然地坐在椅子上，愣愣地看着空白的画板，突然抱住自己的头，哭了起来。他心里想起了另外一个离他异常遥远的女人。浓郁的腥臭味在阁楼里弥漫着。宋柯的心沉入了一个巨大的冰窟里。窗外镇街上的喧闹仿佛离他十分遥远。宋柯没想到沈文绣会这么快死，而且死得那么惨。

就在这天黄昏，沈文绣被钟姓族人五花大绑地押到了大水汹涌的唐溪边上。雨停了一天，天空也阴阴阳阳了一天，此时，天空又恢复了阴霾，尽管西方的天边有些许暗红如血的云霞。钟七和镇公所的人都没有出现在唐溪边上，很多镇上的人都来到了溪边看热闹。沈文绣抬起耷拉着的头，用那剩下的一只可以看得见光明的眼睛，眺望着远方。她心里十分清楚，自己很快就要被沉入浑黄的大水之中了。按唐镇钟姓宗族的规矩，和别的男人通奸的女人是要沉潭而死的。沈文绣的嘴唇嚅动了一下，突然喊出了几句歌谣：

"郎呀，妹子心比天高命如纸薄呀，郎呀——

"郎呀，烟散了水流走了，妹子的心碎了呀，郎呀——

"郎呀，天好远路好长，何处寻你的踪迹呀，郎呀——

"郎呀，风好大雨好急，妹子的泪血一般黏呀，郎呀——

"……"

钟姓人的族长，那个下巴上留有一绺老鼠须的干瘦老头，把点燃的三炷长香对天拜了几拜，用他洪亮的声音说："将淫妇沈文绣装入猪笼——"

几个壮实的男人便把沈文绣塞进了肮脏的猪笼，沈文绣没有挣扎，也没有再唱了，她闭上了那只还能够看见光明的眼睛，身体蜷缩成一团。围观的人有的在笑，有的在窃窃私语，有的面无表情……那几个壮实的男人把沈文绣装进猪笼后，还往猪笼里放下了一块大石头，接着用粗实的棕绳把猪笼的口扎紧。他们做完这一切，西方天边的那些许暗红的云霞消失了，天地即将进入死一般的黑暗。在钟姓族长的命令下，装着沈文绣和石头的猪笼被推进了唐溪的大水之中，没有人再听到唐溪最美丽的女人沈文绣的声音，他们看到猪笼入水后，旋转了一下就沉入了水底……

19

沈文绣死后的那个晚上，钟七喝了很多酒，喝完酒后，他没有去和镇长游长水打麻将，也没有去逍遥馆蹂躏妓女杨飞蛾。他在半夜三更的时候敲开了画店的门。画师宋柯正在油灯下对着一张黑白照片凝神，照片上是一张清秀女子的脸。画店的阁楼里弥漫着浓郁的腥臭味。只要宋柯想起这个女子，腥臭味就会变得浓郁。听到敲门声，宋柯赶紧把那张照片塞进了抽屉里。

开门后，宋柯看到了提着小马灯的钟七。

钟七满身的酒气。宋柯皱了皱眉头。钟七身上的酒气令他恶心，也将他从对照片中女子的幻想拉回到了唐镇的现实。

宋柯惊讶地说："钟队长，你怎么来了——"

钟七打了个酒嗝说："我不能来吗？"

宋柯说："能、能来，欢迎你来！请进——"

钟七提着小马灯走进了画店。钟七闻到了那股浓郁的腥臭味。浓郁的腥臭味使钟七体内的酒精加速地挥发，他的大脑渐渐清醒过来。

钟七把小马灯放在桌子上，坐了下来。

宋柯说："钟队长深夜到小店来，有何贵干？"

钟七皱着眉头，他被腥臭味折磨着，就像宋柯被酒臭折磨一样难受。钟七耐着性子低声对宋柯说："宋画师，我求你一件事。"

宋柯说："钟队长，有事你尽管吩咐，要不是你，我还到不了唐镇。你可千万不要把我当外人。"

钟七长叹了一口气:"唉,没有了文绣,我可怎么活呀!"

宋柯无言了。他不会安慰钟七什么,也不知道怎么安慰,而且,宋柯不解的是,既然你钟七没有沈文绣都活不了,那为什么要让族里的人把沈文绣投进大水中淹死呢?宋柯没有到唐溪边上去看沈文绣沉河,但是他知道沈文绣已经死了,也知道三癞子在五公岭山坡上挖的墓穴有了用场。像沈文绣这样死的女人是不可能进入钟家的坟园的,只有埋在那片乱坟坡上,变成清明时也无人扫墓的孤魂野鬼。

钟七说:"宋画师,你是见过我老婆沈文绣的,我想让你给她画一张像。人死了,不能复生了,我只想留下她的一张画像,等我死后,让它和我一起装进棺材,埋进土里。"

宋柯点了点头。

钟七又说:"宋画师,给文绣画像这事,千万不要让镇上的人知道,我们这里人有个规矩,像文绣这样死的人是不能够留下画像在人间的。"

宋柯又点了点头,此时,他脑海里突然出现了沈文绣游街经过画店门前,抬起头看他的情景。沈文绣的目光犹如一道闪电,划过宋柯的脑海,他浑身颤抖了一下,觉得有点冷。

钟七说话的样子显得哀伤。

宋柯不知道钟七的哀伤是真是假,他内心还是愿意把钟七的哀伤当成是真的。

钟七站了起来,他被腥臭味折磨得实在坚持不住了,只好离开,本来想了许多话要交代宋柯的,现在什么也说不出来了。他甚至忘记了把画店桌上的那盏小马灯提走。宋柯在后面提醒他,他仿佛也没有听见。宋柯眼睁睁地看着钟七离开,然后把画店的门关上了。

钟七走到唐镇的街上后，大口地呼着新鲜空气，像一条在死水里等待死亡突然遇到活水的鱼，新鲜空气使他的五脏六腑舒畅。他的手下意识地握着盒子枪的枪把，钟七的酒劲已过，大脑变得无比清醒，现在，他想到的不是已经沉入水底的沈文绣，而是他的仇人游武强，在两天前，游武强还谈不上是他的仇人，可现在是了，完全是了，游武强就是他不共戴天的仇人，还是他一生的噩梦。

钟七把盒子枪从枪套里拔了出来。

他觉得游武强并没有逃离唐镇，游武强也许现在就藏在他看不清的某个暗处，正借着朦胧的夜光，注视着钟七的行动。钟七心里一阵发冷，仿佛听到游武强沉重的呼吸。

钟七突然听到了狗的呜咽。在唐镇有个连三岁小孩都知道的说法，狗在夜晚发出呜咽声，吠不出声，是因为它看到了鬼魂。钟七听到狗的呜咽，浑身起了鸡皮疙瘩。

钟七回头看了一眼，那是狗的呜咽声发出的地方，就在画店的门口。钟七看到一个白色的影子在街上飘过。钟七的后脑勺上冒出了冷汗。他顾不了许多了，撒开腿，朝皇帝巷的方向奔跑而去，镇街上钟七的脚步声让没有睡着的人心惊胆战。

20

还是这个夜晚，又有一个人进入了宋柯的画店。这个人没有敲门，他是从画店的后窗里爬进去的。宋柯那时正对着画板上的画纸发呆，他想画出一个美丽的沈文绣，可是他脑海里浮现的尽是沈文绣被折磨得不成样子的脸，油灯飘摇着，像一种情绪。宋柯决定这个晚上不睡觉也要把沈文绣的画像画出来，这是他来唐镇后的第一笔生意，或者不仅仅是生意那么简单的事情，沈文绣看他的最后一眼的确打动了他。宋柯还放了瓶煤油在油灯的旁边，随时准备给小油灯添油，只要小油灯不灭，他就不会被黑暗中出现的东西侵扰，这是他纯朴的想法。宋柯拿着炭笔的手几次想在画纸上涂下第一笔，可都颤抖地移开了。

从后窗爬进画店的人轻轻地沿着陈旧的木楼梯，走上了阁楼。他悄无声息犹如鬼魂般站在宋柯的身后，痴迷的宋柯竟然没有发现。

那人轻轻地沙哑地说了一声："宋画师——"

宋柯悚然一惊，嚯地站起来，回过身，看到了脸色苍白、浑身湿漉漉的游武强。宋柯惊愕地说："你没走？"

游武强还是沙哑着嗓子说："宋画师，我做完一件事情后会离开唐镇的，不过，这件事情需要你帮忙。"

宋柯不敢和游武强对视，游武强的眼睛里有种逼人的戾气。宋柯貌似平静地说："你是不是要杀了钟七才走？如果是，我帮不了你这个忙。"

游武强冷笑着说："杀钟七是我自己的事情，和你没有关系，我如果叫你帮我一起杀钟七，那是对我的侮辱。我要你和我走一趟。"

宋柯说："去哪里？"

游武强说："一会儿我先走，我在唐溪边上等你。"

宋柯无语了。

游武强坚定地对宋柯说："宋画师，我知道，你一定会来的。"说完，游武强就下楼去了。等宋柯下楼，游武强早没有了踪影。宋柯犹豫了一会儿，尽管内心有些恐惧，可他还是决定前去赴约。在这个夜里，画店里没有火把什么的，怎么抵御路上的黑？宋柯想到了钟七留在画店里没有带走的小马灯。宋柯点亮了那盏小马灯，出了画店的门。

宋柯出门后，那条褪毛的土狗躲到了一旁，等宋柯走出一段路后，土狗才跟上去，它总是和宋柯保持着一定的距离。宋柯走得很

59

快，担心会被人发现自己去帮游武强做事。宋柯走出了唐镇，很快来到了河堤上。他站在河堤上，看着唐溪上的大水，大水退下去了不少，但还是那么湍急，水流还是那么沉缓有力。宋柯还看到了一条小船靠在河堤下的岸边。游武强在小船上朝他低沉而沙哑地叫道："宋画师，快下来，我在这里——"

宋柯回头看了看，没有发现有人跟着，就下了河堤，来到了小船边上。游武强把宋柯搀扶上了小船，对他说："宋画师，你坐好了！"

宋柯坐在了船舱上的横板上，一只手提着小马灯，一只手紧紧地抓住了船帮。

游武强解开了缆绳，用长篙撑起小船，朝对岸斜斜地穿过去。小船在水面上划过时，不停地颤动着，有时，水浪打过来，像是要把小船掀翻。宋柯从小就怕水，船到水中央的时候，他的心提到了嗓子眼上，大水一下子变得那么苍茫和可怖，只要一不小心，他就可能葬身水底。风在水面上穿行，发出可怕的声音，像有许多鬼魂在水面上击水呐喊。

河岸边，土狗望着渐渐远去的小船，它呜咽了一下，然后跳进了大水之中。

宋柯怎么也没有想到游武强会把他带到五公岭的那片乱坟坡上。宋柯就在三癞子挖的那个墓穴里看到了沈文绣的尸体。

他们到了墓穴旁边后，游武强点亮了火把，火把照亮了那片空间。宋柯可以看到草叶上透明晶莹的露珠。宋柯看到沈文绣的尸体，眼睛里便出现了一束火苗。

沈文绣面向天空平躺在那里，头发梳得纹丝不乱，紧闭着双眼，脸色寡白，受过伤的部位也看不出青肿了，传说在水里淹死的人会特别干净，水会把她在人间的浊气冲刷干净。沈文绣穿着一身红色的衣服，脚上还蹬着一双红色的绣花鞋。她的身上还放满了在山野采来的各种鲜艳的野花。沈文绣这个样子是宋柯怎么也想不到的，在此之前，他以为沈文绣会被人从水里捞起来后草草地埋掉，连一件简单的丧衣也不会有。宋柯想象着游武强在黑暗中把沈文绣从大水中捞起来后，是如何把沈文绣的尸体弄到山坡上来的。宋柯的眼前出现了这样一幅情景：游武强将沈文绣的尸体放在了三癞子挖好的墓穴里，然后给沈文绣换上了红色的新衣裳，给她穿上了新嫁娘才穿的绣花鞋；做完这些后，游武强就给沈文绣梳头，在给她梳头时，游武强也许微笑着，泪水也滴落到了沈文绣寡白的脸上……游武强在山野上采来了许多鲜艳的野花，放在了沈文绣的身上，那时，有风吹过山坡，游武强仿佛听到了沈文绣凄美动人的歌声……

游武强举着火把站在墓穴边上，沙哑着声音说："文绣，我把宋画师请来了，我相信他是这个世界上最好的画师，他一定会为你画一幅最好的画像！我是畜生，我真的不值得你对我如此厚爱的，文绣，你为我而死，可现在我连一副棺木都不能够给你，尽管唐镇棺材店的老板是我最好的兄弟！我不能够再连累他了，希望你谅解我这个畜生！我只能请宋画师给你画一幅最好的画像，我到死也会带在身边……"

游武强说完，扑通跪下了，然后自己抓着自己蓬乱的头发，呜呜大哭。

一阵狂风呼啸而来，把游武强手中的火把扑灭了，也把宋柯提着的马灯扑灭了。

朦胧的天光中，宋柯看不清死者沈文绣的脸，但是他感觉到，此时的沈文绣是幸福的。宋柯滚烫的泪水涌出了眼眶。他想起了遥不可及的那个女子，腥臭的气味弥漫开去。宋柯听到了狗的呜咽声和游武强的痛哭声汇集在一起，在荒莽的山野传得很远，很远……

21

宋柯回到画店后就开始给沈文绣画像。

今夜,宋柯没有一丝睡意。在那个逼仄的小阁楼里,宋柯充满了绘画的欲望,他用炭笔在画纸上激情涂抹的过程中,眼睛里一直含着泪光。腥臭的味道也越来越浓郁。

宋柯的身后站着一个影子。

她在看着宋柯画像。

她还在低吟着一支歌谣。

宋柯太投入了,他始终被一种情绪控制着,以至没有发现身后站着的影子,也没有听到画店门口土狗的呜咽。

土狗站在画店的门口,和不远处一个角落里的白色影子对峙着。那个白色的影子最后无奈地飘走,带走了一股阴冷的风。

当他画完沈文绣的画像后,长长地呼出了一口气,画像中的沈文绣栩栩如生,特别是那双眼睛,闪烁着动人的波光,波光中蕴含着凄美的色泽,像是在含情脉脉地向她亲爱的人诉说……天已经亮了,宋柯站起身,推开了窗门,发现天空瓦蓝瓦蓝的,这是个难得的晴天,雨季是不是该过去了。他推开窗门时,阁楼里浓郁的腥臭味扑了出去。

宋柯看到了刚刚把小吃店的门打开的胡二嫂。

胡二嫂打着哈欠,她抬头看到了宋柯。胡二嫂朝宋柯笑了笑:"早呀,宋画师。"

宋柯看到胡二嫂就会自然而然地想起她往沈文绣身上泼屎尿的情景,尽管宋柯感到了恶心,但是他还是礼貌地朝胡二嫂笑了笑:"你也早。"

胡二嫂抽了抽鼻子:"什么东西那么臭呀?"

宋柯听她说完这句话,赶紧把窗门关上了。他重新坐在画板前，看着沈文绣的画像，脸上出现了焦虑的神色。他还要画一幅沈文绣的画像，那是给钟七画的。宋柯把画好的画像藏在了床底下，然后就开始画沈文绣的第二幅画像。在画沈文绣第二幅画像时，他眼前总是浮现起沈文绣游街时被折磨得不成样子的那张脸……到了中午的时候，宋柯画完了沈文绣的第二幅画像，这幅画像和第一张完全不一样，沈文绣的眼睛是那么的无神而灰暗，而且右眼看上去还有些肿。他不知道钟七看了这幅画像后会不会不满意，让他重新画。画完这幅画，宋柯似乎耗尽了所有的精力，变得虚脱，他无力地倒在床上，浑身上下像是被抽掉了筋一般瘫软，脑海里一片空白。

这天中午，三癞子回到了唐镇。

三癞子回到唐镇后就听说沈文绣死了，他异常吃惊，喃喃地说："那个墓穴原来是给她挖的。"而且三癞子坚信，沈文绣的尸体已经埋在那个墓穴里了，他也知道，他挖那个墓穴一文钱的报酬也不会有了。三癞子两眼无神，黑黝黝的丑脸上看不出什么表情，他赤着双脚走在镇街上时，不但听到了沈文绣的死讯，还听到了关于沈文绣的鬼魂现身的传说。

唐镇在这个阳光灿烂的日子，流传着一件事情，说是有人在夜里看到了沈文绣的鬼影在镇街上飘忽，还不停地哭着，唐镇上的狗看到沈文绣的鬼魂，都无力地趴在地上，呜咽着……

小吃店的胡二嫂听了这件事情，吓得要死，她想，如果真的有沈文绣的鬼魂，会不会来找她算账呢？胡二嫂心里懊悔不已，自己怎么就控制不住往沈文绣的身上泼尿屎呢？胡二嫂魂不守舍地在小吃店里担惊受怕着，她不知道唐镇有多少人像她一样，也不知道晚上沈文绣会不会来敲她的门。

22

三癞子的回来，让宋柯心里放下了一颗大石头，尽管三癞子仿佛不认识他了，路过画店时也不往里看一眼，甚至宋柯叫他，他也装着没有听见。宋柯不知道这些天三癞子去了哪里，究竟碰到了什么事情。三癞子冷漠的态度，使宋柯心里隐隐作痛。宋柯没有去追问三癞子什么，毕竟他们还算不上什么好朋友。宋柯想，三癞子回来后还会到五公岭的乱坟坡上去挖墓穴吗？

三癞子回来后像只癞皮狗般在镇街上游来荡去，这里凑凑，那里凑凑，到哪里都被人没脸没皮地训斥几句，人们不会因为他的墓穴挖得好而对他刮目相看，或者给他一点点作为人的尊重，人们从骨子里认为他是唐镇最下三烂的人，要饭的人似乎也比他强。对于人们的训斥，三癞子也只是涎皮赖脸地笑笑，他早已经习惯了，他自己也认为自己是个下三烂的人。

三癞子鬼使神差地来到了寡妇余花裤的门前。

寡妇余花裤的家在唐镇一条叫青花巷的小巷最深处。三癞子十分清楚，余花裤原来并不叫这个名字，是因为她的男人死后，有一个晚上偷人，被族人抓住了，没有穿长裤就被抓去游街，那时她穿着一条鲜艳的花布裤衩，露出白生生的大腿，从那以后镇上的人就叫她余花裤了。余花裤本来也要装进猪笼沉潭的，因为她要是死了，就没有人养她的两个儿女了，族里就放过了她，久而久之，她在镇上和谁睡觉也不会有人管了，人活到一种无所畏惧的状态，那还怕什么呢？

这是黄昏，夕阳已经照不到青花巷了，青花巷显得阴暗。

三癞子发现寡妇的门紧闭着。

他伸出手，敲了敲门。

不一会儿，门开了一条缝。余花裤从门缝里露出了一只眼睛。

余花裤见是三癞子,气不打一处来:"你来做什么,滚!"

三癞子在余花裤开门后,闻到了一股肉香,他的口水都快从嘴角漏下来了,他也不知道自己多久没有吃肉了。

三癞子笑了笑说:"花裤,我想你了,来看看你。"

余花裤说:"想你妈去吧,老娘不用你想!"

三癞子斜着眼说:"花裤,你不要翻脸不认人好不好,你忘了去年春天闹饥荒,你一家人都快饿死了,我把给张财主的母亲挖墓穴打赏来的一块银圆给你,救了你一家人的命!那时你都肯和我睡,怎么现在就变了样呢?"

余花裤冷笑了一声说:"三癞子,你要搞清楚,我是拿了你一块银圆,可是我陪你睡了两个晚上,你每个晚上都弄我十多次,两个晚上下来,我都快死了。我还欠你的吗?你自己好好想想。老娘现在不会和你做什么事情,以后也不会了,你太脏了,只配和母狗睡,我想想都要吐!快滚吧!"

三癞子咬着牙说:"你这个没有良心的东西!"

余花裤又冷笑了一声说:"良心值几个钱?快滚吧,看到你,我晚上都吃不下饭了,你该到哪里去就到哪里去吧,反正,你这条野狗不要再想踏进我的家门了!"

余花裤把门哐当一声,重重地关上了。

三癞子听到了余花裤家里一个男人粗声粗气的声音:"你刚才在外面和谁说话?"

余花裤浪笑了一声:"是一条丧家狗,别管他,心肝哥,进屋吧,我晚上好好陪你喝几杯。"

三癞子听出来了,说话的男人就是唐镇的屠夫郑马水。三癞子朝着余花裤的家门恶狠狠地吐了口唾沫:"奸夫淫妇,应该把你们抓去沉潭!等你们死后,不要想我能给你们挖个好墓穴!让野狗把你们的尸身撕烂,永世也不能再投胎做人!"

三癞子无奈地回到了镇东头的土地庙,对着土地公公和土地婆婆的泥塑说:"土地公公,土地婆婆,你们行行好,就让我痛快地死掉吧,我生不如死呀!"

那沉默的泥塑不会回答三癞子。

三癞子没有办法,只好爬上神坛,躲到泥塑后面,躺下来睡大觉了。离开唐镇的这些天,他过得太累了。他企图躲避唐镇的一切,可是他什么也躲不掉。一切都是命中注定的,他无法改变。三癞子一躺下,就打起了呼噜。他希望自己一直这样沉睡下去,永远也不要醒来,可这只是他的梦想。入夜,当唐镇重新沉寂下来,三癞子就被自己的肚子痛醒了。

三癞子不怕死,但他怕这样的肚子痛。

三癞子的肚子突然就鼓了起来,像个充满了气的牛皮袋。刚开始是胀,像是肚子里塞满了观音土那样的胀,没有办法排泄的胀,肚子胀得要爆裂,三癞子感觉自己要窒息而死,呼吸急促。没有死那么简单,如果死了,三癞子就一了百了了,反正在这个世界上他了无牵挂。问题是,肚子胀只是前奏,还有更加难熬的痛苦在等待着他。

果然,过了一会儿,三癞子的肚子里像有千万条毒蛇钻动着,那些毒蛇在咬着他的五脏六腑,他的肠子被咬断了,肝脏被咬烂了,胆囊也穿了孔……三癞子浑身大汗,抱着肚子翻来覆去,从神坛上滚到了地上。三癞子凄惨地叫着:"土地公公,救救我吧,救救我吧……"

此时,没有人会救三癞子,他的惨叫也变得惘然。

三癞子肚子的疼痛和那个落雨的晚上有关,和那个白色的影子有关。那个落雨的晚上,三癞子走出庙门后,站在暴雨中,希望猛烈的雨水把自己的欲火浇灭,一道闪电划破了浓重的黑暗,他看到一个没有脸的白衣人站在他的面前。闪电过去之后,天地重新陷入黑暗。三癞子虽然在土地庙里住了很长时间，也听到过唐镇的许多神鬼传说，可从来没有亲眼见到过什么。这个无脸的白衣人让三癞子发抖。三癞子在恐惧中听到了一个女人的声音："你中了——"三癞子浑身打了一个激灵，就迷糊了。迷迷糊糊的三癞子的两腿还在行走。跟着那个白衣人行走。白衣人一直飘到唐溪边上。此时，唐溪上没有桥，也没有了渡船。白衣人口里念念有词，双脚贴着水面飘了过去，三癞子的身体也像那个白衣人一般腾空起来，双脚贴着水面飘了过去。渡过了波涛汹涌大水泛滥的唐溪，白衣人就带着三癞子往五公岭以西的深山里飘去……三癞子清醒过来时，天已经大亮了，他发现自己躺在大山里的一棵苦楝树下，浑身湿漉漉的，天还在落雨，雨水从苦楝树的枝叶间掉落在他的身上。他隐隐约约地想起，在昨天夜里，那个白衣人把他带到山里一间很干净的房子里，那个看不到脸的白衣人从一个陶缸里捉出一条小蛇，然后把小蛇伸进三癞子的嘴里，那条小蛇滑溜溜地从三癞子的嘴里钻进了他的肚子里，那时，三癞子浑身无力，像是被催眠了一般。小蛇钻进三癞子肚子里后，三癞子听到女人的声音："你只要把经常守在唐镇画店门口的那条土狗杀死，我就会放过你，否则你每个晚上都会肚子痛，蛇会在你的肚子里咬断你的肠子……"三癞子就像做了个可怕的梦，他来不及考虑什么，就逃离了这片山地。他没有回唐镇，三癞子希望能够到别的地方找到走江湖的那个汉子，和他们一起去浪迹天涯。他走了一个又一个地方，就是没有追寻到走江湖的汉子，肚子却真的每天晚上疼痛难忍……三癞子只好回到了唐镇。

三癞子痛得在土地庙的地上打着滚，就这样痛了一个多时辰，他才能够平稳地躺在地上大口地喘息。三癞子相信自己的体内有一条蛇。想到自己的肚子里有一条小蛇，三癞子就一阵恶心。他从地上爬起来，跑到庙门外的老樟树下，大口大口地呕吐……三癞子吐得苦胆水都出来了，还是没有吐出那条蛇。他的眼泪和鼻涕一起潸然而下。三癞子想起了宛若梦中白衣女人说的话："你只要把经常守在唐镇画店门口的那条土狗杀死，我就会放过你，否则你每个晚上都会肚子痛，蛇会在你的肚子里咬断你的肠子……"

三癞子抬头望了望天，星斗满天。

多好的天哪！

三癞子走进了土地庙里，从某个阴暗角落里摸到了那把锄头，心里莫名其妙地恐慌起来。三癞子操起这把为许多死人挖过墓穴的锄头，今夜，他不是要到五公岭去挖墓穴，而是要去杀死一条和他自己一样无家可归的狗。三癞子知道，那是一条善良忠诚的狗，在它的主人老画师胡文进死后，它还一直在晚上守在画店的门口。要杀死这样一条狗，三癞子还真是于心不忍。但是，他已经没有办法了，如果不杀死它，三癞子就永无宁日！三癞子不知道那个神秘的白衣女人是谁，也不清楚白衣女人为什么要他杀死这条和他自己一样可怜的狗。三癞子咬了咬牙，朝庙门外走去。

今夜，星光灿烂，三癞子要在星光灿烂的深夜，杀死一条狗。

三癞子走向镇街。

镇街上静悄悄的，没有哪家人还掌着灯，每家人或者店铺的门扉都紧闭着，阻挡着夜色和鬼魂的侵入。三癞子进入镇街上时，突然想到了白天里听到的关于沈文绣鬼魂出现的传闻，这个曾经天不怕地不怕的挖墓穴的人觉得自己身上发冷了，打摆子般颤抖着。三癞子轻轻地说："沈文绣，我知道你死得冤，可我平素里和你无冤无仇，我挖的墓穴也给你用了，你躺在里面一定很舒服，我可是连一文钱也没有收呀！沈文绣，你可不要在我面前出现，找我没有什么用的。"

三癞子来到画店门口。

那条褪毛的土狗趴在画店门口的石板上。

土狗呜咽着，它一直看着另外的一个角落若隐若现的白色影子，而没有注意操着锄头前来杀它的三癞子。

三癞子没有看到那个角落的白色影子。

他的目标就是那只可怜的土狗。三癞子蹑手蹑脚地来到土狗面前时，土狗才发现三癞子。

土狗正想立起骨瘦如柴的身体，准备逃走。

三癞子没有给它这个机会，他把锄头高高地举过头顶，然后朝着土狗的头狠狠地砸了下去。三癞子的心里哀绵地叫了声："对不住了——"锄头重重地落在了狗头上，土狗惊叫了一声，挣扎地站起来。三癞子没有给土狗任何机会，锄头又一次狠狠地砸了下去……土狗的头被三癞子砸得稀巴烂，脑浆迸裂，狗血横流，这条土狗再也不会在唐镇的夜晚呜咽了。

三癞子把土狗砸死后，瘫坐在鹅卵石砌成的街面上，大口地喘息着。

不远处的那个角落里，传来几声叽叽的冷笑声，那个白色的影子飘到了三癞子面前，对他说了声什么，三癞子就木然地站立起来，在星光下跟着白色的影子离开了唐镇的小街……

中
凤呜咽

1

　　这是个晴朗的早晨。唐镇人起得都很早，他们开始了一天的忙碌。屠户郑马水已经杀好了猪，把新鲜的猪肉摆在案板上，有些人已经站在案板前买肉了。挎着盒子枪的钟七从逍遥馆走出来，穿过皇帝巷来到小街上，直奔郑马水的猪肉铺。

　　郑马水刚刚给人割了一块肉，正要用称钩去钩肉，看到了走近前的钟七。郑马水放下了手中的秤杆，弯下腰，从案板下的箩筐里掏出一个用湿稻草绑扎好的猪腰子，递给了钟七。钟七面无表情地对郑马水说："钱以后一起给！"说完就提着一个猪腰子扬长而去。

　　郑马水嘟哝了一声："天天嫖逍遥馆的婊子，一天吃一百个猪腰子也没有用！"

　　一个买肉的人说："沈文绣死了，钟七不去逍遥馆嫖，唐镇还有哪个女人愿意和他睡呀！"

　　郑马水说："沈文绣活着的时候，钟七就天天在逍遥馆里嫖。要不,沈文绣怎么会红杏出墙,和游武强通奸。我看钟七是自作自受,家里放着那么一个大美人不睡,偏偏要去逍遥馆搞那些千人骑万人屌的烂货!"

买肉的人笑笑:"家花不如野花香呀!听说逍遥馆的婊子床上功夫都十分了得,郑马水,你就不想去试试?"

郑马水挥了挥手中的杀猪刀,不耐烦地说:"去去去,别拿老子开玩笑!"

买肉的人提着肉,嘻嘻哈哈地走了。

胡二嫂刚刚把店门打开,就看到了斜对面画店门口的死狗。胡二嫂惊叫了一声:"谁杀了狗!"

有几个路过的人看了看那狗,然后无动于衷地离去。

唐镇死个人都不算什么,何况是死了一条狗。

胡二嫂到屎尿巷倒完马桶,回到小吃店门口,看画店门口的死狗还横陈在那里,她想,如果没有人把死狗弄走,这么热的天,不到中午,死狗就臭了。胡二嫂在两边都是茅坑的屎尿巷倒马桶时,碰到了镇上一个很喜欢吃狗肉的光棍,便告诉他画店门口有一条死狗,让他拣去弄干净吃了。谁知那光棍说,现在不想吃狗肉了,想到狗肉就恶心。胡二嫂心里堵了一块石头,如果那条死狗一直放在那里,腐烂后的臭味散发出来,谁还敢到她的小吃店里吃东西。

这时,胡二嫂看到了三癞子一摇三晃地走过来,脏污的光脚板走在清晨湿漉漉的鹅卵石铺成的街面上,发出吧嗒吧嗒的声响。胡二嫂看到三癞子走过来,眼睛里闪烁出了亮光。胡二嫂叫住了三癞子:"三癞子,你过来,快过来。"

三癞子走到了胡二嫂面前:"胡二嫂,你叫我做什么?"

胡二嫂指了指画店门口的死狗说:"你看到没有?这狗不知道怎么就被人打死了。"

三癞子的五官挤在一起,十分难看。他斜着眼睛看了看死狗和已经凝固的流到地上的狗血，皱了皱眉头。过了一会儿，三癫子装模作样地说："是呀，是谁把这条狗给弄死了呢？"

胡二嫂附和道："是呀，谁那么缺德！"

三癫子眼珠子转了转说："深夜的时候，我到屎尿巷去拉屎，看到画店门口有个人影，我害怕，就绕道回土地庙去了。你猜，我看到的那个人影是谁？"

胡二嫂惊恐地说："是谁？"

三癫子压低了声音说："是沈文绣。"

胡二嫂的嘴巴张开了，久久没有合上。

三癫子要走，胡二嫂叫住了他："三癫子，你把那死狗弄去埋了吧。"

三癫子想了想说："我有什么好处？"

胡二嫂说："埋只死狗还要什么好处呀！"

三癫子冷笑着说："嘿嘿，那你自己去把死狗埋了吧。"

三癫子说完就走，他走出了几步后，胡二嫂叫住了他："三癫子，你回来，只要你把这条死狗弄走，要什么好处好说。"

三癫子车转身，回到了胡二嫂的面前："你自己说吧，给我什么好处？"

胡二嫂说："你说，你要什么好处。"

三癫子挠了挠头低声说："你知道我最缺的是什么，你老公也不在家，你不也憋得难受吗？二嫂，难道你就不想男人？"

胡二嫂脸上一阵红一阵紫，气得浑身发抖："三癫子，你、你太过分了，太过分了！你怎么能说出这样丧尽天良的话来，猪狗不如的东西！你滚，滚开——"

胡二嫂气愤地转身进了小吃店。

三癫子站在那里傻笑着："这娘们，连个玩笑也开不起。"

三癫子走到那条死狗跟前，把死狗扛在了肩膀上，朝小街的西面走去。经过小吃店时，他朝里面正在刷锅的胡二嫂说："二嫂，我去把狗埋了，你给我准备几个煎包就可以了，就算是我的要求吧！"

胡二嫂恶狠狠地说："给你吃屎！"

三癫子走后，胡二嫂提了一桶水，去冲刷死狗留在地上的狗血。

这时，画师宋柯打开了画店的门，从里面走了出来。

胡二嫂抬头看了宋柯一眼，她闻到了一股浓郁的腥臭味。

2

宋柯不知道夜里发生了些什么事情，他看到画店门口胡二嫂用水冲刷的血迹，喃喃地说："是不是又死人了？"

胡二嫂没好气地说："不是死人了，是老画师的狗死了。"

"老画师的狗？"宋柯脑海里一片迷茫。从来没有人告诉他那只褪毛的土狗是老画师胡文进养的狗，那条在他刚刚进入唐镇时让他感到恐惧的土狗每天晚上守在画店门口，宋柯一无所知。

胡二嫂说："其实那是一条看家的好狗，可惜在老画师死后没有人管它了。"

宋柯神情木然，此时有种奇异的声音穿过他的脑海。他想起了夜里的一些事情。在夜里，宋柯好像也听到过这奇异的声音，那是一个女人的呼唤。那时，他正在听一个从床底下的画像中飘出来的鬼魂讲他的死亡故事。女人的呼唤声出现后，鬼魂就消失了。宋柯在缥缈中感觉到有一个白色的影子站在床边，对他说了声什么："你中了——"宋柯还隐隐约约地听到了贪婪的呼吸……宋柯就在一种仙乐飘飘的状态中沉沉地睡去，他许久以来都没有如此放松地睡去，在睡梦中，宋柯还梦见了自己心爱的女人。画店里充满了浓郁的腥臭味。

宋柯没有再理会胡二嫂，独自从镇街上朝镇西头走去。

胡二嫂皱了皱眉头，使劲地呼吸了几口，几乎要呕吐出来。宋柯走出老远后，那股腥臭的味道才渐渐地散去。胡二嫂轻轻地说了声："宋画师身上原来有股臭味。"

宋柯来到了河堤上。

大水退去了许多，露出的河滩上是一层厚厚的泥浆，泥浆把那些萋萋的芳草覆盖住了。小木桥要在雨季彻底过去之后才能重新搭建起来，现在，那只供人过渡的小木船还在渡口上。撑船的艄公是个满脸松树皮般的老头，穿一身打满补丁的黑布衣服，光着青筋暴露的脚板。

宋柯的心荡漾着，那女人的呼唤一直在他的耳边回响。

宋柯上了渡船。

老艄公还是十分有力气，用长篙撑船时，连眉头都不皱一下。可是，在到达对岸，宋柯上岸后，老艄公皱起了眉头，他目睹宋柯走出一段路后，才说出了一句话："好臭！"

宋柯被女人的声音召唤着，一直往五公岭更深处的山野走去。穿着一身灰色长衫的宋柯犹如一张灰色的草纸，朝山野深处飘去。正在五公岭的乱坟坡上埋死狗的三癞子看到了宋柯。他站在露水味浓郁的晨风中，不知道异乡人宋柯要去何方。三癞子浑身一阵发冷，他仿佛想起了什么可怕的事情，眼睛里出现了恐惧的色泽。

三癞子朝宋柯的背影大声叫道："宋画师，你不要去那地方——"

宋柯仿佛没有听到三癞子的大声呼叫，继续朝山野深处奔去，而且越走越快。

三癞子叫唤了几声，宋柯还是仿佛没有听到。

三癞子突然放下手中的锄头,没命地朝宋柯追赶过去。

他企图阻止宋柯去一个诡秘的地方。

但是,三癞子怎么也追不上宋柯,尽管三癞子跑得比狗还快,在唐镇,还没有哪个人跑得比三癞子快的。宋柯走着走着就飞了起来,三癞子眼睁睁地看着宋柯消失在自己的眼帘之中。

三癞子气喘吁吁地站在一片野草地上,听到了风的呜咽。

三癞子喃喃地说了声:"宋画师,你本不应该来到唐镇的呀,看来我要给你挖好一个墓穴了!"

三癞子知道,在大山的深处,有个神秘的女人在等待着画师宋柯。

宋柯不知道走了多久,被女人的呼唤声带到了一片密林里。宋柯来到密林里后,呼唤声就消失了。他看到了密林里的小块空地上的一座木头房子。斑驳的阳光从树的缝隙中漏下来,落在木头房子屋顶的茅草上,树林子里传来清脆的鸟啼。宋柯仿佛来到了另外一个与世隔绝的世界。那座小木屋里住的是什么人?呼唤声难道就来自这里?

宋柯茫然地站在密林中,有些不知所措了。

宋柯无法想象这座紧闭着门扉的小木屋里会住着一个什么样的人。他刚到唐镇时,三癞子还提醒过他,让他不要一个人往山里跑,山里不但有杀人不眨眼的土匪陈烂头,还有随时可以危及人生命的蛇虫虎豹。三癞子还举了个例子,说有个山里人家的怀孕女人,独自到唐镇来赴圩,结果在半途中碰到了豺狗,怀孕女人的肚子被掏了个大窟窿,死在了山路上。

就在宋柯想入非非时,小木屋的门开了。

宋柯吃惊地睁大了眼睛。

他的嘴巴也慢慢地张大:"啊——"

宋柯看到一个女子从小木屋里走出来,朝他明媚地笑着。她虽然穿着山里女人习惯的侧面襟的士林蓝粗布衣裳,但是,她那张秀美的笑脸分明就是他日思夜想的苏醒。

苏醒怎么会在这里?

难道她也因为躲避战乱来到了这里?

宋柯觉得自己活在梦中,苏醒明媚的笑容在他的眼中起了一层朦胧的水雾。

在朦胧中,苏醒踏着露水未干的青草,朝宋柯款款走来,她的嘴巴里喃喃地说着什么……

3

这天是民国三十五年农历五月十一,屁大一点的唐镇几乎所有人都知道了新来的画师宋柯身上会散发出奇异而又难闻的腥臭味。关于宋柯身上有腥臭味的传闻在唐镇人的嘴巴里翻来覆去地传来传去,这仿佛成了小镇人继沈文绣死后的又一个兴奋点。很多人就是靠着这些兴奋点打发百无聊赖的时光。

把宋柯身上有腥臭味传播出去的人就是小吃店的老板娘胡二嫂。胡二嫂在早上冲刷画店门口死狗留下的血迹时,目睹宋柯离开,整个上午,她都在边干活边向路过小吃店门口的人说宋柯的事情。到了午饭的时间,宋柯还没有回到画店里来。这个时候,宋柯应该到小吃店里来吃东西了。胡二嫂心里忐忑不安,如果宋柯来吃东西,她应该如何对待他呢?宋柯身上的腥臭味的确令人作呕,可这送上门来的生意总不能不做吧?宋柯虽然不是有钱人,可他从来不在小吃店里赊账,就连钟七还老是在小吃店里赊账。

就在这天中午,唐镇死了一个人。

死的是一个老人,这个老人恰巧是镇长游长水的亲妈余七莲。余七莲据说已经有九十多岁了,镇上的人很难见到她,她早在七十多岁时就腿脚不灵便，二十多年也没有到唐镇街上走动了。也有人说，余七莲在二十年前就神志不清了，她活着是因为她有钱的儿子游长水，一直用比黄金还贵的东北野山参吊着她苟延残喘的老命。余七莲一直被游长水安排在唐镇东面五公里外游屋村的老宅里居住。游长水接到母亲的死讯，坐了一顶轿子，带了几个人，匆匆赶回游屋村去了。

游长水的轿子经过小吃店门口前，胡二嫂就知道余七莲的死讯了，这种事情比宋柯身上有臭味传得还快，况且死的还是镇长的母亲大人。游长水的轿子过去后约莫半个时辰，钟七带着两个保安队员来到了画店的门口。钟七见画店的门锁着，嘟哝了一声："宋画师会到哪里去了呢，就是身上有臭味也不用躲起来呀。"

钟七按镇长游长水的吩咐，已经去了棺材店订好了棺材，现在他要找到宋柯，让他去给余七莲画像，这可不是一件小事情呀。钟七走到小吃店门口，问正在煎包的胡二嫂："胡二嫂，你知道宋画师去哪里了？"

胡二嫂从来就瞧不起钟七，白了他一眼说："我又不是他的跟屁虫，他到哪里我怎么会知道？"

钟七没有办法，只好对两个手下说："你们分头去找，找到了给我马上带到游屋村来，我去找三癞子，让他去挖墓穴。"

钟七没有走出几步，胡二嫂就走出店门，对他的背影大声说："钟大队长，你欠我的账赶快给我结了吧，我这小本生意，经不起欠账的。"

钟七没有理他，匆匆而去。

胡二嫂朝他的背影啐了一口："你这个无赖，怪不得老婆会偷人！"

4

宋柯是在傍晚的时候被橘红色的夕阳送回唐镇的。宋柯的脸上有一种难得的酡红，这和平常脸色苍白的他判若两人。宋柯眼镜片后的眼睛中还残留着烈火燃烧后的余烬。宋柯走在镇街上，人们都用异样的目光注视着他，仿佛他是一个怪物，他走过的地方，都会飘散着一股腥臭的味儿，人们闻到那股腥臭味，都用手捂住了鼻子。

宋柯旁若无人地在镇街上走着，对人们投来的怪异的目光和他们的窃窃私语无动于衷。

宋柯走到画店门前时，等在小吃店的保安队员猪牯站起来，朝他扑了过去。胡二嫂用一种复杂的眼神看着宋柯。宋柯对扑过来的猪牯毫无感觉，只是像平常一样开那把铁锁。猪牯闻到了那股腥臭味，他强忍住恶心对宋柯说："宋画师，你赶快收拾好画像的东西，跟我走！"

宋柯开好了门，回过头问猪牯："你要我去哪里？"

猪牯退后了两步说："跟我到游屋村去。"

宋柯又平静地问道："去游屋村做什么？"

猪牯急促地呼出一口气说："你还不知道呀，镇长游长水的老母去世了，要我请你去画像呢！你知道吗，我们找了你一个下午了，我们以为你也死了呢！"

宋柯不说话了，进入画店，收拾好东西就跟猪牯走了。一路上，猪牯走得飞快，和宋柯远远地拉开一段距离，他怕闻到宋柯身上散发出来的腥臭味。宋柯跟不上他，只是看着前面的猪牯不时停下来，朝他招手，示意他快点跟上。

他们来到游屋村游长水的老宅——游家大屋时，天已经完全黑了，天上出现了星星。宋柯远远地就听到了有节奏的丧鼓声。走到游家大屋门口时，宋柯听到了大屋里面哭丧的声音。宋柯被猪牯叫到大门外的旁边，宋柯看着游家大屋进进出出的人听猪牯对自己说："宋画师，你在这里等一会儿，我进去通报镇长一声。"宋柯点了点头，猪牯就进去了。

猪牯找到了钟七，悄悄地对他说："钟队长，宋画师来了，真的很臭，一路上我都不敢靠近他。是不是和镇长说，让他回去？"

游长水发现了猪牯，他手中端着黄铜水烟壶走过来说："猪牯，宋画师请来了吗？"

猪牯点头哈腰地说："镇长，来了，来了，正在门口呢。"

游长水说："人到门口了，怎么不让他进来？"

猪牯面有难色。

钟七说："镇长，不知道你听说没有，宋画师身上……"

游长水吸了一口水烟，平静地说："你说他身上的臭味？这又有什么关系呢，是人身上都有味，你们难道很干净？身上就没有一点味道？"

钟七说："宋画师身上的味的确太重了些，你看，府上来了那么多贵客，我怕——"

游长水又吸了一口水烟，长长地吐出了一口烟雾说："喔——那这样吧，你们先把宋画师请到西厢房里去，给他弄点好吃的，让他好好休息休息，然后等下半夜人少了再让他到灵堂里给老母画像。"

……

宋柯一步跨出了西厢房高高的门槛，他想，乡下大富人家的门槛怎么如此之高？宋柯在钟七的引领下来到了大厅的灵堂里。此时，灵堂里只有三个年轻男子在守灵，他们围坐在一起，有说有笑的。钟七告诉宋柯，那三个年轻男子是游家的晚辈，他们会在这里守到天亮的。钟七说完就走了，离开宋柯和灵堂对他来说是那么美好的事情。

灵堂显得阴森。余七莲的尸体摆在大厅的神龛底下，尸体的头两边，点着两盏长明灯。在尸体的头上方，放着一座纸扎的房子。在尸体的两旁，站着两排纸人，左边一排是男纸人，右边一排是女纸人。大厅两旁的壁障上挂满了挽联，每条挽联都是一条长布，而且都是白色的麻布。大厅的上面，挂着几个白色的大灯笼，灯笼上写着黑色的"喜"字。

余七莲老太太的尸身被一块白麻布遮盖着。头露在外面。稀疏的白发梳得纹丝不乱，用细细的白麻绳扎起一个发髻，发髻上横插着一根筷子。死者的脸很小，已经没有一丁点肉了，就剩一层皱巴巴的皮，皮是暗褐色的，寡淡的薄薄的嘴唇被涂上了一层红色的朱砂；紧闭的眼睛深陷着，阴影形成了两个黑洞。

要不是那三个守灵人的说笑声，宋柯还是会有一丝恐惧的。

宋柯很奇怪，死人了，为什么这三个年轻人一点也不悲伤，还有说有笑的。宋柯也不管那么多了，此时，给死者画像是他最重要的事情。

宋柯其实今天一天心情都比较激动，现在，他必须平静下来，面对余老太太的遗容，画一幅让游长水满意的遗像。宋柯在画纸上用炭笔涂抹着的时候，完全忘记了他面对的是一个死人，而把死者当作了一个沉睡的人，他感觉到死者还在呼吸，还在用灵魂和他交流，他可以想象她的眼神是那么的平淡而有神，看淡了生活中的一切，包括生和死。宋柯进入了一种忘我的状态，这种状态让他获得了快乐，没有人能够理解的快乐。

那三个年轻男子刚开始没有注意宋柯，他们沉醉在自己的谈笑之中，当他们中的一个人发现宋柯在给死者画像后，他就走到了宋柯的跟前。他看了一会儿后，就闻到了一股怪味。本来人死后就会散发出尸臭，况且现在是夏天，尸臭散发得更快，宋柯身上的腥臭味和尸臭混杂在一起，就更加让人受不了了。那个年轻人赶紧离开了宋柯身边，躲得远远的，另外两人也闻到了那股怪味，就一起走到了那个年轻人的面前。他们三人商量了一下，就跑到下厅里坐着聊天去了，灵堂的大厅里，就剩下了宋柯和余七莲的尸体。

下厅的那三个年轻人不知道什么时候都趴在桌子上睡着了，少了他们的说笑声，灵堂里静得连长明灯火苗飘动的声音也可以听见，更不用说宋柯手中的炭笔在画纸上涂抹时发出的沙沙的声音了，整个灵堂里充满了宋柯画像发出的声音。

一阵阴冷的风凭空而起。

那些挽联被风拂动，像是有许多无形的手在抖动着它们。

宋柯也感觉到了寒冷，他已经不知道是什么时辰了，画像已经画完，宋柯总觉得哪里没有画好，他仔细地端详着画像，然后又看看余老太太的脸。宋柯把余老太太干瘪的脸画得饱满了些，这样看起来富态，十分吻合余老太太的身份。

就在宋柯的目光又一次落在死者脸上时，宋柯发现了一只花猫在余老太太的头前叫了一声，然后惊恐地离开了。宋柯还没有缓过神来，突然看到余老太太的尸体直直地坐了起来。

宋柯张大了嘴巴，手上的炭笔落在了地下。

余老太太睁开了眼睛，似乎有两束火光从那两个黑洞里迸射而出，她那涂着朱砂的嘴唇嚅动着，宋柯听到了阴冷的声音："我死不瞑目呀，我不知道我的孙子武强是死是活——"

宋柯浑身发抖，他想站起来逃走，可他的屁股像生了根，死死地扎在板凳上。

余老太太说完就注视着宋柯，那种表情十分骇人。

宋柯只好硬着头皮说："你孙子游武强没有事了，他已经离开唐镇了，他没有死，他会活得好好的，你放心地去吧。"

余老太太的嘴巴鼓起来，接着呼出了一口气，然后直挺挺地倒了下去。

宋柯也长长地呼出了一口气,他朝下厅的那三个青年男子大声喊道:"诈尸了——"

那三个青年男子听到了他的叫声,都醒了。其中一个胆子比较大的青年男子走上来,看了看余七莲的尸体,说:"宋画师,你胡说什么呀?哪里诈尸了?"

宋柯没有理他,而是从地上捡起了炭笔,在画像上眼睛的部位勾勒了几下,宋柯的嘴角露出了一丝笑意。

那个青年男子看了一眼画像,惊叫了一声:"哇,太像了,简直是把七莲婆婆画活了。"

说完,他用手捂住嘴巴和鼻子,难闻的怪味在灵堂里扩散着……

5

游长水的儿子抱着余七莲镶在镜框里的画像走在棺材后面,出殡的队伍摆成了一条长龙,唢呐声、锣鼓声、哭喊声……路两边看热闹的人对于游家出殡大摆排场感叹的同时,他们还感叹一件事,那就是宋柯把余七莲画得太神了,看到她的画像仿佛觉得她还活在人间!那时,宋柯正在画店的阁楼上沉睡,游家出殡的排场热闹都已经和他没有关系了。

在宋柯画完余七莲画像的那个清晨,游长水看着画像落下了泪,宋柯以为游长水是为他的母亲去世而伤感,没想到他会这样对宋柯说:"等我死的那天要是能够让你给我画像,那该是我一生中最幸福的事情了!"说完,游长水给了他三块大洋,然后,游长水用自己乘坐的那顶轿子把宋柯送回了唐镇。按唐镇人的规矩,老画师给死人画一幅画像,就是大富人家,也最多给一块大洋,游长水对宋柯出手如此大方，让在场的人都觉得不可思议。宋柯回到家后就倒头大睡，沉睡之后，他梦见了那个叫苏醒的女子……

三癞子在响午时分走进了小吃店。

胡二嫂坐在那里摇着蒲扇，一副懒洋洋的样子，这个时候，要不是圩日，是没有什么人来吃东西的。胡二嫂对三癞子的到来并没有什么兴趣，爱理不理的。三癞子往那里一坐，跷起了二郎腿，神气活现的样子。他对胡二嫂说："给我泡碗猪肝汤，再来一斤煎包！"

胡二嫂说："现钱还是赊账？"

三癞子斜斜地看了她一眼："你什么意思？"

胡二嫂说："现钱我就去给你做，赊账的话，连门都没有！"

三癞子突然从口袋里掏出一个大洋，拍在桌子上："胡二嫂，你不要狗眼睛瞧人低，你看看这是什么！"

胡二嫂看到了那块闪着亮光的大洋，眼睛也发出了亮光："好，好，你有钱我就把你当爷，我去给你泡猪肝，去给你煎包！"

三癞子扬扬得意地说："这还差不多，对了，一会儿再来一壶米酒，我已经很长时间没有喝米酒了，都忘记了酒的味道了！"

胡二嫂白了三癞子一眼："看把你能的！什么东西！对了，你为什么不在游镇长家吃丧席？听说都杀了两头大肥猪，还杀了几十只的鸡鸭！"

三癞子说："丧席在晚上呢，我能放过那一顿饱食吗？嘿嘿！"

胡二嫂说："喔——"

三癞子又说："其实，在游镇长家吃丧席，再好吃也没有意思，他们请的都是唐镇有头有脸的人，那些人都瞧不起我，就连他的穷亲戚也瞧不起我，坐在那里还不如在你的小吃店里喝壶米酒呢！"

胡二嫂笑了。

三癞子突然神鬼兮兮地说："胡二嫂，你没有听说吧，昨天下午，我给游镇长的老母挖墓穴时，发生了一件古怪的事情。"

胡二嫂一听三癞子的话，马上就打起了精神："什么古怪的事情，快说来听听——"

三癞子拍了自己的嘴巴一下："你看我这张臭嘴巴，怎么想着想着就说出来了，游镇长特别交代了，让我不要把这事情说出去的。他要知道我告诉你了，他一定会让钟七一枪崩了我的！"

胡二嫂来劲了，眼睛里发出了绿光，寂寞的胡二嫂早已经把传播小道消息当成摆脱寂寞的最佳方法了。胡二嫂说："你说吧，我一定不会告诉别人的，你相信我！"

三癞子说："你要能够相信，母猪也会上树！"

胡二嫂的心被三癞子的话撩得火烧火燎的，她说："三癞子，你就相信我这一次，我要是把你的话传出去，我不得好死！这样吧，你告诉我这件事情，我送你半斤煎包！"

三癞子根本就不会为她发的毒誓所动，却被那半斤白吃的煎包动了心，三癞子沉默了一会儿说："那我就告诉你吧，你千万不要告诉任何人！"

胡二嫂点了点头，脸上的神色顿时生动起来："快，快说吧，三癞子，正好现在店里没有其他人，你也不用担心被别人听见。"

三癞子站起来，走到正把煎包放入平锅里煎的胡二嫂身边，在她的耳边低声说了起来："昨天下午，我在游家的祖坟山上，给游镇长老母挖墓穴，挖到了一个蛇窝，有几十条蛇呀，吓得我赶紧爬起来，那些都是金环蛇呀，要不是我爬得快，还不被它们给咬死！你说骇人不骇人，我挖了那么多墓穴，从来没有碰到过这样骇人的事情！"

胡二嫂听得浑身的寒毛倒竖："真有这事？"

三癞子接着说："胡二嫂，你说如果光是挖到一窝蛇，也没有什么。我飞快地回去告诉了游镇长，游镇长和风水先生一起来到了我挖墓穴的地方。那个风水先生一看那些蛇，马上说：'好地呀，好地呀，我早就知道这是块龙穴，才选定这地方的！'游镇长喜出望外，风水先生还说，这事情就在场的人知道就可以了，千万不能让更多的人知道，否则会破了此地的好风水。因为这样，游镇长才大方地给了我一块大洋的。可是，这么多蛇在墓穴里，我怎么敢下去挖呀，风水先生看出了我的顾虑，他笑了笑对我说：'三癞子，你不用担心——'你说，我能不担心吗？"

胡二嫂的心提到了嗓子眼上："快说，三癞子，后来怎么样了？"

三癞子说："那风水先生还真有两下子，只见他从褡袋里取出一张画满了符的黄表纸，口中念念有词，把黄表纸对着墓穴烧了，然后点了三炷香，插在墓穴朝南的边上，跪了下来，嘴巴里不知道叽叽咕咕说了些什么，然后磕了三个头……真他老母的神了，那些缠绕在一起的金环蛇眨眼工夫就消失得无影无踪……"

6

宋柯昏天黑地地沉睡了一天，画店的楼上楼下充满了浓郁的腥臭味。三癞子曾经敲过画店的门，企图叫他一起吃煎包，喝米酒，但是宋柯根本就没有听见。三癞子担心他永远不会醒来了，因为三癞子心中隐隐约约地感觉到宋柯在经历着一种可怕的危险。这一天，宋柯都是在甜美的梦境中度过，假如他的美梦一直这样做下去，他宁愿永远不再醒来。

又一个夜晚降临，宋柯醒了过来，他仿佛是在一种呼唤声中醒来的。是谁在呼唤他？难道是梦中的那个叫苏醒的女子？阁楼里黑乎乎的，密不透风，宋柯感觉到了沉闷和某种来自内心深处的焦渴。他点燃了油灯，一步一步地踩着嘎吱嘎吱作响的杉木楼梯来到了楼下。桌子上有一壶泡好的浓茶，宋柯把油灯放在了桌子上，端起那个粗陶茶壶,喝了几口茶水。茶水极苦,但是十分的提神,茶水从他的喉咙下去,一直渗透到他的五脏六腑。宋柯耸了耸眼镜,眼睛里发出了光彩。

油灯散发出微弱光芒,宋柯抬头看了看墙壁上老画师胡文进的画像,画像中胡文进的眼睛好像动了动。这时,宋柯又听到了隐隐约约传来的呼唤声,宋柯浑身颤抖了一下,他吹灭了油灯,在一种痴迷的状态中,打开了门。斜对面的小吃店里稀稀落落地坐着几个人,在边吃边聊着什么。

胡二嫂看到了宋柯,她心里有些紧张,如果身上散发出腥臭味的宋柯到她小吃店里来吃晚饭,她是让他进来好呢还是不让他进来?胡二嫂正在盘算着什么,宋柯就锁好了门,目不斜视地朝镇街的西面走去。路过小吃店门口时,胡二嫂还是拉不下面子,和他说了一声:"宋画师,晚上游镇长怎么不派轿子来接你去吃丧酒呀?"

宋柯连头也没有侧过去看她一眼,就直走过去。

胡二嫂纳闷地说:"这个臭人难道耳朵聋了?"

这时有个食客说:"还真有股臭味飘过来。"

胡二嫂说:"你以为你香呀!"

那人骂了胡二嫂一声:"干你老母!不是你在大家面前说宋画师臭的吗,现在怎么又帮他说好话了!"

胡二嫂说:"他再臭也比你强,人家无论怎么样还是个画师,是唐镇上有头有脸的人物,你呢?也不撒泡尿照照自己那张风吹日晒的黑脸,你下辈子也还是个做苦力的命!"

那人不言语了,谁想从胡二嫂的嘴巴里得到便宜,那是相当困难的事情,就连屠户郑马水,也经常被胡二嫂气得拿着杀猪刀扬言要把胡二嫂的舌头割下来喂狗。

胡二嫂心里还在想着宋柯,他一个人在这样的晚上要到哪里去呢?平常他到了晚上就躲在小楼里,连窗户都捂得严严实实的,好像生怕土匪把他给打劫了。

宋柯沿着镇街往西走,很快地来到了河堤上。他看到星光下有个白色的影子朝他飘过来,把他托起来,他感觉到自己在飞,飞过了河面,然后又一直朝大山深处飞去。

……

森林深处的小木屋里,一盏把松香灌到竹筒里做成的灯,十分的明亮。小木屋里十分干净,连一只小蚊虫都没有,就是在一些角落里,也没有山里人家里常见的蜘蛛网。小木屋的日常用具大部分都是竹制品,在一个角落里堆放着编好的竹篮。

宋柯坐在一张竹椅子上,他白皙的双脚泡在木盆里的温水中,一双丰满柔滑的手在轻轻地捏着他的脚,宋柯闭着眼睛,迷醉的样子。小木屋里弥漫着浓郁的腥臭和松香混杂在一起的气味。在温水中给宋柯捏脚的女人深深地呼吸着,同样是满脸的陶醉,她是个丰腴健硕的少妇。

少妇给宋柯洗完脚,把迷醉的宋柯抱上了那张宽大的竹床,替他宽衣解带,宋柯顺从地让她摆布着。少妇把他的衣服脱得精光,然后自己也开始脱衣服,少妇裸露的胴体发出瓷一般白色的光,一对硕大的奶子挂在胸前,像两个饱满的木瓜。少妇的眼睛红红的,像是眼膜在往外渗着血。她吹灭了松香灯,屋里一片漆黑。小木屋外面远处的森林里传来猫头鹰诡异的叫声。

黑暗中,少妇趴在宋柯的身体上摸索着,呼吸着宋柯身上的腥臭味,还发出痛快的呻吟。听到少妇的呻吟,宋柯也呻吟起来,他觉得有种久违的冲动一下子爆发了,他呼喊着"苏醒"这个名字,把身上的少妇掀翻过来,趴在了她的身上。

宋柯浑身充满了从来没有过的激情,他已经被欲望之火烧昏了头脑,他进入了少妇的身体,起伏着,叫唤着:"苏醒——苏醒——我爱你——爱你——"

宋柯越是激动，他身上的腥臭味就越浓郁。

少妇大口大口地呼吸着宋柯身上散发出来的腥臭味，欲仙欲死……

他们俩都瘫软在竹床上，渐渐地平静下来。

竹床底下突然传出一种爬行动物爬过的瑟瑟的声音。

宋柯说："苏醒，床下有东西？"

少妇懒洋洋地说："哪有什么东西呀，快睡觉吧，我的心肝哥！"

宋柯没有睡意，他的心还在沉醉着："苏醒，你告诉我，你为什么会从上海来到这深山老林里？我离开你后，你做了些什么？我什么也不知道，苏醒，你告诉我！"

少妇沉默了一会儿后，幽幽地说："我不是什么苏醒，我也不知道苏醒是你什么人，宋画师，我只是个山里女人。"

宋柯不敢相信自己的耳朵。

她不是苏醒？

那天他鬼使神差地进入这片森林，看到小木屋里走出来的就是苏醒，晚上，他来到小木屋时，看到的同样是苏醒，这还能有错？

少妇的声音很冷，像冰："我真的不是苏醒，我只是山里的孤女，我叫凌初八。"

宋柯猛地坐了起来："你叫凌初八，你真的不是苏醒？"

凌初八还是冷冷地说："我叫凌初八，我不知道你为什么会把我当成什么苏醒！"

宋柯呆了，他什么话也说不出来了。

凌初八说："我从来没有想到会有一个男人来到我的小木屋，我第一眼看到你时，我就被你迷住了。我本来以为你只是一个过路人，没有想到你会要我，我是个没有男人要的女人。现在，你要了我，我是你的女人了。"

宋柯的脑海里一片茫然。

他怎么会来到这里，对他来说，是一个谜。

还有那呼唤声，也是个谜，难道在冥冥之中有一种注定，是某种潜意识产生的幻觉把他引领到了这里？这个已经和他有鱼水之欢的女人，她竟然不是苏醒，也就是说，是命运把这个女人推到了宋柯的生命之中？可他对这个叫什么凌初八的女人并没有爱。

他爱的是苏醒，可苏醒此时在哪里？唐镇这个地方从现在开始，才让宋柯感觉到了神秘和可怕。他不知道未来自己会和凌初八怎么样，而凌初八是一个什么样的女人，她为什么不住在镇上或者村落里，而是孤零零的一个人住在森林深处的小木屋里？

宋柯在百思不得其解的时候，听到了凌初八阴冷的声音："宋画师，你占有了我，我这辈子就是你的人了，你无论如何也跑不掉了——"

凌初八的声音蛇一般滑过宋柯的灵魂和肉体。

这个夜晚将变得无限的漫长⋯⋯

7

雨季终于在伏天来临之后过去了，镇西头唐溪上又架起了小木桥。唐溪上的流水变得清亮，汩汩的流水声恢复了欢畅的声调。没有人可以预测到貌似平静的唐镇还会发生什么匪夷所思的事情。钟七在雨季过后，也渐渐地放松了对游武强的警惕，他认为游武强已经远走高飞了，一时间也不会回来找他麻烦。

钟七有时会在深夜回到家里，摸进卧房，点亮油灯，看着小床上两个熟睡中的儿子。两个孩子还不懂事，在他们的母亲死后，他们哭过几天，然后就渐渐平息，很快就适应了无母的生活。钟七面对无知的两个儿子，内心也会涌起一股酸楚。短暂的良心发现使得他情不自禁地想起沈文绣，钟七会从某个隐秘的地方找出沈文绣的画像，在飘摇的油灯下端详着，用手轻轻地摸着画像中沈文绣的头发和她的脸，仿佛是在抚摸真实的沈文绣。钟七的眼睛也潮湿了。

沈文绣是多好的女人呀！

钟七想，自己这一辈子是再也碰不到像沈文绣这样的女人了。她善良而又吃苦耐劳……钟七不能想沈文绣的优点，一想，他就想拔出枪来把自己崩了……逍遥馆那个叫杨飞蛾的妓女是什么东西，她怎么能够和沈文绣比？她竟然还想让他把她赎出来，还说要做他的老婆。钟七想到这里，突然听到房门外的厅里传来一声长长的叹息。

"谁——"尽管放松了对游武强的警惕，但是钟七听到叹息声后还是十分紧张。他从枪套里拔出了盒子枪，走到门边，打开了门，门外的厅里黑漆漆的一片，他不知道在那黑暗中是不是站着一个人或者别的什么东西。钟七有些恐惧，其实他的胆子并不大，别看他五大三粗的。黑暗中没有人回答他，钟七还不敢走到黑暗中去，他就那样站了一会儿，端着盒子枪的手有些颤抖。

钟七"砰"地把门关上了。

他把沈文绣的画像藏好，准备睡觉。他刚刚脱掉外衣，就看到两个儿子都醒了，他们无言地坐在床上，愣愣地看着钟七，两个孩子的眼神都是那么的空洞。

钟七对他们说："你们怎么不睡觉？"

他们仿佛没有听到钟七的话，还是用空洞的目光看着这个他们叫作父亲的人，钟七在他们漠然的注视中，不寒而栗。

门外像是有人轻轻地走过。

其中一个孩子突然对钟七瓮声瓮气地说："奶奶用针扎个小人，她说，那个小人是你，奶奶说，她要扎死你！"

另外一个孩子叽叽地笑起来，笑声很冷……

8

这一年最热的时候,也是唐镇人收成的季节。虽然说雨季里的大水十分骇人,但大水没有冲破河堤,毁坏唐溪两边的田地。奇怪的是,今年唐镇人的收成特别好,每亩地的水稻都多收了一石谷子,就是交掉租子,谷仓里也是满满当当的,就连唐镇下辖的那些乡村,也是大丰收。镇长私下里对钟七说,唐镇的丰收可能和他老母埋在龙穴上有关。钟七表示同意,还顺势拍了游长水的一通马屁。尽管在游武强的问题上,游长水因为和游武强不和,还是站在钟七的立场上处理问题,可钟七总觉得在游武强和沈文绣的事情发生后,游长水对自己不像从前那样信任了,这也难怪,游长水毕竟和游武强是亲叔侄,他们是打断了骨头也连着筋呀!所以钟七总是抓住时机拍游长水的马屁,尽量地和游长水保持着一种亲密的关系。也许是因为丰收,或者说这年最热的天里也十分凉爽,唐镇竟然在三个月里都没有死一个人。唐镇不死人,这对宋柯和棺材店的老板张少冰以及三癞子都不是什么好事情。

9

在这个早稻收成的季节里,唐镇的画师宋柯总是在白天里闭门不出,经常在晚上的时候离开唐镇,到那没有人知晓的地方去。三癞子有几次偷偷跟在他的后面,企图发现什么秘密,结果无功而返,哪怕他跑得比狗还快,也追不上宋柯,而三癞子自己在山里走着走着就在夜里迷失了方向。

三癞子没有勇气再去追踪宋柯,不仅仅是因为他根本就追不上宋柯,还因为他内心里对那个白衣女人的恐惧。在某个晚上,白衣女人又出现在了他面前。白衣女人站在朦胧的月光下,冷冷地对他说:"你还想肚子痛吗？"

三癞子看不到她的脸，她的脸在朦胧的月光下就是一块苍白的布。三癞子想起蛇在肚子里搅动噬咬着自己的肠胃，就情不自禁地冒出了冷汗，他站在土地庙外面的空地上，浑身筛糠似的发抖。他情愿死，也不愿意肚子里有条蛇在钻动。三癞子对那影子般的白衣女人说:"不、不、不想——"

白衣女人冷冷地说:"不想的话，你以后就不要在晚上的时候跟在宋画师后面了，如果再被我发现你跟踪宋画师，我就……"

三癞子朝白衣女人跪下了:"我再不敢，再不敢跟踪宋画师了——"

白衣女人飘忽而去。

三癞子担心着宋柯，他不知道宋柯会怎么样，但是有一点他是肯定的，宋画师越来越危险。三癞子心里很清楚，宋柯一定到白衣女人那里去的。三癞子也去过两次那地方，一次是被白衣女人让一条小蛇滑到他的肚子里去，逼他去杀死老画师的土狗；另外一次是在他杀死老画师的土狗后，白衣女人把他弄到那地方，把他肚子里的小蛇给取了出来……两次去，三癞子都是在昏糊状态中的，根本就记不住那地方的具体位置，可他知道，就是在五公岭往西的鸡公山的黑森林里。三癞子想，宋柯在夜晚时和他去的一定是同一个地方，面对的同样是那个白衣女人。白衣女人为什么要逼他去杀死老画师的土狗，为什么宋柯会去那个神秘的地方，这些对三癞子来说，都是浓雾里遮隐着的巨大谜团。

……

连续几天，宋柯没有在晚上出门。他只要听不到女人的召唤声，就不会到深山老林的小木屋里去，奇怪的是，只有女人的召唤声出现，他才能找到通往小木屋的道路。有时，宋柯心里特别地厌恶那个叫凌初八的女人，可他似乎又离不开她了，宋柯对凌初八有了一种奇怪的依恋感,他知道那和爱情无关,那是他生命本能的需要。

宋柯这天起了个大早,他还是自顾自地往唐镇西头走去。

街上早起的人都躲着他,好像宋柯是瘟疫。

屠户郑马水看到宋柯瘦长的身影从街上走过,狠狠地把杀猪刀剁在案板上,这个平常身上充满着永远洗不干净的猪肉臊味的人,也用手捂住了嘴巴和鼻子,等宋柯走过去之后,他才把手掌从嘴巴上拿下来,在鼻子前扇了扇,说了声:"真臭!"

宋柯根本就不会理会唐镇人对他产生的任何表情和言语,他从来就没有融入过唐镇的生活,他是个孤独的异乡人,也是唐镇的局外人,他想自己总有一天会离开唐镇,到另外一个地方漂泊。

宋柯走上河堤,朝五公岭的那片山坡望去,此时太阳还没有出来,这个清晨又没有雾霭,能见度特别好,宋柯可以看到那片山坡上的一个人影,他很清楚,那是三癞子。宋柯想,三癞子一定又是在挖墓穴了。宋柯走下河堤,晃过颤悠悠的小木桥,踩着露水打湿的野草,朝三癞子走去。

自从三癞子离开唐镇回来,宋柯就没有好好和他说过一次话。宋柯的到来,令三癞子有些莫名的恐慌和兴奋。三癞子果然在挖新的墓穴,也许他刚刚来不久,他正在把地面上的野草除掉。见宋柯走近前,三癞子停下了手中的活,他的五官挤在一起,不知道是笑还是哭丧着脸。

三癞子说:"宋画师,你起得好早呀。"

宋柯苍白的脸上浮起了笑意:"你比我更早。三癞子,又要挖墓穴了呀?"

三癞子说:"是呀,挖好的墓穴已经给沈文绣占了,我要再挖一个,预防万一呀,我总得给自己留一个墓穴吧,我也不知道自己会不会突然死去,这年头,谁又能够预料到什么呢?"

三癞子心里却说:"宋画师,这个墓穴也有可能是给你准备的,我这些天一直担心着你呀!"

宋柯说:"三癞子,你不会那么快死的,你要是死了,谁给唐镇的死人挖墓穴呀。"

三癞子说:"我要是死了,我还会管那么多吗?"

宋柯突然听到了清脆的鸟鸣,太阳在东面的山坳上露出了红彤彤的头,山野出现了一层暖色。宋柯奇怪地想起了森林深处的那个小木屋,此时,他有种欲望,希望那女人的呼唤声出现。宋柯的目光朝远山掠去,远山一片苍茫。

三癞子闻到了一股腥臭味儿,对唐镇人都表现出厌恶的宋柯身上的腥臭味,三癞子不以为然,他只是对宋柯说:"宋画师,镇上的人都说你身上有股臭味,有些人到游镇长那里去投诉了,说是要游镇长把你赶出唐镇,再从外面请个没有臭味的画师来。"

宋柯从远山收回了痴迷的目光。

他笑着对三癞子说:"我知道,我身上的气味是从娘胎里带来的,就像我的生命一样,我不能够改变。至于镇上的人喜欢不喜欢,是他们的事情,我同样也不能够改变。如果让我走,我也会马上走的,不会赖在唐镇。"

三癞子听了宋柯的话,有些吃惊,他没有想到宋柯如此坦荡地面对自己身上散发出来的腥臭味。三癞子说:"宋画师,你给游镇长老母的画像谁都说好,游镇长就是因为他老母的画像,也不会让你离开唐镇的,到哪里去找你这样画师呀!不过,我还是奉劝你一句,宋画师,你离开唐镇吧!"

宋柯不解:"为什么?"

三癞子突然听到了一种声音,那种声音让他浑身起了鸡皮疙瘩,那是什么东西滑过草丛的声音。由此,三癞子想到了蛇,想到了那个白衣女人让他吞到肚里的蛇。

三癞子果然看到了一条剧毒的五步蛇滑过不远处的草丛。

三癞子毛骨悚然,为什么他说到让宋柯离开唐镇,就有蛇现身呢?这不可能是巧合,仿佛冥冥中有一双眼睛在注视着他,他的任何举动都逃不出那双可怕的眼睛。难道这条突然出现的五步蛇是对他的一种警告?

10

寡妇余花裤在一个偏僻的山坳里割稻子,整个山坳里仿佛就她一个人,山坳里的几亩薄地是她的死鬼老公祖上留下来的,因为离唐镇比较远,没有人想要霸占去。为了生计,余花裤独自耕作着这片田地。

余花裤挥汗如雨,她身上的长衫长裤都湿透了。

阳光眩目。

好在山坳里不时有阵阵的山风刮过,给她带来阵阵的凉爽。

临近正午的时候,在离余花裤不远处的一棵山毛榉后面,出现了一双眼睛,那双眼睛贪婪地觊觎余花裤劳作的背影。

躲在山毛榉后面的人胸脯起伏着,他的两个眼珠突兀着,差点要掉落到地上。

这个人就是三癞子。

三癞子实在按捺不住了,就走了出去。三癞子悄无声息地来到了余花裤的后面。

看着余花裤汗水湿透的丰满的背脊,三癞子接连吞下了几口唾沫。有的时候,三癞子会很羡慕土匪陈烂头,这个在唐镇方圆几十里山地风一样传说的传奇人物,看上了哪个女人,他就一定要弄到手,无论是在山野还是乡镇上,这让女人们谈虎色变。三癞子此时想,如果自己是土匪陈烂头,他就会毫不犹豫地把寡妇余花裤按在收割后的稻田里，美美地满足他难熬的色欲。可他毕竟不是陈烂头，他只不过是唐镇一个下三烂的挖墓穴的小人物，有时连一条狗都不如的孤佬。

三癞子又咽下了一口唾沫，然后说了一声："花裤——"

余花裤听到三癞子的声音，大吃了一惊，慌忙站了起来，转过身，对三癞子怒目而视："三癞子，你这个狗东西，你来干什么，吓死老娘了！"

三癞子挤了挤眼睛说："花裤，我、我——"

看到三癞子吞吞吐吐的样子，余花裤气不打一处来，挥舞着手中的镰刀，凶狠地对三癞子叫嚷道："三癞子，你给我滚，我就知道你想干什么，你这个猪狗不如的东西，怎么大白天里也尽想干那种事情呀！"

三癞子说："我、我憋得难受。"

三癞子说着，便从兜里掏出了那块给游长水老母挖墓穴得来的大洋，在余花裤的面前晃了晃，大洋在阳光下发出炫目的光芒。三癞子一直没有把这块大洋花掉，到小吃店吃东西，他给的是以前剩余下来的散票子，他在某个夜晚想用这块大洋到逍遥馆里去嫖妓，没有想到被人拦在了门外，他举着手上的一块大洋对妓院的人说："我有钱，看清楚没有，这是一块大洋，是镇长赏给我的！"谁知妓院的人冷笑着对他说："一块大洋你就想在逍遥馆里睡女人呀？等你有两块大洋了再来吧。"三癞子无比的沮丧，只好按捺住自己的欲火，灰溜溜地回到了土地庙里。

余花裤看到了阳光下闪光的那块大洋，眼睛顿时炬亮。她伸出舌头，在干渴的嘴唇上舔了舔，说话的声音柔和起来："三癞子，你手上拿的真是银圆？"

三癞子说："这还有假，这是游镇长亲手给我的，他还夸我给他老母的墓穴挖得好呢。"

余花裤擦了擦头上的汗："你拿过来给我看看。"

三癞子走到了余花裤的面前，把那块大洋递给了她，三癞子闻到了余花裤身上散发出来的热烘烘的汗臊味，余花裤身上的汗臊味刺激着三癞子的性神经，他觉得自己裤裆里那截东西鼓胀起来。余花裤把手中的镰刀扔在了地上，接过了那块银光亮闪闪的大洋，放在眼前仔细端详着，最后，她又用舌头舔了舔干燥的嘴唇，把那块大洋紧紧地攥在了手心，到了她手心的钱，余花裤又岂能让它再回到三癞子的手里！

余花裤躺在一堆稻草上，用另外一只手褪下了被汗水湿透的长裤，然后又把里面的大花布裤衩脱掉，裸露着下半身对三癞子淡淡地说："三癞子，你不是想要吗，老娘给你！"

三癞子在余花裤脱裤子时，嘴巴里已经发出了野兽般的怪嚎。

三癞子迫不及待地扑了过去，在阳光下进入了余花裤的体内。三癞子疯狂地怪嚎着，冲撞着，仿佛要把许多许多日子以来的压抑全部一股脑地发泄出来。

余花裤面无表情，闭上了双眼，咬着牙，一只手紧紧地抓住一把稻草，一只手紧紧地攥着那块大洋。

三癞子突然软了下来。

他很清晰地听到了蛇滑过稻草的声音，尽管他的干号声在山坳里回响。三癞子感觉到有条蛇在向他游过来，吐着血红的芯子……他真的瘫软下来，不但身下的活儿软了，浑身也瘫软了。他心里哀号了一声："为什么，为什么，这是为什么？我和你无冤无仇，你为什么一直要缠着我？"

余花裤把瘫软的三癞子从身上推了下去："三癞子，你满足了吧，我可要干活了！"

余花裤穿起了裤子，藏好那块大洋，理也不理三癞子，捡起地上的镰刀，继续割起了稻子！

三癞子躺在稻草上面,哭丧着脸,心里说:"亏呀!"

蛇滑过稻草的声音不断地传入他灵敏的耳朵,三癞子在阳光下感觉到了彻骨的寒冷……

11

又是一个圩日,因为丰收,唐镇热闹非凡。四面八方的山里人都涌进了唐镇,把他们的收获拿到唐镇来交易,然后再买些自己需要的货物回去。小商小贩也特别多,平常不来的也带着各种货物来到了唐镇,他们很清楚,这个时候,山民们手中会有些闲钱的。

这样火爆的圩日一年中也不会有几次,一般都在收成后或者重大节日的前夕,会有如此的状况。对屠户郑马水而言,今天是他的节日,他从昨天晚上子时就开始杀猪,一口气杀了五头大猪,他相信,这五头大猪都能够卖掉,而且还能卖个好价钱。一大早,他的猪肉一摆上案板,他就把肉价给提高了一倍,还摆出一副爱买不买的神气架势。

钟七一大早从逍遥馆走出来,来到郑马水的猪肉铺前,郑马水发现他的脸色煞白。

郑马水从案板下的箩筐里掏出用湿稻草扎好的两个猪腰子,笑着对钟七说:"钟队长,今天的猪腰子就算我送你吃的了,不记账了。钟队长,你今天的脸色不太好呀,是不是夜晚时弄得太过火了呀?哈哈,快把猪腰子拿回家去,趁新鲜,氽着吃了吧!"

钟七阴沉着脸,对他满是汗水恭维的笑脸根本就没有领情,接过猪腰子后说:"你这个黑心的家伙又把肉价涨了,是不是?今天的税钱可要多交点,否则我让镇长下令封了你的猪肉铺!"

钟七说完就走了,他走路的样子有点儿飘,好像没有一点儿气力。

郑马水又换上了一副嘴脸,嘟哝了一声:"干你老母的!你钟七是什么东西,还和老子耍横,总有一天,老子要让你怎么吃进去的,就给老子怎么吐出来!"

……

胡二嫂的小吃店里坐满了人,很早时,小吃店里就有了生意。胡二嫂知道这个时候的圩日的客流要比平常多出几十倍,而且圩市会从早上一直延续到黄昏,不像平常时分,到下午圩市就散了。所以,她特地叫了两个本家女人来帮忙。忙碌的胡二嫂在这样的日子根本就没有时间去传播什么小道消息了。

胡二嫂也没有时间去管宋柯身上的臭味了。

宋柯躲在画店的阁楼里,紧闭着窗门,仿佛要把外面街上的喧闹隔绝。他在画一幅油画,画的就是他来到唐镇后第一个圩日,三癞子带他到土地庙门口空地上观看的那个走江湖卖蛇药的中年汉子。宋柯已经很久没有拿起画笔,在画布上画他心爱的油画了,他也清楚,油画的画布没有几张了,原料也越来越少。宋柯想,能画一张就算一张了,他没有多大的渴望了。这天,钟七没有带人来敲他的门,让他把店门打开,招揽生意,其实,小镇上的人们希望他不要开门,让他把自己连同身上的腥臭味儿封闭在画店里。三癞子也没有来找他去看走江湖的人练把式,宋柯也不知道那个他要画的人来了没有。

三癞子爬到了土地庙门口的那棵老樟树上,看着来庙里上香的人们。今天来上香的人特别多,带来的许多供品摆满了香案,三癞子想,这些供品够他吃很长时间的了。人们早已经习惯了三癞子悖于常理的举动,也没有人说他什么,要是平常的人爬上这棵让人敬畏的老樟树,大家一定会大声惊呼,惶恐万分的。

三癞子的眼睛里有一层迷离的水雾。

他从早上就爬上了树,一直往通向外界的官路上眺望,他希看到那个走江湖的中年汉子和那个少年的身影，他们是他最大的梦想。三癞子不止一次地想，如果他们再来到唐镇，自己无论如何也要跟他们离开唐镇。唐镇是一潭死水，他将要窒息而死。

三癞子很失望，中年汉子和少年没有出现，却等来了一个獐头鼠目的卖老鼠药的人，在土地庙前的空地上练起了把式。当他看到卖老鼠药的人把一把长剑插入自己的喉咙时，坐在树上的三癞子大声地说了一声："假的，假的！"

卖老鼠药的人把剑拔出来后，便对围观的人们抱了抱拳说："各位父老乡亲，树上那位兄弟说我吞剑是假的，我现在请大家做个证，现在，我请树上的兄弟下来，他如果能够把这把剑吞下去，我就当着大家的面吃老鼠药死在大家的面前！"

卖老鼠药的人虽然说长得猥琐，声音却十分洪亮，他对树上的三癞子说："兄弟，下来试试吧，牛皮不是吹的！"

围观的人们发出了一阵哄笑。

有人就开始起哄："三癞子，快下来呀，看看你的本事！"

三癞子从树上爬了下来，人们以为有好戏看了，没想到三癞子拍了拍手，什么也没说，就挤进人满为患的土地庙里，在那个角落里操起锄头，走出土地庙，然后抄小路往五公岭方向走去。

三癞子去挖他的墓穴，挖这个墓穴时间拖得漫长，不像给游镇长老母挖墓穴，一个下午就挖完了。

……

无论如何，这个圩日对唐镇上许多做生意的人来说，都是大喜的日子。就连逍遥馆也门庭若市。但也有人很落寞的。比如棺材店的老板张少冰，他的棺材店门大开，街上人如潮涌，却没有一个人踏进棺材店里来，自从游镇长的老母去世后，张少冰的棺材店还没有做过一单生意。寂寞的张少冰独自坐在那里，泡着茶，眼看着街上的人流，面无表情。他突然想起了好朋友游武强，张少冰从小就体弱，经常被人欺负，一直是游武强保护着他。张少冰由游武强想到了沈文绣。

想到沈文绣，张少冰连打了几个寒噤。在沈文绣死后，总是有人在深夜听到棺材店里有女人凄凉的哭声，还会看到一个白色的影子从棺材店的门缝里挤出来，在唐镇的街上飘荡……张少冰心里说，文绣，你是美女爱英雄呀，我应该给你一副上好的棺材的，都怪我胆小怕事，等到清明的时候，我一定去给你扫墓！

张少冰的目光不经意地往店门口瞟了一眼，发现一个穿着士林蓝土布衣裳的女人一手拿着一根竹扁担，一手提着一个猪蹄，站在棺材店门口。因为这个女人的凉笠压得很低，张少冰看不清她的眼睛，但是张少冰对这个女人有印象，她经常在圩日时挑着一担竹篮到唐镇来卖，唐镇人都知道，这个女人的竹篮编得好，不仅样子好看，还耐用。

难道这个女人要买棺材？

张少冰站起来，朝女人走过去。

张少冰还没有走到门口，那女人就离开了，很快消失在人流之中。

这时，张少冰听到棺材店里有人在唱歌，他悚然地回头看了看，什么人也没有……

12

这个晚上和往常不同。宋柯显得焦虑。他对那个叫凌初八的女人有了一种牵挂，他为自己的这种想法吃惊，多年以来，他就牵挂过那个叫苏醒的女子，难道自己真的把凌初八当成苏醒了？可她们是完全不同的人，她们生活在不同的两个世界里。凌初八对他体贴入微，每次到她的小木屋里去，凌初八都把他服侍得十分舒坦。凌初八是个话语不多的女人，她只是用行动来表达对宋柯的情感，宋柯奇怪的是，凌初八为什么会找到他，用什么手段把他引诱到那森林深处的小木屋里去？……很多谜团，宋柯无法化解，他只是愿意臣服于命运的安排，因为他根本就没有能力逆转什么。

已经几天没有听到女人的呼唤，他所表现出来的焦虑情绪，有了一个合理的注脚，他也有男人的欲望，他也需要女人的安慰，哪怕那是个陌生的神秘女人，他甚至对她一无所知，不知道她是人还是鬼。

入夜后，宋柯一直在等待着什么，他心里很清楚，他是在等待那女人的召唤，只有女人的召唤声出现，他才能顺利地进入森林深处的那个小木屋。

小木屋在他的想象中温暖起来。

宋柯完全感觉不到什么危险。

他也不知道三癞子在为他担心着。

宋柯看着画布上那个用蛇咬自己舌头的人，自言自语地说："活着就是一场历险。"

他用一块白布盖在油画的上面。

宋柯已经一整天没有吃饭了，可他感觉不到饿。他在等待的过程中，焦灼而又幸福。在他多年漫长的流浪生涯中，凌初八让他第一次感觉到了依赖，精神和肉体的双重依赖，尽管他不知道是祸还是福气。因为自身的腥臭味，在他离开大上海，踏上流浪之路时，就不敢奢望在这个世界上会有哪个女人亲近自己，事实上也是如此，走了那么多地方，无论是男人还是女人，都把他当成瘟疫，鄙视和躲避着他，不会因为他的画画得好而尊重他。他只是把那个叫苏醒的女人埋在心灵的最深处，在夜深人静的时候，取出她的照片，回忆着和她在一起的短暂的美好时光。

想到这里，宋柯拉开了抽屉，拿出一本薄薄的书，翻了开来。

苏醒的照片不见了。

宋柯一页一页地翻完那本薄书,也没有找到苏醒的照片。

宋柯自言自语地说:"我分明夹在书里的,难道它会长翅膀飞了?"然后,他又想,自己会不会记错了,放在别的什么地方了。宋柯就在阁楼里翻来覆去地找苏醒的那张黑白照片。可是,无论他怎么找也找不到。难道是床底下那些画像中的死人把苏醒的照片藏起来了?

宋柯蹲下来,低下头,看着堆在床底下的那些死人画像说:"前辈们,你们谁要是拿了苏醒的照片,请你们还给我好吗?这张照片是我有生以来最重要的珍藏,你们行行好,看在我老是耐心地听你们讲故事的分上,还给我好吗?"

突然,宋柯觉得有一股阴风从床底下迎面拂来。

紧接着,他听到了瑟瑟的声音。

宋柯的头皮一阵发麻,赶紧站了起来。

油灯飘摇着。

宋柯看到了一条蛇。一条青色的蛇。那条青色的蛇有一尺半长,浑身青色的花斑,看上去,发出青色的迷离的光亮。青蛇高高地扬起头,在离宋柯一步远的楼板上,对着宋柯吐着鲜红的蛇芯子。

宋柯十分害怕,本能地退后了一步。

他不怕床底下那些死去的人,哪怕是他们的鬼魂出现。可是,眼前的这条青蛇,让他的神经绷紧了!如果这条蛇突然向他发起攻击,宋柯根本就没有办法应对,他连一丁点对付蛇的经验都没有。

此时,唐镇的街上早已经沉寂下来,白天里的热闹气氛荡然无存。没有人知道画师宋柯会惊恐地面对一条青蛇。

宋柯和青蛇对峙了一会儿,他看到青蛇朝他点了点头,然后转身往楼梯的方向滑行过去。就在青蛇朝他点头的刹那间,宋柯眼中的惊惧之色消失了，他的瞳仁迷离和湿润了。宋柯鬼使神差地跟在了青蛇的后面，青蛇滑下了楼梯，他也跟下了楼梯。

青蛇从画店门底下的一个小洞里滑了出去，宋柯也打开了门跟了出去。

静悄悄的小街上只有蛇爬行的滑腻的声音。

宋柯的脚步很快，但没有一点声响，他浮在地面上跟着这条青蛇朝唐镇的西面飘去，那时，他的脑海里一片空茫。

……

那条青蛇把宋柯带到了森林深处的那座亮着灯光的小木屋门口后，倏地消失了，宋柯从迷醉中清醒过来，惊讶怎么自己就走到了这里。宋柯的心颤动了，他是不是该敲开小木屋的门扉呢？宋柯想，凌初八一定在里面，因为那窗棂的白纸上透出的温暖灯光告诉了他这个信息。宋柯的不期而至，会不会让凌初八反感呢？小木屋里面，除了凌初八，还会不会有其他的人在呢？

宋柯的内心忐忑不安。

就在这时，小木屋的门轻轻地打开了，凌初八穿着一身白色的府绸衣服站在门框里，披着湿漉漉的长发，成熟的圆脸像一轮满月。

凌初八朝宋柯含情脉脉地微笑着，两手羞涩地玩弄着披在肩膀上的一绺乌发。

凌初八在宋柯的眼中突然变成了苏醒。

他喃喃地呼喊了一声："苏醒——"

然后，宋柯朝凌初八轻轻地移步过去，他身上的腥臭味越来越浓郁，每当他动情的时候，他身上的腥臭味就会加剧，平常时，只会释放出淡淡的一股腥臭味。

凌初八轻轻地说："宋画师，我不是苏醒，我是凌初八。"

不管是苏醒还是凌初八，眼前的这个刚刚出浴的女人让宋柯心动了，她搅活了宋柯心底的那潭死水。宋柯走到了凌初八面前，紧紧地把她抱在了怀里。凌初八的嘴巴凑在宋柯的耳边说："宋画师，我不是苏醒，我是凌初八，你是我唯一的男人。"

他们相拥着走进了小木屋，凌初八关上了门，把门闩插上了。外面黑森林里响起了呜咽的风声，在小木屋周围的树上出现了许多蛇，这些蛇在呜咽的风中狂舞。宋柯没有听到外面呜咽的风声，也不知道那些蛇在风中狂舞。他进入小木屋后就闻到了一股香味，奇异的香味。

凌初八轻声地对宋柯说："宋画师，你饿了吧？我知道，你一定还没有吃饭。"

宋柯点了点头，他发现凌初八的眼睛血红，就问道："初八，你的眼睛？"

凌初八脸上掠过一丝慌乱的神色，但很快恢复了平静："喔，我的眼睛一生下来就是充血的，对了，你是不是嫌我的眼睛红？是不是吓着你了？"

宋柯笑笑："没什么，我怎么会嫌你的眼睛红呢。"

凌初八凑近宋柯，深深地呼吸了一口宋柯身上的腥臭味，然后说："宋画师，我知道你今天会来，就给你炖好了一瓦罐的猪蹄汤，你身体太虚弱了，需要补一补。"

凌初八拉着宋柯的手，让他坐在了屋里的竹桌旁边，然后来到灶台边，打开了锅盖，从锅里端出来一个瓦罐。凌初八把瓦罐放在了宋柯面前的竹桌上，拿掉了瓦罐的盖子，一锅浓白的猪蹄汤呈现在宋柯的眼睛里。宋柯闻到了一股浓香，浓香里混杂着草药热牛奶以及肉香……这股浓香使宋柯的味蕾美妙地开放，充满了食欲，肚子发出了欢愉的叫声。

凌初八盛了一碗浓汤放在了宋柯的面前："吃吧，趁热吃吧，这样会更补的，看你虚弱的样子，我心里痛。"

宋柯就吃了起来。

宋柯从来没有喝过如此浓香的猪蹄汤，喝口浓汤，满口留香，他说不上是什么样的香味，这种香味特别美妙；而且猪蹄炖得恰到好处，入口即化，肥而不腻。

宋柯边吃边问道："初八，这汤里除了猪蹄，你还放了些什么？"

凌初八说："这山里有种藤蔓，它的根是炖汤的上好配料，我们这里人叫这种藤蔓的根为香藤子根。这种藤蔓一般长在悬崖峭壁上，很难挖到，加上它是上好的补品，身体虚弱的人吃了有神奇的功效，所以香藤子根十分珍贵。"

宋柯喝了一口汤说："原来如此！"

凌初八坐在宋柯的旁边，端详着宋柯，脸上浮现出幸福的笑容，那血红的眼睛蒙上了一层湿湿的水雾，她心想：瞧他吃得多香呀，如果他愿意，我会天天熬这样的汤给他喝……可他会不会突然离开，再也找不到他了，我不想害他，只是希望他和我在一起时快乐……我已经离不开他了，离不开了，就像是缠着树木的藤蔓，生也缠着，死也缠着……宋画师，我被你迷住了，真的被你迷住了，你身上的味儿让我销魂……

13

三癞子在一个晚上，跑到青花巷的最深处，敲寡妇余花裤的家门。青花巷里漆黑一片。三癞子敲了一会儿门，听到了细碎的脚步声来到了门后。三癞子听到里面传来了余花裤的声音："谁在敲门？"三癞子想，如果自己是土匪陈烂头，他就会恶声粗气地说："干你老母，少给老子啰唆，开门！"可三癞子毕竟不是土匪陈烂头，他只是低声说："花裤，我是三癞子，开门呀——"

余花裤说:"我为什么要给你开门?"

三癞子说:"我想你了,熬不住了!"

余花裤冷笑了一声说:"熬不住了,你可以随便去找条母狗睡呀,找我干什么,我又不是你老婆。"

三癞子说:"我就是想和你睡,母狗哪有你好呀!"

余花裤说:"三癞子,你给老娘听好了,你给老娘滚得远远的,否则别怪我不客气!"

三癞子不依不饶地说:"花裤,你就开门吧,那一块大洋就搞了一次,我太亏了呀!"

沉默了一会儿,门突然开了。三癞子被一只有力的脚踢翻在地,他听到一个男人沙哑的声音:"三癞子,我警告你,你再不滚蛋,老子把你一刀捅了,你再敢到这里来敲门,老子把你杀了当猪肉卖!"

三癞子听出来了,这是屠户郑马水的声音。

余花裤家的门哐当一声关上了。

门里面传出余花裤的嬉笑声。

三癞子的心口感觉到了疼痛,郑马水那有力的一脚正好踢在了他的心窝上。三癞子倒在地上,一阵心悸,呼吸也困难起来。他想,如果郑马水这一脚要是把他踢死了,也就一了百了了,野草根般的日子他早就过够了!可三癞子死不了,他在地上捂住心口,过了半个时辰,就摇摇晃晃地站了起来。他心里说:"我这条贱命怎么就这么硬呢?"

在黑暗中,三癞子摸出了青花巷。

三癞子闭着眼睛也可以在唐镇的街巷上行走,无数个深夜,他会在街巷上鬼魂般游走。在余花裤家门口碰了一鼻子灰又挨了打的三癞子走在街上时,听到了凄凉而又缥缈的女人的歌声:

"郎呀,妹子心比天高命如纸薄呀,郎呀——

"郎呀，烟散了水流走了，妹子的心碎了呀，郎呀——

"郎呀，天好远路好长，何处寻你的踪迹呀，郎呀——

"郎呀，风好大雨好急，妹子的泪血一般黏呀，郎呀——

"……"

谁会在这个寂寥的深夜里凄惨地歌唱？

三癞子循着歌声而去。

三癞子注意到歌声是从棺材店里飘出来的。棺材店里除了游武强敢住在里面，游武强逃出唐镇后就没有人在晚上住在里面了。三癞子在这个盛夏的晚上感觉到了寒冷。他壮着胆子趴在棺材店门上，企图透过门缝看清里面歌唱的人。

三癞子眼睛里一片漆黑。

歌声突然戛然而止，三癞子还没有缓过神来，就听到自己身后传来一个女人冰冷的声音："你为什么要在这里偷听我唱歌？"

三癞子魂飞魄散，转身朝镇东头狂奔而去，他身后一个白色的影子紧紧地追着他，这个无家可归的人能够跑到哪里躲藏？

14

三癞子病了，他躺在土地庙土地公公和土地婆婆的泥塑后面瑟瑟发抖，浑身直冒冷汗，满口说着胡话。宋柯画完了那幅题为《走江湖》的油画，首先想到了三癞子，他产生了一个念头，让三癞子来看他的画，和他一起分享创作完后的喜悦，尽管三癞子对油画一无所知。

宋柯走出画店的门，阳光正好照在他的脸上，阳光十分刺眼。

斜对面小吃店里冷冷清清，胡二嫂百无聊赖地用蒲扇在拍苍蝇，她看到了脸色苍白的宋柯，想和他打声招呼，可话到嘴边又吞了回去。胡二嫂心里说："这个四眼狗，有好长时间没有到我小吃店吃东西了，难道他恨我？他是不是知道是我把他身上有臭味的事情说出去的？……管他那么多呢，不来吃就不来吃，我还嫌他臭呢！……话说回来，他要来吃东西，我还是会给他吃的，我凭什么要和钱过不去呢，闻闻臭味又不会死，况且，男人都是臭的！"

宋柯耸了耸眼镜，往小吃店方向瞟了一眼，什么也没说，就朝镇东头走去。

宋柯来到了土地庙门口，如果不是圩日或者什么特殊的日子，土地庙一般是没有人来的，有种说不出的冷清和诡秘。宋柯走到任何地方，对当地人供奉的神灵还是相当敬畏的。宋柯见土地庙的大门是关闭的，就站在大门口叫道："三癞子，你在里面吗——"

宋柯没有听到三癞子的回答，就推了推门，推门后发现庙门是虚掩的，他还发现，土地庙的门本来就没有门闩。宋柯进入了土地庙里，和阳光灿烂的外面相比，土地庙里有种阴森森的味道，宋柯的心有些不安。宋柯听到了三癞子病中的呻吟。

宋柯一听就知道三癞子病了，赶紧走了过去。

他站在神坛下问三癞子："三癞子，你怎么啦？"

宋柯不敢爬上神坛，和三癞子不一样，他遵循着乡村里的禁忌。三癞子已经处于一种昏糊的状态，根本就听不见宋柯的话。宋柯看到三癞子浑身发抖，嘴唇上起了几个白色的大泡，猜想他是发烧了。这可怎么办？宋柯不是一个见死不救的人。他必须去把小镇上的郎中请来，才能救三癞子的一条命。

宋柯匆匆地回到了镇街上，来到了郎中郑朝中的家门口，在门外叫道："请问郑老先生在家吗——"

宋柯叫了两声，郑朝中才出来。郑朝中鹤发童颜，穿着长袍马褂，一副养尊处优的派头。郑朝中的声音却十分柔和："宋先生有什么事情吗？"

宋柯着急地说："三癞子病了，我想请你去给他看看。"

郑朝中没有马上答应他，而是用烁烁有神的目光审视着宋柯，仿佛在考虑着什么问题。

宋柯焦急地说："郑老先生，你不用担心，给三癞子看病的钱我会给你的。"

郑朝中捋了捋雪白的胡须，笑了笑说："宋先生，不是钱的问题，救人是我的本分之事。好了，我看你也是厚道人，我和你走一趟吧。"

在路上，郑朝中对宋柯说："有一事不知我当问不当问？"

宋柯笑笑说："郑老先生有什么问题尽管问吧，我如实回答就是了。"

郑朝中温和地说："镇上人的传闻并不是没有道理的，宋先生身上的确有种味道。我想问问，宋先生是否得过什么奇怪的病？"

宋柯平静地说："郑老先生说得没错，我身上是有种臭味，这是从娘胎里带来的。我问过我母亲，她就是这样说的。我从来没有得过什么奇怪的病症，也一直洁身自好，这与生俱来的臭味，我想也没有什么大不了的吧。"

郑朝中说："喔——"

……

宋柯实在不放心病中的三癞子独自待在土地庙里，就把三癞子接到了画店里，宋柯让三癞子躺在阁楼上自己睡觉的床上。宋柯按郑朝中开的药方，到郑朝中的中药铺里点了几服中药，就回到画店里熬上了。熬上药后，宋柯又去郑马水那里割了点猪肉，他想三癞子病了，身体一定十分虚弱，需要补充些营养。

三癞子喝完汤药，宋柯就给他把被子捂上，三癞子发完一身汗后，感觉有了些力气。他无力地对宋柯说："宋画师，你为什么要救我？你还不如让我死了呢，我自己的墓穴都已经挖好了！"

宋柯淡淡一笑："傻瓜，你怎么会死呢，你的命硬着呢。"

三癞子叹了口气，眼角流下了两行泪水："从来、从来没有人对我这样好的，宋画师——"

宋柯说："好了，三癞子，你好好休息，很快就没有事情了。"

三癞子想把那个白衣女人的事情告诉宋柯，可话到嘴边又缩了回去。三癞子闭上了眼睛，内心被一把锋利的刀子割着，异常的疼痛。三癞子没有勇气说出白衣女人的事情，他心里骂自己不是个人，是个忘恩负义的东西！

三癞子睁开眼时，看到了画架上放着的那幅油画。

他从来没有见过这样的画，有颜色的画，在三癞子的印象中，他只见过那些死人的黑白画像。三癞子的眼中闪烁着一种神秘的光泽。画中人就是他崇拜的走江湖的那个汉子，看上去模糊而又清晰，像是在梦中看到的人，那走江湖的中年汉子在他梦中，就是这个形象。三癞子觉得宋柯十分神奇，三癞子痴痴地想，宋画师是不是进入过自己的梦境？

宋柯微笑地说："三癞子，你在想什么呢？"

三癞子突然说："宋画师，你能不能给我画一幅画像，有颜色的画像？我死的时候，把你给我的画像一起带走。"

宋柯说："当然可以，但是，你不能再说死了。"

宋柯还有半句话没有说出来，那半句话就是："死是神圣的！"

宋柯答应了三癞子，就马上开始给三癞子作画，他想，画完三癞子这幅油画，他的油画颜料就全部用完了。他不知道，给三癞子画的这幅油画是他一生中画的最后一幅油画。宋柯在画三癞子的油画前，脑海里出现了这样一个情景：衣衫褴褛的三癞子坐在挖好的墓穴旁边的红土上，光着或许一生都没有穿过鞋子的脏兮兮的双脚，丑陋的脸沐在夕阳橘红色的光中，无辜而又充满渴盼的目光向远山无限延伸……

15

钟七发现自己的手下猪牯越来越受游镇长的器重，游镇长派他去县城里办了几件事情后，就提拔他当了保安队的副队长。钟七心里更加惶恐不安，后悔听了猪牯的话，去捉了游武强和沈文绣的奸，现在弄得自己里外不是人。这天，游镇长给她母亲完七，在游屋村老屋请乡亲吃完七酒，也没有叫他一起前往，光叫猪牯带了几个人去。钟七心里十分不舒服，就找了几个狐朋狗友在洪福酒馆里喝酒，他点了酒馆里最好的菜和最好的酒，一直喝到深夜。

钟七喝完酒，就来到了逍遥馆的门口。

他伸出手，用力地拍逍遥馆紧闭着的门，大声说："开门，开门——"

逍遥馆里一点动静也没有，里面的人好像都死光了。

钟七拍了很长时间的门，逍遥馆里就是没有人出来给他开门。

钟七气坏了，破口大骂，可无论他怎么骂，里面还是静悄悄的，没有人出来给他开门。钟七气急败坏，掏出了盒子枪，往那大红灯笼上连开了两枪。枪声响过之后，逍遥馆里还是无人出来给钟七开门。钟七弄不清楚逍遥馆里面发生了什么事情，只好悻悻而去。

钟七走进自己家门口的那条小巷时，感觉后面有人推了他一把，他摔倒在地上。这跤摔得不轻，钟七膝盖上的皮擦破了，骨头也受了伤。他从地上爬起来，一瘸一瘸地走向自己的家门。进了家门，钟七刚刚把门闩上，就听到门外面传来几声阴森森的女人叽叽的冷笑声。钟七毛骨悚然，酒醒了一半。这个晚上对钟七而言，是他厄运的开始。

钟七不敢吹灭油灯睡觉。

他害怕黑暗中会有什么东西朝他摸过来，还把盒子枪塞在了枕头底下，一有什么事情，他马上就可以抽出盒子枪应急。钟七简单地用家里常备的跌打药水擦了擦摔伤的膝盖，就把自己的身体放平在眠床上，闭上了眼睛。闭上眼睛，他就会想起沈文绣俏俊的脸。钟七心里十分哀伤，他想，如果自己不去逍遥馆嫖妓女杨飞蛾，沈文绣就不可能和游武强通奸，如果他们不通奸……钟七想着想着就陷入了一片黑暗中。

黑暗让钟七窒息。

钟七看不到光明，也没有方向，他不知道自己置身何处。

钟七在黑暗中摸索，仿佛被囚禁在一个狭小的铁屋里，往任何一个方向摸索都被冰冷的铁墙挡住，无法突围。钟七的精神和肉体承受着巨大的压迫。他用沙哑的嗓子喊着，叫着，就是没有人来解放他。钟七在绝望中，感觉到自己的肉体在慢慢地腐烂，他甚至闻到了腐烂的肉体散发出来的恶臭，比宋柯身上散发出的腥臭还更加令人作呕，他身体的某个部位奇痒无比，他伸手去抓那个部位，使劲地抓挠，越抓越痒……钟七睁开了双眼，浑身被梦中渗出的冷汗湿透了……黑暗的铁屋也消失了，钟七看到了油灯的光亮，猛地坐起来，感觉到自己小腹底下的那条命根子奇痒无比，他脱掉了裤衩，把它放在油灯下一看，大惊失色，他的命根子上长满了红红的疹子，疹子上面还渗出暗红的汁水……他的两个儿子坐在小床上，睁大眼睛看着惊慌失措的父亲，他们的眼神显得怪异，嘴角似乎还挂着一丝冷冷的笑意。

……

三癞子听到逍遥馆外面的几声枪响，悲哀地叫了声："完了，两块大洋呀，就这样完了，还没有感觉到滋味呢——"

接着，他就感觉自己进入妓女杨飞蛾体内的那截东西疲软下来，再也无法坚挺起来了。三癞子从杨飞蛾的身上翻滚下来，躺在杨飞蛾的旁边，流下了泪水。

杨飞蛾狠狠地踢了三癞子一脚："你干完了吧，干完了就赶紧给我滚！"

三癞子没有说话，只是流着泪。

他没有想到好不容易进入逍遥馆，好不容易得到的欢愉，被钟七的枪声给击破了。其实，逍遥馆里的人都听到了钟七的拍门声，而且都听到了他在外面的叫骂声。钟七拍门的时候，三癞子刚刚兴奋地进入杨飞蛾的体内。那时，逍遥馆的老板娘李媚娘还坐在厅里，一个妓女正懒洋洋地给她捶背。李媚娘抽着水烟，她手上拿着的上好的黄铜水烟筒是游镇长在逍遥馆开业时送给她的，那些黄得发亮的烟丝也是游镇长给她送过来的，游镇长说过，只要他抽什么样的烟丝，李媚娘也同样抽什么样的烟丝。听到钟七的拍门声，李媚娘嘴角的那颗豆大的黑痣轻微地颤动了一下，她在关门时就吩咐过看门的下人，今天晚上不要给钟七开门。

钟七在外面就是闹翻了天，李媚娘还是冷静地吸着水烟，还淡淡地说："游镇长这回送来的烟丝还真不错。"

钟七的枪响后，李媚娘也只是嘴角的那颗豆大的黑痣轻微颤抖了一下。

看门的下人可是吓坏了，战战兢兢地轻移着步子，走到李媚娘的面前低声说："老板娘，你看是不是把门打开，钟七要是撞开门，那就——"

李媚娘冷笑一声说："他敢撞门？借给他一百个胆，他也不敢！你就在厅里坐着吧！"

钟七开完枪后，果然走了。

李媚娘吐了口烟雾，悠悠地说："钟七这个人也真不是个东西，多长时间没有结账了，每天晚上住在这里，霸着杨飞蛾，好像我们逍遥馆是他家一样，也不看看这逍遥馆是谁开的！这个龟孙子，也是活该当王八的命，我就让三癞子睡杨飞蛾，看他还是不是把杨飞蛾当他的老婆！杨飞蛾这个贱货，还做梦想让他把她赎出去，到他家里去当正房呢！三癞子今天找上门来，就是不给我两块大洋，我也会让他睡杨飞蛾的，我要让她知道自己几斤几两，是什么货色，不要成天把自己当成钟七的太太！"

三癞子彻底地瘫软了。

他像只野狗般溜出了杨飞蛾的房间，悄悄地从逍遥馆的后门溜了出去，回到了他栖身的土地庙里。他不敢回到宋柯画店的小阁楼里去，躺在那两尊泥塑的后面，三癞子心里充满了对宋柯的愧疚。宋柯好心把他弄到画店的阁楼上，两天两夜陪着他，给他熬药，给他炖肉，把他的病治好了，他却趁宋柯在这个晚上去鸡公山的黑森林后，偷了他还剩下的两块大洋，去了逍遥馆……三癞子用手握着身下那软得像根面条的东西，泪水又流了出来……他恶狠狠地对自己说："三癞子，你连狗都不如，狗还知道报恩，你却忘恩负义，你不得好死呀！"

三癞子觉得自己再没有脸面见宋柯了。

他心里还替善良的宋柯担心着，那个白衣女人会不会也把一条蛇送到宋柯的肚子里去，让他要生不得求死不能？

土地庙外面起风了，风像受伤的野兽般呜咽……

16

唐镇一连几个月都没有死人，这在唐镇的历史上是极为罕见的。入秋后，唐镇的气候清爽得令人迷醉。唐镇棺材店的门也关上了，没有死人，棺材店就失去了它的意义。棺材店的老板张少冰成天无所事事，经常背着手，在唐镇的街上慢慢地走来走去，他的目光变得阴郁，目光落到任何一个人的脸上，都像是希望那人死去，仿佛唐镇所有人都应该对他以命相许。可没有人会怕他，张少冰在唐镇是出了名的老实人，他只管卖他的棺材，从不和人争什么。老实人张少冰在入秋后的某天走进皇帝巷里的赌馆，是谁也没有想到的事情。

张少冰因为没有死人，棺材店没有生意，关了店门去赌馆狂赌，他的老婆带着孩子到赌馆门口哭闹，张少冰也无动于衷。唐镇的人们都在传闻着张少冰的事情，说他是被棺材店里的鬼附身了，失去了本性……这种传闻让唐镇的人毛骨悚然，大白天里经过棺材店时，还担心里面会飘出鬼魂，还有人悄悄地在棺材店的门上贴上了画满符咒的黄表纸。

在这个季节里，唐镇人还对另外一个人十分地关注。

那就是宋柯。

宋柯一直就是紧闭着店门，极少出来在唐镇的街上走动。就是这样，那些好事者还是放不过他，尤其是小吃店里的胡二嫂。自从沈文绣死的那天后，宋柯就没有到胡二嫂的小吃店里吃过东西，好几次，胡二嫂和他打招呼，宋柯也似乎没有听到她说话，仿佛胡二嫂在他的眼睛里消失了。胡二嫂对宋柯有种说不出的怨恨。

胡二嫂在这个秋天来临后，就大肆地散布对宋柯不利的言论，她竟然说宋柯就是不出门，就是把画店的门封死，她也可以闻到宋柯身上散发出来的腥臭味，还说她小吃店里的食物也因为受宋柯身上腥臭味的影响而变了味，没有以前好吃了。胡二嫂认定，宋柯身上的腥臭味是有毒的，如果这样下去，整个唐镇都会受到污染的。

胡二嫂的言论在唐镇传得沸沸扬扬。

很多人都相信了胡二嫂的话，他们路过宋柯画店时，都要捂住嘴巴和鼻子，生怕被宋柯身上散发出来的腥臭味熏着。更有甚者，有不少人家里的东西发霉发臭了，或者有什么怪味出现，都归罪到宋柯的头上。就是连屠户郑马水也和胡二嫂一个鼻孔出气，说他的猪肉现在也放不长了，只要时间稍微放长一点，就会散发出怪味来。

因为唐镇很长时间没有死人，宋柯的作用也像棺材店老板张少冰一样被无情地忽略了。

唐镇有许多人就到镇公所反映这个事情，他们要把宋柯赶出唐镇。游镇长面对这些强烈要求把宋柯赶出唐镇的人，只是说了这样一句话："你们是吃饱了撑的！"他下令，以后只要来镇公所提出赶走宋柯的人，一律赶出去。有闹事的人就抓起来。因为游镇长的强硬，没有人敢去镇公所提这件事了，但是，唐镇关于宋柯的恶毒传闻还在继续。

胡二嫂本来以为通过自己的毒舌，能够把宋柯顺利地赶出唐镇，没想到，宋柯没有离开，她小吃店的生意反而受到了很大的影响。平时，很少人敢到她的小吃店来吃东西了，仿佛小吃店里的东西都被宋柯的腥臭味污染过。只有到圩日的时候，胡二嫂的小吃店才门庭若市，因为那些从四面八方赶来赴圩的山民对此并不知情。

胡二嫂内心对宋柯的怨恨与日俱增。

胡二嫂搬起石头砸了自己的脚，她就要想方设法弥补自己造成的恶果，她不可能去对唐镇人说，关于宋柯的传闻是她造的谣，而是在某天清晨，到唐溪旁边采来一束艾草，挂在了小吃店的门楣上。

有人问胡二嫂："现在又不是端午节，你往门楣上挂什么艾草呀？"

胡二嫂笑着说："你这就不懂了吧，艾草可以避宋画师身上的腥臭味呀！"

那人脸上露出惊讶的表情："真的吗？"

胡二嫂还是笑着说："当然是真的，我这些日子都是用艾草来驱赶腥臭味的，不然，我店里的东西每天都会早早烂掉，谁还敢来吃东西呀！"

那人点了点头，走开了。

不到一天工夫，唐镇上大部分人家的门楣上都挂上了艾草。这导致了唐镇艾草的稀缺，唐镇周边的艾草很快就被采光了。街上还出现了卖艾草的摊子，艾草从很远的地方被挑到唐镇来卖。

就在胡二嫂在门楣上挂艾草的这个深夜，三癞子像个幽魂般走进了唐镇的小街。他从小街最东头的那家人开始，把人家挂在门楣上的艾草摘下来，放在脚下猛踩几下。第二天早上，唐镇鹅卵石的街面上横七竖八地躺着那些被踩烂的艾草。可过不了多久，唐镇人家的门楣上又挂上了新鲜的艾草……

17

民国三十五年农历九月二十一的清晨，宋柯从沉睡中醒来，发现自己躺在小木屋的竹床上，身上盖着白布被面的薄棉被。宋柯十分惊讶，在此之前，他都是晚上来，在天亮之前回到唐镇去的，就是他不走，凌初八也会让他回去的。可今天早上醒来，怎么还躺在凌初八的竹床上呢？宋柯百思不得其解。宋柯没有在竹床上发现凌初八，小木屋里也没有凌初八的身影，她干什么去了？

小木屋里充满了浓郁的腥臭味儿。

宋柯懒洋洋地躺在温暖的被窝里，听到了小木屋外面叽叽喳喳的鸟叫声，清脆的鸟鸣声把他带回了很遥远的某个日子，那也是个清晨，在上海校园小树林里的长椅上，他和苏醒依偎在一起，同样听着清脆的鸟鸣，心里充满了甜蜜的诗意和对美好未来的向往……宋柯闭上了眼睛，他不敢再想往事了，过去的事情不堪回首，他不知道苏醒是否还活在人间，如果他们再次相见，苏醒是否会记起那个有清脆鸟鸣的清晨？

一切记忆都变成了幻象。

宋柯的心里涌起深深的感叹。

人活着就是那么的充满了不确定性，谁知道自己会走到哪里，谁知道自己命运的最终归宿在何方？

宋柯突然听到了竹床底下传来了响声，像是有什么东西在相互搏斗发出的噼噼啪啪的声音。宋柯从竹床上爬了起来，下了床，他蹲下来往床下望去，床底下什么也没有。那噼噼啪啪的声音很快就消失了，宋柯很准确地断定，那噼噼啪啪的声音来自床底下，可是，床底下空空的，什么也没有。宋柯站了起来，来到门边，打开了小木屋的门，看到了淡淡的晨雾，淡青色的缕缕晨雾在森林里飘荡。

宋柯突然看到穿着士林蓝土布衣服的凌初八从晨雾中走来。

她抱着一个密封的黑色陶罐，黑色的陶罐紧紧贴着她微鼓的肚子，凌初八脸上露出淡淡的笑容，那双红色的眼睛里飘着如水如雾的柔情。

宋柯呆了，此时，凌初八在他眼中是一个女神，他内心涌起了一种久违了的感动。这些日子以来，要不是凌初八对他无微不至的关怀，他或许不用唐镇的人赶他，他就自己收拾行囊，离开了唐镇。自从三癞子病了住在画店里趁他在夜里到黑森林的小木屋和凌初八幽会，偷走了他剩下的两块大洋，他就身无分文了。几个月来，唐镇没有死人，也没有人请他去画像，没有收入的他靠凌初八度过了漫长的时光，从夏天到深秋，凌初八让他真实地感觉到了依靠，但是，他内心总是觉得对不起凌初八，他怎么能够给凌初八增加负担呢。就在昨天晚上，宋柯来到小木屋后，发现凌初八又用香藤子根炖好了猪脚等着他，宋柯十分感动，感动之余，他对凌初八说："你这样对我，我该如何报答你呢！"凌初八淡淡一笑："你只要不嫌弃我这个丑陋的红眼女人,我就很满足了,我从和你在一起的第一天起,我就心甘情愿地服侍你,根本就没有想到要你的回报。"宋柯无语,只是把凌初八拥在怀里,紧紧地抱着她,就像抱着苏醒一样。

宋柯看着凌初八仙女般从淡青色的晨雾中走来,他轻轻地叫了声:"初八——"

凌初八走到他的跟前,微笑地对他说:"宋画师,你起床啦,怎么不多睡一会儿呢?"

宋柯苍白的脸上有了些红晕:"醒了,就起来了。"

宋柯的目光落在了凌初八抱着的黑色陶罐上,凌初八说:"宋画师,进屋吧,我给你看一样东西。"

宋柯和凌初八进了屋。

凌初八把黑色的陶罐放在了地上,揭开了封住陶罐的盖子,宋柯看到了里面有几只像青蛙一样的东西,只不过,它们的表皮是猪肝色的。宋柯问道:"初八,这是什么?"

凌初八笑笑:"我就知道你们城里长大的人不知道这是什么,告诉你吧,这可是我们山里的宝贝。它叫石蛙,石蛙和田野里的青蛙不一样,它们生长在山上有泉水的岩石洞里,因为稀少,而且又很补身体,所以就特别珍贵。我想,你的身体这么瘦弱,我的钱也不多,不可能天天去镇上买猪蹄炖给你吃,就想到了石蛙,所以,我一大早就起来,到山里去捉了这些石蛙回来,看看,我今天的运气不错,捉到了五个呢,一会儿我把它们杀了,氽新鲜的石蛙汤给你吃,这可是大补呢。"

宋柯握住了凌初八冰凉的手:"初八,你为什么要对我这么好?我这样一个没用的人,值得你对我这样好吗?"

宋柯一动情,身上的腥臭味就大量地释放出来,被宋柯紧紧地握住手的凌初八闭上了血红的眼睛,陶醉地大口呼吸着宋柯身上散发出来的腥臭味，她喃喃地说："宋画师，我亲亲的心肝哥呀——"

宋柯把凌初八揽在了怀里，亲着她的额头说："初八，你不要因为我苦了你自己，我不在乎吃什么，也不在乎我的身体怎么样，和你在一起，就是我最大的安慰。只是我现在穷，什么也不能给你，你要知道，我也是个男人，我不希望一个女人来养活我。"

凌初八听了宋柯的话，浑身颤抖了一下，轻轻地咬着宋柯的耳朵说："宋画师，你会有钱的，其实，你有没有钱不重要，你能够这样抱着我，让我呼吸你身上的味道，我就满足了。"

这个世界上有哪个女人会喜欢宋柯身上的腥臭味？只有这个神秘而孤独的山里女人——凌初八！仅仅凭这一点，凌初八在宋柯心中的位置渐渐地取代了苏醒——那个宋柯心里梦幻般的女人，尽管在很多个夜晚，凌初八吹灭了灯火，和宋柯做爱的时候，宋柯还会情不自禁地叫着苏醒的名字。

……

18

就是农历九月二十一这天晚上，宋柯回到唐镇，就听说死人了。

宋柯在凌初八的小木屋里吃完晚饭，凌初八双眼迷离地轻轻对他说："宋画师，你该回去了——"宋柯来不及说什么，浑身就电击般颤抖了一下，眼镜片后的双眼就出现了迷幻的色泽。宋柯呆呆地站起来，梦游般走出了小木屋。凌初八跟他出了门，她对着黑黝黝的森林，嘴巴里发出了尖利的呼哨声，一条浑身发出青光的青蛇出现在了宋柯的面前。在这个没有星月的阴霾之夜，那条发着青光的青蛇把迷幻中的宋柯带回了唐镇。宋柯进入镇街后，那条青蛇就消失了，宋柯也清醒过来，凌初八在宋柯清醒后的脑海里又变成了一朵迷幻中的花,他又不知道自己什么时候才能再和凌初八相见。

宋柯进入唐镇后,就听到了丧鼓的声音。

寂静的镇街上显得阴森可怕。

宋柯刚刚走到画店的门口,正要开门,他听到身后有个人对他说:"宋画师,你终于回来了。"

宋柯回过头,黑暗中站着一个黑影,宋柯看不清他的脸。

宋柯心里猛地抽筋:"你是谁?"

黑影说:"我是洪福酒馆的伙计,我们老板朱福宝请你去给他的父亲画像,他父亲过世了。"

宋柯心里一沉,怎么突然就死人了?

黑影又阴沉沉地说:"我在这里等了你一天了,我们老板的父亲早上就发现死在眠床上,他死后,老板就让我来找你去给他父亲画像,老板还说,好在游镇长英明,没有听镇上那些人的话,把你赶出唐镇,否则,他不知道要到哪里找画师。老板还说了,无论我等到什么时候,也要等你回来,请你过去给老板父亲画像。你现在终于回来了,我好带你回去交差了,唉,我还以为你离开唐镇,再也不回来了呢。"

宋柯无语。

……

洪福酒馆老板朱福宝的父亲朱贵生死得蹊跷。

头一天晚上,六十五岁的土财主朱贵生还在儿子的酒馆里宴请了几个从周边乡村里过来的地主,那些地主连夜坐着轿子离开后,身体健硕的朱贵生还在镇公所和游镇长他们打了几圈麻将,然后才让儿子朱福宝替了自己回家去睡觉。

游镇长叫保安队的副队长猪牯送朱贵生回家。

猪牯提着灯笼走在前面,朱贵生拄着拐杖走在后面,猪牯边走边回头对朱贵生说:"贵生叔,你慢点走,注意脚下的路。"

朱贵生中气很足地说："走吧，走吧，别以为我老了就不行了！"

猪牯就嘿嘿地干笑。

说起来，朱贵生和猪牯还是亲戚，但是猪牯的父亲没有出息，一生都靠租种朱贵生的田为生，就是猪牯当了保安队的副队长，得到了游镇长的器重，朱贵生还是瞧他不起。在朱贵生眼里，前面走着的背着长枪提着灯笼的猪牯就是一条狗。朱贵生的家就在青花巷里。走进青花巷的第一个大宅子就是朱贵生的府第。

猪牯把朱贵生送到家后，当他走出青花巷的时候，感觉到身后有一阵风掠过，他猛地回头，发现一个白影一晃而过。想起唐镇关于沈文绣鬼魂作祟的传闻，猪牯吓了一跳。那白影转瞬即逝，青花巷深处黑漆漆的，猪牯虽然背着枪，但是他还是有些心虚，提着灯笼飞快地回到了镇公所。回到镇公所，猪牯站在旁边看他们打麻将，游镇长瞟了他一眼说："猪牯，你的脸怎么那么白呀？"猪牯说："可能是夜风吹的吧。"游镇长笑了，抓起一个二饼说："我自摸了！"

朱贵生回家后泡了一个脚，然后就躺下了，躺在床上，他想起了自己家里的那条看门狗。他们家的那条看门狗是出了名凶猛的，以前还咬过一个半夜三更去青花巷巷尾寡妇余花裤家和余花裤偷情的男人，朱贵生还赔了那个男人两斗米。从那以后，朱贵生吩咐下人到了晚上就把狗洞堵上，不让狗出去伤人，因为他知道，深更半夜摸寡妇余花裤家门的男人不少。可是，朱贵生家的那条大黄狗却在两天前失踪了，朱贵生派人到处找也没有找到。想起这条狗，朱贵生有些伤感，他和这条狗还是有感情的。这条狗还救过他一条命呢，那年土匪陈烂头在一个晚上潜入唐镇，来到他们家时，要不是这条狗咬住陈烂头，让他从后门逃走，杀人不眨眼的陈烂头说不定就把他给宰了。

朱贵生想着想着就打起了呼噜。

到了早上,朱贵生家的一个下人,到朱贵生的房间里去准备给他倒马桶,结果发现朱贵生死在了眠床上。朱贵生死的样子十分骇人,他的尸体浑身肿胀,肚子像鼓起来的一个小山包,头脸也肿得像个谷斗,七窍流着黑色的污血。让那个下人魂飞魄散的是,他竟然看到一条青色的花斑蛇从朱贵生的嘴巴里溜出来……朱家的下人去给朱福宝报讯时,朱福宝还在镇公所的麻将桌上酣战,整整一个晚上,就是朱福宝一个人输钱。

……

宋柯随着洪福酒馆的那个伙计来到朱家,朱家的人纷纷躲着他。其实这个时候,宋柯身上的腥臭味已经很淡了,还没有朱贵生死尸的尸臭来得难闻。可是,朱家的那些人还是远远地躲着他,还捂着嘴巴和鼻子。宋柯根本就没有理会他们。披麻戴孝的朱福宝对宋柯说:"宋画师,父亲的画像就拜托你了,画好了,我不会亏待你的。"宋柯没有说话,而是来到了朱贵生尸体的旁边,给朱贵生画像。

朱家的所有人都离他很远,都用一种莫测的目光审视着宋柯。

宋柯很快地进入了状态,他潜意识里有种动力,那就是必须画好朱贵生的画像,这样他就可以拿到丰厚的报酬,就可以把钱交给凌初八,换回一点男人的尊严或者说给凌初八减轻一些由他带给她的负担。

宋柯的目光十分平静,平静的目光在从死者的脸容中捕捉他的灵魂,他知道,只有把死者的灵魂表现出来,画像才是成功的。

他准确地在画纸上描绘着,宋柯仿佛听到死者在向他倾诉着什么。

宋柯沉默地专注地聆听死者的倾诉,此时死者就是突然坐起来和他说话,他也不会感到恐惧,因为他已经进入忘我的状态。

死者的肚子还在鼓胀着,好像肚子里面有什么活物,在撑着他的肚皮。

宋柯用了一个时辰的工夫就画好了朱贵生的遗像。

这幅遗像画好后，朱福宝第一个上前观看。

朱福宝站在父亲的遗像前，呆了。

父亲仿佛在他眼前复活了，父亲的眼睛里透出的那股神气使他对宋柯的画技深深折服，他甚至忘记了宋柯是个有臭味的人，紧紧地握住了宋柯的手，眼睛里闪烁着泪光："谢谢你，宋画师！谢谢你！我想我父亲在九泉之下也会因为你给他画的像感谢你的！"

此时的宋柯已经疲惫不堪，他心中鼓足的那口气在他画完最后一笔的时候，就已经泄掉了。对于朱福宝的溢美之词，宋柯一句也没有听进去，他只是看到朱福宝两片厚厚的嘴唇在上下翻飞。

朱福宝毫不犹豫地给了宋柯三块大洋："宋画师，我说过的，你给我父亲画好了像，我不会亏待你的，游镇长当时给你多少钱，我现在同样给你那么多！"

宋柯接过三块大洋，便在朱家沉闷而有节奏的丧鼓声中，离开了朱家。

宋柯走到街上时，起了大风。

宋柯觉得自己轻飘飘的，仿佛自己已经被死人吸干，只剩下一个躯壳，骤起的大风会不会像卷起一片枯叶那样把他刮走？宋柯身上能够体现重量的东西就是那三块大洋了，是那三块大洋使得他没有被大风卷走。宋柯的手伸进口袋里，手指触摸到冰冷沉重的银圆时，他仿佛听到了一声悠长的叹息，那声悠长的叹息在这个深秋的黑夜里随风飘荡。

宋柯还闻到了一股浓郁的死亡的气息。

是大风把死亡的气息从幽冥中带来的？宋柯不知道。死亡的气息潮湿阴冷，还散发出一种腐朽的霉烂味道……宋柯呼吸着越来越浓郁的死亡气息，像是一个溺水的人面临着灭顶之灾。

大风在阴郁的唐镇从东鼓荡到西，又从西鼓荡到东，风中夹杂着凄凉的哭声、愤怒的吼声、无奈的叹息、没有人倾听的倾诉、捶胸顿足的哀叫、喃喃的私语、疯狂的狞笑……许多许多看不见的魂魄在夜风中狂舞，在颠覆着唐镇的宁静。

宋柯踉踉跄跄地往画店走去，他要躲进画店的小阁楼里，用被子把自己的身体裹得严严实实，抵御狂风带来的死亡气息，抵御这个漫漫长夜里心力交瘁后的虚脱。

宋柯摸索到画店的门锁，铁锁像一块冰。宋柯打开了锁，进了画店的门，赶紧把门闩上，背靠在门板上，大口地喘息着。画店里异常的沉闷，宋柯会不会窒息而死？

画店外面狂风呼啸着，呜咽着——

下
人呜咽

1

朱贵生没有征兆的突然暴死引起了游长水的警觉。为了不引起唐镇人的恐慌，游长水让朱福宝封锁了朱贵生死状的消息，不让家里的下人们透露出去。这种事情要是被长舌妇胡二嫂知道，她会添油加醋地把事情无限放大，弄得满镇风雨。

游长水在朱贵生死后的第一时间里便带着猪牯和朱福宝一起来到了朱家。那时，朱家上下一片悲戚。游长水和朱福宝踏入朱贵生卧室时，看到瘫在地上吓得瑟瑟发抖的那个下人。正是这个下人的惊叫吸引来了朱贵生的家人，才去向还在镇公所打麻将的朱福宝报丧的。那个吓瘫了的下人说出有一条蛇从朱贵生的嘴巴里爬出来后，游长水马上就说："这个人是在做梦吧，哪有这样的事情！"满眼泪水的朱福宝就让人把那个下人架出去了。朱贵生的死状十分怪异，游长水就让猪牯去把老郎中郑朝中请了过来。

朱贵生的卧室门被关上了，卧室里除了朱贵生的尸体，就只有游长水、朱福宝和郑朝中三人在场,其他人都被游长水劝出去了。游长水对郑朝中说:"郑老先生,你看看贵生是得什么病死的,死得这么突然,昨天晚上还好好的一个人,怎么今天早上就和我们阴阳相隔了?"

郑朝中仔细检查了一遍尸体,保养得像孩童般红润的脸上出现了惊惶之色,突然间变得煞白,雪白的胡须也颤动着。游长水感觉到了不妙,是什么东西能够让看透人间生死已经波澜不惊了的郑朝中如此恐惧和不安?游长水说:"郑老先生,你看这是——"

郑朝中沉默了一会儿说:"已经很久没有见到过这种毒了。记得我在十三岁和师父学医时见过这样的死状,那时你游长水还没有出生,从那以后,唐镇就没有出现过这样的事情。没有想到,现在又出现了。"

游长水吞咽了口口水,喉结上下滑动了一下:"难道贵生是中毒而死?"

郑朝中点了点头:"而且是很可怕的蛊毒!"

朱福宝含着泪说:"蛊毒?这怎么可能呢?怎么可能呢?谁会下蛊毒来害死我父亲?"

郑朝中捋了捋胡须,稍微平静了一下自己的心境,缓缓地说:"除了蛊毒,没有一种毒会如此凶恶。以前山里专门有修炼蛊术的人,现在说不定也还有,只是修炼蛊术的人应该不会轻易出来害人的。如果贵生和福宝没有和什么人结下深仇大恨,贵生中此蛊毒就的确让人惊异了。"

游长水喃喃地说了声:"蛊毒——"

2

三癞子从那晚偷宋柯的钱到逍遥馆嫖妓后,就一直沉默寡言,人也渐渐地消瘦,给朱贵生挖完墓穴,朱福宝和游镇长一样,也给了他一块大洋。拿到钱后,他没有快乐可言,既没有去找寡妇余花裤,也没有到胡二嫂的小吃店里去吃酒。一直以来,三癞子不敢面对宋柯,见到宋柯就远远地躲开。有时宋柯去找他,他就夺路而逃,宋柯当然追不上他,他跑得比狗还快。

秋风瑟瑟。

五公岭那片乱坟坡上的野草开始枯黄。

三癞子坐在挖好的那个墓穴旁边,啃着一条从人家地里偷来的地瓜。三癞子远远地看到了宋柯,宋柯正从唐溪上的小木桥上走过,阴霾的天空下,宋柯瘦长的身影显得特别落寞。宋柯过了小木桥后,就朝乱坟坡这边走过来。三癞子三口两口地啃完地瓜,站起了身。如果宋柯经过乱坟坡上的小路一直往山里走去,他就继续坐在墓穴旁边吃另外一条地瓜,如果宋柯走过来找他,他就撒开腿逃。

宋柯走到了山坡上,没有再往山里走去。

三癞子看清楚了,宋柯的手上拿着一根长箫,长箫上垂下的红色穗子在这肃杀的深秋里,像一线燃烧的火苗。三癞子站在那里,随时都准备逃跑,其实他并不害怕宋柯,只是觉得没有脸面见宋柯,在唐镇能够让三癞子没有脸面面对的人,或许也就是宋柯一个人。宋柯身上有种让三癞子迷恋的气质,三癞子说不出那是什么,只是每当他看到或想起宋柯,心里就会莫名其妙地被打动。

宋柯离三癞子有一段距离,他们可以相互看清对方的脸容。

宋柯的脸还是那么苍白,他朝三癞子露出了笑容。

宋柯什么也没有说,就吹起了长箫。

三癞子从来没有听过如此委婉悠扬的箫声,还有一种说不出的凄凉和无奈,箫声在秋风中飘荡。三癞子听得呆了,眼中出现了潮湿的水雾,不一会儿,眼睛就迷蒙了。三癞子感觉宋柯不是在吹箫，而是在凄婉地叙说他的身世，那是一种无法言说的苍凉和悲伤，三癞子被宋柯的箫声感染了，悲伤的泪水从他的眼中滚落。

三癞子坐在了地上，不一会儿竟然在宋柯的箫声中号啕大哭。

他已经记不起来，自己有多长时间没有这样悲伤地哭泣了，在漫长的岁月里，三癞子的悲伤早就埋在了心底，他弄不清楚宋柯的箫声中有什么样的魔力把他的悲伤重新唤醒。

宋柯听到三癞子的哭声，他继续吹着箫，边吹边缓缓地朝三癞子移动了步子。

三癞子透过迷蒙的泪眼，看到宋柯朝自己走过来。三癞子没有站起来逃跑，他实在没有力气逃跑了，已经被宋柯美丽悲凉而又惆怅的箫声捕获了。

宋柯来到了三癞子的身边，箫声戛然而止。

三癞子的哭声也停了下来，他仰起满是泪水的脸，看着脸色苍白的宋柯，他的嘴唇嚅动着，想说什么，却又什么也说不出来。

满山坡的野草在秋风中瑟瑟发抖，那些已经干枯或者行将干枯的草叶间还散发着箫声的味道。

宋柯轻轻地说："三癞子，其实你没有必要躲着我的。我没有责怪你，从来没有！真的，相信我。"

三癞子低下了头，咬着自己的嘴唇说："宋画师，我会把钱还你的！"

宋柯笑了笑："三癞子，钱不算什么，生不带来，死不带去，有什么比情义重要呢？"

三癞子不说话了。

他想对宋柯说，远离那个白衣女人！他认定，宋柯经常去的那个地方，就是他从来没有看见过她的脸的白衣女人居住的地方。三癞子一动这个念头，就会听到有蛇游动的声音，他的肚子本能地抽搐一下，仿佛有蛇在他的肚子里苏醒。三癞子把到嘴边的话又吞回了肚子里。

三癞子在秋风中突然冒出了一个诡异的想法：是不是该给宋画师挖一个墓穴了。

3

游长水独自地在自己的书房里考虑着问题，书房里焚着檀香，他用毛笔一次一次地在宣纸上写下"蛊"字。唐镇人应该对蛊并不陌生，以前，山里人家有不少养蛊的女人，在他童年时代，父亲就经常对他说，山里人家如果特别干净的，千万要小心，不要喝这些人家的水，也不要吃这些人家给的食物。养蛊人家都特别干净，没有一点蛛丝，就是在温暖潮湿的季节，家里连一只蚊子和苍蝇都看不见，更不用说老鼠和臭虫了。父亲告诫过他，如果吃了养蛊人家的东西，就有可能会中蛊毒，中了蛊毒，轻则让人生病，重则会腹胀而死。就是到现在，他到山里去公干时，看到特别干净的人家还十分警惕。唐镇多年来都没有发生蛊毒伤人的事件，朱贵生的暴死让游长水感到了恐惧。

蛊，是流传于南方山地的一种神秘文化。

蛊术是毒害人的一种险恶方式。它不像一些杀人的利器，可以让人有所防备和躲避，也不像普通的毒，比较容易医治。蛊术往往藏于有形或者无形之间，防不胜防。在古代的《通志》里就有介绍制蛊的办法："以百虫置皿中，俾相啖食，其存者为蛊。"就是说将毒蛇、蜈蚣等百种毒虫置于容器（釜和瓮或者罐）中，加以密封，埋在土中，或放在床下，使毒虫自相残杀，经过一段时间后开封，视其独存者便可蛊害人，具有一种神秘的力量。

游长水还知道，一般男人是不习蛊的，习蛊者大都是女人。而且，这些习蛊的女人眼睛都是血红的，有种摄人心魄的光芒。游长水的父亲在他小时候，同样告诫过他，如果看到红眼睛的女人，一定要躲避她，否则有可能会有危险。游长水想，如果朱贵生真的死于蛊毒，那么是谁把蛊毒带到了唐镇呢，或者说唐镇里就有养蛊的人？

这真是一件使人心绪不宁的事情。

唐镇几个月没有死人，谁知一死人就如此骇人，游长水不得不考虑一些问题和对策了。

他怀疑自己的亲侄儿游武强，也许是他潜回了唐镇，带来了蛊毒害人。可他怎么想也不对劲，他知道这个和自己老死不相往来的侄儿的脾气，他可以用刀去杀死自己的仇人，也不会用这种办法杀人。还有一个问题，就是朱贵生乃至洪福酒馆的朱福宝和他没有一点过节，他不可能毒害朱贵生的，就是要报复，游武强也应该找钟七或者游长水下手。

不过，很多事情也不能够定论，毒死朱贵生也许是一个前奏。也有可能真是游武强干的，他毒死朱贵生就是为了告诉游长水和钟七，会让他们也死得很难看的。也就是说，下一个该死的人就是游长水和钟七了，钟七现在和死也差不多了，他就是死了，游长水也不会可怜他的，游长水担心的是自己的性命。

想到这里，游长水有点毛骨悚然。

他往像香头一样燃着的纸捻子上吹了一口气，纸捻子就蹿起了淡青色的火苗，游长水点燃了一锅烟，端起黄铜水烟筒，呼噜噜地吸了几口。几口烟经过肺部从他的嘴巴里吐出来后，游长水的情绪稳定了一些。

游武强如果回到了唐镇，他一定是藏在暗处，那么会在哪里呢？

棺材店老板张少冰？

张少冰是游武强的铁杆兄弟，如果游武强真的潜回了唐镇，他不藏在张少冰的棺材店里还能藏在哪里？况且这段时间，张少冰的棺材店门一直关闭着，藏个人在里面是很容易的事情。想起张少冰，游长水的眼珠子转了转，朱贵生的死会不会和张少冰有关系？唐镇长时间没有死人，导致了张少冰棺材店的关闭，张少冰把棺材店关闭后，成天在赌馆里赌博，总是输多赢少，如果棺材店再没有生意，他会把辛苦攒下的那点家产全部输光的，到时候甚至连棺材店也保不住。

会不会是张少冰下蛊毒杀了朱贵生？

那么张少冰一定是请来了养蛊的人，这个养蛊的人现在在何处？

如果是张少冰干的，他还会不会继续……游长水心里锁定了游武强和张少冰这两个人，而他们的性格又是那么迥异，或者还有一种可能，他们联合起来杀人，一个是为了报复，一个是为了赚钱……这是多么令人胆寒的事情。就是这样，除了他们两人之外，还应该有一个养蛊的人。

游长水又咕噜噜地吸了几口水烟，紧锁的眉头无论怎么也无法舒展开来。

这时，一个下人站在书房的门口，对游长水说："老爷，猪牯来了，在外面候着，是不是叫他进来？"

游长水挥了一下手说："唤他进来吧！"

不一会儿，猪牯像条狗般溜进了游长水的书房……

4

时间就像树叶间的一滴露水，正在风中枯干。阴森的黑森林里，宋柯在疾步穿行，为他引路的还是那条通体发出亮光的花斑青蛇。宋柯很快地来到了小木屋的门口，闻到了小木屋里渗出来的香藤子根熬的猪蹄汤的浓香。就在宋柯给朱贵生画完遗像的那天晚上，宋柯就把朱福宝给他的三块大洋交给了凌初八，凌初八当时把三块大洋捧在手掌上，叹了口气说："这能够买多少猪蹄呀，宋画师，我要好好给你补补身体了，你的身体好了，才是最重要的事情。"

凌初八把门打开了，她仿佛算准了宋柯到达的时间。

凌初八伸出手，把站在门口呼吸着肉汤浓香的宋柯拉进了屋。

小木屋的门关上了，把黑暗和秋风以及森林的声响关在了门外。

凌初八深情地看着宋柯吃完猪蹄汤后，就烧了一大木盆的热水，让宋柯脱光了，给他擦起了身子。

宋柯裸体站在那里，闭上了眼睛，凌初八给他擦身子无疑是一种无与伦比的享受。凌初八用一块白布帕子放在水里泡湿后拧干，给宋柯擦身，白布帕子擦在宋柯的身上，他感觉到热乎乎的，然后清爽无比，毛孔开放着，透出一种难以言喻的舒坦。凌初八先从宋柯的后面擦起，从他的脖子一直擦到脚跟，然后擦前面，从他的脸一直擦到脚趾，凌初八擦得十分仔细，连宋柯的脚趾缝也不放过。凌初八边给宋柯擦背边呼吸着宋柯身上的腥臭味，被凌初八细心擦过后的宋柯身体散发出来的腥臭味更加浓郁，这让凌初八兴奋极了，她把浑身光溜溜的宋柯一把抱到了床上，吹灭了灯，脱光了自己的衣服，趴在宋柯干瘦的身上，使劲地舔着宋柯的皮肤。

凌初八舔着宋柯的身体，不停地吞咽着，仿佛要把散发出浓郁腥臭味的宋柯吞到肚子里去。凌初八的肚子贴在宋柯身上的时候，宋柯感觉到凌初八微微隆起的肚子里，有什么东西在蠕动。宋柯没有在意，他也没有时间去考虑凌初八肚子里有什么在蠕动这个问题，他希望自己被凌初八吸干，不，被苏醒吸干，这个时候，凌初八已经和苏醒合二为一，变成了一个人！

宋柯的情欲被凌初八挑逗得热烈如火，口里发出了沉重的喘息，凌初八在整个过程中没有一句多余的话，她用行动使宋柯飞翔起来。宋柯知道凌初八从来不在灯光下脱衣服，宋柯也没有看清过她的裸体，但是这些已经不重要了，重要的是凌初八知道怎么样让宋柯快乐地飞翔。

……

宋柯醒来天还没有亮，他发现凌初八已经不在床上了。宋柯每次和凌初八做完爱，就会很快地睡死过去，他一觉醒来后，趁天还没有亮，凌初八就会依依不舍地让他回去，只有朱贵生死的那个早晨是个意外。凌初八不在床上，会到哪里去呢？

小木屋里一片漆黑，宋柯什么也看不见。

他从床头摸到了自己的眼镜，把眼镜戴上后，宋柯还是什么也看不见，浓重的黑暗中，仿佛有人在沉重地喘息。或者凌初八就站在小木屋的某个地方，只是他看不见而已。

突然，宋柯听到床底下传来了奇怪的声音。凌初八会跑到床底下去？宋柯每次醒来，凌初八都已经醒了，点亮了松香灯，穿好衣服趴在他面前含情脉脉地看着他。如果说朱贵生死的那个早上是个例外，那么今早同样也是个例外。宋柯在黑暗的小木屋里呼唤凌初八："初八，初八——"

床底下的声音消失了。

没有人回答宋柯的呼唤。

凌初八此时在何处？宋柯一无所知。

宋柯在疑惑中起了床，小木屋里突然显得异常沉闷。宋柯找到了火石，宋柯用火石撞击后发出的火花点亮了松香灯火。小木屋渐渐地明亮，宋柯在松香灯火的光亮中渐渐获得了一种安全感，黑暗有时会令人绝望，令人陷入万劫不复的境地。

凌初八不在屋里。

凌初八给宋柯擦身体的那一木盆水还放在那里，只不过水已经凉了。宋柯想起了床底下传来奇怪的声音，他弯下腰，用目光在床底下搜寻。床底下还是空空的，什么也没有。

宋柯的目光落在了竹桌上的一个小木盒上。那是一个古旧的首饰盒，表面上暗红色的油漆已经斑斑驳驳了。宋柯走过去，打开了那个盒子，他发现里面有一块红布包着的东西。宋柯把它取了出来，打开了那块红布，一块玉雕呈现在宋柯的面前。这是一块雕着一条蛇的玉雕，看上去有些年头了，但是宋柯辨别不出，这是什么年代的玉。宋柯就是用一个画家的专业眼光看这块玉雕，也觉得雕功不凡，那条蛇身盘状蛇头仰起吐着芯子的玉蛇，栩栩如生。

宋柯感觉到这块蛇形玉雕有股逼人的灵气。

他小心翼翼地把玉雕用红布包好，放回了小木箱里，就在这时，他发现小木箱里还有另外一件东西。

宋柯睁大了眼睛，这东西怎么会在凌初八的箱子里？

那东西就是已经泛黄了的宋柯珍藏了多年的苏醒的那张黑白照片。

宋柯怎么也想不明白，为什么苏醒的照片会跑到凌初八的首饰盒里。在宋柯的印象中，凌初八从来没有进入过画店，她怎么可能把苏醒的照片取走呢？难道是自己带在了身上，到这里来时，不小心掉在小木屋的地板上，被凌初八捡到，放在了她的首饰盒里？

宋柯想，等凌初八回来，他一定要问问她。

凌初八什么时候醒来，什么时候离开小木屋的，宋柯白痴般一无所知。

宋柯打开了小木屋的门，朝着黑黝黝的森林喊了一声："初八，初八——"

森林里传来阴森森的回音："初八，初八——"

森林深处传来的回响比宋柯真实的声音拖得更长，像是有一个看不见影子的人在学宋柯呼喊。

宋柯听到自己的回音,心里油然而生出一丝恐惧。

恐惧在他的身体里边蔓延,黑森林里仿佛有许多看不到的影子在朝小木屋聚拢来。

一阵狂风灌进小木屋,松香灯火来不及挣扎就被扑灭了,宋柯在狂风的呼号声中战战兢兢地退进了小木屋里,猛地关上门把门闩上,并且用自己的身体死死地抵住门板……

5

三癞子在这个狂风大作的夜晚,无法入睡。

白天里,他和宋柯从五公岭的那片乱坟坡回到唐镇后,三癞子跟在宋柯的身后进入了画店,宋柯把给三癞子画好的那幅油画放在了三癞子面前:"你不是要我给你画画吗,你看看,喜不喜欢。"三癞子看到了自己的画,还是彩色的,他兴奋地说:"喜欢,喜欢!"宋柯微笑地看着三癞子:"你喜欢就拿走吧,送给你了。"三癞子抱着那幅油画走出画店后,宋柯就把画店的门关上了。三癞子路过胡二嫂小吃店时,胡二嫂走到店门口,皮笑肉不笑地对三癞子说:"你和那个臭画师走得很近呀,你也不怕自己也变臭了。"三癞子斜着眼睛回了胡二嫂一句:"你觉得我香吗,胡二嫂,你什么时候闻过我的味道呀?"胡二嫂啐了他一口:"狗东西,母狗才闻你的臭味,我看你就是和宋画师臭味相投!"三癞子说:"你老是埋汰宋画师,到底是为了什么?难道是因为老公不在家,你憋不住了勾引宋画师,宋画师对你没有兴趣?"胡二嫂气得飞起一脚朝三癞子踢过去,三癞子灵活地躲开了,胡二嫂没有踢到三癞子,自己却因为用力过猛,一屁股摔在了地上。三癞子哈哈大笑,胡二嫂忍痛从地上爬起来,对着三癞子破口大骂。三癞子没有再理会她,抱着那幅油画头也不回地走了。

三癞子晚上睡觉也抱着那幅油画。他怎么也睡不着，睡不着的原因不是想女人，他从听到钟七枪响的那个晚上开始，就对女人没有任何欲望了。三癞子的脑海里老是浮现出那个白衣女人的影子，白衣女人的影子总是阴魂不散地缠绕着他，让他心神不宁，难以入睡。在给朱贵生挖墓穴的时候，他的脑海里全是那白衣女人的影子，三癞子有种负罪感，他认为朱贵生的暴死和自己有关。

三癞子越是怕什么，他怕的东西就越会出现。

他正在想着那白衣女人，白衣女人就真的出现了。

三癞子听到自己用锄头顶着的庙门响动着，他开始以为是风刮的，过了一会儿，他听到支撑着庙门的锄头"啪嗒"倒在了地上，庙门就"吱呀"一声开了。

风灌进庙里，吹得三癞子心惊肉跳。

真正使三癞子心惊肉跳的不是肆虐的狂风，而是随风飘进庙里的白色的影子。

三癞子坐起来，看着那个白色的影子飘到了神坛前，三癞子浑身筛糠般颤抖，他把抱着的油画放了下来，战战兢兢地跳下了神坛。

三癞子跪在了白色影子的面前，惊恐万分地说："请你饶了我吧，饶了我吧，我和你无冤无仇，你就开开恩饶了我吧——"

6

就在这个深夜，白色影子飘进土地庙的时候，逍遥馆里发生了一件震惊唐镇的大事。

妓女杨飞蛾的房间里，浓得化不开的黑。杨飞蛾躺在床上抽泣，钟七躺在杨飞蛾的身边叹气。钟七发现自己的命根子出现问题，就悄悄地去找了唐镇的老郎中郑朝中，郑朝中很明确地告诉他，他得了花柳病。从那时开始，钟七家里就充满了浓郁的中药味。钟七多给了郑朝中不少钱，封住郑朝中的口，免得他把自己得了花柳病的事情说出去。钟七家的那条小巷里也充满了浓郁的中药味，有人问钟七，他家里谁病了，天天熬中药吃，钟七说，是他母亲身体一直不好。钟七的母亲在沈文绣活着时，的确身体病恹恹的，可在沈文锈死后，她的身子神奇地硬朗起来。钟七母亲看儿子天天要熬中药吃，不知道他得了什么病，她不但没有关心钟七，反而对钟七横眉冷对，只要钟七在家，她就骂骂咧咧，弄得钟七心烦意乱。时间过去有很长一段时间了，从夏天到秋天，钟七的病情还是没有好转，杨飞蛾也被他传染了。

杨飞蛾哽咽地说："钟七，你这个天杀的，你到哪里传染上的脏病呀，现在也传染给我了，你让我以后怎么活！"

钟七没好气地说："臭婊子，我说是你传给我的呢！"

杨飞蛾说："你不要恶人先告状，我自从被李妈妈带进逍遥馆，是你开的苞，从一开始你就霸着我，谁还敢要我呀，谁又会把脏病传给我？一定是你到县城里去请宋画师时乱搞女人染上的病，你回来后不是老对我说，我不如人家县城里的婊子吗！钟七，我在逍遥馆是没有办法混下去了，你也看出来了，李妈妈对你也不那么上心了，你要是有个什么问题，我可怎么办！"

钟七说："老子还没有死呢，你他娘的啰唆什么！我想把你赎出去，也要人家李妈妈肯呀！这个老婊子，我知道她和游镇长有交情，她看不起我没有关系，只要老子手上还有枪，谅她也不敢拿我们怎么样！我迟早要把你接回家的，你尽管放心。"

钟七说完，就长叹了一声。

杨飞蛾听出了钟七话语中的底气严重不足，这些话他也没胆在李媚娘的面前说。杨飞蛾抽搭了一下鼻子说："钟七，你要是真的想我服侍你一辈子，你就赶紧把我赎出去，我们俩一起把病治好后，就好好过日子，现在这种日子我再也过不下去了，这哪是人过的日子呀！"

钟七无语。

杨飞蛾哀怨地说："钟七，我底下都快烂掉了，每天我生不如死呀，还不能让李妈妈知道我得了脏病，要是让她知道了，我不晓得会怎么样。听小翠说，以前有个姐妹得了脏病，李妈妈不但不请郎中给她治疗，还把她一脚踢出了逍遥馆，后来没有钱治病，死在了讨饭的路途中。你要是不要我了，又被李妈妈知道我得了这脏病，那我就完了。我的命怎么就这么苦呀，碰到你这个冤家，是不是我上辈子欠了你的债，这辈子来还你的！"

钟七说："如果按你说的这个样子，那还不如让李媚娘那老婊子知道你得病的情况，她要是把你赶出来，不就省了一笔赎身的钱了吗！我可以把替你赎身的钱拿来给你治病。"

杨飞蛾听了钟七的话，气得咬牙切齿："钟七，你这个狼心狗肺的东西，为了那两个钱，你连我的脸面也不要了呀！你去死吧，你死了我也不会去看你一眼了！"

钟七伸出手，企图把杨飞蛾揽过来安慰她。

杨飞蛾一把推开了他的手："把你的狗爪子拿开，不要碰我。从今以后，我是生是死也和你这个白眼狼没有关系了，我们一刀两断！"

钟七突然冷冷地说："杨飞蛾，你说的可是真的？"

杨飞蛾说："真的！"

钟七踹了她一脚说："你这个臭婊子，不要给脸不要脸，你以为你是金子呀！告诉你，你是一堆屎！屎，你知道吗！"

杨飞蛾又抽泣起来："我是屎！我是屎你还躺在我身边干什么，你滚，滚回你家去陪你那死鬼老婆去！只有我那么傻，跟你那么长时间，到头来还被你说成屎！钟七，你给我滚！滚——"

钟七在黑暗中坐起来，从枕头底下掏出盒子枪，扣动了扳机，他用低沉而又沙哑的声音说："臭婊子，老子最近心情不好，内忧外患，游长水那老东西也不信任我了，我还落下了一身病！你他娘的不要惹我！你敢再说一个滚字，老子一枪毙了你——"

杨飞蛾不说话了，只是不停地抽泣。

就在这时，钟七和杨飞蛾同时听到了一声冷笑，黑暗中有个人？

钟七和杨飞蛾都屏住了呼吸。

黑暗中传来了第三个人的呼吸声。

……

宋柯在惊惶之中听到了小木屋外面传来的脚步声，他的心一下提到了嗓子眼上。不一会儿，他听到了女人的声音："宋画师，是你把门闩上了吗？我是初八。"宋柯听到了凌初八的声音后，一颗心才放回了原处，他把门打开，让凌初八进来后就一把抱住了她："初八，你到哪里去了，我醒来找不到你，吓死我了。"凌初八伸出手，抚摸他后脑勺上的头发，轻柔地说："别怕，我的心肝哥，我没事的，你不用担心，我只是出去办了点事情。"

宋柯紧紧地抱着凌初八冰冷的身体，不愿意放手，凌初八此时就是宋柯在孤独无助的夜晚抓住的一根救命稻草。

凌初八轻轻地在他耳边说了声："我的心肝哥，你该回唐镇去了。"

宋柯浑身一激灵，顿时神志迷离，像被催眠一般。

……

宋柯回到唐镇时，天已经蒙蒙亮了。唐镇的小街上还空无一人，就连平常最早出现在街上卖猪肉的屠户郑马水也没有到来。宋柯走入唐镇就清醒过来，每当这个时候，宋柯唯一的愿望就是回到画店的阁楼上睡觉，最好睡上一整天，然后等待夜晚时分凌初八的召唤或者那条灵异青蛇的出现。可是，凌初八的呼唤和那条灵异的青蛇并不是每天都会出现，因此，宋柯会变得焦灼不安，漫漫的长夜对他是一种难以言喻的折磨……宋柯走到钟家祠堂门口的时候，突然抬了下头，看到一个人被吊挂在钟家祠堂外的石旗杆上。

宋柯呆了。

被吊挂在石旗杆上的人双手反绑，赤身裸体，嘴巴被一团黑布塞上。石旗杆上吊挂着的人也看到了宋柯，他两腿乱蹬，挣扎着，像是用肢体语言向宋柯发出求救信号。

宋柯看清了，这个被吊挂在旗杆上的人就是平常在唐镇横行霸道的保安队长钟七。

宋柯不清楚是谁有那么大本事，把他高高地吊挂在了石旗杆上。

清晨的秋风凛冽地刮过唐镇的小街，把宋柯身上的灰色长衫吹得剥剥作响。石旗杆上的钟七停止了挣扎，他的裸体在寒风中瑟瑟发抖，呈现出青紫色。宋柯根本就没有本事爬上石旗杆去救他下来，他只有去找人，可唐镇的人看到他就像看到瘟疫一样，从某种意义上说，宋柯根本就不想和镇上的人说话，除了三癞子之外。

宋柯还是动了恻隐之心，他想，再不救钟七下来，钟七会冻死的。

宋柯想到了三癞子，他对石旗杆上的钟七说："钟队长，你忍耐一会儿，我马上去叫人来救你，你忍耐一会儿呀！"

宋柯不知道钟七听了他的话后，脸上是什么样的表情。宋柯朝镇东头的土地庙一路跑过去。

等宋柯把三癞子叫到街上，钟家祠堂外面已经聚集了不少早起的人。就在宋柯跑去叫三癞子的时候，屠户郑马水挑着两箩筐杀好的猪肉来到了猪肉铺前，他刚刚放下担子，就看到不远处钟家祠堂外面的石旗杆上吊挂着的钟七。此时天已经大亮了，郑马水走到石旗杆下，抬头望着狼狈不堪的钟七，嘴角露出了一丝冷笑。他对钟七大声说："老兄，这么冷的天，你在旗杆上乘什么凉呀！快下来，我给你准备好了猪腰子，猪是早上刚刚杀的，猪腰子现在还热乎着呢，新鲜得很哪！拿回去氽汤吃了，大补呀！"

钟七已经无力了，头下垂着，闭着眼睛，浑身抽搐着。

调戏了钟七一通后，郑马水才当街大喊了一声："来人哪——钟七被人绑了，吊在旗杆上了——"

那些已经起床但没有开门的人听到郑马水杀猪般的叫声，纷纷打开了门，朝钟家祠堂涌了过来；那些准备起床或者没有起床的人，听到街上的响动，也纷纷从床上爬起来。唐镇人从来不会放过任何一场好戏的，钟七被一丝不挂地吊挂在旗杆上，这难道不是一场难得的好戏吗？

宋柯领着三癞子赶到钟家祠堂门口，旗杆底下已经围满了人。他们面对旗杆上奄奄一息的钟七，神情各异，七嘴八舌地议论着，但是没有一个人爬到旗杆上把钟七救下来。

三癞子的目光落在了钟七的下身上，钟七的那截东西已经糜烂了，上面还有药膏敷过的痕迹。三癞子浑身颤抖了一下，他突然想起了那个晚上，自己也进入过妓女杨飞蛾的身体。三癞子的身上顿时像爬满了蚂蚁，痒丝丝的，他的头皮也一阵发麻。

其实很多人更感兴趣的，不是钟七被吊挂在石旗杆上这件事本身了，而是钟七的病。钟七还没有来得及让妓女杨飞蛾向李媚娘坦白，他得脏病的事情就已经大白于唐镇了。此时的钟七已经完全没有威风了，永远也不可能有了。一夜之间，他就变成了唐镇最没有威严的人。所有站在旗杆下的人，都可以将语言的脏水泼向他，而不用担心他的报复。他连身上的遮羞布都被剥光了，平常挂在他身上的盒子枪也不见了，他还能怎么样呢？

没有人去救他，不要说保安队里的人，就连他钟姓人家的亲房也不管他了，那个指挥族人把沈文绣沉入大水的老族长，此时也躲在一个阴暗角落里，战栗地自言自语："丢人呀！丢人呀！把我们钟姓人的脸都丢尽了。"

还是有人跑到钟七的家里，去向钟七母亲报信。

钟七母亲正在给两个孙子做早饭，她听完来人的话，淡淡地说了声："这个孽种迟早会有这一天的，在我预料之中，随他去吧！我这把老骨头是管不了那么多了！"

钟七母亲说话的时候，卧室里传来钟七两个双胞胎儿子嘎嘎的笑声。

那人无趣地走了。

那人又来到了镇公所。镇公所的大门紧闭着。那人就敲起了门。开门的是保安队的副队长猪牯。那人把钟七的事情和他说了，猪牯听完来人的话，脸上什么表情也没有，只是对来人说："我去向游镇长禀报一下。"猪牯进去后不久，就出来了，他对来人说："游镇长说了，钟七已经不是保安队长了，也不是我们镇上的人了，我们管不了那么多了。"说完，猪牯就把镇公所的大门关上了。

那人站在镇公所的大门外说："关我什么鸟事呢，咸吃萝卜淡操心，老子回家睡大觉去！"

宋柯发现颤抖着的三癞子，问他："三癞子，你抖什么呀？"

三癞子脸上挤出难看的笑容："我没有抖呀，我为什么要抖呀！"

宋柯叹了口气说："没抖就好，没抖就好！怎么就没有一个人救钟七呢，可惜我不敢爬这个旗杆。"

三癞子说："宋画师，你的意思是让我爬上去，把绑住钟七的绳子解开，把他放下来？"

宋柯点了点头："你爬树不是很厉害的吗？"

三癞子说："可钟七从来就没有给我过好脸色，还经常骂我是丧家狗。"

宋柯说:"无论怎么样,总得有人把他给解救下来呀,总不能眼睁睁地看钟七死在旗杆上吧!"

三癞子说:"唐镇人经常这样看人死去的,像看一场走江湖的人耍的把戏,沈文绣死的时候,大家也一定是这样看着她死的。"

宋柯严肃地说:"三癞子,你要是还有一点人味,你就爬到旗杆上,把钟七救下来,我在底下接应你!"

三癞子挤进了人群,来到了旗杆下,像只瘦猴般爬上了旗杆。一阵风刮过来,三癞子感到了寒意,他心里说:"我现在救钟七下来,如果我也这样,谁会来救我呢?"三癞子突然觉得唐镇是如此的寂静,呜咽的风声和嘈杂的人声都消失了,他只能够听到自己有力的心跳……

7

貌似平静了几个月的唐镇又起了波澜。朱贵生的暴死,钟七被神秘人剥光了吊在旗杆上……唐镇人还不知道在这个肃杀的深秋里还会发生什么事情,尽管唐镇人都喜欢看热闹,不管他人的死活,但是谁也不希望倒霉的事情发生在自己身上,因此,唐镇人在议论别人的同时,自己也提心吊胆。

关于朱贵生的死,因为消息封锁得及时,人们的谈论相对少些,只是对他的死表示出许多怀疑。人们谈论最多的是钟七的事情。谁也不知道是谁把他剥光了吊在石旗杆上,就连逍遥馆里的人也不知道。

李媚娘在事情发生后,审问过杨飞蛾,杨飞蛾一把鼻涕一把泪地说她什么也不知道,她只是知道房间里除了她和钟七之外,还有一个人,当时,她也很害怕,在床上缩成一团,然后她的头部被重击了一下就不省人事了，等她醒过来，就听说钟七被人吊在旗杆上了。为了证明她说话的真实性，她还把头上那个被击打后鼓起的青乌大包给李媚娘看。这个时候，一切都无法掩饰了，杨飞蛾把自己得脏病的事情告诉了李媚娘，她以为李媚娘听了她的话后，会让她滚蛋。没想到，李媚娘边抽着水烟，边对她说："干你这行的，得脏病是正常的事情！"李媚娘非但没有让她走人，还让人把她看了起来，杨飞蛾连逃走也不可能了。

有人说，是沈文绣的鬼魂把钟七弄到了钟家祠堂外的石旗杆上，为了让钟七尝尝当初她被绑着游街示众的滋味；也有人说，是土匪陈烂头在那个晚上潜入了唐镇，目的就是要缴走钟七的盒子枪，可他为什么要把钟七剥光了吊在旗杆上示众，这是个谜。还有这样的说法，说是游武强潜回了唐镇，是他把钟七剥光吊在了旗杆上，并拿走了钟七的盒子枪。这个说法有板有眼，说游武强不杀钟七是知道他得了脏病，把他吊在旗杆上，是要让他在唐镇人面前从此过生不如死的日子，这一招多么的狠毒呀！还有人说，游武强逃出唐镇后，投靠了土匪陈烂头，是他们俩在那个月黑风高的晚上一起潜入了逍遥馆……

8

唐镇发生的事情，使很多唐镇人转移了对宋柯身上的腥臭味的视线，但是还有一个人对宋柯始终耿耿于怀。这个人就是胡二嫂。胡二嫂不知怎么的，对宋柯总是不怀好意。

这是个沉闷的中午。

小吃店里一个顾客也没有。

胡二嫂自己弄了一碗葱油拌面，坐在那里懒洋洋地吃着。街上的行人稀少。胡二嫂不经意地瞟了一眼斜对面的画店。画店的门关着，画店阁楼上的窗门也紧闭着。胡二嫂想，宋画师此时在画店里吗？他在干什么？想到宋柯身上的腥臭味，胡二嫂就没有了食欲。她把筷子重重地砸在了桌子上，恨恨说了声："都怪这个浑身臭气的宋画师，弄得我生意越来越难做！"

这时三癞子出现在店门口，用一种怪异的目光审视着胡二嫂。

胡二嫂心里发毛，三癞子的目光里有针，刺在她的身上，胡二嫂身体的某个部位有疼痛之感。

三癞子瞪着胡二嫂，一句话也不说。

过了一会儿，胡二嫂沉不住气了，声音颤抖："三癞子，你要干什么？"

三癞子没有回答她，沉默地离开。

胡二嫂的胸脯起伏着，大口地喘气："这是怎么啦，怎么啦！连一个没用的人也敢恶视我！这还让不让我活了！"

胡二嫂是再也吃不下去了，她霍地站起来，把那碗葱油拌面端起来，走到泔水桶边，气呼呼地把还剩下大半碗的葱油拌面倒进了泔水桶。胡二嫂觉得自己变得莫名其妙，情绪坏到了极点。

胡二嫂越想越烦。

她突然端起灶台上的一木盆脏水，朝画店门口快步走过去，把那盆脏水泼在了画店的门上，然后站在那里骂了声："哪里来的野神野鬼！害得我连生意也没有了！"

胡二嫂的挑衅没有得到丝毫的反应，画店里连一点声响也没有，更不用说宋柯会出门来和她对阵了。胡二嫂站在那里，突然感觉到自己的背脊一阵阵地发冷，赶紧拿着木盆，回到了小吃店里。

……

厚厚的铅云沉积的天空像一个巨大的锅盖，三癞子站在五公岭的乱坟坡上，枯黄的野草透出死亡的气息。他看着一条黑狗朝自己这边走过来。三癞子的脸色十分阴郁，目光冷酷。他蹲了下来，注视着那条黑狗。三癞子心里响起了蛇滑过草丛的声音，禁不住打了个寒噤。

乱坟坡上只有三癞子和那条渐渐走近三癞子的狗。

那条黑狗走到离三癞子两丈远的地方停下了，它用灵敏的鼻子在枯黄的野草上嗅着什么，突然，枯草松动了一下，黑狗来不及挣扎就和枯草一起陷落到一个深深的陷阱里。

三癞子听到黑狗惊叫了一声，就站起来，跑了过去。

黑狗在那个陷阱里啃着一根还连着一点肉的猪骨头，完全不知道危险在向它悄悄地临近。

三癞子咽了一口口水，心里说："多好的一根骨头呀！"

他真想跳下陷阱，从黑狗的嘴巴里抢出那根骨头，把骨头上面连着的肉啃干净，可他不能这样做，想起蛇滑过草丛的声音，三癞子就打消了这个幼稚的念头。

三癞子的眼睛里露出了凶光。

他从枯草丛中摸出了一把锄头，大叫了一声："我不想杀狗——"

三癞子疯了一般用锄头往陷阱里填土。

黑狗这才意识到了生命的危险，它丢掉了那根骨头，惊叫着企图爬上来逃走，但它已经来不及了，无论它怎么叫唤，怎么挣扎，都无济于事。三癞子填到陷阱里的泥土渐渐地埋住了黑狗的身体。

黑狗还露出一个头时，它已经没有力气叫唤了。

黑狗无力地吐着舌头，微弱地喘息，眼睛里流下了泪水。

三癞子说："不是我要杀你的，不是！"

三癞子把泥土不停地填入陷阱中，不一会儿，就把黑狗活埋在陷阱里了。没有人看见三癞子活埋这条黑狗，也没有人看到三癞子是怎么把黑狗吸引到乱坟坡上来的。

三癞子活埋完黑狗后，颓然坐在那里，大口大口地喘息。

他心里在喊:"不要,我不要再杀狗了,不要——"

三癞子突然觉得自己的裆下有些痒痒,他大惊失色,自己会不会像钟七那样烂掉呢?

想起这件事情,三癞子后悔那天晚上去了逍遥馆,况且现在全唐镇的人都知道杨飞蛾也患了脏病。三癞子站起身,没命地往唐溪跑去。他来到唐溪边的一棵歪脖子老水柳下,环顾了一下四周,看看没有人,就脱掉了自己的裤子,低头翻来覆去地看着自己裆下的那截永远也不会再坚挺的东西,没有发现什么异常,心里稍微宽松了些,于是就提上了裤子。

三癞子还来不及把裤带系上,又感觉到痒了起来,三癞子脱掉了裤子,走到了溪里,蹲在溪水里,两手放在那东西上,不停地搓洗着。此时的溪水冷冰冰的,三癞子冻得瑟瑟发抖,黑乎乎的脸上下了层霜。

9

宋柯还是没有开口问凌初八,苏醒的照片为什么会在她的首饰盒里。

每次来到黑森林的小木屋里,凌初八就会用自己煲的猪蹄汤以及她的柔情封住宋柯的嘴。

这天晚上,凌初八煲的不是猪蹄汤,而是山中的穿山甲,熬汤时凌初八不但放进了香藤子根,还加入了枸杞人参等上好的补药。这个晚上,凌初八把灯吹灭后,宋柯浑身火烧火燎的,他一次一次地进入凌初八的身体……凌初八第一次趴在宋柯全是排骨的胸膛上哭了。她是幸福地哭了,宋柯终于在她的调养下,从一个瘦弱的男人变成了她希望中强硬的男人。

凌初八贪婪地呼吸着宋柯身上的腥臭味儿,滚烫的泪水落在宋柯的胸膛上。宋柯抚摸着凌初八光滑的脊背,轻轻地说:"苏醒——不,初八,你为什么要对我这么好?"

凌初八柔声说:"你是要听我说实话,还是听我说假话?"

宋柯在黑暗中笑了笑:"真话要听,假话我也要听。"

凌初八也在黑暗中笑了,宋柯看不到她的笑脸,但是他能够感觉到凌初八笑得有些妖冶,这个平常看上去朴素的山里女人,在黑暗中妖冶的笑是那么令人心动。

凌初八说:"真话是我被你身上的腥臭味迷住了,这个世界上臭男人很多,但是像你这样臭得出奇的男人只有你一个。我迷恋你身上的腥臭味,我只要闻到你身上的腥臭味,我就为你去死都愿意!"

宋柯搂紧了凌初八:"你为什么会喜欢我身上的臭味?"

凌初八停顿了一会儿说:"说不上来为什么,反正,我就是喜欢。"

宋柯又在黑暗中笑了:"初八,那你说说,假话呢?"

凌初八把手叉进了宋柯的头发里,轻轻地摩挲,她柔声说:"假话嘛——你和山里的男人不一样,他们虽然健壮,但是他们粗俗,我看到你,就想把你抱在怀里,保护你。你和山里的男人不一样,我喜欢你可怜巴巴的样子。宋画师,你喜欢我吗?"

宋柯没有回答她,他的手放在了凌初八的肚子上,凌初八的肚子微鼓,里面好像有什么东西在蠕动。宋柯的手微微颤抖了一下,他突然想到了一个问题:凌初八是不是怀孕了?他说:"初八,你是不是——"

宋柯还感觉到凌初八的肚皮不像她身上的其他地方那样光滑,像是有几条突起的粗糙的纹路。

凌初八把宋柯放在自己肚子上的手拿开。

凌初八用手捂住了宋柯的嘴巴,不让他继续说下去了:"宋画师,你该回去了——"

宋柯脑海里一片茫然。

10

屠户郑马水没有再给钟七留猪腰子，每天来猪肉铺拿猪腰子的人换成了猪牯，猪牯现在当了唐镇保安队的队长，也挎着一支盒子枪，神气活现地在唐镇的街上耀武扬威。唐镇人都已经习惯了，谁当保安队长都是这个鬼样子。猪牯当上唐镇的保安队长后，逍遥馆的老鸨李媚娘特地给猪牯弄来了一个年轻的姑娘，猪牯也像钟七一样，经常在逍遥馆留宿，和钟七不一样的是，猪牯对李媚娘毕恭毕敬，这让李媚娘十分开心，常在镇长游长水面前说猪牯的好话。

一家欢乐一家愁。

那边猪牯人模狗样，这边钟七还没有入冬就过起了寒冷的生活。他被三癞子从旗杆上救下来后，就在床上躺了三天三夜。三天三夜中，没有一个人理他，他回到家后，母亲正眼没有看他一眼，就带着他的两个双胞胎儿子到离唐镇很远的一个亲戚家里去住了。

钟七躺在床上昏昏糊糊地睡了三天三夜，才缓过了神。他从床上爬起，在空荡荡冷冰冰的家里走了一圈，一种巨大的孤独感潮水般从四面八方围拢过来。钟七眼泪汪汪地找出了沈文绣的画像，面对着这个已故的曾经和他恩恩爱爱又饱受他蹂躏的唐镇最标致的女人，他已经哭不出声来了。这个家里已经没有一点生机了，五大三粗的钟七现在仿佛是一只微不足道的臭虫。

就在钟七抱着沈文绣画像自怜自艾时，响起了乒乒乓乓的敲门声。

这个时候还会有谁想起他？

钟七怀着一丝感动和希望，走到了大门口，打开了门。

钟七呆了。

屠户郑马水提着一把雪亮的杀猪刀，脸色阴沉地站在门外。

钟七两腿发抖，讷讷地虚弱地说："你、你、你想干什么？"

郑马水见他这个样子，抖了抖手上的杀猪刀，冷笑着说："嘿嘿，钟大队长，你也有今天？"

钟七如果不扶住门框，也许就瘫倒在地上了。郑马水手上的杀猪刀发出的寒光吓得他什么话也说不出来了，只是翻着白眼，像一条将死的鱼。钟七已经不是从前的钟七了，手中没有了枪的他早就失去了男人的底气。

郑马水又抖了抖手中的杀猪刀，冷冷地说："钟七，你应该知道我来干什么吧？"

钟七点了点头。

郑马水说："你吃了我四百三十二个猪腰子，有三百三十二个没有给我钱，我算便宜给你，你也应该给我三块大洋，你看怎么办吧。"

钟七发白的嘴唇颤动着，什么话也说不出来。

郑马水的声音十分严厉："钟七，你今天不要和我耍赖，没有用的，我已经不怕你了，不，我什么时候怕过你，我以前只是给你面子！现在，你有两个选择，一个是痛快地把钱给我，我还把你当个人，以后碰到，我还会和你打声招呼；还有一个选择就是不还钱，这样也可以，我会剁下你一条胳臂，把它扔到屎尿巷的茅坑里去！我的话扔在这里，你看着办吧！"

过了好大一会儿，钟七好不容易说出了一句话："我、我、我给！"

郑马水笑了笑："我说嘛，你无论怎么样也是当过保安队长的人，这点小钱在你眼里算什么！你赶快去拿吧，我就在这里等着你！"

钟七心里恶狠狠地骂了声："小人！"

钟七回到了屋里，拿起一把小铲子，进了自己的卧室，钻进了床底下，用小铲子刨开了一层泥土，露出了一个密封的小陶罐，从里面取出了三块大洋，然后把陶罐封上，重新埋上土钻了出来。钟七手上握着冰冷的三块大洋，心里凄然："我活到如今这个地步，有再多钱又有什么用！"

……

送走郑马水这个要债鬼，钟七想到了杨飞蛾，这个平常在他眼睛里低贱得像一泡屎的女人，突然成了他人生的一个希望，也许她真的能够陪他度过残生。钟七内心有了些许的感动，他顿时产生了一个想法，去把杨飞蛾赎出来，领回家来和他相依为命。

钟七又钻进了床底下，取出了十块大洋，用一块白布包了，提着那个白布包，出了家门，拐出巷子，走向镇街，朝皇帝巷方向走去。钟七已经麻木了，对镇街上人们投来的鄙夷目光视而不见，他感觉到，无耻也需要勇气，比光明正大活着更加需要勇气！他就像当初当逃兵一样，重新找到了活下去的信心。

他来到了皇帝巷逍遥馆的门口。

他听到了洪福酒馆里传来的划拳行令的声音，那声音刺痛着他的心。

钟七正要踏进逍遥馆的大门，看门的人拦住了他。

钟七说："让我进去！"

看门的人底气很足，根本就没有把他放在眼里："我们老板娘交代过了，谁都可以踏进逍遥馆的大门，就你不行！你赶快走吧，以免大家的脸上不好看！"

钟七内心悲凉至极。

此时，已经围上来不少看热闹的人。看热闹的人中还有他曾经的手下——保安队的队员。那些看热闹的人都咧着嘴笑，仿佛又要看一场好戏上演。

钟七沉默了一会儿，然后鼓足了心气，大声朝逍遥馆里面说："李媚娘，我要赎杨飞蛾！我要杨飞蛾做我老婆！"

看热闹的人中爆出一阵哄笑。

李媚娘正和游长水坐在逍遥馆客厅里的太师椅上抽水烟。听到钟七的喊叫，李媚娘嘴角那颗豆大的黑痣颤动了一下，她吐出一口浓浓的烟雾说："我知道他会来的，游镇长，你输了。嘿嘿！"

游长水也吐了口烟雾说："你准备怎么办？"

李媚娘笑了笑说："你说呢？"

游长水说："我看还是让他领走吧，反正这个婊子也不会有人要了，留在逍遥馆里还要供她吃，供她住的，划不来。"

李媚娘把黄铜烟壶重重地放在八仙桌上，冷笑地说："钟七还欠我们五块大洋呢，另外，要把那小贱人领走，不给五块大洋赎金，我宁愿让这小贱人烂在逍遥馆里，也不会让钟七这个狗东西捡便宜。"

游长水叹了口气说："唉，无论如何，钟七也跟了我那么久，没有功劳也有苦劳。我们对他太过分了，会不会被人说闲话？"

李媚娘用手指头轻轻地敲着桌面说："那天，他被人吊在旗杆上，你都充耳不闻，还怕谁说闲话呀！该说的总要说的，你总不能把唐镇人的嘴巴全部堵上吧。钟七这个狗东西，自从跟了你后，每个圩日都在市场上背着你收保护费，估计也吞下了不少钱，你就不要可怜他了，一切都是他咎由自取。"

游长水沉默了，大口地吸着水烟。

这时，看门的人跑上了厅堂，对李媚娘和游长水说："钟七跪在门口，说不让他把杨飞蛾赎回去，他就跪死在外面。"

李媚娘说："嘿嘿，看起来还真有情有义呀！你出去对他说，如果能够给我十块大洋，就让他把杨飞蛾领走，否则跪死也没有用！"

看门的人答应了一声快步跑出去。

过了一会儿，看门的人又跑上厅堂，把一个白布包递给了李媚娘："老板娘，这是钟七给你的，他说是十块大洋。"

李媚娘脸上露出了笑容，她把白布包放在八仙桌上，迫不及待地打开了它，李媚娘的眼睛炬亮，那些白花花的大洋发出迷人的光芒。李媚娘数了数，不多不少，正好是十块大洋。她对游长水说："看来钟七这个狗东西是有备而来呀！"

游长水的脸色阴沉着，冷冷地说："你钱也收到了，让杨飞蛾跟他走吧，你不要再刁难他们了。"

李媚娘喜笑颜开地说："当然，当然！"

脸色铁青的杨飞蛾拖着沉重的步子走出了逍遥馆的大门，看到跪在门口的钟七，她的泪水扑簌簌地滚落，旁若无人地跪在了钟七面前，抱住了钟七，呜呜大哭。钟七站起来，扶起了杨飞蛾，相互搀扶着在人们的哄笑声中朝家里走去。一路上，总是有人跟在他们的后面，嘲笑谩骂还有唾沫在他们的身后纷飞……

11

棺材店的老板张少冰在朱贵生死后，把棺材店重新开张了。棺材店重新开张后，张少冰也就不去赌馆赌钱了。那些赌友都十分佩服他，说不赌就不赌了，还真下得了狠心。新任的保安队长猪牯来找过他，问了他很多莫名其妙的问题，好像朱贵生的死和他有关。张少冰有些恐慌，如果游镇长真的打了主意要收拾他，他是怎么也跑不掉的，况且游武强又不在唐镇，他要是在唐镇，就是游长水想动他，也要三思的。想来想去，张少冰还是在一个晚上弄了两只公鸡和一瓮好酒，到游长水的府上拜访了一下，表示了自己的一点心意。游长水也没有多说什么，就收下了张少冰的礼物，这多少让张少冰宽了宽心。

张少冰在棺材店里泡茶喝，他不吸烟，也不喝酒，就是喜欢喝茶。他正端起一杯浓浓的茶往嘴边送，一眼瞟到了从街上相互搀扶着走过的钟七和杨飞蛾。这杯散发着浓香的热茶被他放回了茶几上。张少冰不是个喜欢看热闹的人，可他还是走到了店门口，目送钟七和杨飞蛾从街上拐进了那条小巷。张少冰看到他们如此悲凄，心里有点同情他们，尽管他从前是多么讨厌钟七。

屠户郑马水走到张少冰的面前，阴恻恻地笑了笑说："杨老板，怎么样，你估计很快就会有生意了。"

张少冰说："此话怎讲？"

郑马水说："你看钟七和婊子杨飞蛾那样子，估计是活不长了。"

张少冰说："郑马水，你还是好好地卖你的猪肉吧，不要管那么多闲事。"

郑马水冷笑着说："嘿嘿，你就等着卖棺材吧。"

张少冰听了郑马水的话，一阵恶心，差点一口吐出来，郑马水就是个势利眼，钟七没有落难时，他对钟七毕恭毕敬，钟七如今倒霉了，就巴望人家早点死去，张少冰打心眼里瞧不起郑马水这样的人。

张少冰无法猜想唐镇下一个死的人是谁，就像他无法预知自己的明天一样。

12

农历九月二十八，也就是朱贵生暴死后的第七天晚上，老郎中郑朝中临睡觉前，他那孝顺的儿媳妇给他喝了一小碗参汤，他对儿媳妇说："以后不要给我炖参汤了，我这把老骨头了，喝什么也没有用了。"儿媳妇笑着说："公公呀，你不要这样说，你会长命百岁的。"郑朝中笑着捋了捋胡须说："我不是妖怪，岂能长生不老，哈哈，我活到这把年纪已经很不错了，现在活一天就赚一天了。"儿媳妇退出他的卧室后，郑朝中就宽衣解带，躺在了眠床上。他本想吹灭油灯的，可他想了想，还是让油灯亮着，等油熬完了，它自然会熄灭的，犹如一个人的生命。

躺在床上，郑朝中想起了前两天失踪的那条黑狗，心里堵了一块石头，这条黑狗跟了他好几年了，每次郑朝中出诊，黑狗总是跑前跑后地跟着他。人非草木，孰能无情。郑朝中让儿子找了两天，没有找到那条狗，他就对儿子说："不要再找了，如果它还活着，它一定会跑回来的，如果它死了，找也没有用。"尽管郑朝中这样对儿子说，但他的内心还是十分伤感，他只是不会轻易地把喜怒哀乐表现在脸上。

郑朝中觉得黑狗的失踪隐藏着某种危险。

他很自然地联想到了朱贵生的死，朱贵生死前，他家的那条大黄狗同样也像黑狗那样神秘失踪。

难道……

郑朝中毕竟老了，没有那么多精力去考虑一个深刻的问题了，很快地，他就沉睡了过去。在郑朝中沉睡后一个时辰左右，他卧室的门口传来了窸窸窣窣的细微的声音。郑家的人都已经沉睡过去，整个郑家宅子静得可怕。那窸窸窣窣的声音一直响进了郑朝中的卧室。

在郑家宅子的门外，站着一个白色的影子，那白色的影子发出轻微的声音，像是在念叨着什么咒语。

那窸窸窣窣的声音是一条小青蛇爬行时发出来的。

小青蛇顺着郑朝中眠床的床脚，爬上了床。小青蛇在油灯下发出透亮的青光，它迅速地溜到了郑朝中的胸前，停住了，仰起了三角形的蛇头，吐着血红的芯子。郑朝中的嘴巴张开着，老年人总是这样在沉睡后张着嘴巴呼吸。一种神秘的声音穿过门扉进入了郑朝中的卧室。那条通体透亮的小青蛇仿佛受到了那神秘声音的指令，快速地进入了郑朝中张开的嘴巴里，滑了下去。

郑家门口的那个白影晃动了一下，鬼魅般飘走，消失在朦胧的夜色之中，那时，天正在降霜。

郑朝中突然坐了起来，感觉到胸口异常沉闷，胃里像是塞满了什么东西。不一会儿，郑朝中就觉得有什么东西在自己的胃部游动，那东西一直从胃部游到了肚子里。郑朝中摸了摸自己的腹部，的确有什么东西在肚子里钻来钻去，此时，郑朝中没有感觉到疼痛，只是觉得自己的肠子在滑动。

郑朝中想到了朱贵生死后嘴巴里爬出的那条蛇，由蛇联想到失踪的狗。

他努力地睁大了眼睛，脑海里出现了一个字："蛊！"

郑朝中知道，养蛊的人怕狗，为什么朱贵生和他家的狗都会莫名其妙地失踪，现在他什么都明白了。他说得没有错，朱贵生的确死于蛊毒，现在蛊毒已经进入了他的体内，郑朝中不明白的是，是谁要给他下蛊，为什么要给他下蛊？他是一个悬壶济世的人，一生除了救人于水火之中，从来没有害过人，也没有和任何人结下仇，谁会如此残忍地向自己下毒手呢？

郑朝中知道自己的生命很快就要结束了，他从床上爬起来，下床后想走出卧室，叫醒自己的亲人，和他们做最后的道别。可他还没有走出两步，肚子里就响起了叽里咕噜的声音，然后疼痛开始了。郑朝中的脸色变得铁青，额头上冒出了一颗颗豆大的汗珠。他捂住了肚子，弯了下去，他想叫，可喉咙里已经发不出任何声音了。郑朝中感觉到自己的肠子在一截一截地断掉。他终于坚持不住，瘫倒在地上，他的身体曲卷起来，然后蹬了几下腿，就咽了气。

郑朝中的尸体慢慢地肿胀，眼珠子突兀出来，肚子也渐渐地鼓出来，像一个无限膨胀的气泡。那条青蛇从郑朝中张大的嘴巴里爬了出来……

13

昨天晚上宋柯没有到黑森林的小木屋去，奇怪的是也没有受到附在床底下那些画像中的鬼魂的骚扰，宋柯很早就醒过来了。

他推开窗，发现这是个晴天，他眼前的那方天蓝得可怕，一缕云都没有。

一股冷飕飕的风灌进来，宋柯打了个寒噤，这时，宋柯才发现唐镇人家的屋顶上蒙上了一层厚厚的霜。

那粉白的霜迷醉了宋柯的双眼，南方山地的晨霜美得让人心颤，虽然在阳光出来不久就会化成湿湿的水迹，犹如一现的昙花。宋柯突然有了一种捕捉住晨霜之美的欲望，他拿出了那个速写本，如饥似渴地在速写本上涂抹。

直到斜对面小吃店里的胡二嫂把门打开，往画店阁楼上的窗口投来怪异的一眼，宋柯才把窗门关上，他实在不想让胡二嫂那张猪肚脸破坏自己对晨霜的美好感觉。宋柯十分遗憾，没有画油画的颜料了，他突然有了创作冲动。

宋柯是在晌午时分踏进郑朝中的家门的，在此之前，宋柯就听到了有节奏的丧鼓的声音响起，丧鼓的声音十分沉闷，人的神经会被它打击得压抑。听到沉闷的丧鼓声，宋柯第一反应就是，唐镇又死人了。郑朝中家里响起的丧鼓声给这个晴朗的日子蒙上了一层挥之不去的阴霾。宋柯被郑家派来的人叫走时，胡二嫂用怨毒的目光瞪着宋柯，牙缝里蹦出一句话："又去赚死人的钱了！"宋柯没有理她，在宋柯眼里，胡二嫂是个邪恶的女人，从她往凄惨的沈文绣身上倒尿水的那一刻起，他就这样坚定地认为，所以，他宁愿在画店里下一碗清水挂面吃，也不会再踏入胡二嫂小吃店半步。

宋柯来到了郑朝中家，这时郑家还没有什么外人，就是他们一家人在悲戚地忙碌。郑朝中的儿子郑雨山用沙哑的嗓音对宋柯说：

"宋画师，我父亲的像就拜托你了，他一生救了无数人的命，乡亲们都说他是活菩萨，你一定要画出父亲的神韵来呀，宋画师——"

郑朝中的儿媳妇，眼睛哭得像烂桃子一般，她在丈夫说完后，也哽咽地对宋柯说："宋画师，我公公是个难得的好人呀，你一定要好好画他，我们不想他离开，不想呀——"

宋柯发现郑家的人不像其他人家，对他躲得远远的，而是根本就不嫌弃他身上的腥臭味儿，他们如此的诚恳和真诚。宋柯心里产生了某种感动，他耸了耸眼镜对他们说："你们放心吧，我会尽力的！"

宋柯开始给郑朝中画像。

郑朝中的眼珠突兀，嘴巴张开着，里面是一个深不可测的黑洞，本来清癯的脸发糕般肿胀。宋柯在给郑朝中画像的过程中，总觉得内心有一种说不出的疼痛，这种疼痛缓缓地蔓延到全身，直到他画完郑朝中的遗像，他连捏画笔的手指头也疼痛了。郑朝中仿佛有一口气没有吐出来，等宋柯画完他的遗像后，郑朝中长长地呼出了一口气，嘴巴缓缓合上了。

郑朝中在场的家人都目瞪口呆。

宋柯画完就站了起来，把盖在郑朝中身上的白麻布拉了起来，遮住了郑朝中的头脸。

然后，宋柯默默地收拾好作画的工具，就要离开。

画像中的郑朝中用一种悲悯而又慈爱的目光看着这个世界。郑家的人看着郑朝中的遗像，仿佛郑朝中还活在人间，都禁不住大哭起来。宋柯走出了郑家的大门，他看到很多人拿着挽联前来，也许这些人都受过郑朝中的恩泽。宋柯还没有走到画店，有穿着孝衣的人追了上来。

追上来的人是郑朝中的儿子郑雨山。

他把用一块白布包着的东西塞在了宋柯的手上，宋柯知道，那是银圆。郑雨山感动地对他说:"宋画师,这是我们的一点心意,请一定笑纳!你给我父亲的像画得是太好了,我们会把父亲的像菩萨一样供起来的。"

宋柯把那白布包着的银圆塞进了口袋里,只对郑朝中的儿子说了三个字:"你节哀!"

他的确什么话也说不出来了。

今天宋柯的情绪十分不妙,他回到画店后就重重地关上了门,背靠在门板上,大口地喘气。郑朝中和朱贵生的死状是一样的,宋柯感觉到了唐镇的险恶,这是宋柯来到唐镇后第一次如此深入骨髓地感觉到了险恶。宋柯知道,朱贵生和郑朝中的死亡都是非正常死亡,他们非正常的死亡中,隐藏着许多重大的秘密,这个秘密无疑和唐镇人的安全有关。

这个问题似乎不应该是宋柯考虑的,那应该是游长水镇长考虑的问题。

游长水在宋柯离开后带着猪牯走进了郑家,他让猪牯把一匹白布做的挽联交给了郑朝中的家人后,就在郑雨山的引领下,来到了郑朝中的遗体前,鞠了三个躬。游长水瞄了一眼郑朝中在白色的盖尸布下高高隆起的肚子,悚然心惊,因为郑朝中的头被遮尸布盖着,他不知道郑朝中的头脸是不是像朱贵生那样狰狞。郑朝中的儿子没有像朱福宝那样人一死就带游长水去察看,但是他感觉他们的死状是一样的。

游长水把郑朝雨山叫到了一间房间里,神情凝重地问:"令尊走时有什么迹象吗?"

郑雨山说:"没有什么迹象,他走时就像睡着了一样,十分安详。"

游长水沉吟道:"喔,原来如此。郑老先生仙逝,是我们唐镇巨大的损失呀!我很沉痛,得知他老人家的死讯,我钻心地痛呀!多么好的一个老先生,说走就走了,人生无常呀,你要节哀,丧事一定办得隆重,需要我做什么,我一定尽力支持!"

郑雨山含着泪说:"游镇长的厚爱和关心我没齿难忘,我代表全家向你表示感谢!"

郑雨山其实知道父亲死得蹊跷,但是他很多事情不能对游长水说,父亲死前和他有过交代,他从小和父亲学医,对父亲的话奉为圣旨,从不违抗。郑朝中就在他被游长水叫去看完朱贵生的尸体回到家后,把郑雨山叫到了自己的卧室里,长叹了一声说:"我今天不应该去的呀——"郑雨山说:"父亲,你这是怎么啦?"郑朝中说:"我说了不该说的话,可我是个郎中,我一辈子从来没有说过假话,我要是说一句假话,就可以要一个人的命!可今天的话我真的是不该说的,也许厄运很快就会降临到我的头上!死对我来说不算什么,我已经无所畏惧了,我担心的是你们后人会受牵连。"郑雨生根本就不知道父亲在朱家说了些什么不该说的话,他对父亲说:"父亲,事情不会那么严重吧?"郑朝中又长叹了一声说:"我不会把我说过什么告诉你,你只要凭着自己的良心行医,我就放心了,我只想对你说一句,我如果有个什么不测,千万不要去追究我是怎么死的,尽快把我入殓埋了,谁问起来我是怎么死的,你都要对他们说,我是老死的,死的时候十分安详;还有,你一定要请宋画师来给我画像,要吩咐家里老小,要尊重人家,不要嫌人家臭,宋画师虽然身体臭,可心肠好,对这样的人,我们没有资格歧视人家的!记住我说的话了吗?"郑雨生凝重地说:"父亲,我记住了!"

14

入冬后,唐镇和周边的山村都进入了农闲的时节。朱贵生和郑朝中的死在人们心里投下了阴影,因为他们死前都没有什么迹象,莫名其妙就死了,这在唐镇是很少见的,连胡二嫂也总是这样说:

"下一个莫名其妙死去的人会是谁呢?"

游长水同样也十分恐慌,他加强了对镇公所和他自身安全的防范,还派猪牯在暗地里调查,唐镇哪家人有养蛊的嫌疑。

猪牯调查了几天,也没有发现什么线索。

游长水就更加的心神不宁了,因为他实在说不准哪天,自己会像朱贵生那样死去,这事情弄得他寝食不安,每天晚上,只要一入睡,就会做噩梦,他会梦见自己死了,躺在棺材里,有条毒蛇从他的嘴巴里爬出来。每次从梦中惊醒,游长水的冷汗湿透了全身,感觉特别的绝望。

游长水甚至会产生一种怀疑,怀疑自己中了蛊毒。他知道一些古老的测试蛊毒的办法,比如鸭蛋和黄豆,还有炙甘草。

每天晚上,睡觉前,游长水把煮熟的一个鸭蛋剥皮后,放进嘴巴里含着,含了约莫半个钟头,他吐出了光溜溜的鸭蛋,在上面插上一根银针,如果银针变黑了,就说明中了蛊毒,发现银针没有变化,游长水微微松了口气。

游长水过了一会儿还是觉得不放心,抓了一把下人泡松的生黄豆,放进嘴巴里使劲嚼着,嚼着嚼着,游长水就把嚼烂的生黄豆吐了出来,他感觉到了生黄豆难以忍耐的腥味。他喃喃地说:"我没有中蛊,我没有中蛊。"如果游长水嚼生黄豆时,感觉不到黄豆的腥味了,就证明他中了蛊毒。

游长水躺在了床上,闭上了眼睛。

他的脑海里老是浮现出一双血红的眼睛和鼓胀的肚子,他的手伸向了自己的肚子,摸了摸,感觉有点鼓胀,他一激灵坐起来,睁大了双眼,他想,如果黄豆和鸭蛋也试不出蛊毒,他会怎么样?于是,游长水又想到了炙甘草,他下了床,来到了书桌前,拉开了一个抽屉,从抽屉里拿出一个小木盒,炙甘草就放在这个小木盒里。看到炙甘草,游长水提心吊胆,他把一根寸把长的炙甘草放进了嘴巴里，使劲地嚼了起来，炙甘草不像生黄豆那么腥，也不像鸭蛋含在嘴巴里那么难受，炙甘草有种甘甜的味道。尽管炙甘草的味道十分甘甜，游长水并不感到舒服，因为他还不敢断定自己有没有中蛊毒。

嚼了老大一会儿，游长水把炙甘草吐在了手掌上，他把嚼过的炙甘草放在油灯下看了看，发现嚼过的炙甘草是干干的，游长水心上的一块石头才落了地，如果他嚼过的炙甘草是湿漉漉的，沾满了他的唾沫，那就证明他中了蛊毒。游长水重新躺在了床上，闭上了眼睛。当他沉睡过去后，噩梦又开始了……

唐镇还有一个人在初冬的夜里做着噩梦。

那人就是唐镇专门给死人挖墓穴的三癞子。

三癞子躺在土地公和土地婆泥塑的后面，浑身战栗着，他头脑十分清醒，四肢却动弹不得，而且想喊也喊不出来，喉咙里堵着一团软乎乎的东西。在黑暗中他看到了朱贵生和郑朝中，还有黑黄两条狗。

朱贵生阴森森地说:"三癞子，你真不是东西，你为什么要帮助那个白衣女人害我，我平常对你也不薄，你没有吃的我给你吃……你这个白眼狼，你为什么要害我——"

郑朝中也阴森森地说:"三癞子，你还是跟我们走吧，别看你给我挖的墓穴那么好，我躺在里面也十分舒坦，可你活在世上还有什么意思呢，还是跟我们走吧——"

那两条狗呜咽着，不一会儿，又跑出来一条狗，那是老画师褪毛的土狗，它浑身鲜血淋漓。

朱贵生和郑朝中以及那三条狗围着三癞子。

朱贵生伸出尖锐的长长的爪子朝三癞子的脸上抓过来，他的喉咙里发出叽里咕噜的声响。

郑朝中冰凉的干枯的手在三癞子的身上抚摸着，他嘴巴里发出声声令人毛骨悚然的冷笑。

那三条狗呜咽着,用尖锐的狗牙撕咬着三癞子的四肢。

……

三癞子在初冬寒冷深夜的噩梦中醒来,浑身和游长水一样被冷汗湿透了。他喘着粗气,在黑暗中睁大惊恐的眼睛。土地庙外面冽风呼啸,呼啸的风里仿佛有女人的冷笑声在飘扬……三癞子喃喃地自言自语:"我不想干了,我真的不想干了,你饶了我吧,饶了我吧——"

15

民国三十五年农历十月二十五,唐镇的圩日。这个圩日和收成后的圩日相比,显得冷清,尽管还是有不少人从四面八方的山村里赶来买卖货物。三癞子坐在土地庙门口的那棵老樟树上等到了中午,也没有看到走江湖的那个中年汉子以及那个少年,他们已经好几个月也没有来过了,三癞子的等待已经无限地拖长,就像漫长的煎熬着他的灵魂和肉体的冬夜。三癞子不但没有等到中年汉子和那个少年,甚至连卖老鼠药的人也没有等来,土地庙前面的空地上在这个圩日变得渺茫。

这个圩日人少的缘故也许和唐镇不断地死人有关,从朱贵生暴死到现在,唐镇已经死了好几个人了,死的人都是好好的莫名其妙地一命呜呼了,死状都和朱贵生一样,而且死的人都是镇上有头有脸的有钱人。纸包不住火,死人嘴巴里爬出蛇的事情很快地在唐镇传开了,唐镇变得人心惶惶。游长水让猪牯在镇街上贴了好几次的辟谣告示,都被人撕掉了。唐镇甚至有了一个神秘传闻。这个神秘传闻和镇长游长水有关,说是游长水的母亲余七莲埋得不是地方,那地方本来是蛇神地,余七莲埋在那里后,触怒了蛇神,蛇神就要报复唐镇的人了，先死富人，然后死穷人；先死老人，然后死年轻人，再死孩童……这个神秘传闻被说得有声有色，还指出三癞子在挖墓穴时就挖到了蛇窝，那是蛇神的居所，叫蛇神地。触怒了蛇神是多么让人恐惧的事情，很多人都悄悄地上山聚拜蛇神，祈求蛇神不要把灾难降临到自己的头上。这些事情都传进了游长水的耳朵，他就派猪牯去调查，这个传闻最先是从谁的嘴巴里传出来的。有人说是胡二嫂，有人说是三癞子，又有人说是钟七……

三癞子等到中午没有等到那些本来该来的人，就扛着锄头到五公岭的乱坟坡上去挖墓穴了，他还要挖一个墓穴，替宋柯挖一个墓穴，三癞子有个预感，宋柯迟早会死在唐镇，他必须给宋柯挖好一个墓穴，因为宋柯是异乡人，没有专门的山岭供他埋葬，宋柯要是死了，只能够葬在五公岭的乱坟坡上。

三癞子走向五公岭后，唐镇街上上演了一出闹剧。

屠户郑马水正在给一个顾客割肉，寡妇余花裤披头散发地从青花巷里走出来，直奔郑马水的猪肉铺。她的脸色铁青，双眼红肿，显然是痛哭过。她来到猪肉铺前，一把夺过郑马水刚刚递到顾客手中的猪肉，"啪"地摔在了郑马水的脸上，厉声地说："郑马水，你这个狼心狗肺的东西，玩完老娘后你就什么也不管了，是不是！"

街上许多人围拢过来，因为这个圩日没有走江湖的耍把戏，大家都把余花裤和郑马水当成把戏看了，看客们内心的期望值都很高，希望受辱的郑马水把锋利的杀猪刀捅进余花裤肥硕的胸膛。

郑马水的确气坏了，他用油乎乎的手抹了一把脸，愤怒地朝余花裤吼道："你这个烂狗嫌，你疯了！"

余花裤用粗大的手掌使劲拍着案板，两个奶子在衣服里乱颤，她大喊道："我是疯了，被你逼疯了——"

郑马水瞪着眼睛，眼珠子像是要暴突出来，他吼道："你这个不要脸的东西，谁睡你了你找谁要钱去，你凭什么要老子的钱，老子的钱也是一刀一刀杀猪花大力气辛苦捅出来的,难道会拿去塞你的烂洞!你以为你底下的贱洞是金子打造的呀!快给老子滚开,否则老子不客气了!"

余花裤气得眼睛血红,她嘶哑着嗓子喊:"郑马水,你这个挨枪子的王八蛋,你提上裤子就不认人了!说好了昨天给我送钱来的,可你现在却不认账了,和你私下里好好说,你也赖账,说大不了就不和你好了!我瞎了狗眼了,看上了你这个狗东西!你还不如三癞子仗义呢!你还是男人吗?前天晚上,你还深更半夜敲开我家的门,钻进我的被窝,边睡我边咬我的奶,还叫我妈!你这个不要脸的东西,我的奶头都被你咬破了,让大家看看,我奶头上还有你这个王八蛋的牙印呢!"

余花裤边说边把自己衣服解开,拿出一个肥硕的老木瓜般的大奶子给大家看。

看客们哄笑起来。

有人说:"余花裤,你的奶子给多少男人咬破过呀——"

还有人说:"余花裤,你连三癞子这样的下三烂也要呀,三癞子的口水流到过你的奶子上吧,你是不是连洗都没有洗就给郑马水咬呀——"

"……"

郑马水的脸一阵红一阵白,眼睛里冒着火,他的牙咬得嘎嘎作响,手伸向了杀猪刀的刀把。郑马水抄起了那把明晃晃的杀猪刀,手颤抖着。

余花裤看着郑马水凶相毕露的样子,还是有点恐惧了,她把奶子塞回了衣服里,扣好布扣子,从案板上抢过一大块猪肉,抱起来就跑。郑马水暴怒了,余花裤抢猪肉就等于抢了他自己的肉,他抄着杀猪刀追了上去。

有人大声说:"郑马水要杀人了——"

……

郑马水和余花裤的事情很快地风一样传到了胡二嫂的耳朵里。胡二嫂没有过去看热闹，尽管赶集的人不像以往那么多，小吃店里还是有不少人吃东西，胡二嫂想去看热闹也走不开。胡二嫂听一个吃客说了郑马水和余花裤的事情后，怪腔怪调地说："好呀，最好是郑马水真的把余花裤杀了，那样我斜对门的那个臭人又会有生意了，这个臭人这些日子来，可赚了不少死人的钱了。"

就在这时，路过小吃店的一个身穿士林蓝土布衣服的女人听到了胡二嫂的话停住了脚步，她的手上拿着一根竹扁担，头上戴着的凉笠压得很低，看不清她的眼睛。

胡二嫂瞟了她一眼，知道这个女人是卖竹篮的女人，胡二嫂小吃店里的竹篮基本上都是在她那里买的。这个女人几乎每个圩日都来唐镇卖竹篮，可她从来没有在小吃店里吃过东西。胡二嫂对她笑了笑说："进来吃点东西再走吧。"

女人朝胡二嫂走了过来，来到胡二嫂面前，女人用手把凉笠托起来一点，胡二嫂看到一双血红的眼睛，刹那间，一道红光射进了胡二嫂的眼睛里，胡二嫂的眼睛顿时变得血红。

女人轻轻地对胡二嫂说了声："你中了——"

胡二嫂战栗了一下，嘴巴自然地张开，觉得有种软乎乎黏叽叽的东西从她的喉咙里滑了下去。

女人把凉笠压低，走出了小吃店，朝镇街的西边走去。

除了胡二嫂之外，谁也没有看到女人的红眼。

胡二嫂魔怔般站在那里，痴呆了。

16

黑森林里异常地寒冷，滴水可以成冰。小木屋里却温暖如春。

一盆炭火在小木屋的中间烘出了另外一个世界。在这个冬天来临后，宋柯尝到了一生中最甜美的滋味。每次来到小木屋里，凌初八都会换一种珍奇的山货炖贵重的补药给宋柯吃，比如穿山甲、果子狸、锦鸡、豪猪什么的，药材也不仅仅限于香藤子根了，还有人参、当归、鹿茸等等。每次吃下一种浓汤，宋柯的心里就会温起一团火，就会产生火热的欲望，身上的腥臭味就出奇的浓郁。凌初八闻到他身上的腥臭味，脸上也会焕发出迷人的光泽……这个冬天对他们来说，是无比幸福的一个冬天，尽管在这个冬天结束后，会有许多不测在等待着他们。

这个晚上，宋柯和凌初八在黑暗中颠鸾倒凤之后，宋柯搂着凌初八说："初八，你嫁给我吧，我们正式地结婚，到镇上买个宅子，搬到镇上去住。"

凌初八幽幽地说："我们现在和结婚不是一样的吗？心肝哥，你是我的！永远都是我的！"

宋柯叹了口气说："不一样，现在我和你的关系是不明确的，况且，我每次来你这里，偷偷摸摸的，像做贼一样，不知道什么时候能来，想住下来多陪你一会儿都不行，要匆匆地离开。我不想这样，我想光明正大地和你住在一起，过恩爱的夫妻生活。"

凌初八紧紧地抱着宋柯，声音充满了无奈："现在不能，我不能和你结婚，也不能和你一起到镇上去住，这里才是我真正的家！实话告诉你吧，我有很多苦衷，我真的离不开这里。"

宋柯说："为什么？"

凌初八叹了口气说："我现在不能够告诉你，我想到了一定时候，你会知道的。我担心你知道我的情况后，会离开我。为了让你多和我在一些时日，我现在不能够告诉你。心肝哥，原谅我，你不要再问为什么了，好吗？你和我在一起时，快乐就可以了，其他的事情你不要管那么多，好吗？"

宋柯无语。

凌初八身上究竟有多少不为人知的秘密？

17

胡二嫂在某个清晨醒来，已经记不起农历十月二十五，也就是那个冷清的圩日发生的任何事情了，而且精神和肉体都出现了异常。她的前额像烧焦了般，出现了一块焦斑，用手摸上去涩涩的。胡二嫂的嘴唇也肿得发青，像是两根腊肠。胡二嫂感觉到肚子里有什么东西在蹿上蹿下，一会蹿到喉头，像是要破喉而出；一会蹿到肛门口……胡二嫂神志不清，她仿佛看到沈文绣狞笑着朝她扑过来，耳边有凄厉的惨叫声呼啸而过。

胡二嫂睁着血红的眼睛，惊恐地看着扑过来的沈文绣，滚下了眠床。她自己突然感到犯下了不可饶恕的大罪，大声喊叫道："我该死！我该死！"胡二嫂跑出了卧室，来到了小吃店的店堂里。店堂里很多黑色的影子飘来飘去，那些黑色的影子都发出凄厉的叫声。沈文绣从胡二嫂的卧室里追了出来，对那些黑色的影子说："抓住她，抓住胡二嫂这个恶妇，把她撕了——"

胡二嫂吓得魂飞魄散，她连声说："我该死！我该死！沈文绣，我不该朝你身上泼屎尿，你饶了我吧，饶了我吧——"

沈文绣狞笑着朝她伸出了锐利的爪子。

胡二嫂打开门，夺门而逃。

她在清晨的大街上披头散发惊惶失措地奔跑，边跑边说："我该死，我该死——"

早起的人看到胡二嫂的样子，都吃惊地说："胡二嫂怎么疯了？"

胡二嫂跑到屠户郑马水面前，抓住了郑马水案板上的一把剔骨刀，双手握着刀把，回过身，把剔骨刀伸出去，惊恐地站在街中央，沙哑地喊叫："沈文绣，你不要过来呀，你不要过来呀……你过来我捅死你不负责的，还有你们，你们这些鬼魂，都是沈文绣请来的吧，你们也别过来，别过来……你们过来，我也会捅死你们的……我该死！沈文绣，我该死，我不该往你身上泼屎尿……"

郑马水对胡二嫂说："胡二嫂，你放下刀，别伤了人，现在是白天了，哪有什么沈文绣呀，沈文绣早就死了，就是有鬼，她也只会在晚上出现。胡二嫂，快放下刀。"

胡二嫂突然转过身，面对着郑马水，用剔骨尖刀指着郑马水："你，你也是恶鬼，你不要过来，你要过来，我就捅死你，捅死你——"

郑马水看到胡二嫂血红的眼睛里出现迷幻的色泽，他就大声对听到响动出来看热闹的人说："胡二嫂疯了！"

"胡二嫂疯了——"

这个信息风一样漫过清晨的唐镇。

所有听到这个信息的人都会惊讶地说："胡二嫂疯了？胡二嫂怎么会疯呢？"

街上看热闹的人没有像看把戏一样围在一起，他们只是三三两两地站着，和手持剔骨尖刀的胡二嫂保持着距离，他们又想看热闹，又怕疯了的胡二嫂伤到自己。

有人说："胡二嫂是被沈文绣的鬼魂逼疯的吧？"

他旁边的人用胳臂肘捅了一下："别瞎说，你就不怕沈文绣的鬼魂缠上你？"

那人吐了吐舌头，不敢再说什么了。

胡二嫂突然把剔骨尖刀扔在了地上，坐在鹅卵石街面上，一把鼻涕一把泪地哭了起来。郑马水想过去把剔骨尖刀捡回来，可他还是不敢走过去，他怕胡二嫂会突然重新抓起眼前的剔骨尖刀捅进他满是猪油的肚子。郑马水还想起了寡妇余花裤,余花裤要是疯了,他可如何面对,余花裤的力气很大,唐镇一般的男人都无法把她按住。

胡二嫂哭了一会儿,突然站了起来,喃喃地说:"沈文绣,我错了,我不该往你身上泼屎尿……好,好,只要你放过我,我什么也答应,我去,我马上去屎尿巷……"

胡二嫂往屎尿巷奔去。

屎尿巷是唐镇茅坑集中的地方,这条巷子两边都是大大小小的茅坑,成天散发出恶臭。胡二嫂走进了一个茅坑,蹲了下来,伸出手,从茅坑里抓出一把屎,就往自己的嘴巴里塞,边塞边说:"我吃,我吃给你们看,你们饶了我吧,我再不会往你身上泼屎尿了,再也不乱嚼舌头根子了……"

18

宋柯在暮冬的一天里,突然想起了三癞子,他已经有好几天没有见到三癞子了。宋柯走出画店的门,看到疯疯的胡二嫂蓬头垢面地跪在小吃店的门口,向街上的行人磕着头,边磕头边用沙哑的声音说:"我该死,我该死……"

宋柯心里十分难受,极度地同情这个其实和他一样孤独的女人,他对她以前的所作所为有了新的理解,也许她从前做的一切都是为了排解心中的积郁。宋柯只能对她抱以同情,他实在没有任何办法帮助她。胡二嫂的男人在她疯了后回来过一趟,不久就扔下她走了,仿佛胡二嫂是一块毫无用处的破布,被无情地扔掉了。宋柯感伤的就是这一点。但是宋柯很难确定,如果凌初八疯了,他会不会把她像一块破布般扔掉。

寒冷的风从街上刮过。

宋柯感觉到了彻骨的冷。

衣衫褴褛的胡二嫂会不会冷？宋柯看她对寒风一点感觉也没有。宋柯想，是不是一个人疯了，就感觉不到人间的冷暖了？如果这样，他希望胡二嫂不要清醒过来，这样她就不会再有新的痛苦和伤害。

宋柯来到鞋店，买了一双新布鞋，然后朝镇东头的土地庙走去。在他的印象中，三癞子从来没有穿过鞋，他的脚板像铁板一样坚硬，就是这样，宋柯还是担心三癞子在这寒冷的冬天里把脚冻坏。

宋柯来到土地庙里，没有找到三癞子，他的被褥还放在泥塑后面的一个角落里。宋柯把那双新布鞋放在了三癞子的被褥底下，就走出了土地庙的门，寒风呼啸着，宋柯不知道三癞子身在何处，是不是在寒风中颤抖。

……

三癞子其实在几天前就离开了唐镇，往唐镇西面的大山里去了。那时，他刚刚给唐镇的一个死人挖完墓穴，那个死人同样是唐镇的富人，死法还是和朱贵生一样……日渐消瘦的三癞子要去干什么，谁也不知道。也许是他内心受不了某种痛苦不堪的折磨，离开了唐镇。

就在这暮冬的一天，钟七死了。

19

这天是民国三十五年农历十二月初二，阴天。早上起来，病恹恹的杨飞蛾给钟七熬了稀粥。钟七起床后，说没有胃口，什么也不想吃，杨飞蛾也没有说什么。

她被钟七领回家后，很少出门，心变得如水一般平静，平静得有时连多一句话也不想说。钟七也变得十分平静，平静得像块石头。

他们的话似乎越来越少，但是越来越默契，根本不需要更多的话来表达什么，相互的一个眼神，他们就知道对方在想什么，对方需要什么。他们平常很少出门，只有去郑家看病抓药才出去一下。

钟七家里还是弥漫着中药的浓郁气味。

有时钟七闻到浓郁的中药味，也会呕吐不止，可没有办法，为了活下去，他们必须坚持吃药。钟七还有个想法，就是等他们的脏病治疗好了后，就去把母亲和孩子接回来。

让钟七和杨飞蛾感动的是老郎中郑朝中的儿子郑雨山，他不但没有歧视他们，而且用心地给他们治疗。钟七虽然花光了所有以前搜刮来的钱财，郑雨山还赊账给他们内服外敷的药。眼看他们的病一天一天地好了起来，离幸福的全家团圆的日子一天一天临近，没有想到钟七会在这个阴霾寒冷的冬日命丧黄泉。

到了晌午时分，钟七突然变得焦虑。

杨飞蛾想，钟七又开始痛痒了，可这一次，她没有意会钟七的心思。

她没有说什么，只是默默地站起来，去拿外敷的草药，准备给钟七上药，等她把药拿出来，钟七已经离开了家。平常紧闭的大门洞开着。杨飞蛾急了，钟七要到哪里去呢？

杨飞蛾跑到门口，巷子里已经没有了钟七的身影。

杨飞蛾把大门关上了，然后坐在一张藤椅上，听着屋外呼啸的寒风，耐心地等待着钟七的回归。

钟七焦虑地走向河堤，本来高大粗壮的身躯佝偻着。他站在河堤上，听到了风中传来的泣哭声……是谁在哭？钟七的脑海穿过了一缕恐惧。他想往回走，可来不及了。河堤上一个人也没有，他想这么冷的天，人们都龟缩在家里烤炭火，有谁会来到这凄凉的河堤上呢。钟七还是发现了人，远远望去，他看到有一个身穿灰色长衫的人，站在五公岭的乱坟坡上。那不是他从镇上请来的画师宋柯吗？难道哭声是宋柯发出来的？

钟七突然想，如果当时不去县城里找画师，他就不会去逛县城里的窑子；如果不去逛县城里的窑子，他也许就不会得脏病；如果不得脏病，也许……钟七的脸上露出了一丝笑意，世界上哪有那么多如果呢？可他想不明白为什么宋柯会在那个乱坟坡上哭泣。

钟七还是十分的焦虑，心里像燃烧着一团火。

这时，他隐隐约约地听到了箫声。

凄婉的箫声。

隐隐的哭泣声还在继续。

箫声和哭泣声混杂在一起，钟七更加焦虑了。

钟七在莫名其妙的焦虑中走下了河堤，如果他刚刚出来时不知道自己出来的目的，那么，现在，他知道自己想走过唐溪上的小木桥，到乱坟坡上去，听宋柯吹出的箫声，他还有了一种和宋柯说话的冲动，至于要和宋柯说什么，他还没有想明白。

钟七走到小木桥上，没有走几步，就觉得自己大脑一片晕眩，他一脚踩空掉落溪水之中……

钟七就这样死了，发现他尸体泡在浅水里的是宋柯。钟七死后，唐镇没有人同情他，他的尸体也只是被钟姓族人草草地埋掉了，给他送葬的只有杨飞蛾一个人。他的两个儿子得到他的死讯后，只是叽叽地冷笑，因为他们是孩童，没有谁在意。钟七的死还是让唐镇的人感到蹊跷，现在是枯水季节，唐溪里的水流很弱，最深处也不会没过腿肚子，况且钟七死的地方的水刚刚好没过脚踝。这样的浅水怎么就把五大三粗的钟七给淹死了呢？

这是一个谜。

尽管有人说，是沈文绣的鬼魂把钟七的头按在水里呛死了……

20

钟七死的这个夜晚,变得无比的漫长和冷酷。杨飞蛾孤独地坐在钟七的卧室里,听着屋外尖锐的风声。风声中有哭泣的声音,可她没有哭。杨飞蛾从来没有如此平静过,她已经没有了泪水。杨飞蛾的嘴角挂着一丝冷静的笑意,目光在穿越时间的迷雾。

房间里的油灯突然飘摇起来。

杨飞蛾仿佛听到了一声微弱的叹息。

她知道,这不是她自己的叹息,也不是钟七的叹息,而是另外一个女人的叹息。

杨飞蛾冷笑了一声说:"你该满意了吧,钟七也死了,你不应该再有恨了,如果你恨我,你就连我的命也一起拿走吧,我不会再害怕了,我总算过了一段人过的日子,我满足了。"

说着,杨飞蛾站起了身,来到一个柜子前,打开了中间的抽屉,从里面翻出了钟七藏在里面的沈文绣的画像,然后坐回到了藤椅上,愣愣地看着沈文绣的画像。

卧室里突然变得异常寂静。

杨飞蛾可以听到自己平静的心跳。

还有呼吸。

杨飞蛾对着沈文绣的画像说:"宋画师不愧是高手呀,把你画得如此逼真,虽然还有些不足。我看来是没有这个福气,让宋画师给我画像了,唉,人和人到底还是不一样。不过,我丝毫没有妒忌你,我该得到的已经得到了。你去找钟七的魂去吧,他已经不在我身边了。"

杨飞蛾说完,就把画像放在油灯上点燃,直到画像燃尽,最后一缕青烟飘散。杨飞蛾听到有细微的脚步声由近而远,消失在风中……

21

这个夜晚对宋柯而言，是个难熬之夜，一连两天，他没有等来凌初八的召唤和那条为他引路的青蛇。宋柯烦躁不安，这些日子他只要不到凌初八的小木屋里去，就会烦躁不安，也许是凌初八给他补得太过火了，宋柯的欲火得不到有效的排泄。宋柯满脑子都是凌初八的影子，他的心里已经很少有苏醒的位置了，他的初恋情人苏醒已经被他淡漠了，尽管当时，他是为了她而离开上海的，而不是为躲避战火。

寂寞难耐的时候，他真希望床底下附在画像上的那些鬼魂出来和他说话，可那些鬼魂已经很久没有出现过了，这让他在烦躁不安中有了某种怅然的失落感。宋柯凝视着飘摇的小油灯，希望那火苗中出现某种希望。

突然，楼下传来了有节奏的敲门声。

谁会在这样的深夜来敲他的门？是三癞子，还是谁家又死人了？

无论是谁，敲门声还是给他带来了某种刺激，宋柯走到楼底下，打开了画店的门。

宋柯十分惊讶，来的人竟然是杨飞蛾。杨飞蛾进入画店后，就"扑通"一声给宋柯跪下了。宋柯见此情景，顿时手足无措："你、你这是要干什么？"

杨飞蛾说："宋画师，今天晚上我来，是要求你一件事。"

宋柯紧张地说："有什么事情，你起来再说，跪着多不好呀！"

杨飞蛾坚定地说："我说完后，你答应我了，我就起来！"

宋柯无奈，只好说："那你就赶快说吧。"

杨飞蛾说："我只想求你给钟七画一幅遗像。我知道，你画像都要收钱的，那些有钱人也给你不少的钱。可是我现在身无分文，钟七为了赎我和治我们的脏病，花掉了所有的钱，连我的首饰也都卖掉了，现在还欠郑家药铺很多钱。钟七去了，我知道这是我的命，我只求你给钟七画一张像，让我带走。我什么也拿不出来，连我的身子也是脏的，否则我愿意卖身与你，为了给钟七画像！求你了，宋画师，我给你磕头了！"

说完，杨飞蛾就在地上磕了一连串的响头，她的额头都磕破了，流下了鲜血。宋柯被杨飞蛾感动了，他扶起了额头上淌着血的杨飞蛾，连声说："飞蛾，难得你有这片心，我画，我画，你先坐在楼下等我，我马上就去画！"

杨飞蛾说："谢谢你了，宋画师，假如有来生，我一定报答你！"

宋柯上了楼，花了半个时辰就画好了钟七的画像。在画钟七遗像时，宋柯仿佛觉得身后站着钟七，宋柯一边画像，钟七就一边对宋柯说："这里画得好，对，鼻子要画大一点……"

宋柯把杨飞蛾送出了门，他目睹杨飞蛾消失在寒冷的黑夜中，心里十分感慨：如果我死了，会不会有人这样对我……

宋柯正想着，突然一个黑影从某个角落里闯出来，一把把他推进了画店。

那人把宋柯推进画店后，反闩上了门。

宋柯看清了这个人，她就是唐镇的寡妇余花裤。

宋柯十分吃惊，今天晚上是怎么啦？刚刚送走一个杨飞蛾，怎么又来了一个余花裤。宋柯的心提了起来，杨飞蛾是来求他给钟七画像的，那么余花裤来干什么呢？她不可能为了给谁画像来找他。

余花裤的脸上挤出了难看的笑容："宋画师，你连杨飞蛾那个烂婊子都要，你也要了我吧，你给杨飞蛾那个烂婊子多少钱，也给我多少，我不会嫌少的，也不会嫌你身上臭的！"

宋柯呆了，敢情她一直在黑暗的角落里盯着画店呀，她认为杨飞蛾来和他干那见不得人的事情。她也许一直就对宋柯抱着某种企图，宋柯说："余花裤，我没有你想象的那样龌龊，你自重点，赶快走吧！"

余花裤冷笑了一声说："你不要装什么正人君子了，杨飞蛾不是刚刚走吗？我十分清楚你现在很有钱，从秋天到冬天，唐镇死了那么多人，你的钱赚得够多的了，你有那么多钱有什么用，唐镇的女人都嫌你臭，你只好找杨飞蛾这样的烂婊子了。我和那个烂婊子一样，也不嫌你，我可比她干净多了。我只想要钱，你知道，我一个寡妇，拖着那几个孩子，他们像狼一样，张着大口要吃呀，我陪你睡觉，你给我钱，其他我什么也不管了……"

宋柯听了她的话，浑身发抖："余花裤，你赶紧走，否则我要喊人了！"

余花裤还是冷笑着说："宋画师，你喊呀，你要不喊就是我养的！我怕什么呀，我的名声早就烂了，我有什么好怕的，况且我如果对人说，是你勾引我的，否则我怎么能够进得了你的画店，你说大家会信谁的？"

余花裤边说边脱衣服："你看我的奶子……"

宋柯束手无策了，苍白的脸涨得通红："你、你、你——"

余花裤脱光了衣服，扭动着粗壮的腰肢，朝宋柯靠过来，宋柯一步一步地往后退着，退到墙壁上就已经没有了退路。宋柯惊恐地看着眼前这个被生活逼得疯狂了的女人，不知如何是好。

就在这时，余花裤惊叫了一声，呆立在那里。

余花裤看到了一条青蛇从楼梯上爬了下来，接着又一条青蛇出现了……不到一会儿工夫，楼梯上爬满了青蛇，那些蛇朝余花裤爬过来，发出咝咝的可怕的声音，那声音残忍地噬咬着余花裤的神经，只见她浑身白生生的肥肉颤动着，然后大叫了一声，抱起衣服，来不及穿就夺门而逃。

宋柯不知道为什么余花裤会如此惊惶逃离，他没有看到那些蛇，什么也没有看到……

22

三癞子在黑森林里摸索着，他像一条狗，嗅着森林里散发出的各种味道。他记得那是种腥味，和宋柯身上相同而又有些区别的腥味。那个晚上，三癞子被那个看不清脸面的白衣女人带到黑森林里来，她对他念着咒语，把一条青蛇放进他的嘴巴时，他就在迷幻中记住了那股腥味。三癞子知道了，那是个蛊妇，而且是个具有超凡能力的蛊妇，她可以在很多时候，随便地对人下蛊。三癞子还知道，蛊妇如果不放蛊毒害人畜，她自己就要生病，脸色会慢慢枯黄，然后浑身的肌肉萎缩，慢慢地死去。蛊妇放蛊中一人，她就可保自己三年无病无灾；放蛊中一头牛，可保一年无恙；放蛊中一树，可保三月。猪也是可以放蛊的，功效和牛一样。但是狗不行，而且狗能够破蛊，所以蛊妇怕狗，也恨狗……三癞子想，自己已经活得很没有意思了，为什么这个白衣蛊妇要让他做她下蛊杀人的帮凶呢？还有，三癞子实在不愿意看到宋柯被蛊妇伤害。他必须找到那个白衣女人的老窝，哪怕自己中蛊毒而亡。是的，他感觉到自己闻到了一股腥味，那是蛇身上散发出来的腥味，在这个蛇已经冬眠的季节里，哪里还有蛇呢？三癞子像只狗一般寻着蛇的腥味而去，天渐渐地亮了……

23

凌初八在一个晴朗的早晨起床后，就钻进了竹床底下，她打开了一块木板，进入了地窖里。她从地窖里抱出来一个蒙着红布的陶罐，放在了小木屋的地上。小木屋里十分温暖，凌初八脱光了衣服，一丝不挂地站在那里，对着那个蒙着红布的陶罐念着咒语。

凌初八鼓起的肚子上面有几条红绿相间色的斑纹，看上去十分骇人。

她念完咒语后，就打开了蒙在陶罐上的那块红布，从陶罐里抓出了一条一尺来长的青蛇，放在旁边的一盆清清的温水中洗着，边洗边说着什么，她血红的眼睛里喷射出一股火苗。

她给青蛇沐浴的过程十分漫长，像是细心地给宋柯沐浴，蛇身上散发出的腥味让凌初八迷醉。

凌初八给青蛇沐浴完后，就把青蛇提了起来，张开嘴巴，把青蛇吞了进去，青蛇很快地进入了她的肚子，她鼓起的肚子在蠕动着……在门外，有一个人趴在门缝里看着里面的一切……在凌初八走出小木屋前，那人就鬼魅般躲了起来。

凌初八唱着一支悠婉的山歌，走进了森林的深处……直到她完全消失，那个偷窥的人才重新出现在小木屋的外面。

这个人就是在唐镇失踪多日的三癞子。

他又看了小木屋几眼，就离开了这个地方，狗一般飞快地朝唐镇方向奔去……

24

凌初八身上泼满了狗血，被县城里来的警察五花大绑地从唐镇小街上经过，押往县城的时候，宋柯还没有起床。凌初八的目光没有在画店阁楼上的窗户上停留多久，她就被押解她的人推搡过去。唐镇的人怎么也不明白，平常一个朴实的编竹篮卖的山里女人，是一个让人谈虎色变的蛊妇。疯婆子胡二嫂傻傻地看着凌初八经过，嘴巴里还喃喃地说着："我该死，我真该死呀——"

凌初八被押解往县城之后，宋柯的身体就开始有了变化。

他总是觉得肚子里咕噜咕噜地响着，也没有了食欲，很快就消瘦下去，本来就清瘦的宋柯变成了皮包骨。他一直躲在画店里，不出门，就是连三癞子来敲他的门，在门口大声地叫他，他也不开门。他奄奄一息地躺在眠床上，想着和凌初八在一起的时光，也想着苏醒……没有人知道他和凌初八的事情，三癞子没有说，凌初八也不会说。

凌初八在县城里招认了她在唐镇下蛊毒死朱贵生等十几人的事实，但是她没有说为什么要下蛊杀人。关在县城大牢里的凌初八身上散发出熏人的恶臭，那是浇在她身上的狗血变质散发出来的恶臭。每天早晨，狱卒都会把一盆狗血从她的头顶浇下，那时，凌初八浑身颤抖，像是被抽去筋脉那样痛苦不堪，她眼睛里的红色也渐渐地褪去。

在凌初八被捉走后，镇长游长水赏给了三癞子两块大洋，三癞子接过那两块大洋时，并没有像往常一样显示出兴奋的表情。他只是默默地离开。镇长游长水长长地呼出了一口气。

三癞子提了一桶狗血，来到了黑森林的那间小木屋前，往屋里泼着狗血。泼完狗血，三癞子就在森林里拣来了很多干树枝，堆在了小木屋的四周，然后，他用火石点燃了一把火。

小木屋燃烧起来。

三癞子闻到了肉体烧焦的味道，他仿佛看到无数条毒蛇在挣扎，在大火中爆裂。

他的脸上挤出了一个难看的笑容……

民国三十五年农历十二月二十五，这是春节前最后一个圩日，唐镇每年的这个圩日都是最热闹的。拿屠户郑马水来说，他杀了一个晚上的猪，他相信他杀的十几头猪会在这个圩日卖得精光……宋柯在这天起了个大早，天还没有亮，他就踏着星光和冬天的晨霜，走上了通向县城的山里。有一种奇怪的声音在召唤着他，宋柯觉得自己的身体飞了起来，本来要走几个时辰的路，两个时辰就走完了。宋柯来到县城，准确地来到了县城西北角的罗汉岭半山腰的刑场上，自古以来，这里都是杀人的地方，尽管这是个阳光灿烂的好天，也笼罩着浓重的煞气。宋柯在这里等待着。

正午时分，在县城里游完街的蛊女凌初八被押到了罗汉岭刑场。

围观的人很多，他们的脸上没有笑容，目光都十分阴郁。

宋柯看到了浑身上下淋满了狗血、被折磨得不成人样了的凌初八，他的心颤抖着，感情十分复杂。宋柯的身上顿时散发出浓郁的腥臭味。很多看热闹的人都捂上了鼻子和嘴巴，就连脸上蒙着白布行刑的刽子手也皱起了眉头。大家都以为浓郁的腥臭味是从凌初八的身上散发出来的，而忽略了宋柯。凌初八低着头，似乎没有看到宋柯。

宋柯走到了行刑官的面前，对他说："我有一个请求，我可以在杀凌初八之前，给她画一幅像吗？"

行刑官说："你是什么人？"

宋柯平静地说："我是凌初八的丈夫。"

行刑官的目光在宋柯苍白的脸上停留了一会儿，眼泪莫名其妙地滚落，他擦了擦眼睛，对宋柯说："去吧，要快点，只给你二十分钟的时间。"

腥臭味越来越浓郁，把所有人的泪水都熏出来了。

只有宋柯没有流泪，他来到跪在那里反绑着双手的凌初八面前，坐了下来，把画夹放在两腿上，开始给凌初八画像。凌初八始终低着头，没有抬头看宋柯一眼。宋柯十分平静，他一笔一笔地在画纸上涂抹着，轻轻地说："初八，你为什么要下蛊杀人？"

凌初八的呼吸粗重起来。

宋柯知道,她是在呼吸自己身上的腥臭气味,他也知道,以后再也不会有哪个女人这样呼吸他身上的味道了。

凌初八轻轻地说:"为了你,我在此之前,从来没有害过人,为了活下去顶多在树上下蛊。你是画师,如果没有人找你给死人画像,你会多么难过;你说你是男人,你不想让我养活你,可没有人找你画像,你怎么能够赚到钱,怎么能够体现你男人的尊严!"

宋柯平静地说:"初八,你别说了,我全明白了。"

凌初八还是低着头:"我还想对你说一句,宋画师,我一生中唯一的心肝哥,我在三癫子把那条土狗弄死的那个晚上,就进入了画店的阁楼里,给你下了蛊。我活着,你什么事情也没有,我死,你也会死。我不会再让你离开我了。对不起,我的心肝哥——"

宋柯无语。

他不到二十分钟就画完了凌初八的画像。

宋柯站了起来,在暮冬的阳光之雨中离开了凌初八,离开了所有人的视线。

凌初八的头终于抬了起来,对刽子手说:"来吧!"

眼睛里一直淌着泪水的刽子手迫不及待地走到了凌初八的跟前,举起了寒光闪闪的鬼头刀。刽子手大吼了一声,手起刀落,一片血光,凌初八的人头滚落在地……

25

宋柯回到了唐镇。他把自己关在了画店里。唐镇人在准备着过年,到处都洋溢着喜庆的气氛。这个年关天气都十分晴朗,晴朗的天气和温暖的阳光几乎和宋柯无关。宋柯一直紧闭着门扉,躺在画店阁楼的眠床上等待着死亡的来临。从县城回来后,他就发现自己没有力气了,连拿画笔的力气也没有了。躺在眠床上,他的头脑异常清醒，四肢却无法动弹，肚子里有响动，似乎有无数条青蛇在游走。当他刚刚得知凌初八用蛊术杀人的消息时，宋柯内心充满了恐惧。现在，他已经彻底平静了。一切都会在该到来的时候到来，这是他的宿命。

大年三十的前夜。宋柯孤寂地躺在眠床上，怀里抱着凌初八的画像。

阁楼里没有灯火，自从他从县城回来后，他就没有点灯。

他希望床底下附在画像上的鬼魂出现，和他说话，可那些鬼魂仿佛都已经远去，床底下再没有传来怪异的声音。对此，宋柯十分失望。不过，他想，自己很快就会加入到他们的队伍，可他什么也不想说，他只想在死后去找那个叫苏醒的女人，问她为什么会在某个春天的夜晚，突然闻到他身上出现的腥臭味，其实，在那个春天的夜晚之前，他身上从来没有过这种让他逃离上海，逃离苏醒的腥臭味……

是的，宋柯听到了一种召唤。

那是由很多笑声组成的召唤，从遥远的森林里传来，从开满鲜花的山谷里传来，从清澈的溪流中传来……宋柯在黑暗中露出了笑脸，然后闭上了眼睛，一切是那么平静，不像想象中痛苦……

那个晚上，三癞子第一次穿上新鞋。

那是宋柯给他买的新布鞋。

三癞子心里明白，新鞋是宋柯买给他的，唐镇没有一个人会这样做。他穿着那双新鞋睡去。

三癞子醒来时，浑身冷汗，他梦见宋柯死了。

三癞子爬了起来，跳下神坛，出了土地庙的门，朝镇街上狂奔而去。

三癞子站在画店的门口，大声喊着宋柯的名字。

没有人回答三癞子。

三癞子撞开了门，摸上了阁楼。他用火石点亮了油灯。宋柯躺在眠床上，身体已经僵硬了，他的肚子鼓起来，脸色还是那么苍白，还带着一丝笑意。

他胸前那幅凌初八的画像竟然没有脸，只是凌乱的头发，每一根头发都似一条弯曲的小蛇，凌乱的头发上，有一朵野菊花。

三癞子走到他面前，哽咽地说："宋画师，是我害了你呀，是我把保护你的狗杀死了——"

三癞子说这话的时候，画店外面站着一个修长的白色人影。

……

宋柯死了。

没有人给他敲丧鼓。

也没有人给他画张遗像。

甚至没有人给他买一副棺材。

……

大年三十的清晨，三癞子把宋柯的尸体背到了五公岭的乱坟坡上。三癞子把宋柯放进了早已经挖好的墓穴里。三癞子把游长水赏给他的两块大洋扔进了宋柯的墓穴里，说："宋画师，我把当初偷你的钱还给你了，你收好，也许还会有用的，我已经不需要它了！什么也不需要了！"

三癞子给宋柯的墓穴上埋上了土，很快地，堆起了一个新鲜的坟包。

三癞子点燃了三炷长香，插在了宋柯的坟头，然后跪在那里，磕了三个响头！

三癞子站起来，风从四面八方吹来。

远处的唐镇传来了新年的爆竹声。

三癞子喃喃地说："活着真没意思！"

三癞子跳进了另外一个为自己挖好的墓穴，躺在潮湿的红土上，抱着宋柯给他画的有颜色的画像，穿着宋柯给他买的新鞋，等待死亡，他想，自己死了，一定会有人把这个坑给填上的，自己的尸体不会被野狗撕咬。这时，他闻到了腥臭味，浓郁的腥臭味满山遍野地朝他的墓穴里聚拢过来……

第二部

上
雪飘飘

1

天上飘起了雪花，五公岭的乱坟坡上一片寂静。雪花渐渐地覆盖在枯草上，覆盖在三癫子的身上和头上。三癫子一动不动地仰面躺在墓穴里，紧闭双眼。雪花落在他脸上，他感觉到细微的痒，还有些许的温暖。就这样被温暖的雪花安静地覆盖或者埋葬，这是他从来没有想到过的事情。这也许是他最好的结局。三癫子在雪花飘飞中等待死亡。

远处的唐镇传来新年的爆竹声。

三癫子对过年的喜庆气氛已经麻木了。

他只希望自己能在飘飞的雪花中渐渐地死去。

有种腥臭的味道满山遍野地朝他的墓穴聚拢过来……

2

几个月来，唐镇死的人太多，每家每户在大年三十这天都放了很多鞭炮。唐镇人企图用鞭炮的声音驱赶那些死鬼的魂魄。整个小镇充满了硝烟浓郁的味道。棺材店老板张少冰今天没有打开棺材店的门，他只是在棺材店门口放了一挂鞭炮后就回家去了。他放鞭炮时，没有人理会他，谁也不想在这个喜庆的日子和他有什么关系。沉默寡言的张少冰也不想和别人搭讪，他回家的时候看到疯婆子胡二嫂赖在一个街角，蓬头垢面，傻傻地笑着。这是一个被遗弃的女人，她的老公和儿子过年也没有回家。张少冰一阵恶心，目光迅速地从她脏污的脸上移开。

入夜了，张少冰和家人才开始吃年夜饭。

孩子们穿着簇新的衣裳，高兴地品尝着只有过年才能吃到的好东西，张少冰却没有笑脸。他心里在记挂着好兄弟游武强。外面的世界兵荒马乱的，游武强现在身居何处，会不会遇到什么不测？平常不怎么喝酒的张少冰呷了一口米酒，米酒有点酸，他皱了皱眉头。

张少冰瞪了一眼老婆游水妹："今年的米酒怎么酿的，发酸！"

游水妹淡淡地说："也不知道怎么搞的，就这样了。"

张少冰没有再责怪老婆，沉闷地喝着酒。

吃完年夜饭，孩子们就到家门口去玩了。天上还在飘着雪花。地上已经有了一层厚厚的积雪。雪让孩子们兴奋。他们在门口和邻居的孩子们闹着，无忧无虑的叫声让张少冰的内心更加沉重。

张少冰沉默地坐在那里，老婆游水妹和他说着什么，他一句也没有听进去，游水妹好像是个不存在的人。游水妹摇了摇头，就进厨房去洗碗筷了。张少冰的耳边响起了一个人的召唤。召唤声从很远的地方传来，却是那么的真切。

张少冰鬼使神差地走出了家门。

大年三十的夜里有了白色的雪光。在雪光中，他没有理会嬉闹的孩子们，独自地朝唐镇西边的河堤上走去。他的背影显得落寞和孤寂。张少冰在覆盖着雪花的路上走着，发出沙沙的响声。他自己也弄不清楚为什么要在这个夜晚独自走向河堤。

河堤上积满了厚厚的雪。雪花还在飘飞。张少冰站在河堤上，长长地呼出了一口热气。他往莽莽苍苍黑黝黝的远山眺望，眼睛里渗出了热辣辣的泪水。一阵风夹裹着雪花呼啸着扑面而来，仿佛有无数的鬼魂在号叫。张少冰身上骤然冒出了一层鸡皮疙瘩，感觉到了彻骨的冷。雪光中，似乎有许多黑影伸出干枯的手臂朝他包围过来。

张少冰哆嗦起来。他想转身回唐镇去，可他的双脚像生了根，无法移动。

唐镇的鞭炮声不时地传来，但驱除不了张少冰内心的恐惧。此时，他听到了凄厉的歌声，这不是沈文绣生前唱过的那歌吗？张少冰不敢往唐溪里张望，也许沈文绣正站在汩汩流淌的溪水里朝他歌唱。张少冰被凄厉的歌声逼得浑身颤抖。他喃喃地说："文绣，你放过我吧，我本来想送一副上好的棺材给你的——"他说不下去了，风凌厉地将雪花灌进了他的嘴巴里，呛得他一口气喘不过来，快憋死过去。

歌声渐渐地平息后，张少冰看到一个白色的影子从他的身边一晃而过。

那白色的影子飘下了河堤，走上小木桥，很快地消失在唐溪的对岸。

这个白色的影子是谁？

谁又会在这个节日的夜晚独自地进山里去？

张少冰用手背揉了揉眼睛，脚步试着动了动。他内心一阵狂喜，终于可以走动了。张少冰不顾一切地朝张灯结彩的唐镇狂奔而去。他的身后传来呼呼的风声，仿佛有许多鬼魂在追逐着……

张少冰回到家里，让游水妹把孩子们叫回家里，然后把门紧紧地关上了。孩子们都没有玩够，他们用奇怪而无奈的目光看着惶恐的父亲。往年大年三十，他们都会玩闹到午夜，开完门，放完迎春的鞭炮，才会上床睡觉的。他们不明白为什么今夜父亲会早早地把门关起来，不让他们玩了，况且，在这个南方山地，过年降如此的大雪真是不多见的，孩子们见到雪，都欢喜万分。在这个家里，张少冰说了算，孩子们是不敢申辩什么的。

游水妹把张少冰拉到卧房里，问道："你这是怎么了，你的脸色煞白？"

张少冰呼吸急促，什么话也说不出来。

游水妹摸了摸张少冰的额头："好烫呀，你到哪里去了？一定是受风寒了！我去给你弄碗姜汤去。"

张少冰喝完姜汤，就躺在床上，游水妹给他盖好了被子。

孩子们在厅堂里玩着玩着，觉得无趣，就昏昏欲睡了。游水妹把孩子们弄到房间里睡觉后，就一个人坐在厅堂里，长长地叹了一口气。她不能睡，尽管已经很疲惫了。她要等到午夜，开门放鞭炮迎新，她怕张少冰起不来。如果不在这个午夜开门放鞭炮，那么新的一年会有许多不顺或者还会有什么灾祸的。好不容易熬到了午夜，游水妹正要打开大门，她看到张少冰从卧房里走了出来。

此时，唐镇有人开始放鞭炮了。

鞭炮声不一会儿就此起彼伏，整个唐镇热闹非凡。张少冰打开大门，凛冽的风和硝烟的味道扑面而来。张少冰咳嗽了两声，就点燃了竹竿上缠着的鞭炮。鞭炮炸响起来，游水妹用双手捂住了耳朵，她的脸上露出了喜庆的笑容，她的内心在祈祷新的一年事事都顺利，棺材店的生意兴隆。

放完鞭炮，张少冰和游水妹进了屋，他把大门关上。游水妹关切地问道："少冰，你好些了没有？"张少冰点了点头："好多了。"游水妹说："我去煮点东西给你吃？"张少冰不耐烦地说："吃什么吃，睡觉！"

他们刚刚躺下，就听到了敲门声。

"是谁？"游水妹坐了起来。

张少冰也坐了起来，敲门声还在继续着。他的眼睛里飘过一个黑影，不禁打了个寒噤。

游水妹说："我去看看。"

她正要下床，张少冰拉住了她："还是我去吧。"

张少冰走到了大门边，心里七上八下的，轻声地问了声："是谁！"

门外传来了低沉的声音："是我，快开门！"

3

唐镇的保安队长猪牯溜进了皇帝巷的逍遥馆里。镇长游长水和逍遥馆的老鸨李媚娘以及两个乡绅在打麻将。因为这个晚上没有客人，游长水吃完年夜饭后就邀人到逍遥馆里陪李媚娘打麻将，平常时节，他们是不会在这里打麻将的，那样，谁还敢到逍遥馆来花钱嫖妓。逍遥馆里张灯结彩，每个人的脸上都透出一股喜气。猪牯进入逍遥馆的正厅后，李媚娘第一个看到了他："哟，猪牯队长来了，春香在房里等着你呢。"

猪牯对着李媚娘点头哈腰地说："谢谢李老板，谢谢李老板。"

接着，猪牯走到游长水跟前，嘴巴凑在他耳边轻轻地说了几句。游长水脸上的笑容渐渐消失，他站了起来："走，我们一边儿说去。"他们走到偏僻处，游长水神情严肃地说："你真的看到游武强了?"

猪牴说:"我看到他后就一路跟着他,他真的进张少冰家里去了。"

游长水用手捋了捋胡须说:"他回来干什么呢?钟七也死了。他还想干什么?"

猪牴说:"我已经派人盯住张少冰家了,镇长只要一声令下,我就去把他绑来!"

游长水考虑了一会儿说:"先别打草惊蛇,真把他逼急了,你不是他的对手。这样吧,你先让人在暗中盯着他,看他到底要做什么,但是不要让他发现了。有什么情况及时向我报告!"

猪牴点了点头说:"好的!那我去了!"

猪牴匆匆而去。

猪牴走后,李媚娘笑着对游长水说:"猪牴和你悄悄地说了些什么呀?"

游长水笑笑:"没什么,没什么!"

坐在游长水对面的那个叫王秉顺的乡绅也笑笑:"继续继续,我们还是接着打麻将吧,游镇长一定有什么难言之隐,就不要让他为难了。"

另外一个乡绅也说:"就是,接着来,接着来!"

李媚娘嘴角的那颗黑痣抖动了一下:"好吧,我不问了,接着来吧。这个猪牴的确比钟七那王八蛋好,对游镇长可以说是忠心耿耿呀,而且,他做人也讲道理,每次来逍遥馆,都有礼有节的,还给现钱!我对他说了,春香就是他的,谁要也不给,无论他来不来,都给他留着!"

游长水打出一个二饼说:"哈哈,媚娘是在帮我呀!"

麻将桌底下放着一个火盆,火盆里的炭火烧得正旺。游长水心里还是担心着会在这个夜里发生什么预想不到的事情,但是他说不出口。

王秉顺看游长水打出那个二饼，油亮的肥脸上露出了得意的笑容，他用十个粗短的手指推倒了自己的牌说："和了——"

李媚娘吸了口水烟说："王胖子，你今天走了什么运，怎么总是你赢——"

王秉顺意味深长地说："好运还在后头呢！"

谁也听不出他话中隐藏的深刻含意。

4

雪花飘飞。

三癞子被唐镇此起彼伏的鞭炮声吵醒过来。雪花早已经覆盖了他的身体和头脸，只有两个鼻孔周围是湿漉漉的雪水。他的身体已经麻木了，在此之前，三癞子觉得自己在朝云端里飞升，很多小鸟雪花般在他的四周起舞，发出悦耳的鸣叫。他感觉自己是在升入天堂。他很奇怪自己如此污浊的一个人，怎么会上天堂，也许是老天对他的眷顾，或者说是一种怜悯，他生前活得太苦了，死后要让他上天堂。

三癞子从鞭炮声中醒来后，才发现那是一个美丽的梦。

他根本就没有死，还躺在墓穴里。

他动弹不得，体会不到温暖或者寒冷。游丝般的鼻息像雪花飘落的声音，那么轻微，可他听起来是那么的清晰，这让他知道自己尚在人间。唐镇节日的喜庆离他是那么的遥远。在这个夜晚，谁能够记得他这样一个在墓穴里等死的人？

三癞子闻到了腥臭的味道。

他心里暗暗吃惊，哪里来的这股腥味？

三癞子还是紧闭着眼睛，不愿意睁开双眼看这个世界。他没有想到自己的生命力如此的强大，在墓穴里躺了十几个时辰了，竟然没有在寒冷的雪天里冻死。但是他没有一点生存的欲望了，他想自己会死的，现在醒来，只是回光返照。他没有一点恐惧感，仿佛死亡是他有生以来最幸福的事情。

就在这时，三癞子听到了脚步声。

有谁会在这个夜晚来到五公岭的乱坟坡上？

脚步声"咔嚓""咔嚓"地由远而近。

三癞子虽然坚定了赴死的决心，可他的心还是随着脚步声提了起来。脚步声在墓穴前停了下来。三癞子知道来者站在上面俯视着他。三癞子的心跳莫名其妙地加快了，就在几秒钟前，他还感觉不到自己的心跳。有一种奇异的力量在压迫着三癞子。那人无声无息地站在那里，似乎在等待着他的死亡。腥臭的味道越来越浓郁。

三癞子终于睁开了眼睛。

他看到的是一片惨白的雪光。

他没有看到有什么人站在墓穴旁边。

这时，三癞子内心的恐惧油然而生。他很清楚，只有死了，他才不会再有恐惧感，只要他活着，恐惧就会像毛发一样附着在他的身上。飘飞的雪骤然停止下来。风也隐藏在夜的深处。五公岭的乱坟坡上一片死寂。三癞子的呼吸越来越沉重，他的双手还抱着宋柯给他画的有颜色的画像，他的手心渗出了汗水。

不一会儿，三癞子听到了另外一个人的呼吸声。

细微而又清晰的呼吸声。

三癞子张开了嘴巴，想说什么，有一条滑溜溜的东西从他的嘴巴里滑了下去，经过喉咙，进入了他的腹中。三癞子心里暗暗地叫了声："不好！"这时，三癞子听到了两声女人的冷笑，他看到墓穴上面一个白影飘过。

难道自己永远不能躲避那个白影？

她不是被杀死在县城外的刑场上了吗？

那从喉咙里滑下去的东西在他的肚子里蹿来蹿去。他想吐，可吐不出来。肚子疼痛起来，肠子像被一截一截地咬断。这种滋味生不如死。为什么他每次铁了心想死都死不掉呢？疼痛让三癞子浑身火一般燃烧着。他已经僵硬了的四肢活动起来，死亡渐渐离他远去，取而代之的是疼痛中的恐惧。

活着还会发生什么事情，他一无所知。

命运的绳索又一次把他从鬼门关里残酷地拉了回来。

三癞子抱着肚子在墓穴里打滚。

不知过了多久，他从墓穴里挣扎爬了出来。他趴在雪地里，借着雪光，看到不远处站着一个白色的影子，那个白色的影子蒙着脸，那身影和被杀头的凌初八一模一样。

三癞子绝望地喊叫道："你为什么死都不放过我——"

白色的影子冷笑了两声，朝唐镇方向飘去。三癞子的肚子顿时不痛了，但是那东西还在他的肚子里，他的肚子还是胀胀的。三癞子着魔一般，跟在白影后面，身体也飘了起来，飞快地随着白影掠过雪野，进入了唐镇，然后穿过唐镇硝烟迷漫的小街，朝县城的方向飘去。那时，唐镇的人已经放完迎春的鞭炮，关门睡觉了。

5

民国三十六年农历正月初一，天气冷得出奇，到处都是皑皑的积雪。唐镇人有个规矩，正月初一这天不能沾荤腥，要吃素，而且要到庙里敬神。这天也没有人走亲戚。唐镇人习惯在这天睡懒觉，到半晌时分，小街两边的人才开始把门打开，才有人在街上走动。鹅卵石铺成的街道上积满了雪，雪上面都是晚上放鞭炮时留下的纸屑和残硝。每家每户门口挂着的红灯笼在冽风中飘摇。小街上的店铺都关闭着，没有人会在这天开店门做生意的。唐镇的小街在大年初一这天显得冷清，只有从大年初二开始，才会热闹起来，因为每家每户都会有客人上门拜年，吃酒席。

到了正午的时候，三癞子神色恓惶地走进了唐镇。

没有人会注意他，他走到了画店的门口，抬头望了望阁楼上的窗，窗门是关闭的。他推了推画店的门，画店的门被一把黑色的铁锁锁着。三癞子转过身，看到了坐在自家门槛上的胡二嫂，蓬头垢面的胡二嫂往嘴巴里塞着什么，三癞子看清楚了，那是一根生地瓜。三癞子咽了口口水，他的肚子也饿了。如果胡二嫂不疯，不知道会不会给他一碗饭吃？

三癞子想着想着就朝胡二嫂走了过去。

三癞子从胡二嫂的旁边进入了她洞开的家门。

三癞子在胡二嫂的家里找出了一根地瓜，洗都没洗就啃了起来。他也和胡二嫂一起坐在了门槛上，旁若无人地吃着生地瓜。奇怪的是，三癞子没有去镇东头的土地庙，那曾经是他窝巢的地方。那里今天一定十分热闹，还有很多供品。三癞子和胡二嫂俩人此时就像一对饱经风霜的姐弟。路过的人都用冷漠而古怪的目光瞟他们。

三癞子吃完那条生地瓜，肚子渐渐地鼓胀起来。他站了起来，又走进了胡二嫂的家里。在胡二嫂的厨房里，三癞子找到了一把生锈了的砍柴刀。他握着砍柴刀掂量了一下，然后走出了胡二嫂的家门。他来到了画店的门口，目光落在了门上的那个黑色铁锁上。

胡二嫂这时叫唤起来："文绣，你饶了我，饶了我吧，我再不嚼舌头了，应该我去吃屎，我去吃屎——"

胡二嫂疯病又发作了，她站起来，在小街上踉踉跄跄地边叫边跑着。

三癞子没有理会胡二嫂，他双手举起生锈的砍柴刀，朝那黑色铁锁狠狠地劈了下去。那铁锁十分坚韧,三癫子狠命的一击竟然没有把它劈开。三癫子嘴巴里嘟哝了声什么,又举起了手中的砍柴刀。

就在这时,穿着簇新的黑棉袄,戴着瓜皮小帽,挎着盒子枪的猪牯出现在三癫子的面前。猪牯笑着对三癫子说:"三癫子,你在干什么?"

三癫子见到猪牯,手中的砍柴刀垂落下来。他看着人模狗样的猪牯,死灰的眼睛里燃起一股火苗。三癫子冷冷地说:"我干什么关你鸟事!"

猪牯没有想到三癫子会如此回答他。他五官挤在一起的脸上掠过一丝不快,但是很快地恢复了正常。猪牯不急不恼,还是笑着用平和的口气对三癫子说:"三癫子,宋画师死了,画店镇公所收回来了,这锁还是我锁上的,我身为镇上的保安队长,你砸画店的门锁怎么会不干我事呢?"

猪牯的话让不少看热闹的人点头称是。猪牯和钟七最大的不同就是这个其貌不扬的人懂得讲道理,而不是和钟七那样吆五喝六仗势欺人。猪牯的笑脸在三癫子眼中变得那么的虚伪,三癫子扭过头,没有再和猪牯说话,而是继续举起了砍柴刀,朝铁锁劈去。三癫子连续劈了三下,才把那把铁锁劈开。

猪牯和围观的人目瞪口呆,他们眼巴巴地看着三癫子推开了画店的门走了进去。三癫子进入画店后,就把门关上了,反闩起来。

三癫子要干什么?

没有人能够解答这个问题。

猪牯缓过神来后,笑着对大家说:"散了吧,没有什么好看的。大家做自己的事情去吧。这事情我报告给镇长后再作处理。"

猪牯说完就朝皇帝巷走去。

猪牯没有去镇公所,一大早,他陪游长水去了一趟离唐镇十里外的九华庙,在那里进了头香,每年大年初一早上,游长水都要去九华庙里进头香,这成了他的习惯。回来后,他就开始睡觉。一路上,猪牯向游长水一五一十地讲了监视游武强的事情。他说游武强在张少冰家里喝了一晚上的酒,天蒙蒙亮的时候就背着一包东西离开了张家,朝西边去了。游长水听完他的讲述,长长地叹了口气:"唉,他怎么就这样没有出息呢,我也对他不薄呀,他怎么就如此仇恨我呢……"

游长水的问题猪牯根本就没有办法解决,那是他们的家事。

猪牯进入了逍遥馆。

他知道李媚娘也在睡觉。猪牯来到了北厢房春香的房间。

春香坐在梳妆台前抹泪。

她看到猪牯进来,赶紧用手帕擦了擦眼睛。

猪牯看了她一眼,躺在了床上,说了声:"好累呀!"

春香就爬到床上给他脱去棉袄和裤子,然后给他盖上了被子。猪牯缩在被窝里,牙关打战。他想让春香脱光了,用身体暖他的身体,但他没有这样做,一会儿被窝就会暖和起来的。春香坐在床沿上,面目凄凉,无所适从的样子。她长得十分纤秀,甚至可以说是娇小柔弱。她是李媚娘从很远的山区里专门为了猪牯买过来的,才十六岁。十六岁的春香在这个大年初一感觉到了从没有过的忧伤。

猪牯虽说每天都来逍遥馆里睡觉,但是他从来没有碰过春香的身子,这只有他们俩人才知道,而且猪牯交代过春香,一定不要把他们的事情说出去,谁问也不要说他没有碰过她。

猪牯躺在被窝里说:"春香,你不要哭,我知道你心里难过,这是你的命!"

猪牯实在太困了,躺下不久就打起了呼噜。

春香听着猪牯的呼噜声,眼泪像雨点般滚落。

她无法预知自己的未来。

眼前这个男人会给她带来什么,她也一无所知。

6

三癞子进入画店后,闻到了一股霉味。他对一切异常的味道其实已经没有感觉了。画店里有种东西让他心动。他沿着木楼梯,走上了阁楼,因为门窗都关着,阁楼上显得阴暗。还是那张床,床上的被褥没有人动过,还是宋柯生前用过的。三癞子走过去,站在床边,伸出手,去捏了捏被子,被子有些潮湿的冷。三癞子仿佛听到了某种细微的亲切的呼吸,他迟疑了一下,觉得被子里面伸出了一只手抓住了他。三癞子浑身通过一股热流,眼睛里散发出一股幽蓝的光芒……

7

大年初一这天晚上,猪牯被一个汉子叫醒了。他和那个汉子匆匆地离开了逍遥馆,来到了镇公所。汉子对猪牯说:"游镇长在书房里等你。"猪牯的脑袋一片昏糊,本来他想睡到大年初二早上的。他走出逍遥馆的时候,寒冷的风也没有让他彻底清醒过来。猪牯推开了游长水书房的门,一股暖烘烘的气息朝他涌过来,这种气息中包含着烟草以及腐朽的味道。

游长水面色凝重地坐在太师椅上抽着水烟。

他的脚边放着一个黄铜火盆,里面的炭火正旺。

游长水见猪牯进来,随手把水烟壶放在了书桌上。

猪牯走上前,轻声说:"游镇长,你找我有事?"

游长水叹了口气说:"傍晚的时候,县城里有人捎信过来,说出事情了。"

猪牯的心提了起来，迷糊的脑袋顿时清醒过来，小眼珠子发出了亮光："游镇长，出什么事了？"

游长水捋了捋胡须，说："猪牯，你坐，坐，我给你慢慢讲。"

猪牯站在那里，诚惶诚恐，不敢坐。

游长水的声音柔和起来："猪牯，坐吧。"

猪牯这才坐下，眼睛直直地注视着游长水清瘦的脸。

游长水说："猪牯，县城里的人捎来信儿，当时给凌初八行刑的那两个刽子手死了，说是和蛊毒有关。"

猪牯张大了嘴巴："啊——难道凌初八没有死，是她下的蛊毒？可是她分明被砍下了头的呀。"

游长水看着惊讶的猪牯说："这事情的确很蹊跷。听说，他们那死状，和我们唐镇的那些人一模一样，现在县城里都人心惶惶的，害怕蛊毒会出现在自己的身上。"

猪牯的喉咙特别干，还有一丝奇痒，想咳也咳不出来。

窗外刮过一阵冽风，风把窗纸弄得噼啪乱响。他们的目光里流露出惊恐的神色，仿佛有人会破窗而入。猪牯的手抓住了盒子枪的枪把。过了一会儿，游长水说："是风，别紧张！"

接着，游长水给猪牯讲了夜晚发生在县城衙门里的事情。

那两个刽子手是外乡人，过年了也没有回家，也不知道他们老家还有没有可以团聚的亲人。他们一个叫杜五，一个叫丁三。他们住在县衙旁边的一条巷子里的某个小屋里。大年三十晚上，这两个粗壮的汉子也弄了些酒菜，俩人吃了个年夜饭。吃完年夜饭，他们就到街上去看灯笼，各家各户的门口都挂着各种各样的灯笼，赏心悦目。他们在街上走着，走到了文庙门口，发现里面有戏班在唱戏，就进去看了会儿戏。看完戏出来，天上飘起了雪花，其实山里已经飘了一天的雪了。他们就回到了小屋里，他们养的那条大黄狗摇着尾巴把他们迎进了屋，屋里烧着炭火，十分温暖。午夜时分，县城里响起了开门接春的鞭炮声，他们从来不在这个时候放鞭炮的，来年会怎么样，他们从来不考虑。可他们听到喜庆的鞭炮声，还是十分感慨，就温上了酒，又喝了起来，边喝边讲些事情。他们讲的事情无外乎是杀人的事情。

丁三喝了口酒说："那年杀一个土匪，砍下了他的头，他还站起走了十几步才倒下，血从他的脖子上飙出来，倒下后血还往外飞溅，那土匪的血真旺呀。好长时间，我想起那个土匪，都睡不好，总觉得自己泡在他的血水里，浑身冰冷。"

杜五也喝了口酒说："我们杀了那么多人，什么人没有见过，我现在都麻木了。也不去想那么多了。好死不如赖活，能够活一天算一天了，也没有什么想头了。我们也不知道哪天会死在别人的刀下，像我们这样的人，是罪孽深重的人，死了也会下十八层地狱。"

丁三眼睛血红，他端起海碗，对杜五说："杜大哥，你说得有理，喝吧，喝一碗少一碗，我也早看破了，否则谁还干这营生！管他呢，怎么活也是活，怎么死也是死！"

杜五端起海碗，一口气把满满的一碗酒倒下了喉咙。

他们一直喝着，也不知道过了多久，他们养的那条大黄狗不见了。

此时，那条大黄狗正守在门口，它感觉到有什么动静，就从狗洞里钻了出去。这是一条忠诚的狗。天上还在飘着雪花，县城已经宁静下来。黄狗突然看到不远处的巷子口站着一个黑影。它朝那黑影吠了几声。那黑影没有因为黄狗警惕的吠声离开，而是鬼魂般飘忽过来。黄狗朝那黑影扑了过去，黑影突然扔过来一个什么东西，黄狗叼住了它。那是一块鲜美的肉，黄狗的警惕被那块肉击垮了，它三口两口地把那块肉吞进了肚子里。不一会儿工夫，黄狗就倒在地上，抽搐着呜咽了几声死去。

黄狗死后，一个白色的影子飘进了小巷里，来到了杜五他们的小屋前。黑影却站在那里，一动不动，僵尸一般。如果谁在这个时候出门，看到这个黑影，一定会吓得魂飞魄散。

杜五和丁三正喝着酒，突然响起了轻轻的敲门声。

他们相互对视了一眼，好像在向对方询问："谁会在这个时候敲门？"

轻轻的敲门声又响了起来。

他们都没有说话，杜五站起来，走到了门边。

杜五把右手放在了门闩上，但是没有打开门。

丁三也站了起来，从墙上取下了那把杀人用的鬼头刀，他把刀从刀鞘里抽出来，鬼头刀在油灯下散发出鬼泣神惊的寒光。丁三站在那里，面色冷峻，如果是来寻仇的人，他会用这把杀人无数的刀来保护自己。杜五回头看了丁三一眼，然后轻轻地打开了门闩，把门拉开了。冷风灌了进来，夹裹着雪花。杜五打了个寒噤。门外鬼影都没有一个。屋里的油灯突然熄灭了，一片漆黑。杜五感觉到有什么东西从他的身边进入了屋里，很快地又从他的身边飘走。丁三重新点亮油灯后，杜五在屋里屋外没有发现任何东西。

杜五骂了声什么，关上了门。

丁三把鬼头刀重新插入刀鞘之中，挂回了墙上。

虚惊了一场，他们重新坐回桌旁，端起海碗喝酒。他们刚刚喝完一碗酒，门外传来了两声女人的冷笑，他们就扑倒在桌子上……年初一的那天中午，有人去找他们，发现他们已经死了。死状十分骇人：他们俩的尸体浑身肿胀，肚子鼓得像个小山包，头脸肿得像谷斗，散发出褐色的油光，七窍流出黑色的污血，他们的嘴巴里还游出青色的花斑蛇……那人马上就报了官，验尸的人说他们是中蛊毒而死的。联想起前段时间被杀头的那个蛊女凌初八，县城里的人纷纷恐惧起来，难道凌初八复活了，来到了县城……

猪牯在游长水不紧不慢的叙述中，早已经毛骨悚然。

游长水讲完后，猪牯颤抖着说："游镇长，她会不会回到唐镇来？这可是我们去县城里报官抓她去杀头的呀！"

游长水拿起水烟壶，深深地吸了口烟说："叫你来，就是商量怎么防患于未然。现在不管凌初八是不是还活着，我们都不能掉以轻心，一定要做好防备工作。你们保安队要负起重任了，养兵千日，用在一时，你要带领保安队加强镇公所以及镇上的保卫工作，如果发现什么可疑的人，你可以先斩后奏，不能让放蛊之人有任何可乘之机。"

猪牯连连点着头说："我一定按照游镇长的吩咐去做，游镇长，你如此抬举我，我不会辜负你的！"

游长水吐了口浓烟说："逍遥馆你也要保护好！"

猪牯笑着点头："那一定的，一定的，我心里有数！"

游长水微微一笑："有数就好，你的确比钟七会办事，看来我游某没有看错人！好了，你去安排吧！"

猪牯站起身告辞，走到门边又折了回来，说："游镇长，还有一件事情我要向你报告。"

游长水说："什么事情，你就说吧。"

猪牯抽了抽鼻子说："三癞子把画店的锁敲了，占了画店，你看——"

游长水笑笑："这事情我知道了，这个人也可怜，这样的冷天也没有个安身之所，那土地庙里也四面透风，就让他先住着吧，等过完年，到县城里请来画师后再说吧！"

猪牯说："游镇长真是菩萨心肠，慈悲为怀！那我走了！"

游长水淡淡地说："走吧！"

猪牯走到门口时，听到游长水在自语自言："宋柯是多么好的一个画师呀，可惜了一个人才，到哪里才能找到像他一样的画师……"

8

三癞子在昏昏沉沉中听到有人在喊他的名字。他睁开眼睛，画店的阁楼里伸手不见五指。他浑身湿漉漉的，全是冷汗。有股腥味在阁楼里飘来荡去。他伸手摸了摸自己的腹部，微微地鼓着。他想起了那刻骨的疼痛，双手微微发抖。他断定凌初八没有死，就是死了，她的魂也还在人间飘游。三癞子虽然对那白影十分恐惧，可他想到她说的那句话，心里就稍稍地安定了些。那白影对他说过这样的话："只要你听我的话，你肚子里的蛇就会安静，否则，它会咬断你的肠子，吃掉你的肝和肺！"

"宋画师给我画的像呢？"三癞子脑海突然闪过这个念头。

他思考了一会儿，得出了这样的结论：那幅有颜色的画像还在他躺过的那个墓穴里。三癞子担心起那幅画像的安危。他从床上猛地坐了起来，大口地呼出了一口气，黑暗中，他感觉到了某种呼唤。他心里说："我一定要拿回那幅画，我人在画在，人亡画也要在！"

三癞子下了床，摸索着走下了楼梯。

他打开画店的门，贼一般把头伸了出去，唐镇的小街上冷冷清清，空无一人，只有每家每户门口挂着的红灯笼在冽风中摇晃。三癞子走出了画店的门，然后把门关上。他像个鬼魂般穿过唐镇的小街，朝西边走去。他根本就不清楚，他孤独的身影穿过小街时，有双眼睛在某个隐蔽的地方窥视着他。

三癞子走上河堤时，迎面走来一个人。

那人看到三癞子就朝他扑了过来，把他按倒在雪地里。

三癞子挣扎着说："你是谁？"

那人粗声粗气地说："杂碎，连你爷爷游武强也不认识了？"

三癞子喘着气说:"你蒙着头脸,我怎么知道你是人是鬼!"

游武强掐着三癞子的脖子说:"你是不是希望我死,然后变成鬼?"

三癞子艰难地说:"游武强,你干脆把我掐死吧,我早就不想活了,我倒希望我自己变成鬼!"

游武强放松了掐住三癞子脖子的手,叹了口气:"看你也是个可怜的人,我今天就饶了你,但是,你要答应我一个条件。"

三癞子长长地吐出了一口气:"什么条件?"

游武强说:"你不能告诉任何人,说我回来了!"

三癞子说:"游武强,我为什么要告诉别人我看到你回来了呢?"

游武强冷笑了一声说:"谅你也没这个胆!"

说完,游武强放开了三癞子,站起身,头也不回地朝唐镇摸索而去。三癞子借着雪光,看着游武强的背影消失在自己的视线之中,心里说:"游武强回来干什么呢?他会不会再做出什么让唐镇人吃惊的事情?他刚才为什么不把我杀了呢,被他杀了,那该有多好!"

三癞子走上了河堤……他来到了五公岭的乱坟坡上。

乱坟坡上大大小小的坟包被雪覆盖,那些枯黄的野草也被雪覆盖着。那些坟包的后面似乎隐藏着什么三癞子看不到的神秘东西。唐镇除了少数的几个人有胆在夜晚来这里之外,如果随便把一个人放在这里,风吹过来的声音就可以把他吓破胆。在唐镇人眼里,这里是野鬼出没的地方,是个不祥之地。

三癞子深一脚浅一脚地行走着,寂寞的风在他耳边呼呼掠过。他来到了那个墓穴旁边,墓穴里积着雪。三癞子爬下了墓穴,他感觉自己整个人阴暗起来,闻到了死亡的气息。他想重新躺在这里,等待死亡。可随着他这个念头的产生,腹部就隐隐作痛。女人的冷笑声也从远方隐秘地传来。三癞子浑身颤抖,很快打消了那个念头。他弯下腰，双手在墓穴的积雪上扒拉着。他的手触摸到油画画布时，心里一阵狂喜，那张有颜色的画像还在。

三癞子取出画像，拍掉上面的积雪，卷了起来，然后拿着画像爬出了墓穴。

离墓穴不远处宋柯的坟墓上升腾起一股烟雾。

那股烟雾朝三癞子飘过来，三癞子根本就没有发现那股烟雾，他只是拿着画像往回走着。

那股烟雾很快地追上了三癞子，被他的后心吸了进去。三癞子突然停止了脚步，呆呆地立在那里，此时，风也停了，乱坟坡上一切都静止下来。他听到了一声悠长的呼吸声。那悠长的呼吸仿佛来自他的身体内部。三癞子愣了一会儿，他不知道发生了什么事情，失去了知觉。他就那样站立了一会儿，才恢复了知觉，继续往唐镇方向走去。

三癞子走入唐镇小街时，那双眼睛又在隐秘处瞄上了他。

三癞子走到画店门口，正要推开画店的门，他听到了一声哀号。他回过了头，看到胡二嫂的家门洞开着，胡二嫂瘫坐在门口的鹅卵石街面上看着他。三癞子看不清她的眼睛，但是他可以感觉到胡二嫂的眼睛里在流着泪。三癞子被自己的这种感觉感动了。他把画像放进了画店里，然后走出了画店，朝胡二嫂走去。

三癞子来到了胡二嫂身边，弯下了腰，把她抱了起来。以前健硕的胡二嫂现在瘦得皮包骨头。三癞子毫不费力地把轻飘飘的胡二嫂抱进了她家里。他把她放在了床上，透过油灯暗红的光亮，三癞子看到了胡二嫂红肿得烂桃子般的眼睛里噙着泪珠。三癞子叹了口气就转身要走，他听到了哭声。三癞子回过了头，看到胡二嫂脏污的脸扭曲着，浑身抽搐地哭着，泪水流淌下来，在她脸上冲出了两条泪河。

此时的胡二嫂一点也不疯，看上去只是一个伤心的可怜女人。

三癞子的心被某种东西击中，顿时柔软异常。

三癞子沉重地说："可怜的胡二嫂，你需要我做些什么？"

胡二嫂没有说话，只是抽泣着，目光中似乎包含着某种期望。三癞子闻到了她身上散发出的臭味。她身上的臭味让三癞子产生了一个想法。他不知道该不该实施这个想法。胡二嫂还是那样可怜巴巴地望着他，还是抽泣着，仿佛用这种方式在向他倾诉。

在唐镇这个地方，胡二嫂还能够向谁倾诉？

谁又能够接受她的倾诉？

三癞子默默地走到门边，把胡二嫂的家门关上了，他没有选择离开，而是留在这里实施他的想法。

三癞子走进了胡二嫂的厨房，把那口大锅刷干净，从水缸里把水舀进了锅里。干完这些事情，他就开始生火。灶膛里的干柴很快燃烧得旺盛。火光映红了三癞子丑陋的脸。三癞子坐在灶膛前的小木凳上，不停地往里面添柴。胡二嫂坐在床上，已经停止了抽泣，呆呆地望着灶火正旺的厨房门。

水终于烧开了。

三癞子找了个洗澡用的大木盆，搬到了胡二嫂的卧房里。

三癞子把一大桶开水倒进了木盆里，然后又加了些凉水，调到合适的温度后，他对胡二嫂说："二嫂，你洗个澡吧，你已经很久没有洗澡了吧！"

胡二嫂坐在那里一动不动，眼睛里的泪水又流淌下来。

三癞子走上前，把她的衣服一件一件地脱下了，最后脱得一丝不挂。

胡二嫂的肉体一览无余地呈现在三癞子的眼前。胡二嫂一动不动，没有挣扎，只是流着泪。胡二嫂的确瘦得不成样子了，两只干瘪的奶子耷拉着，像两个破口袋，她的身上就剩下皱巴巴的一层皮。只是那肚子鼓鼓的硬硬的，仿佛里面装着一个圆圆的石头。鼓起的肚子上可以看到一条条蚯蚓般的青筋……三癞子的眼中一丝邪念也没有，只有一种忧伤。

他把一丝不挂的胡二嫂抱进了木盆里。

三癞子也许从来没有给一个女人洗过澡。他的手有点笨拙，却显得十分有耐心，就像他挖墓穴那样充满了耐心。他从她脏乱的头发开始，一直洗到她的脚趾……他从她的身体上搓下了许多脏污的黑泥，这没有使三癞子恶心，但是，他看到胡二嫂泡在热水里的鼓鼓的肚子有一条蛇状的东西突出来，蠕动着的时候，三癞子浑身颤抖起来。他知道，胡二嫂的肚子里有让她疯癫的可怕的东西。他没有办法消除那可怕的东西。

在三癞子给胡二嫂沐浴的时候，有一双眼睛从门缝里往胡二嫂的家里窥视着，他看不到卧房里的情景。

出浴后的胡二嫂脸上有了点血色，尽管她的嘴唇是那么的寡淡。

三癞子找出干净的衣服，给她穿上了，然后把她放平在床上，轻轻地对她说："二嫂，你好好地睡上一觉吧。你忍着，我会想办法给你治这疯病的！"

胡二嫂眼泪汪汪地看着他，嘴唇微微颤抖。

她好像要说什么，却没有说出来。

三癞子朝她笑了笑。

他相信自己的笑容一定很难看，可他只能够这样了。他没有办法对胡二嫂做出什么更加亲昵的举动。

胡二嫂躺在床上，三癞子给她盖好了被子。

三癞子把木盆里的脏水泼掉后，就把木盆搬出了胡二嫂的卧房。

三癞子想，今天晚上，他也要好好地洗个澡了，他也不知道自己有多久没有洗澡了。

他知道，自己洗澡的时候，鼓起的肚子上同样也会出现那条蛇状的东西，那是他这一生最恐惧的东西。

三癞子做完这一切，走出了胡二嫂的家门，他把胡二嫂的家门在外面上了锁，这样，她就不会在夜晚出来了。三癞子走到画店门口，听到了胡二嫂家里传来一声撕心裂肺的尖叫，然后传来了胡二嫂呼天抢地的哭喊声，哭喊声悲凉而又凄惨，让人心碎……他没有再回胡二嫂的家里去，而是推开了画店的门。

9

大年初三这天，出了太阳，阳光把连日来的阴霾一扫而光。太阳出来后，山上山下的积雪开始融化。唐镇的小街上，变得湿漉漉的，到处流淌着雪水，每家每户的屋檐上滴滴答答地落下洁净的雪水。尽管晴天丽日，可融雪的日子比下雪时还寒冷，来唐镇走亲戚的人们都穿得厚实，而且缩手缩脚。

街上十分热闹。

屠户郑马水在这天就开始卖他的猪肉了，满打满算，他也没有休息三天。用他的话说，现在卖猪肉才赚钱，肉价高，而且买新鲜肉的人多，这个时候卖一天的猪肉比平常时节要多赚一倍的钱。郑马水也觉得今天特别冷，他把两只手插到了棉袄的袖管里，不停地抽动着鼻子，还时不时用袖子擦流下来的清鼻涕。

郑马水坐在案板后面，不时对经过猪肉铺的人说："新鲜肉，早上刚杀的猪，来割点回去招待拜年客——"

有些人就会过来，挑上一块好肉买走；也有些人只是朝他笑笑，扬长而去。

郑马水看到一个女人朝他这边走来时，警惕地睁大了眼睛。

那个女人就是和他相好过的余花裤。

余花裤一摇三晃地走过来，尽管她穿着棉袄，可郑马水还是可以感觉到她胸前两坨大奶子的颤动，想当初，郑马水就是被她的两个大奶子迷惑，才和她相好的。余花裤是个填不满的无底洞，为了她，郑马水自己的家也快维持不下去了，好在他醒悟得早，和她一刀两断了。

现在，郑马水的目光落在余花裤的胸脯上，犹如屎壳郎黏在了狗屎上，他的心还是波动起来，喉咙里滑下去一口唾沫。余花裤走近猪肉铺，停下了脚步，两眼瞪着他，冷笑着说："郑马水，你是不是还想吃老娘的奶呀！"

郑马水把目光收了回来，往别处看去，装出一副爱理不理的样子，其实他的心里还是痒痒的。

余花裤又冷笑了一声说："今天是大年初三，我不骂你！可我要对你说，馋死你这个喂不饱的狗东西！"

余花裤扭着肥硕的大屁股走了。

郑马水的目光又黏了上去，直到她消失在他的视线中。他本来想叫住她，给她一块猪肉的，可他还是没有叫出声来。郑马水从袖筒里抽出手来，往自己的脸上扇了一记耳光，恶狠狠地对自己说："郑马水，你真没有出息！"

这时，猪牯挎着盒子枪走过来，笑着对郑马水说："马水老兄，你打自己干什么呀？"

郑马水见到猪牯，满脸堆起了笑容："猪牯队长，我刚才在拍苍蝇呢！"

猪牯笑出了声："鬼话！这么冷的天，哪来的苍蝇呀！"

郑马水尴尬地笑笑："玩笑，玩笑！"

郑马水弯下腰，从案板底下的箩筐里掏出一个猪腰子递给猪牯："这个猪腰很多人想要我都没有给，专门留给你的！"

猪牯笑着瞥了一眼郑马水手中的猪腰子，说："郑马水，你以为我是钟七呀？告诉你吧，我用不着这个东西，谁想要你就给谁吧！实在不行，你自己留着吃吧！不过，我还是要感谢你。"

郑马水听了猪牯的话，脸一阵红一阵白。

猪牯笑着离开了。

猪牯走后，三癞子走过来了。

郑马水看到三癞子，吃了一惊。三癞子在他的眼中变了一副模样，这简直就是太阳从西边出来了。要不是他亲眼看到三癞子如此模样，打死他也不会相信三癞子会有如此大的改变。三癞子已经不是原来那个蓬头垢面的三癞子了，他的头发显然是理过，梳得十分齐整，穿着一件灰布长衫，脚下蹬着一双新布鞋。人靠衣装马靠鞍，三癞子的这身打扮，让人觉得他那张五官挤在一起的丑陋的脸也不是那么难看了，他的眼睛里还有了一种从来没有过的神气。

郑马水怎么也不敢相信自己的眼睛，这不是死去的宋柯宋画师的扮相吗？事实上，三癞子穿的灰布长衫，的确是宋柯留下的遗物，只不过三癞子让人改短了些，因为宋柯的个头要比他高。可是，更让郑马水惊讶的是，三癞子此时的举手投足间，都十分像宋柯的做派。不光是郑马水觉得奇怪，唐镇的所有人看到三癞子都会呆呆地注视着他。

对于别人投来的疑惑的目光，三癞子无动于衷。他走到郑马水面前，平静地对郑马水说："给我割一块肉吧！"

要是往常，郑马水会用鄙视的目光瞪着他，爱理不理，甚至会说出一些伤人的话语。今天却不一样了，郑马水脸上堆着笑问他："你要哪块？"三癞子指了指一块三花肉说："就这块吧，给我割一斤。"郑马水一刀下去，称都不用称就用湿稻草捆好递给了他："放心，这一斤肉只会多不会少！"一手交钱一手交货，三癞子提着猪肉走了。郑马水看着他的背影出神："这到底是怎么了，哪个地方出了问题？"

又有人走过来对郑马水说:"马水,你知道吗,三癞子和胡二嫂那个疯婆子搭伙了!"

郑马水张大了嘴巴:"啊——"

这世间的事情,谁又能够预料得到呢?就像在这个晴天里,游武强在山里遇到的神秘事情一样。

10

游武强这几个晚上都会在深夜里悄悄地潜入唐镇,每天晚上,张少冰都会给他准备好酒菜,等他回来。每天,天亮之前,游武强就会离开唐镇,回到山林里去。他不想让别人知道他回到了唐镇,因为那样会给他或者张少冰带来很大的麻烦。他很清楚,钟七家族的人饶不了他,甚至他的亲叔叔游长水也会对他不利,他毕竟做下了那样在唐镇人眼中不仁不义的事情。大年初三这天,天蒙蒙亮的时候,他离开了张少冰的家,往西边摸去。快到河堤的时候,他发现有人在后面跟踪,他从腰间拔出了那把刺刀,回转过身,低沉地喝了声:"谁——"没有人回答他,他知道那人就躲在一棵苦楝树的后面。游武强不知道那人是谁,他没有跑回去找那个人,而是撒开腿,狂奔而去。游武强明白,他回唐镇的事情已经败露了。他想到了三癞子,可他不相信三癞子会出卖他。

游武强在沈文绣死后,逃进了深山里。他像野人一般在深山里穿行,刚开始时,他想去投奔土匪陈烂头。游武强从山里人的口里得知陈烂头的一些信息后,就会到他出没的那片山林里去寻找,陈烂头却像风一般,来无影去无踪,游武强怎么也找不到他。这让他十分的懊恼,难道想当土匪也当不成?无奈他只好在深山老林里乱窜,希望自己乱窜的过程中能够碰到陈烂头。

大年初三这天,游武强离开唐镇后,在正午时分,闯入了黑森林。

这些日子以来，游武强都在离黑森林还有十里地的乌石崟山林的一个茅草屋里藏身。今天走进黑森林完全是一种偶然，他自己也弄不清楚有种什么力量把他推向了黑森林。

黑树林里厚厚的积雪以及树挂还没有开始融化，纵使这是个阳光灿烂的晴天。这里的温度要比唐镇低很多。游武强在森林里穿行，有时双脚会陷入雪下松乱的枯叶中，那些开始糜烂的枯叶黏在他的鞋底，令他步履艰难。斑驳的阳光从树林的缝隙中漏下来，偶尔晃得游武强睁不开眼睛，黑森林里由来已久的阴郁像顽症一样存在着，挥之不去。

肯定有一种无形的阴暗的力量在控制着游武强。

往往那些无迹可寻的东西是最难以掌控的，或者说是最危险的。

他贸然地进入黑森林，是不是一种冒犯？游武强没有想到这些，他甚至没有感觉到什么不妥和危险。在他的思想里，活着就是冒险，包括战争，包括爱情，包括吃饭……那些都是危险的一部分。游武强在黑森林里穿行的过程中，突然听到了一种声音。

他相信那种古怪的声音是从一个女人的口中发出的。

那声音却像鸟的叫声。

有一个女人在黑森林里用鸟的语言在说话？

这是大年初三，基本上所有的山民都在家接待客人，或者去走亲戚，除了他游武强或者是土匪陈烂头，不可能有人会闯入神秘的黑森林里。就是在平常的日子里，也没有什么人敢进入黑森林，传闻这里有许多令人恐惧的东西，比如会流血的树突然会朝人倒下，把人压死后吸干人身上的血；比如在森林深处会突然传来孩子的哭声却找不到孩子的踪影，等你发现那是一个圈套时，你已经在黑森林里迷路了，再也走不出去了，许久后，就成了某棵树下的一具白骨，有蛇会从骷髅的眼睛里溜出；比如那些瘴气，也会莫名其妙地夺去人的生命……游武强是个胆子很壮的男人，可还是有些害怕，但他对那女人的鸟语产生了强烈的好奇，于是循声而去。

游武强觉得自己离那声音越来越近，一种莫名的紧张情绪在他身体里蔓延。

树上的积雪会突然掉落，砸在他破旧的军帽上，游武强的心就会颤抖。

游武强看到了一个女子，年轻的女子。

是的，那是一个年轻的女子，也就是十七八岁左右。她穿着一身白色的衣服，像是在给谁守孝。她的脸雪一样白，阳光打在她脸上，发出惨白的光芒，看上去那么的不真实。年轻女子站在森林中的一块空地上，手舞足蹈，口里发出鸟一样的叫唤声，她仰着脸，双眼注视着天空。

游武强躲在一棵老松树的后面，偷偷地窥视着她。这个年轻女人一定不是唐镇人，他从来没有见过这个女子。游武强听不懂她的话，也不知道她这样做是为了什么。游武强的目光也朝天空望去。

游武强愣住了。

那块林中空地的上空竟然有一条龙和一只凤凰在嬉戏。龙是一条青龙，凤凰是金色的凤凰。

游武强情不自禁地"啊——"了一声。

年轻的白衣女子听到了游武强的叫声，她的目光朝游武强藏身的地方掠过来，犹如一道闪电。游武强的眼睛被闪电灼伤了，赶紧闭上了眼，收回伸出树干的头，躲在了松树后面。这个年轻女子一定不是平常之人，游武强心想。他异常吃惊和恐慌，就是在血与火的战场上，他也没有如此恐慌过。

年轻女子口中发出几声尖厉的叫声，天空中的金凤凰和青龙落了下来，她伸出双手接住了它们，金凤凰落到她的手中变成了一顶斗笠，青龙变成了一根竹扁担。年轻女子又朝游武强藏身的地方张望了一下,然后一闪身进入了森林里,刹那间就不见了踪影。

那块林中的空地恢复了死一般的宁静。

游武强再一次从松树后面探出头时,林中空地上什么也没有了。他走了过去,发现林中空地的雪地上干干净净,除了他走过去时踩出的脚印,没有任何其他人的脚印,仿佛那个年轻女子从没有来过。

游武强倒吸了一口冷气。

天好像阴了下来,黑森林变得更加阴郁。

游武强浑身打了个激灵,彻骨的冷漫上了他的全身。

11

夜晚降临后,三癞子走出了画店的门。小街上传来猜拳行令的嘈杂声,米酒的香味也随风飘荡。还有鞭炮的声音时不时在某家人的门口响起,那是孩童在节日里的嬉闹。湿漉漉的鹅卵石街面在红灯笼的映照下,呈现出冷冷的亮光。小镇人家的屋檐上还在滴落融化的雪水,但没有午后那么厉害了,融化的雪水渐渐地凝成了冰,屋檐上也出现了长短不一的冰溜子,水滴就从冰溜子上缓缓落下来。晚些时候,气温下降后,那些水滴也会凝固,和夜色一起沉静下来。

三癞子闻到米酒的香味,抽动着鼻子,那是让人迷醉的香味。

三癞子走到了胡二嫂的家门前,从长衫的兜里掏出了钥匙。这一天,他买完猪肉送到胡二嫂家里后,就在画店的阁楼里沉睡,没有听到胡二嫂的尖叫和哭泣以及胡言乱语,她只有疯病发作后才会那样失常。他一直把胡二嫂锁在家里,生怕她跑出来发疯去屎尿巷吃屎作践自己。三癞子打开了胡二嫂的家门,发现胡二嫂坐在厅堂里,她憔悴的脸在飘摇的油灯下泛出一种淡蓝色的光泽。三癞子把门闩上了,平淡地说:"二嫂,你饿了吗?"

胡二嫂冷冷地看着他,脸上没有任何表情,也没有回答什么。

三癞子还是平淡地说:"二嫂,你一定饿了,我这就去给你煮饭。"

胡二嫂还是冷冷地看着他。

三癞子走进了厨房,忙活起来。约莫过了半个时辰,三癞子把饭菜做好了,端到了厅堂里,放在了四方桌上。他烧了个红烧肉,煎了两个荷包蛋,炒了个小白菜,还烧了个豆腐汤。三癞子盛了碗饭放在了胡二嫂的面前,轻声说:"二嫂,你吃吧,我烧的菜不一定好吃,你就将就点吧!"

胡二嫂迟疑了一会儿,双手颤抖地端起了碗拿起了筷子,低下头,大口大口地吃起饭来,三癞子丑陋的脸上露出了难得的笑容。在三癞子眼中,胡二嫂这个时候才像个正常的人,因为她有了吃食的欲望。在胡二嫂疯癫后的日子里,她都是靠镇上的一些好心人随便给她点吃的维持她这一条烂命,很多时候,她会到屎尿巷的茅坑里抓屎吃。三癞子把肉和菜夹起来,放在她的碗里,轻声地说:"二嫂,你慢点吃,吃出味道来。"

胡二嫂吃着吃着,两串泪珠掉落到饭碗里。

三癞子也用手背擦了一下眼睛。

胡二嫂吃得差不多了,三癞子才从厨房的锅里取出锡制的酒壶,酒壶里装着已经温热了的米酒,厨房里弥漫着米酒的浓香。三癞子端着酒壶回到了厅堂里,满满地给自己倒上了一碗酒,闻着酒香,三癞子的口水都快流出来了。他端起碗,深深地喝了一口,心满意足地吞咽下去。

胡二嫂的眼睛里还含着泪水,她注视着眼前这个丑陋的人,嘴唇颤动着,什么话也说不出来。

三癞子喝完了一碗酒后,脸色渐渐地变了。他的双手突然捂住了肚子,眼睛里出现慌乱恐惧的神色。他的牙关打战,脸部的肌肉抽搐着,十分痛苦的样子。三癞子肚子里的那条蛇被他喝进去的酒唤醒了,在他的肚子里钻来钻去,仿佛用尖利的牙撕咬着他的五脏六腑。三癞子在这个寒冷的夜晚,痛得冒汗,他身体抽搐着倒在了地上,翻滚着,嘴巴里发出嗷嗷的惨叫声。

胡二嫂坐在那里,浑身发抖,她伸出颤抖的双手,企图去抓地上蜷曲着乱滚的三癞子,可她怎么也站不起来,两腿柔软无力,瘫了似的。

三癞子挣扎着站起来,走到门边,打开了门,踉跄着走出去。在疼痛的过程中,他记起了白衣女人的那句话:"你只要听我的话,我让你做什么你就做什么,我保证你不会发作的!但是,你要记住一点,千万不能吃酒,吃酒后,你也会发作的!"

三癞子蹲在了街旁,一手死死地抓住肚子,把另外一只手的中指插进了喉咙。他的手指在喉咙里用力地抠着。紧接着,三癞子猛烈地呕吐,他要把喝进去的米酒都吐出来。三癞子吐出来的秽物奇臭无比,他已经闻不到那臭味了。三癞子一次一次地把食指伸进喉咙里抠,喉咙已经抠出了血,每抠一次,就会吐出一些秽物……最后,他什么也吐不出来了,喉咙也肿起来,叫都叫不出声了。当他感觉肚子的疼痛得到缓解后,他听到了胡二嫂的惨叫声。

他重新回到了胡二嫂的家里,看到胡二嫂也躺在地上,双手抱着肚子,蜷曲着在地上翻来覆去。她的疯病又犯了!已经无力了的三癞子不知道从哪里获得了力量,他扑过去,抱住了胡二嫂,焦虑地说:"二嫂,你怎么啦?怎么啦?"

胡二嫂口里吐着白沫,断断续续地说出了话:"三、三癞子……我、我……看你痛……不、不忍心……我也、也喝了一口、口酒……我要、要、要和你,你,一起痛、痛……"

三癞子的眼睛一热,心里说:"胡二嫂,你怎么这样傻呀,你的疯病本来随时都会发作，你怎么能够喝酒呢，我疼痛和你又有什么关系呢？"

他把食指插进了胡二嫂的喉咙，企图让她也把酒吐出来。胡二嫂却一口把他的食指咬住了。三癞子好不容易把食指从她嘴巴里拿出来，食指已经有了一圈深深的牙印，还渗出了血。

不一会儿，胡二嫂进入了疯狂的状态，拼命挣扎着，嘴巴里不停地说着含混不清的话语。三癞子毫无办法了，只好找了一条麻绳，把她捆绑起来。然后，三癞子把她抱起来，放到了卧室的床上，给她盖上了被子。三癞子呆呆地站立在床头，浑身冒着汗。

过了一会儿，他离开了胡二嫂的家，锁上了她的家门。

这个晚上，胡二嫂的惨叫声一直折磨着三癞子，也一直折磨着她的左邻右舍。三癞子在这个晚上，整夜没有合眼，他希望那个白衣女人出现，可到天亮也没有等来她的诡秘身影。三癞子不知道还会发生什么令他恐惧的事情，也不知道自己什么时候才能死去，只有死了，才能够脱离痛苦和恐惧。在这个夜里，还有另外一个人，同样也在经受着恐惧的折磨。

12

午夜时分，一顶轿子抬进了镇公所。轿子进入镇公所后，镇公所的大门很快就被关上了。从轿子里走下一个瘦高的人，穿着一身长棉袄。猪牯对他笑着说："张先生，请，游镇长在书房里等着你呢！"张先生点了点头，跟在猪牯后面朝里面走去。

游长水在抽着水烟，面容十分的焦虑，这两天来，他一直担心自己会莫名其妙地死于蛊毒。因为是他接到三癞子的信息之后，让猪牯去县城里报告警察局下来抓走凌初八那个蛊女的。原本他想，只要凌初八死后，就没事了，没有想到还会发生这种事情，那两个刽子手的死，给他敲响了警钟，也让他这两天心里充满了恐惧，特别是在这样的深夜里，仅仅两天时间，他苍老了许多，眼睛也深陷下去了。游长水听说在离唐镇几十里外的樟树镇有个神人，对蛊术有防御之法，就派人花重金去把他请来。游长水心神不宁地想着，那个神人怎么还没有到，这时，书房外面响起了敲门声。

游长水现在是草木皆兵，他厉声说："谁——"

门外传来了猪牯的声音："游镇长，我是猪牯，张先生来了！"

游长水心中的一块石落了地，猪牯他们的到来有效地缓解了他紧张的情绪。他来到门边，打开了门。

猪牯对张先生说："这就是我们的游镇长，请进——"

游长水脸上露出了不太自然的笑容，右手做出了一个迎接客人的姿势："张先生，请进——"

张先生也笑了笑："幸会，幸会！"

游长水赶紧给进入书房的张先生让坐，张先生也不客气，大大方方地坐在了那张太师椅上。游长水心想，看样子，这个张先生是个见过世面的人，说不定还真有些本事。猪牯很识趣地笑着对游长水说："游镇长，您还有什么吩咐？"游长水朝他挥了挥手说："去吧，晚上当心点！"猪牯明白他话中的意思，点头哈腰地退了出去。

不一会儿，一个女仆端上了一杯茶，放在了张先生旁边的八仙桌上，然后退出了书房。游长水把书房门插上了闩，坐在张先生的对面，笑着说："张先生辛苦了！"

张先生呷了口茶，微笑着说："哪里，哪里！让游镇长久等了，我心中有愧呀！要不是在路上碰到了剪径的土匪，应该早就到了，好在那个叫陈烂头的土匪见我身上也没有什么油水，没有对我怎么样，总算躲过了一劫。"

"陈烂头？对了，你们是在哪里遭劫的？"游长水听到陈烂头这个名字，心又提了起来，可以想象陈烂头对他构成了多么重要的威胁，陈烂头在某些阶段，也令他寝食难安。

张先生还是微笑着说："是在乌石崇的山口。"

"哦——"游长水一阵心惊肉跳，乌石崇离唐镇并不远，看来陈烂头又开始在唐镇的周边活动了，他会不会潜入唐镇来呢？

游长水问道："那个拦路抢劫的人真的是陈烂头？"

张先生点了点头。

游长水又问："你看清他的面目了？"

张先生摇了摇头说："没有，我们都没有看清他的模样，只听到他从林子里传出来的声音，让我从轿子里下来，和轿夫一起背过脸去，不能回头看他，谁回头就要打死谁。我们都不敢回头，他出来后就把我们的眼睛蒙上了，搜我们的身，发现没有什么东西可抢，就回林子里去了。他的声音听上去十分洪亮。"

游长水"哦——"了一声。说实话，土匪陈烂头长得什么样子，游长水一无所知，唐镇上的人没有人能够准确地说出陈烂头的长相，那些挨过陈烂头抢的人都不愿意说出他的模样来。就是游长水在唐镇的街上和陈烂头面对面相遇，他也不会知道他是谁。

张先生似乎看出了游长水心中的恐慌，慢条斯理地说："游镇长心里好像有事？"

游长水心想，我没有事情找你来干什么？他说："张先生，你的眼光真毒呀！是不是我心里想什么，都会被你看穿？听说你算命测字、看风水，样样精通呀，我十分敬仰你这样的活神仙，所以才把你请过来，向你请教一些问题。"

张先生的眼珠子转了转说："过奖，过奖，江湖上的传闻不足信，本人只不过学习了一些雕虫小技，不足为奇，不足为奇！"

游长水捋了捋胡须说："张先生太谦虚了，太谦虚了！"

张先生觉得再这样寒暄下去也没有什么意思，就单刀直入了：

"游镇长，你有什么问题，就尽管说吧，我尽我所能给你解答。"

游长水也没有再客气，把凌初八的事情以及县城两个刽子手的死一五一十地告诉了他。张先生听完后，明白了游长水的心思。张先生端起茶杯，呷了口茶，把茶杯轻轻地放回了桌子上，笑了笑说："蛊术这东西自古到今，在我们这个地方流传了上千年，这的确是让人头痛的事情。如果习蛊者和你有了仇恨，她们会千方百计地对你下毒手的。这些人害人的手段可谓千奇百怪，防不胜防呀！要防止她们向你施毒，那简直是不可能的事情，你让再多的人守卫你，无论你怎么小心提防，都无济于事。"

听了张先生的话，游长水心里发凉，难道这个名声响当当的活神仙也是徒有虚名，他甚至后悔派人去的时候就把钱给了张先生，可不先给钱，张先生是不会来的，这是他自己立下的铁的规矩，哪怕是县长请他，也是这样，没有什么好讲的。游长水端起了黄铜水烟壶，咕噜噜地吸了一大口烟。

张先生知道他心里在想什么，像游长水这样的人，他见得多了。张先生微笑着说："不过——"

游长水的眼睛一亮，仿佛看见了一根救命的稻草："不过什么？"

张先生说："不过，如果真中了蛊毒，也还是有办法的。前些年，我看过一个中蛊的人，都快死了，脉都摸不到了，就剩下一口气吊在那里。幸亏他的家人找到了我，我过去一看，就知道中的是蛊毒，马上写了个方子，让他家人把药买来，吃下去过了两个时辰，病人就坐起来，吐出了一脸盆污秽之物，然后马上就可以下地走路，什么事情也没有了。"

游长水睁大眼睛："这么神？"

张先生微笑着说："我这个人从来都不习惯吹嘘自己，信我者就信，不信我者，我也不怪，人家不信你，你总不能把刀架在他的脖子上逼他信吧！凡事都是一个缘分，有缘分的人，总会有交集，没有缘分的人，相逢在一起也无所作为。"

游长水说："我相信你，要是不信，我怎么会派人去请先生呢！"

张先生的微笑像是画在脸面上一样，怎么也消退不去："游镇长，看来我们还真是有缘分，这样吧，我给你留下一个方子，如果有什么意外，你赶紧把方子里的药按我给你的方法吞服，应该不会有问题的了！"

游长水连声说："好，好，好！"

游长水赶紧把纸笔放在了他的面前。

张先生在纸上写了起来。

游长水看到了这些熟悉的药材的名称：雄黄、蒜子、菖蒲……张先生的字写得真是不错，遒劲有力。张先生说："游镇长，今天我看就到这里了，我也累了！"

游长水说："好，好！客房已经准备好了，一会儿吃点点心，你就去休息吧！真是太劳神你了！"

张先生说："游镇长，你不必客气，我是得人钱财，为人消灾！对了，我看我们还真有缘分，我还想对你说个事儿，不知道当讲不当讲？"

游长水说："张先生，你尽管开口！"

张先生微笑着端详了一会儿他的脸，然后说："游镇长，你要提防小人作祟呀！"

游长水说："此话怎讲？"

张先生说："我话已到此，你自己多注意点就是了。"

……

游长水拼命地奔跑，在一个陌生的地方奔跑，他不知道这是什么地方，一片漆黑。风呼呼地从他的耳边掠过，那是滚烫的热风。身后有个凄凉的声音在叫唤着他的名字，仿佛是一个夺命勾魂的小鬼。他不敢回头，回头也看不见任何东西。游长水在那个黑暗而又陌生的地方狂奔，凄凉的声音越来越近，他大口地喘着粗气，心脏疼痛异常，像是要爆炸成碎片。游长水的脚好像踩在冰块上，一个趔趄，滑倒在地上，再也爬不起来了，尽管他挣扎着企图爬起来继续奔逃。那凄凉的叫声刚刚接近他就消失了，世界沉寂下来。游长水胆战心惊地竖起耳朵，寻找着那声音的去向。他无法获知那声音的信息，趴在地上等待着光明的到来。漫长的黑夜像个深渊吞噬了游长水，此时，他听到了另外一种可怕的声音。那是充满了邪恶的"咝咝"的声音，游长水可以想象毒蛇向人发起攻击时"咝咝"的声音，那红色的蛇芯子在破坏着他最后的防线。蛇从四面八方朝他飞掠而来，缠住了他的手脚和脖子，还从他的嘴巴里钻进去……游长水终于喊出了声，他醒过来时，浑身浸在冰冷的汗水之中。

这是一场不折不扣的噩梦。

这个噩梦昭示着什么？

这个噩梦和凌初八会有什么关系？

这个噩梦和张先生所说的小人又有什么关系？

游长水感觉到了从来没有过的脆弱和不安以及深重的恐惧。

他从枕头底下摸出了张先生写着药方的那张纸，紧紧地捂在胸前，这是他唯一的救命稻草。

游长水在噩梦醒来后就再也没有睡着，在暗红的灯火中睁着深陷的眼睛，一直到天明。他想，自己应该去一趟县城了。他要找到那个叫唐明亮的警察局长，和他商量一些重要的事情。

13

大年初五是唐镇在民国三十六年的第一个圩日。

这个圩日应该是很热闹的，四乡八堡的山里人要在这天里到唐镇补充年货，也有很多人过年花得钱亏空了，要在这个圩日里拿些东西出来卖，换点钱将这个年过完整。对于很多商家来说，这也是个赚钱的好机会，如果这个圩日的生意好了，预示着这一年里也会生意兴隆，谁不希望有个好开局呀。

唐镇的许多商店，会选择在这一天正式开始营业，包括张少冰的棺材店。张少冰这天很早就起了床，吃过早饭后就来到镇街上，打开了棺材店的门。像往年一样，他烧了三炷长香，在棺材店的每个角落里祭拜，这是他祈福的一种方式，也是求棺材店里不干净的东西离开的方式。祭拜完后，张少冰就把那三炷长香插在了棺材店的门缝里。接着，他就把大年初一到庙里求来的画满符咒的黄表纸贴在高高翘起的棺材头上，每副棺材贴上一张。

棺材店对面的猪肉铺的屠户郑马水早早地开了张。

郑马水在剔着猪的排骨。

张少冰在棺材头上贴符纸的时候，心里一直念叨着游武强，他自从大年初三那天凌晨走后，一连两个晚上都没有再来。张少冰担心游武强会不会出什么事情。他的担心不是没有原因的，因为土匪陈烂头在乌石崟出现的消息已经在唐镇不胫而走，况且游武强就躲在乌石崟山林的一个茅草屋里。张少冰能不担心吗？他的担心只能憋在肚里，不能和任何人讲。

贴完符纸，张少冰走出了店门，抬头看了看瓦蓝的天，长长地叹了一口气。这又是个极好的晴天，积雪还会在这个晴天里继续融化，可张少冰的心情并不晴朗，相反的，还笼罩着一层驱不散的阴霾。

郑马水把一根剔出来的排骨扔到案板的一边，抬头看到了脸色苍白的张少冰。

张少冰也看了看郑马水，他们的目光碰撞在一起，张少冰眼皮跳了跳，郑马水的眼中有股邪气。

郑马水皮笑肉不笑地说："张老板，真早呀！"

227

张少冰淡淡一笑："你不更早吗！"

郑马水边拆排骨边说："张老板，今天的猪肉好，要不要给你留点？"

张少冰说："嘿嘿，你的猪肉哪天会不好？瘟猪的肉到了你的手中也是一流的好猪肉！"

郑马水停住了手中的活计，把剔骨刀插在案板上，拿起脏污油腻的围裙一角，擦了擦从鼻孔里流出的清鼻涕，拉下了脸说："张老板，话可不能这样说！我什么时候卖过瘟猪肉？我对你张老板怎么样，你难道心里没数？每次你要买肉，我都把最好的部分留给你。做人可不能坏了良心。上有天，下有地，如果我卖瘟猪肉，会被雷劈死的！"

张少冰本来也不想理他，没想到自己不经意说了句错话，心里十分后悔，他不是那种和人争强好胜或者刻薄的人。知道自己说了不该说的话之后，张少冰立刻赔上了笑脸说："马水，你看我这张臭嘴，喷粪了！你不要放在心上，不要放在心上！"

郑马水故作姿态地大笑了两声："这算什么，这条街上恨我的人多去了，我还能够挨个地用杀猪刀把他们捅了？哈哈，如果那样，你张老板不就发大财了，你是靠死人吃饭的呀！哈哈，哈哈！"

张少冰听了他的话，像吞进了一只死老鼠，难受极了。

郑马水知道自己的话产生了某种奇妙的效果，心情顿时愉悦起来。他又操起了剔骨尖刀，继续剔猪的排骨。剔着剔着，他又朝张少冰扔过去一句话："张老板，你能够猜出唐镇今年第一个死的人是谁吗？"

张少冰被他的话噎住了，苍白的脸上掠过一丝阴影。此时的小街上，许多人开始摆摊设点了，张少冰的目光在小街上扫了一遍，感觉有许多看不见的影子在飘来飘去。他的眼皮也变得沉重，很难睁大眼睛看这个世界了。

他没有回答郑马水，转过身回到了棺材店里。

张少冰的心中突然重复了一遍郑马水的话："唐镇今年第一个死的人会是谁呢？"

14

一早，三癫子穿着破衣烂衫，背着一大包东西走出了画店的门，穿过镇街，朝五公岭方向走去。他经过郑马水的猪肉铺时，看都没有看郑马水一眼，好像郑马水根本就不存在。郑马水吃惊地看着三癫子走过，心里产生了许多疑虑：三癫子怎么又换回破衣烂衫，不穿长衫了？他一早匆匆忙忙背着一大包东西要去哪里？他背的那一大包的东西是什么？……郑马水来不及叫住三癫子问个究竟，三癫子的身影就已经消失在小街的尽头。

三癫子飞快地走着，心里不停地说："我要毁了你们，毁了你们！让你们永远也不要在画店出现！"

过去的这一夜，三癫子同样地被恐惧折磨得死去活来。

漫长的黑夜里，三癫子没有点灯，躺在宋柯曾经睡过的眠床上，希望那个女人飘然而至，他要和她商量一个重要的问题，可那白衣女人没有出现，他不知道她在何方，在做些什么可怕的事情。三癫子隐隐约约地闻到了一股腥味，仿佛是宋柯身上散发出来的腥味。三癫子并不讨厌宋柯身上的腥味，而且腥味出现在宋柯住过的地方，一点也不奇怪。按唐镇的规矩，人死后要把他睡过的床拆下来，扔到池塘里去泡上七七四十九天后才能再让别的人睡的，死人用过的被褥也要拿到三岔路口烧掉。可宋柯死后，他睡过的床和被褥以及他的所有遗物都还留在画店里，没有人顾及。子夜刚过，三癫子就听到床底下传来了窸窸窣窣的响动。刚开始他没有在意，或许有老鼠和什么虫子在床底下作祟。他满脑子都在想着那个白衣女人。

过了一会儿,三癞子就觉得不对劲了。

床底下传来了叹息的声音,而且不是一个人在叹息,仿佛有许多人挤在床底下。响动也越来越大,床底下藏着的那些人在挣脱着什么,发出了吱吱嘎嘎的声响。

这床底下怎么会有人?

三癞子屏住了呼吸,仔细地辨别着床下的响动,的确是有人在床底下。那些人是谁?为什么要躲在床底下?三癞子一无所知。他想爬起来,点亮油灯看个究竟,可身体怎么也动不了了,似乎是被无数颗长长的铁钉钉在了床板上。这时,三癞子感觉那些人一个一个地从床底下爬了出来,站在他的床前。黑暗中,三癞子看不清他们的脸。

三癞子张了张嘴,发现自己的嘴巴还能动,他使劲地说:"你们是谁?"

那些在黑暗中站立的人没有听到他的话语,就是连三癞子自己也没有听到自己的说话声,他哑了,发不出声音来了?三癞子又使劲地说:"你们到底是谁?你们想干什么?回答我!"

那些人还是没有听到他的声音。

他自己也没有听到自己的声音。

三癞子的情绪变得焦虑和失常,他此时就像一具僵硬的尸体横陈在床上,没有人能够看清他脸部的表情。

一个苍老而又沙哑的声音传进了三癞子的耳朵:"三癞子,你凭什么住在画店里?你以为你穿上宋画师的衣衫你就是宋画师了吗?"

三癞子听清了这个人的话语,尽管他的话语是那么的冰冷和缥缈。这不是老画师胡文进的声音吗?他怎么会在这个晚上出现?他已经死去那么久了。三癞子没有办法回答他,也没有办法挣脱束缚，他只能在黑暗中睁大惊惧的双眼。

突然，有什么东西落在了三癞子的眉毛上，痒痒的。这时，传来阴森森的结巴的声音："三、三癞子，你、你见死不救呀，那、那天晚上，土、土匪陈烂头，进入理发店的、的时候，你、你就在门、门外……你、你没有去、去报告，保、保安队，来、来救我……而、而是自己，跑、跑掉了……"

三癞子怎么也没有想到，死去几年的结巴理发师会出现在自己的面前，从他的语气中，可以感觉到他对三癞子的怨恨。三癞子心里说："我也想救你呀，可是，我当时也吓得尿裤子了，我害怕陈烂头的盒子炮把我的头打爆呀……"三癞子知道结巴理发师听不到自己的心声，他觉得结巴理发师手中拿着一把锋利的剃刀，剃刀的刀锋对着他的眉毛。

三癞子的心提起来，塞在了嗓子眼间，一股阴冷的风掠过他的眉毛。

不一会儿，有人把冰冷的全是骨头的手指插进了三癞子的嘴巴。三癞子想咬紧牙关，却已经迟了，那人的手指骨头坚硬无比，如一根铁条那样在他的嘴巴里捅着，还磨着他的牙，发出阴森的吱吱声。三癞子听到了苍凉的声音："三癞子，你还记得，你和我抢过一块肉吃吗？那时候，我儿子还没有杀猪，我也没有好好吃过一顿猪肉。那天，邻居家里杀猪，给我送了两块煮熟的肥肉过来，我走出家门口去迎接邻居，拼命抑制着自己的口水不流出来。可当我接过盛着那两块肥肉的碗时，你突然冲过来，抓起碗里的一块肥肉，不顾一切地塞进了嘴巴里，飞快地跑了，我追了你五里地也没有追上你……我要把你吃下去的肉抠出来，让你怎么吃下去，就怎么给我吐出来……"

这不是郑马水的父亲郑秋林吗？

三癞子的呼吸异常急促，浑身冷汗。

……天蒙蒙亮的时候，胡文进他们消失了，画店的阁楼里恢复了沉寂。三癞子的身体也可以动弹了，他挣扎着爬了起来，点亮了油灯，趴在床底下，看到了那些死去的人的画像。他把那些画像从床底下取了出来，心里萌生了一个恶毒的念头。

……

三癞子背着的那包东西全部是死去的那些人的画像。

他来到了五公岭的乱坟坡上，找了块地方，放下了那包画像。乱坟坡上，没有融化干净的积雪斑斑点点地散落在阳光照不到的背阴处，此时，太阳刚刚从东边的山坳上露出头，乱坟坡上湿漉漉的枯草上冒着一层乳白色的水汽，水汽丝丝缕缕地袅袅上升着。

不远处的一个坟头上站着一只乌鸦。

乌鸦时不时地发出瘆人的叫声。

三癞子从包里取出了那些画像，从兜里掏出了火镰，火镰打出的火星点燃了画像。

三癞子把那些画像一张一张地点燃。

画像在燃烧，无声无息地燃烧，冲天而起的火苗中，仿佛有不灭的魂灵在舞动。三癞子边烧着画像，口里不停地说着什么。他眼睛里的火焰在挣扎着升腾。

三癞子烧完那些画像，拍了拍手，站起了身。

他长长地呼出了心底的一口闷气。

画像的灰烬被晨风夹裹着，扬了起来，散落在乱坟坡的各个角落。

那只乌鸦不知什么时候飞走了。

乱坟坡上清冷而肃杀。

15

这个圩日果然热闹非凡。唐镇的街上拥挤着赴圩的人。各个摊点前都围着很多人，争相交易着各自需要的物品。因为融雪还在继续，街面上被踩踏得起了一层污黑的烂泥浆。人们的鞋子和裤脚也溅满了泥浆，这样也丝毫没有影响人们因为过年而产生的高涨喜悦的情绪。

猪牯在这个圩日显得特别活跃。

他挎着盒子炮带着几个背着步枪的保安队员在街上挤来挤去，那双警惕而又聚光的小眼睛在赴圩人的脸上溜来溜去，如果发现什么可疑的人，猪牯就会把他绑回镇公所去。游长水和他交代过了，在这个圩日特别要注意眼睛赤红的女人和土匪陈烂头，这个时候他们最容易混进唐镇来，而不容易被人发觉。游长水也躲在镇公所里，哪里也不敢去，镇公所也加强了戒备。

猪牯带着保安队员来到画店门口，他惊讶地看到画店的门洞开着，三癞子穿着那身灰布长衫，人模狗样地面朝镇街坐着，看着拥挤来拥挤去的人流。猪牯走进画店，三癞子视而不见。猪牯看到墙上挂着的那幅胡文进的画像不见了，取而代之的是宋柯给三癞子画的那幅有颜色的画像。画店里打扫得干干净净，纤尘不染。这让猪牯十分不解，三癞子如此邋遢的一个人，怎么可能把画店收拾得这样干净呢？猪牯不知道的是，三癞子还把胡二嫂的家也收拾得如此干净。猪牯想，三癞子在这个新年里换了一个人了？

三癞子对猪牯不理不睬，猪牯并没有不高兴，他笑着对三癞子说："三癞子，你先在画店里住着吧，游镇长说了，等过完年，我们到县城里去请来新画师后，你要搬走的哟！"

三癞子还是没有理睬他。

猪牯待了一会儿，就走了。他走到门口时，听到一个声音："我就是画师!"

猪牯回头瞄了三癞子一眼,怎么也不敢相信这话是从三癞子的口里吐出来的,可画店里只有三癞子一个人。

画店对面胡二嫂的家门铁将军把门。

猪牯在嘈杂的街上,隐隐约约地听到胡二嫂凄惨的喊叫声。

他心里十分清楚,是三癞子把疯婆子胡二嫂锁在里面的,全唐镇的人也知道。因为三癞子和胡二嫂在唐镇的特殊身份,也没有人去管他们。

猪牯带着保安队员来到镇东头的土地庙门口时,发现那块空坪上围满了嘻嘻哈哈的人。猪牯挤了进去,看到一个瞎眼的老者坐在木凳上拉着二胡,他的前面站着一个扎着两条又黑又粗大辫子的年轻女子,年轻女子穿着打着补丁的侧襟花布棉袄,圆圆的脸蛋红扑扑的,一双水灵灵的大眼睛漾着春水般的波光。年轻女子红唇白齿,正和着瞎眼老者拉出的小调,唱着那支客家人熟悉而又喜欢的《十八摸》:

> 紧打鼓来慢打锣,
> 停锣住鼓听唱歌,
> 诸般闲言也唱歌,
> 听我唱过十八摸。

> 伸手摸姐面边丝,
> 乌云飞了半天边,
> 伸手摸姐脑前边,
> 天庭饱满吸引人。

> 伸手摸姐眉毛湾,

分散外面眉中宽,
伸手摸姐小眼儿,
黑黑眼睛白白视。

伸手摸姐小鼻尖,
悠悠烧气往外熏,
伸手摸姐小嘴儿,
婴婴眼睛笑微微。

伸手摸姐下巴尖,
下巴尖尖在胸前,
伸手摸姐耳朵边,
凸头耳交打秋千。

伸手摸姐肩膀儿,
肩膀同阮一般年,
伸手摸姐胁肢湾,
胁肢湾弯搂着肩。

伸手摸姐小毛儿,
赛过羊毛笔一枝,
伸手摸姐胸上旁,
我胸合了你身中。

伸手摸姐掌巴中,
掌巴弯弯在两旁,
伸手摸姐乳头上,

出笼包子无两样。

伸手摸姐大肚儿,
邋像一丘栽秧田,
伸手摸姐小肚儿,
小肚软软合兄眼。

伸手摸姐肚脐儿,
好像当年肥勒脐,
伸手摸妹屁股边,
好似扬扬大白绵。

伸手摸姐大腿儿,
好像冬瓜白丝丝,
伸手摸姐白膝湾,
好像犁牛挽泥尘。

伸手摸姐小腿儿,
勿得拨来勿得开,
伸手摸姐小足儿,
小足细细上兄肩。

遍身上下尽摸了,
丢了两面摸对中,
左平摸了养儿子,
右平梭着养了头。

东一着来西一着，
面上高粱燕变窝，
两面针针棘样样，
好像机匠织布梭。

左一着来右一着，
冷中只喂热家伙，
好像胡子饮烧酒，
身中生得白如玉。

开掌倚在盆边上，
好像胡子喝烧汤，
尔的屁股大似磨，
三担芝麻酒半斤。

两面又栽杨柳树，
当中走马又行舟，
两面拨开小路中，
当中堪搭莱瓜棚。

老年听见十八摸，
少年之时也经过，
后生听见十八摸，
日夜贪花哭老婆。

寡人听了十八摸，
梭了枕头哭老婆，

和尚听了十八摸，
揭抱徒弟呼哥哥。

尼姑听见十八摸，
睡到半夜无奈何，
尔们后生听了去，
也会贪花讨老婆。

睡到半冥看心动，
五枝指儿搓上搓，
高拨上来打拨去，
买卖兴旺多闹热……

猪牯的目光黏在了年轻女子桃花般的脸上，痴了呆了！他微微张着嘴，一溜口水顺着嘴角往下流。旁边的一个保安队员发现猪牯如此模样，捂着嘴偷笑，还悄悄地让另外一个保安队员看猪牯的丑态。猪牯此时已经忘了自己是谁，是干什么的了。这个桃花般盛开的年轻女子仿佛就是他梦寐以求的那种女人，猪牯的脑海里顿时产生了无边无际的奇妙想象……年轻女子正尽情地唱着的时候，瞎眼老者的二胡声突然中断了，人们看着瞎眼老者歪歪斜斜地倒在了地上。倒在地上的瞎眼老者浑身抽搐，牙关紧闭，嘴角渗出了白沫。年轻女子一回头，看到瞎眼老者如此情形，喊了一声："爹，你怎么啦——"

人们见此情景，都纷纷四散而去。

只有猪牯和那几个保安队员没有离开。

猪牯从痴迷中清醒过来，用衣袖擦了擦嘴角的口水，朝那几个保安队员说："快，救人要紧——"

几个保安队员七手八脚地把瞎眼老者抬了起来,其中一个保安队员问猪牯:"队长,抬哪里去?"

猪牯毫不犹豫地说:"先抬我家去吧!"

然后,他又交代一个保安队员:"你赶快去郑家药铺,把郑雨山叫到我家里来!快去——"

一路上,猪牯安慰着年轻女子:"姑娘,你别担心,我们一定会救活你爹的!"

年轻女子和刚才唱歌时判若两人,满脸梨花带雨,一副凄凄惨惨的模样。猪牯看到她这个样子,心里像被一根针扎了般,隐隐作痛。一个戴着斗笠的人看着他们匆忙而去,若有所思的样子。等猪牯意识到什么回头张望时,他已经消失在拥挤的人流之中了。

16

屎尿巷对面那条巷子叫碓米巷,碓米巷深处的一座老宅子就是猪牯的家。猪牯的母亲早就去世,哥哥分家搬到外面住了,家里就剩下老父王秉益一个人,他父亲王秉益和镇上有头有脸的富户王秉顺是堂兄弟。猪牯能够进入保安队,也是王秉顺出的力。尽管猪牯当上了唐镇的保安队长,父亲王秉益还是瞧不上他,王秉益希望猪牯能够像他哥哥王文青一样,靠自己的木匠手艺赚钱娶妻生子。所以,当猪牯把那个卖唱的瞎眼老者弄回家时,遭到了王秉益的反对。

他们刚刚进门,王秉益就拄着拐杖站在厅堂里怒目而视。

猪牯让保安队员把瞎眼老者放在了厅里的竹躺椅上,王秉益走过来,用拐杖指着猪牯说:"你这个没有出息的东西,你把什么人弄回家里来,赶快给我弄走!"

猪牯把王秉益的拐杖拨开,笑着说:"爹,你不是从小就教育我要有同情心吗,这个老人昏过去了,我让人把他抬回来,救人要紧呀!"

王秉益大声说:"我教育你那么多做人的道理,你记住了几条!你这个狗东西,成天就是不学好,我不管那么多,你给我把这个人弄走,我清静惯了,不想有无关的人在家里打扰我!"

站在一旁流着泪的年轻女子突然朝王秉益跪下了。

她哽咽地说:"大爷,你就行行好,救救我父亲吧!我们已经两天没有吃饭了,我父亲他是饿的呀!"

王秉益叹了口气,气呼呼地转身走进了自己的卧房,"砰"的一声,重重地把卧房门关上了。

猪牯关切地把年轻女子扶了起来,轻声对她说:"姑娘,你不要这样,我爹他是好人,就是脾气不好。我们一定会救你父亲的,你尽管放心!只要有我猪牯在,就不会看着你们受难!"

年轻女子的眼中充满了感激之情:"大哥,你的大恩大德小女子记在心上了,我一定会报答你的!"

这时,那个保安队员把郑雨山领了进来。

猪牯急忙把郑雨山拉到了瞎眼老者的旁边,说:"雨山,你赶快给老人家看看,他究竟得了什么病。"

郑雨山马上就给瞎眼老者号脉,在号脉的过程中,郑雨山的脸色渐渐地变了,眼神也凝重起来。

猪牯问:"雨山,不要紧吧?"

郑雨山给瞎眼老者号完脉,然后把食指放在了老者的鼻子下,他的手指像被火烫了一样快速地缩回来。脸色沉重而又惊异的郑雨山把猪牯拉到了偏僻处,冷冷地对他说:"猪牯队长,这个老头是干什么的?"猪牯就把事情的经过向他做了个简单的介绍。郑雨山说:"原来是这样,猪牯队长,我看这个人不对劲,我给他把脉时,他一点脉象都没有,就像死人一样,可他有鼻息,但他呼出的气息冰冷冰冷的。"猪牯面露难色："那——"郑雨山又说："这样的病人我从来没有碰到过，不过，只能死马当活马医了，你让你的手下和我到药铺去，给他开几天的中药吃吃，看有什么效果！"猪牯说："也只能够这样了。"

郑雨山走后，年轻姑娘含着泪对猪牯说："大哥，我父亲是饿的！只要给他吃点东西，他就会好的。"

听了她的话，猪牯就走进了厨房，发现还有些稀饭，就烧火把稀饭热了，端出来让年轻女子喂给瞎眼老者吃。果然，年轻女子说得没错，瞎眼老者喝完那碗稀饭后，就悠悠地醒转过来……猪牯收拾了一个房间，让他们住了下来。安顿好他们后，猪牯就带着保安队员们走了，他还没有忘记自己应该做的事情。

那个年轻女子有个好听的名字：冯如月。

而她的瞎眼父亲就叫冯瞎子。

17

这个晚上，张少冰刚刚躺下，就听到了敲门声，他欣喜地对老婆游水妹说："是武强来了！你快起来，去把菜炒了酒热上，我去开门。"张少冰匆忙穿好衣服出了卧房的门，快步走了出去。张少冰把门打开，迅速地闪进来一个人，果然是游武强，张少冰异常激动，关上门后说："武强兄，这几天你干什么去了，我心里很担心你呀！"游武强抹了一把脸说："今晚好冷！"张少冰看到游武强的鼻头红红的，赶紧把他拉到厅堂里，让他坐下来，然后把一个火盆放在了他的脚边。张少冰说："先烤烤火，等水妹把酒热好了，喝起来就暖和了。"游武强点了点头说："少冰，这两天有没有人问起我的事情？"张少冰摇了摇头说："没有。"游武强吸了吸鼻子说："没有就好，那天早上我走的时候，好像有人跟踪我。"张少冰说："你是不是太紧张了，产生了幻觉？"游武强说："我一点也不紧张，的确有人在跟踪我，不过，我不知道是谁。"张少冰此时却显得紧张了："那，那要小心点！"游武强敏感地捕捉到了张少冰内心细微的变化，就笑了笑说："少冰，你放心，我一人做事一人当，就是被他们抓住了，也和你没有关系，你千万不要害怕！"

不一会儿，游水妹就把酒菜端上来了。

游水妹笑着对游武强说："武强，你和少冰慢慢喝着，我先去睡觉了，明天还得早起。"

游武强说："水妹，快去吧，我们这里你就不要管了。"

游水妹进卧房后，游武强叹了口气："水妹是个好女人呀，娶到她，是你的福分！如果文绣不死，我一定会带着她远走高飞的，文绣也是个好女人呀！"

张少冰提着酒壶，满满地给游武强筛上了一碗酒说："过去的事情不要再提了，人应该往前看，等事情平息后，你就光明正大地回唐镇来，我出钱给你讨个老婆，好好地过日子！"

游武强端起碗，喝了一大口酒。

张少冰说："武强，这两天你都在干什么？"

游武强说："碰到了一件奇怪的事情。"

张少冰好奇地问："什么奇怪的事情？"

游武强就把那天鬼使神差走进黑森林的事情告诉了张少冰，张少冰听得目瞪口呆。更让张少冰目瞪口呆的事情还在后面游武强的叙述中……那白衣女子怎么就突然不见了呢？还有她怎么可能把斗笠和扁担变成凤凰和青龙呢？带着许多疑问，游武强在黑森林里搜寻起来。黑森林渐渐地陷入了黑暗之中。这个夜晚的到来是那么的快速，仿佛是挥手之间的事情。游武强甚至认为那时只是午后的时光，他还在暗暗吃惊，天怎么说黑就黑了，是不是有一只巨大的手掌在黑森林的上空遮住了灿烂的阳光？连那些积雪也像被染上了浓黑的墨汁，一丝雪光都漏不出来。关于黑森林的许多恐怖传说在游武强的脑海里浮现出来。如果你一个人走进黑森林，就会迷路，有鬼魂会带你到一个地方，那个地方是一个黑洞，森林中深不可测的一个黑洞，黑洞里是鬼魂聚会的地方，那些鬼魂会把迷路的人带来，让他也变成鬼魂，加入他们的狂欢……曾经从死人堆里爬出来的游武强并不害怕什么鬼魂，他只是在黑暗中迷了路，没有光明引导他走出黑森林，黑暗犹如使人透不过气来的潮水淹没了他。游武强在黑暗中没有想过自己会遭遇什么不测，他一直相信自己是个有能力战胜危险的人，尽管他认为黑暗并不代表危险。直到他在黑暗中听到某个人或者某种动物的心跳声时，他才从腰间拔出了那把生锈的刺刀，这是一把杀过人的刺刀，他曾经不止一次把这把刺刀插入敌人的心脏。那些被他杀死过的人不可能在这个黑夜里恢复心跳，那些死去的敌人的鬼魂不可能依附在刺刀上，连他们的血也被时光清洗得干干净净……游武强的确听到了心跳的声音，在寒冷的黑森林里强烈而有节奏地波动，他的手握紧了刺刀的刀把。此时的黑森林里一丝风也没有，他听不到脚步声，如果有人或者野兽向他靠近，应该会有脚步声，哪怕是细微的脚步声，他也能够听得见，他曾经可以用耳朵分辨子弹从什么方向飞来。那心跳声越来越响，仿佛他的耳朵紧贴着某个人的心脏。这时，游武强的心里突然产生了从未有过的恐慌……游武强在极度的恐慌中听到了两声女人"叽叽"的冷笑声，冷笑声夹带着彻骨寒气向他的后脑勺袭来。游武强大吼了一声："谁——"他挥舞着刺刀向后转过来。没有人回答他，短暂的沉寂后，他听到了冷冷的声音："你中了——"紧接着，游武强觉得自己的脑袋嗡地响了一下，就扑倒在雪地里……游武强动了一下，睁开了眼，看到一团火光，浑身热得流汗。这是什么地方？难道自己从冬天来到了夏天？他猛地坐起来，真切地感觉到自己坐在一堆篝火边，那些大块的松木干柴熊熊燃烧，发出噼噼啪啪的声响。他脱掉了军用棉袄，里面的衣服都湿透了，这里的气温很高。刺刀呢？他的目光在地上搜寻着，终于，在离他几尺远的地方发现了那把刺刀。他站起身，环顾了一下四周，认定这是一个山洞。游武强怎么也想不出来，自己如何到这个山洞里来的，还有，眼前的这堆篝火是谁点燃的？这山洞里一定还有另外一个人，这个人是谁？难道是神出鬼没的土匪陈烂头？难道这是陈烂头藏身的地方？他看到山洞里有各种生活用具，床、桌子、椅等，还有灶台、锅……这俨然就是一个家。他正在考虑着什么，突然听到了女人叽叽的笑声。游武强扭过头，看到一个蒙面的白衣女人在那里翩翩起舞。游武强粗声粗气地问她："你是谁？"女人没有理会他，还是继续跳她的舞。紧接着，游武强听到了"咝咝"的声音从山洞的四周传来。游武强的眼中出现了蛇，一条，两条，三条……那些通体焕发出青光的蛇在四处游动着，聚拢在白衣蒙面女人的周围，和白衣女人一起翩翩起舞。游武强怀疑自己活在梦境之中，可一切又是那么的真实。游武强浑身又冒出了汗，这次冒的是冷汗，他的心脏泡在冰凉的水中……

张少冰听着游武强的叙述，心里也一阵阵地发冷。他说："你是怎么离开那里的？"

游武强喝了一口酒说："我不知道，我看到那白衣女人和蛇一起跳舞之后，就昏昏沉沉地睡过去了。我仿佛做了个梦，在梦中，一条青蛇给我引路，带着我在黑暗中穿行……我醒过来时，发现自己躺在乌石崇我藏身的茅草屋里了，那把刺刀还插在我的腰间。我走出茅草屋，看到了阳光。我依稀记得，那个白衣女人和我说过一句话：'如果你还想回来，你到黑森林外面的一棵老松树下，那里有一堆白色的石头，你只要拿起一块石头，在松树上敲三下，就会有一条青蛇出现在你面前，为你引路……'"

张少冰惶恐不安地说："难道那是凌初八的鬼魂？"

就在他们喝酒说话的时候，张少冰家大门外有个人把眼睛凑在门缝上，往里面窥视。

18

子夜时分，猪牯交代好守护镇公所的保安队员后，没有到逍遥馆里去留宿，而是悄悄地溜回了家，他心里惦念着冯如月。猪牯挎着盒子枪在碓米巷行走时，巷子里冷风阵阵，风的呜咽声听上去仿佛有人在哭。猪牯感觉到哪个地方不对劲，但是他心里记挂着冯如月，也没有考虑那么多，急匆匆地进了家门。

猪牯刚刚把大门关上，就听到厅堂的西偏房里传来了抽泣的声音。

厅堂里神龛上的油灯亮着，一直要到出了正月十五，油灯才能灭掉的，这是守岁的灯火。

是女人的哭声，西偏房里住着冯瞎子他们父女，一定是冯如月在哭。巷子里风中夹裹着的难道就是冯如月的哭声？那么，冯如月为什么要哭呢？猪牯蹑手蹑脚地来到了西偏房的门口，把耳朵轻轻地贴在了门上，这时，哭声消失了，房间里一片寂静。猪牯心想，也许冯如月发现他回来了，就不哭了。

猪牯敲了敲门，轻声地说："如月姑娘，你睡了吗？"

没有人回答猪牯。

猪牯又敲了敲门，轻轻地说："如月姑娘，你睡了吗？"

还是没有人回答猪牯。

猪牯叹了口气，他知道冯如月没有睡着，他们毕竟还不是很熟悉，深更半夜的，她不可能开门让猪牯进去的，尽管房间里还有冯瞎子。猪牯有种莫名其妙的失落感，心里还有些发酸。他正准备回到自己的房间里去，肩膀突然被一只手掌拍了一下。

猪牯悚然一惊，身体跳了一下，猛地回转身，借着昏暗的灯光，看到父亲王秉益脸色阴沉地站在自己的面前。猪牯气不打一处来，冲着父亲低吼道："这么晚了，你不睡觉，你想干什么呀？你知不知道，人吓人是会吓死人的！"

王秉益冷笑着说："吓死你才好呢，没出息的东西！你不要以为你现在这个样子就神气了，我告诉你，在唐镇没有人会看得起你这样的狗腿子！你让那两个人住到我们家里来是什么意思，我全知道。你不就是看中了那个姑娘吗！嘿嘿！你的苦日子还在后头呢！我现在老了，也管不了你什么了，你自己好自为之吧！"

猪牯被父亲说得脸一阵红一阵白。

王秉益说完这番话后，就拄着拐杖回房去了。猪牯叹了口气，也回到了自己的卧房。他躺在床上想了很多，翻来覆去，怎么也进入不了梦乡，冯如月的脸在他的眼前不停地晃来晃去，他的心猫抓般难受，小腹的下部有一团火在燃烧。

就在猪牯想着冯如月欲火焚身的时候，逍遥馆里的某个房间里，春香躲在被窝里悄悄地流着泪，她在这个春节里根本就没有快乐可言，更多的是思念亲人的痛苦。她没有想到在这个深夜里，一种可怕的灾难般的伤害会降临到她的身上。起初，她在等待着猪牯的到来，她不知道那个叫猪牯的男人在干什么，为什么迟迟不来。春香的等待变得焦虑和忧伤，病毒般的孤独感令她觉得自己是那么的无助和凄凉。猪牯在的时候，尽管他根本就不碰她，尽管他来了之后就倒头便睡，和她说不上几句话，可她还是有种精神上的依靠，她已经习惯了猪牯的呼噜声。

春香躲在被窝里悄悄地淌着泪。

房间里的油灯飘摇，忽明忽灭。

这时，门轻轻地被推开了，春香毫无知觉。

一个戴着斗笠的神秘男人进入了春香的房间。

他把门闩悄无声息地闩上,然后蹑手蹑脚地走到了床前。

神秘男人站在床前,沉默。

春香突然感觉到了什么,头从被子里露了出来,发现了站在床前的神秘男人,他背对着油灯,斗笠斜斜地遮住了他半边脸,春香看到的只是他满是胡楂的下巴。春香双手紧紧地抓住被子,惊恐地说:"你是谁?"

神秘男子冷笑了一声:"我说出来怕把你吓死!"

春香颤抖着说:"你、你想干什么?"

神秘男子又冷笑了一声说:"我听说唐镇的逍遥馆新来了个美人,刚刚好今天顺道经过此地,就过来看看传言的虚实。嘿嘿!果然是个小美人,遗憾的是被那个狗东西先破了瓜!"

神秘男子的话语中透着一股冰冷的杀气。

春香眼泪汪汪地哀求:"你饶了我吧——"

神秘男子把斗笠摘下来扔在了桌子上,春香看见了他额头上斜斜的一道刀疤,她惊叫了一声,用被子蒙住了自己的脸。神秘男子从腰间掏出了两支盒子枪,放在了桌子上,然后开始脱衣服。

神秘男子从容地脱着衣服,仿佛在自己家里一样。他把脱下来的衣服一件一件地放在桌子上。神秘男子脱得精光后,嘴角露出了一丝淡淡的笑意。他吹灭了灯,钻进了被窝里。房间里一片漆黑。不一会儿,响起了衣服被撕碎的声音和春香的哭声。

神秘男人低声说:"小婊子,你哭什么,你进了逍遥馆,就是让男人干的!别的男人干得,老子就干不得?你再哭,老子就掐死你,你好好伺候老子,老子说不定饶了你这条贱命!"

春香仿佛没有听见他的话语,挣扎着,叫喊起来。

春香的叫喊和挣扎都无济于事。神秘男子死死地压住了她,不一会儿,响起了神秘男子沉重的喘息。春香撕心裂肺地叫着。神秘男子边喘息边说:"我今天算是走了狗屎运了,想不到在婊子窝里也能破个瓜！小婊子，从今以后，你就是我陈烂头的人了！"

春香听到陈烂头这三个字，顿时无语了，她紧咬着牙关，泪水泉水般不停地涌出。

陈烂头肆无忌惮地蹂躏着春香，低声吼叫着，犹如一头愤怒的野兽。

春香的下身在撕裂，难以忍受的疼痛和无边无际的恐惧浓雾般将她淹没。这个时候，春香生不如死，她的双手一次一次地在陈烂头的背上抓挠着，指甲里填满了陈烂头的皮肉。

……

第二天早上，李媚娘起床后，路过春香房门口时，发现春香的房门洞开。她听到了春香的呻吟。李媚娘皱了皱眉头说："春香，猪牯走了你不起来把门关上，是不是干了一个晚上爽歪歪了？你们也是的，干就干嘛，还弄出那么大的响动，我都被你们吵死了！"其实，不止李媚娘听到了春香的哭喊和陈烂头肆无忌惮制造出来的响动。逍遥馆里的所有人都认为，那是猪牯在和春香干那种事情，所以没有在意。

春香还是在床上呻吟，根本就没有理会李媚娘的话。

李媚娘感觉到了什么，走进了春香的房间。春香赤身裸体地躺在床上，紧闭着双眼，下身血肉模糊，浑身上下青一块紫一块的惨不忍睹。被子被扔在地上，桌子上放着两块大洋。李媚娘呆了，过了很长时间，她才把被子从地上抱起来，盖在了春香残花败柳的身上。

春香在昏迷中发出痛苦的呻吟。

李媚娘嘴角的那颗黑痣颤动着，咬着牙说："狼心狗肺丧尽天良的猪牯，你怎么能够这样对待春香！"她把手放在春香的额头上，感觉到烧红的炭火般的灼热……

19

陈烂头进入唐镇的消息不胫而走。唐镇人在祥和欢乐的过年气氛中产生了恐慌情绪。镇上有头有脸的人纷纷去找游长水，要求他加强保卫工作，谁都担心会在某个晚上，陈烂头会突然出现在他们家中，对他们的生命和财产造成无可挽回的危害。这让游长水十分头痛，他担心的事情终于发生了。游长水把保安队长猪牯叫进了书房，没头没脸地痛骂了他一顿。骂完后，游长水又柔声细语地安抚了他一会儿，要求他做好本职工作。猪牯一直低着头站在游长水面前，大气不敢出一口。猪牯心里此时在想什么，游长水一无所知。

游长水躲在镇公所里，连大门都不敢出，内心的恐惧感与日俱增。

相反的，经常和游长水一起吃喝玩乐的乡绅王秉顺却十分高调，在镇街上走来走去，逢人就告诉说不要害怕陈烂头，他准备出钱捐献给保安队，多买几条枪，保卫唐镇人的安全。王秉顺没有说谎，真的拿出一笔钱，捐献给了唐镇保安队，至于保安队有没有购进枪支弹药，镇民们不得而知。但是，王秉顺的声誉在唐镇迅速地提高，这让成天龟缩在镇公所的游长水相形见绌。

王秉顺还放出了风声，要在正月十五元宵节那天，请戏班来唐镇唱大戏，让这个春节热闹地收尾，唐镇人在恐慌中对元宵节充满了期待。可这个正月里还会发生什么事情，谁也无法预料，就像谁也无法预料自己的生死一样。

20

三癞子在一个黄昏走在镇街上，有个人和他擦肩而过，他对这个人视而不见。那人在三癞子走过去后，站在那里使劲地呼吸了一口气，眼睛里掠过一丝阴影。这个人就是寡妇余花裤。阳光洒在三癞子的背上，余花裤看到一种奇怪的虚光。穿着灰布长衫的三癞子身上竟然有股淡淡的腥臭味，这是余花裤在这个正月里最大的发现。余花裤为自己这个重大发现而吃惊。她呆呆地注视着三癞子的背影，灵魂出了窍，直到街旁响起鞭炮的声音，才使她回到了唐镇光怪陆离的现实生活中。

余花裤路过猪肉铺时，郑马水正坐在那里打瞌睡。

余花裤站在猪肉铺前，真想拿起一块猪肉逃走。她脑海里飞速地闪过郑马水和自己相好的那段时光，家里总是飘着猪肉的香味，可现在，虽然是过年，她和那几个像狼崽子般嗷嗷叫的孩子也没有那么痛快地吃过猪肉。余花裤内心油然而生出一种伤感，这个浑身猪臊味的男人能够和自己一直好下去，那是多么幸福的事情。

也许是郑马水闻到了余花裤身上那股独特的臊狐狸味，他睁开了通红的眼睛。郑马水第一眼看到的就是余花裤那鼓鼓囊囊的胸脯，然后才是她猪肚般的肥脸。郑马水的手摸到了刀把，使劲地把刀把抓在了手中，警惕地说："余花裤，你想干什么！"

余花裤叹了口气说："你不要怕，我不会抢你的猪肉，我不像你想象得那么泼赖，你也不要那样仇恨我，恨不得把我一刀捅了。"

郑马水把刀放在了案板上，也叹了口气说："花裤，我知道你不容易，一个女人要拉扯几个孩子长大，可我也实在没有办法，我也有家，有孩子，我要养活他们，怪只怪我，当时一念之差迷上了你！唉！"

余花裤眼睛潮湿，可她笑了："好了，郑马水，有你这番话，我也没有白和你好一场，你放心，我不会再缠着你了。"

郑马水二话不说，抄起了刀，割了一块猪肉，用湿稻草捆扎好，递给了余花裤："拿回去给孩子们吃吧，过个年也不容易，总得给孩子们好好吃一顿肉吧！"

余花裤低下了头："我不要！"

郑马水说："拿着吧，不会要你任何回报的！你不要小看我了！"

余花裤伸出了手，接过了那块沉甸甸的猪肉，轻声说："你要是还想来，你就来吧，我也不要你任何的回报，我可以养活我的孩子，哪怕吃糠咽菜，我也要把他们抚养成人！"

郑马水听了她的话，呆了。

余花裤又轻声地说："马水，从今往后，你要小心点三癞子，我看他很不正常，他身上有股腥臭味，就是宋画师身上的那种腥臭味。"

郑马水狐疑地说："你怎么知道三癞子身上有腥臭味？你又和他睡了？"

余花裤潮湿的眼睛里升起一股怒气，朝郑马水脸上吐了口唾沫："郑马水，你是个活王八！我话放在这里了，你爱信不信！"

余花裤提着那块猪肉转身而去！

郑马水用油腻的手掌抹了一把脸，把手掌放在鼻子下闻了闻，嘴巴里轻轻地吐出了两个字："骚货！"

郑马水想，再没有人来买肉，就收摊了，今天的生意并不是很好，早上杀了一只猪，到现在还剩三分之一的猪肉。

三癞子来到了胡二嫂的家门口，打开了那个铁锁，进入了胡二嫂的家。胡二嫂坐在板凳上，朝他露出了一丝久违的笑容。三癞子心里一阵狂喜，难道胡二嫂的疯病好了？三癞子走近了胡二嫂，轻声问她："二嫂，你饿了吗？"胡二嫂朝他点了点头。三癞子伸出手，摸了摸她干枯的头发："二嫂，你别急，我马上去给你做饭。"胡二嫂又朝他点了点头。三癞子觉得自己的心情莫名其妙地好了起来，心想，如果胡二嫂的疯病好了，他就不会希望那个白衣女人来找自己了，她的出现对他来说并不是什么好事情。三癞子就进厨房烧火做饭了。三癞子炒菜的时候，胡二嫂轻飘飘地走了进来，坐在了灶膛前，往灶膛里塞木柴，灶火映红了她发青的寡淡的脸，三癞子从她的脸上看到了些许血色，生命的血色。

胡二嫂吃得特别香，三癞子一直看着她吃，等胡二嫂吃完后，三癞子才开始吃饭，胡二嫂也目不转睛地看着他吃，脸上浮着一层笑意，这让三癞子心里十分温暖。

门外突然响起了一串噼里啪啦的鞭炮声。

三癞子说："谁会在晚上来拜年呢？"

在唐镇，如果到人家家里去拜年，进门前先要放鞭炮的，一是提醒主人有客人来了，二是放鞭炮表示吉祥如意，三是对主人的尊敬。三癞子正在想着谁会来给胡二嫂这个遭人遗弃的女人拜年，门外却响起了孩子们的大声说话："三癞子，黑乌乌，河里洗澡河水污；胡二嫂，疯癫癫，满嘴大粪臭上天；一个癞来一个癫，同床共枕笑死人……"

原来是镇上的孩子们把他们的事情都编成顺口溜了，三癞子很生气，站起来要出去骂他们，胡二嫂伸出冰凉的手抓住了他，并且用一种古怪的目光阻止了三癞子。三癞子重新坐下来，默默地吃着饭，任凭门外的孩子们闹腾，他们闹腾之后自然会离去的。

深夜了，三癞子给胡二嫂洗完澡，看着她安静地睡着了，才悄悄地离开胡二嫂的家，他真希望从这个晚上开始，胡二嫂不再发疯了，慢慢地恢复好身体，再把小吃店开出来，过从前的生活。

镇街上冷冷清清，三癞子看不到一个活人。

那些红灯笼静静地注视着沉默的街道，仿佛在等待什么事情的发生。

在三癞子的眼里，那些在这个无风之夜静穆的红灯笼，都依附着无家可归的魂灵。

夜色中有种不确定的因素，或者就在这寂寞的拥护下，有人在干着可怕的罪恶勾当，比如陈烂头。三癞子听说了陈烂头的事情，他没有恐慌，也许唐镇只有他和胡二嫂对陈烂头的事情无动于衷，因为陈烂头无论怎么样也不会和他们扯上关系，也不可能加害他们。

三癞子深深地呼吸了一下。

他皱起了眉头。

他闻到了一股味道，奇异的味道，他一直以来对这种味道异常的敏感，和浑身黑乌的死鬼鸟一样，对这种味道异常的敏感。

那就是死人的味道。

难道唐镇有人死了？

死人的味道刺激着三癞子的神经，只有死人了，才会有人记起他，请他去给死人挖墓穴。可在这个寂静的深夜，他没有像以前那样对死人的味道产生兴奋的情绪，而是莫名其妙的恐惧，给许多死人挖过墓穴的三癞子感觉到了恐惧。他急忙打开了画店的门，走了进去，然后快速地关上了门。他点亮了油灯，目光突然落在了墙上的那幅画像上，宋柯给他画的有颜色的画像不见了，取而代之的是宋柯给胡文进画的遗像。胡文进似乎用怨毒的目光注视着他，三癞子的四肢顿时冰凉，胡文进的遗像和阁楼上床底下的那些画像都被他拿到五公岭的乱坟坡上焚烧掉了呀，怎么会重新出现在墙上呢？

三癞子喃喃地说："老画师，我和你前世无冤今生无仇，你不要吓我——"

胡文进没有说话，只是在画像上冷冷地注视着他。

三癞子朝胡文进的画像鞠了一个躬，然后拿着油灯上楼，他的脚步踩在颤巍巍的楼梯上，叽叽嘎嘎响，有种极不安稳的感觉。三癞子小心翼翼地往阁楼上走去，还剩下几个楼梯坎时，他的目光和床底平行了，油灯晃动的火苗中，他看到床底下塞满了画像，那些都是被他烧掉的画像，怎么会在这个晚上回到床底下？三癞子心底升起一股寒气。

他来不及想什么,就看到床底下飘出丝丝缕缕的青烟。

青烟飘出的过程中,三癞子还听到了沉重的呼吸。一股阴风从床底下吹拂过来,油灯的火苗急促地摇晃了两下,就被扑灭了。三癞子的脖子像被一只无形的大手掐住了,一口气憋在了喉头,喘不过来。紧接着,三癞子觉得有很多只手在黑暗中伸出来,推着他的身体。他往后一仰,脚一滑,收不住身子,倒了下去。三癞子就像个破麻袋一样,滚下了楼梯。

三癞子这一跤摔得不轻,浑身散了架一般,屁股和腰还有手肘等部位疼痛极了。黑暗中,有很多人狞笑着朝他围拢过来,三癞子顾不上疼痛,站起身往门那边扑去,来到门边,他急忙抽开门闩,打开门一脚就跨了出去。他锁上画店的门,惊魂未定,大口地喘着粗气,画店里一片死寂,什么声音也没有了。这时,他突然听到了胡二嫂的尖叫声。

胡二嫂又发疯了?

三癞子犹豫了一会儿,然后朝胡二嫂的家走了过去。

21

猪牯知道游长水镇长没有睡。

游长水书房的灯还亮着。猪牯和一个保安队员守在一个阴暗角落里,这个角落既可以看到游长水的书房,也可以看到镇公所的大门,还有一些保安队员埋伏在逍遥馆以及皇帝巷的一些角落里,保护着镇公所,如果发现有什么异常情况出现,他们会蜂拥而出,让潜入者插翅难逃,这当然是猪牯一厢情愿的想法。

他们一连好几天晚上都这样了,一无所获,今天晚上会发生什么样的事情,他们谁也不知道。

此时猪牯心中考虑的其实不是提心吊胆的游长水的安危，而是那个叫冯如月的女子。这几天，猪牯晚上带着保安队员守着镇公所和逍遥馆，白天就回家去睡觉，自从冯如月到了他家后，他就没有再到逍遥馆去睡觉。李媚娘发现那个晚上不是猪牯虐待春香后，觉得错怪了他，但是她弄不明白猪牯为什么不来找春香了。猪牯庆幸自己那天晚上没有宿在春香的房间里，如果他在，说不定他已经被陈烂头给干掉了，某种意义上，冯如月救了他一条命。这让猪牯的内心更加地对冯如月蠢蠢欲动，也许冯如月就是他命中的那个女人，猪牯确定自己对冯如月是一见钟情了。

可是，也有很多令他烦恼的事情。因为冯瞎子和冯如月父女到他家后，家里一直不太平。冯如月俨然把猪牯的家当成了她自己的家，看他家里有什么好吃的东西毫不顾虑地煮了吃，猪牯的父亲王秉益见她反客为主的样子，气得要命，特别是猪牯不在家时，冯如月做了午饭或者晚饭，根本就不叫王秉益吃，而是把做好的饭端进房间里，关起门来父女俩自己吃，仿佛王秉益是空气，根本就不是个活生生的人。王秉益会对着那紧闭的房门破口大骂，企图要把他们父女俩赶出王家，可无论王秉益怎么骂，房间里没有丝毫的动静。猪牯回家后，王秉益就和他诉苦，还咒骂猪牯，这时，冯如月就会眼含着泪水，楚楚动人地走出来，对猪牯说："大哥，我很感激你收留了我们，给你添了很多麻烦，我不想再给你添麻烦了，我们走——"猪牯看到冯如月的泪水，就像是鬼迷了心窍，他根本就不顾父亲的态度，对冯如月说："如月，现在外面兵荒马乱的，你们到哪里也没有在我家安全，你们就住着吧，不要管那么多，这就是你们的家！"猪牯的话让王秉益气得要吐血。

猪牯这个晚上没有回家，他和那个保安队员守在镇公所的那个角落里的时候，他对家里发生的事情一无所知。

这个晚上，冯如月还是只做了自己和父亲的饭，端进房间里父女俩享用。王秉益闻到了腊肉炒蒜苗的香味,他从自己的房间里颤巍巍地拄着拐杖走出来,冯如月已经把饭菜端进房间里去了,并且关上了房门。王秉益浑身颤抖,用拐杖敲着冯如月父女的房门说:"你们是哪里来的野鬼,我们是不是上辈子欠了你们的债,今生你们来讨债的呀!你们为什么要赖在我们家里,白吃白喝,还对我如此不敬呢!"

房间里寂静极了,只有腊肉炒蒜苗的香味夹带着一股莫名其妙的味道从门缝里飘出。自从他们进入王家后,王秉益就闻到一股莫名其妙的怪味,他不清楚那股怪味是从谁的身上散发出来的,而且,只有他们来的第一天,王秉益见过冯瞎子的面,此后一直就没有和他照过面,冯瞎子仿佛就一直没有出过那个房间的门。在王秉益眼中,冯瞎子父女显得十分诡异。

王秉益没有办法,只好拄着拐杖,走出了家门。王秉益刚刚走出家门,就听到家里传来一阵女人阴森森的笑声。王秉益来到了大儿子王文青的家里。王文青家里有客人,他正陪几个客人在喝酒,看到父亲进来,连忙站起来,迎了上去:"爹,你怎么来了?"

王秉益满脸愤怒:"我难道不能来了吗?"

王文青赔着笑脸说:"爹,怎么不能来呢,这也是你的家,你什么时候想来,还不是你说了算。"

王秉益叹了口气:"唉,我在家里连饭都吃不上了!"

王文青吃惊地说:"爹,你还没有吃饭?"

王秉益用拐杖重重地敲了一下地:"我要吃了,还能上你家来吗?我现在成要饭的了,你是不是也连一口饭都不给我吃!"

王文青说:"爹,你快坐下,快坐下,和我们一起吃!"

王秉益也不客气,坐下来就吃了起来。王文青的老婆站在厨房门口,冷冷地看着王秉益。过了一会儿,她朝王文青说:"文青,你过来一下!"王文青历来听老婆的话,赶紧走了过去。她把王文青拉进了厨房，轻声说："他怎么又来了？"王文青说："他怎么也是我爹，来就来了呗！"她拉下了脸："过年我们也没有少给他东西，你那个弟弟现在都当保安队长了，也没有见他给孩子们买什么东西，还有你爹，过年连个压岁钱也没有给孩子。你说当初分家，我们房子也没有要，你爹存下的那些钱一分钱也没有给我们，我们就是空手走出家门另立门户的，你怎么就那么没有记性呢？"王文青委曲求全地说："你就不要记怪那么多了，爹能够来，证明他心中还是有我们的，他一定是在家里受了什么委屈了，你就不要说那么多了！"她伸出手掐了王文青一下，王文青"哎哟"地叫了一声，痛得龇牙咧嘴。客厅里的客人们听到了王文青的叫声，王秉益也听到了。

客人走后，王秉益也要走。王文青要王秉益住下，不要回去了。王文青的老婆在厨房里洗碗，故意把碗筷弄得很响。王秉益对儿子说："我还是回去吧，我死也要死在老宅里！"王文青是两头受气，十分无奈，只好送父亲回碓米巷的老宅里去。一路上，王秉益把猪牯收留冯瞎子父女俩的事情告诉了王文青。王文青听了也十分气恼："他们怎么能这样！"

到了家里，王秉益指了指那个偏房对儿子说："他们就住在那个房间里。"

王文青发现那个房间里一点动静也没有，就把父亲扶进了他的卧房，对父亲说："爹，你先睡下吧，我明天去找弟弟说说，不能让他们这样下去了。"王秉益叹了口气："你回去吧，回去不要和老婆吵架，她对你好就行了，告诉她，我饿死也不会再到你们家吃饭了。"

王文青走后不久，王秉益听到了冯如月房间开门的声音。

夜已深了，他们开门要出来干什么？

王秉益突然产生了一种莫名的恐惧。

门外的厅堂里静悄悄的，什么声响也没有，王秉益心中疑惑，他们的脚步声没有出现。

王秉益走到门边,把门闩好,然后回到床边,脱衣上了床。

王秉益躺在床上,心想,明天一定要和猪牯大闹一场,不赶走冯瞎子父女俩,誓不罢休!

房间里的油灯发出暗红的光亮。

光亮中,时光在静静地水般流逝。王秉益闭上眼睛,强迫自己睡去。人老了,想的问题很多,自从冯瞎子父女俩来了后,他想的问题更多了,失眠无情地折磨着他,空寂的夜晚也变得漫长,无边无际的烦恼让他焦虑不安。他越是强迫自己睡去,越是无法入眠。

他又睁开疲惫的满是眵目糊的眼睛。

这时,他看到床边站着一个人,看不清那人的脸,也不知道那人是怎么进入他的卧房的,他卧房的门还关闭着。

房间里顿时充满了那奇异的怪味。

王秉益警觉地坐起来,惊恐地说:"你是谁?"

那人没有回答他,他突然把自己的头摘了下来,放在了王秉益的身上。王秉益惊叫了一声,一口浓痰卡在了喉咙里,气憋不过来,白眼一翻晕了过去。那人冷笑了一声,把摘下的头又放回了自己的脖子上,然后趴在王秉益的身体上,慢慢地如水蒸气般蒸发,一丝影子都没有留下来。

王秉益的卧房里重新陷入了寂静……

22

一连几天,唐镇没有发生什么大事,唐镇的普通百姓渐渐放松了对陈烂头的警惕,他们期待的正月十五终于在鞭炮声中来临。唐镇人真正期待的是乡绅王秉顺承诺的请戏班来唱大戏。王秉顺并没有食言,在正月十四的傍晚,戏班子就进入了唐镇,并且连夜在镇东头的土地庙外面搭起了戏台。连续几天的天晴，气温渐渐地回暖，积雪也已经融化干净，人们在微暖的风中感觉到了早春的气息。

23

民国三十六年农历正月十五，清晨。淡蓝色的炊烟从唐镇人家高高矮矮的烟囱中袅袅升起，缓缓地融入瓦蓝的天空。这个晴天是唐镇人梦寐以求的，谁也不希望在元宵节这天看大戏时淋雨。

三癫子迷迷糊糊地醒来，下意识地伸手往旁边摸了一下。他摸到了一个冰冷的身体。这个冰冷的身体异常平静，三癫子松了口气。那是胡二嫂的身体，三癫子听到了她平和的鼾声。三癫子在梦中看到因为疯病发作被他捆绑的胡二嫂挣脱了绳索，冲出了家门，消失在黑暗之中，他追出去，却怎么也找不到胡二嫂了……三癫子自从那个夜晚发现烧掉的画像都回到画店而离开后，每个晚上都住在胡二嫂家里，并且和她睡在同一张眠床上。胡二嫂只要发病，他就会把她捆起来。三癫子爬了起来，轻手轻脚地解开了胡二嫂身上的绳索，胡二嫂睡得很死，三癫子把绳索从她身上抽出来，她也没有醒来。

胡二嫂的脸像一张惨白的纸。

胡二嫂虽然是个疯婆子，不像正常人那样有敏感清醒的思维，但三癫子和她在一起还是有一种安全感，自从住在胡二嫂家里后，三癫子才明白，为什么男人女人要结婚，要在一起生活，并不完全是因为需要猪狗一般的交配。三癫子没有把胡二嫂当成老婆，或者别的什么，他就是觉得和她在一起，有种说不出的踏实和安慰。他不需要胡二嫂和他干什么床笫之间的事情，也不需要胡二嫂用语言和他交流，只要和她在一起，就足够了。

三癞子不知道自己和胡二嫂这种莫名其妙的关系能够维持多久,有一天就过一天了,他对未来没有什么期待,他从来就没有认为自己是个有未来的人。

三癞子下了床,走到厨房里,准备给胡二嫂做早饭。

他刚刚往灶膛里塞进柴火,就听到有人叫他的名字。

"三癞子——"

"三癞子——"

那叫唤声十分微弱,听不出是谁在叫他,也不清楚叫他的人是男是女。

是不是胡二嫂在叫他?胡二嫂饥饿的时候,会发出低声的呻吟。

三癞子来不及点燃灶膛里的柴火,就走进了胡二嫂的卧房。胡二嫂还在沉睡,他还可以听到胡二嫂轻微的鼾声。

"三癞子——"

"三癞子——"

那叫声还在继续。三癞子突然想起了那个白衣女人,难道是她的召唤?多日来,她没有出现,他期待她出现,又害怕她出现。此时,白衣女人在何处?三癞子浑身突然打了个寒噤,中邪了一般朝大门走去。三癞子打开了胡二嫂的家门,一股新鲜的空气涌进来。三癞子走出胡二嫂的家门,某些早起的人向他投来鄙夷的目光。三癞子从来都不会在意唐镇人任何含意的目光,他在辨认着那叫声来自何方。

三癞子朝画店走了过去。

叫唤声难道是从画店里传出来的?

三癞子此时显得十分平静,脸上没有任何表情。他打开了画店的门,径直走了进去,然后把画店的门关上了。

三癞子发现墙上挂着的还是宋柯给他画的那幅有颜色的画像。

他在那幅画像底下呆立了一会儿,然后朝楼梯走去,阁楼里的确传来细微的叫唤声……

24

天亮之后，猪牯没有马上回家睡觉，尽管他已经疲惫不堪，真想就地倒头便睡，这样的日子不知道要熬到什么时候才能结束，连和在他家住着的冯如月也没有太多的时间接触，让他的心里总是猫抓般难受。不知从哪里飞来了一只通体乌黑的死鬼鸟，停在镇公所院子里那棵枣树的枝头怪叫。死鬼鸟是不祥之物，传说它在谁家的屋顶鸣叫，谁家就会死人。猪牯听到死鬼鸟的叫声，心里十分恐慌，堂叔王秉顺和他说过，正月十五是个好日子，所以才请了戏班来唐镇唱大戏。在这个好日子里，死鬼鸟在镇公所院子里的枣树上怪叫，会是什么不祥的预兆呢？

猪牯胆战心惊地和一个保安队员对着那只死鬼鸟大呼小叫，企图把它赶走。

死鬼鸟对他们的大呼小叫无动于衷，继续怪叫着。

穿着长袍马褂的游长水走了出来，他的脸色铁青，双眼深陷，晚上一定又没有睡好觉。游长水出来后，猪牯他们就停止了叫唤。游长水走到猪牯的身边，什么也没有说，只是神色凝重，他抬起头，看了看树上怪叫的死鬼鸟。猪牯赔着笑脸，哈着腰，那个保安队员躲到一边去了，睁着通红的眼睛看着他们。

游长水低下头，一眼瞟到了猪牯腰间的盒子枪，阴沉地说："猪牯，把枪给我！"

猪牯明白游长水要干什么，说："游镇长，我来吧，我的枪法准。"

说着，猪牯掏出了盒子枪，举枪就对树上的死鬼鸟瞄准。

游长水铁青着脸，还是低沉地说："把枪给我！"

猪牯看了看游长水，只好把盒子枪递给了他。

游长水接过枪，嘴巴里吐出了一句脏话，猛地举起枪朝树上连开了三枪，游长水三枪都没有打中那只死鬼鸟，死鬼鸟惊叫着扑楞楞地飞走，留下两片黑色的羽毛缓缓地飘落。枪声在唐镇引起了人们的注意，唐镇人不知道镇公所发生了什么事情，很多好事者就来到了镇公所门口，探听消息。当他们得知是游长水开枪打死鬼鸟后，才纷纷离去。

游长水把猪牯叫进了书房。

游长水阴沉地说："猪牯，今天是什么日子，你知道吗？"

猪牯很奇怪游长水为什么会问这个如此弱智的问题："知道，今天是正月十五。"

游长水的目光鹰隼般盯着猪牯："知道就好，今天你要特别小心，特别是晚上唱大戏的时候，保安队的所有人都要调动起来，加强防范，特别是镇公所和逍遥馆！"

猪牯连连点头："我明白，明白！"

游长水说："你安排好白天守卫的人后，就回去睡一会儿吧，我知道你一个晚上没有睡觉，够辛苦的！"

猪牯的心里有了股暖意，游长水终于知道他也很辛苦，游长水的话让猪牯十分受用，喜形于色地走出了游长水书房的门。猪牯安排好一切，就回家去了。猪牯回到家里，发现父亲王秉益和冯如月正坐在餐桌前吃早饭。让猪牯觉得奇怪的是，在王秉益到王文青家吃饭后的第二天，就变了一个人，也不和猪牯提赶冯瞎子父女俩走的事情了，也很少说话，脸上总是挂着一丝僵硬的笑容，冯如月也不光给他们自己做饭了，做完饭就叫王秉益一起吃。更让猪牯奇怪的是，冯瞎子一直待在房间里，猪牯就没有看见他出过门，冯如月总是把饭端到房间里给他吃，并且总是把房间门关得紧紧的。难道冯瞎子进入他们家后就见不得光了？这段时间猪牯忙着唐镇的保卫工作，连冯如月都顾不上，更不用说冯瞎子了。猪牯想，等过了这段时间，他再在冯如月身上下功夫，只要把她留在家里，不愁没有机会的。

冯如月见猪牯迈着沉重的步子走到厅堂里，赶紧站了起来，笑容满面地说："大哥，你回来了，快吃饭吧！"

猪牯也笑笑说："你吃吧，我在镇公所吃过了。"

冯如月关切地说："大哥又一个晚上没有睡吧，太辛苦了，你赶快去休息吧，老这样熬夜，身体受不了的。"

猪牯点了点头说："我这就去睡。"

猪牯瞥了父亲王秉益一眼，王秉益没有理会他，只是自顾自地吃着东西，仿佛猪牯根本就不存在。猪牯又对冯如月说："如月，难为你了，你父亲有病在身，还要照顾我父亲。"

冯如月难为情地低下头说："大哥，我们给你添麻烦了。"

这时，猪牯闻到了一股奇怪的味道。

此时，他实在太疲惫了，没有在意那股怪味。

他走进卧房后，冯如月的脸沉了下来，变得十分阴郁。

王秉益抬起头看了看她，脸上还是僵硬的笑容。

25

这个春节在正月十五这天到了高潮。唐镇变得热闹非凡，唐镇人把在四乡八村的亲戚们也请到了镇上，一起共度元宵，家家户户都准备了各种各样的花灯，准备在晚上闹元宵看大戏。热闹从中午开始，将持续到深夜。

三癞子自从早上进入画店后，就一直坐在阁楼上宋柯坐过的椅子上，对着画夹上的画纸发呆。外面镇街上的热闹和他没有丝毫的关系，连同早上镇公所里传出的枪声。长期被恐惧折磨的三癞子，似乎麻木了，又好像他的身体和思想都已经不是自己的了，他被一种无形的东西控制着。三癞子几次拿起了宋柯画像用过的炭笔，颤抖着手，在画纸上涂抹，他想画出宋柯的眼睛和他的鼻子以及整个脸的轮廓，可他竟然记不起宋柯的长相了，三癞子的脑海一片糨糊，可他心中有个强烈的欲望，就是要给宋柯画一幅遗像。

三癞子还闻到了死亡的气息。

死亡的气息有时游丝般微弱，有时又是那么强烈。

三癞子呆坐在那里，从清晨到正午。

正午的阳光直射在唐镇的街上，镇街中行走的每个人都那么喜悦，仿佛恐惧和危险从来没有在唐镇发生过。在这个正午，胡二嫂走出了家门，因为三癞子早上离开她家时，没有捆住她，也没有把她的家门锁上。胡二嫂趔趔趄趄地走在镇街上，和唐镇元宵节的喜庆气氛格格不入。她竟然走到屎尿巷又吃起了屎，边吃边嗷嗷地叫着什么。然后，满脸是屎的胡二嫂又回到了街上，脱掉了上衣，露出干瘪的两个奶子，双手在自己的奶子上狠狠地抓挠着，她那干瘪的奶子上很快出现了一道道深深的血痕。胡二嫂目光迷离地说："我才是贱货，我才是贱货……"

许多人乐呵呵地围着她看热闹。

在晚上的大戏没有开锣之前，胡二嫂也成了围观者眼中的一出戏。

有些孩童往胡二嫂身上扔瓦片和土坷垃，他们齐声说着顺口溜："三癞子，黑乌乌，河里洗澡河水污；胡二嫂，疯癫癫，满嘴大粪臭上天；一个癞来一个癫，同床共枕笑死人……"

这时，乡绅王秉顺走了过来，对大家说："散了散了，有什么好看的！"

因为晚上的那台大戏，王秉顺在唐镇人心中有了很大的威信，大家听了他的话，都嘻嘻哈哈地散开。王秉顺看到胡二嫂的样子，皱起了眉头说："怎么能这样呢！"

他叫住了一个汉子说："三癞子呢，不是只有三癞子才能管住她的吗？"

汉子讪笑道："三癞子，没有见到他呀，是不是到五公岭去挖墓穴了？"

有人说："他好久没有去挖墓穴了，现在他把自己打扮成宋画师的样子，是不是也要给死人画像？对了，我早上还看他进了画店的，就在镇公所的枪响之前，兴许还在画店里呢。"

王秉顺马上对汉子说："快去把三癞子叫来，赶紧把胡二嫂领回家，胡二嫂这个样子像什么话，有碍咱们唐镇的观瞻。"

汉子听了王秉顺的话，飞快地跑到了画店门口，大声地喊道："三癞子，你快出来，胡二嫂又发癫了，王秉顺让你赶快把她领回家——"

汉子一直喊着，喊了许久也没有听到画店里有什么动静。

他喊累了，就用脚去踢画店的门，老旧的杉木门被踢得"咚咚"作响，不停地颤动着。

汉子正踢着门，画店阁楼上的窗门开了，露出了三癞子迷茫的丑脸。

过了一会儿，三癞子突然从阁楼的窗口跳了下来，摔倒在鹅卵石街面上。很多人看他跳下来，都呆了，以为他会摔个半死。让人们惊讶的是，三癞子似乎一点也没有受伤，神奇地站立起来，朝胡二嫂那边飞奔过去。当他看到满脸是屎的胡二嫂裸露着满是血痕的胸脯坐在那里时，三癞子的眼中流出了泪水，他二话不说，抱起胡二嫂，一步一步地朝胡二嫂家走去，边走边说："这是个什么世道，什么世道——"

26

就在三癞子抱着轻飘飘的胡二嫂回家时,有个陌生人穿过皇帝巷来到了镇公所的门口。这个陌生人要进入镇公所时,被两个荷枪实弹的保安队员拦住了。其中一个保安队员说:"你是谁?来这里干什么?"

陌生人冷冷地说:"我是来找游长水游镇长的,我有一封信要亲手交给他!"

保安队员狐疑地审视着他:"你打哪里来?"

陌生人还是冷冷地说:"从很远的地方来!"

保安队员听陌生人的口气,似乎来头不小,就对他说:"你等等,我去通报游镇长一声。"

那个保安队员刚刚进去,猪牯就来到了镇公所的门口。

不一会儿,那个保安队员出来了,对猪牯说:"队长,游镇长让这个人到书房里去。"

猪牯就领着陌生人来到了游长水的书房门口,猪牯敲了敲门说:"游镇长,那人来了!"

游镇长在里面说:"让他进来吧,你在外面守着!"

猪牯对陌生人说:"你进去吧。"

猪牯守在门口,右手紧紧地握着盒子枪的枪把,只要书房里面发生什么不测,他就会义无反顾地冲进去。可猪牯的脑海里还浮现出冯如月的牡丹花一般的脸容,他已经深深地迷恋上她了,他出门的时候,冯如月把他送到门口,温情脉脉地对他说:"早点回家,不要太卖命了。"他对她说:"晚上在土地庙门口唱大戏,好像是《白蛇传》,你可以去看。"冯如月幽幽地说:"我不喜欢看戏。"……猪牯想,如果不是重任在身,他一定会带冯如月去看戏的,就是不去看戏,他也许会让冯如月在家里为他唱那支小曲《十八摸》……约莫过了半个时辰，陌生人从书房里走了出来，瞧都没有瞧他一眼就朝大门外走去。

紧接着，猪牯听到书房里传来了游长水的哭号声。

猪牯的心收缩了一下，冲进了书房，他看到游长水手中拿着信笺，老泪纵横，泣不成声。猪牯从来没有见过游长水如此悲痛的样子，站在那里不知所措。游长水哭号了一会儿，颓然地坐在太师椅上，手中的信笺飘落在地上，他从口袋里掏出了手巾，擦了擦眼睛，沙哑着嗓子对猪牯说："没有什么事，你出去吧，去做你该做的事情去吧。"

猪牯不好问什么，只好退了出去。

他刚刚走出书房的门，就看到院子里的那棵枣树上扑满了黑压压的死鬼鸟。满树的死鬼鸟无声无息地站立在树枝上，猪牯顿时感觉到了透心的冷，浑身冒起了鸡皮疙瘩。这个元宵节是不是会发生什么可怕的事情？猪牯的心一阵一阵地抽紧。

27

元宵之夜，也是月圆之夜。天上的满月洒下银色的清辉，唐镇镇东头的土地庙外面人山人海，人们都在兴高采烈地看着大戏。镇长游长水没有像往年一样与民同乐，而是躲在镇公所的书房里。猪牯也没有去看戏，他带着保安队员守在镇公所里，枣树上的死鬼鸟一直没有离去，在月光下越发显得阴森恐怖。三癞子和胡二嫂也没有去看戏，三癞子整个下午都在给胡二嫂洗澡，一直洗到天黑，天黑后，三癞子就给胡二嫂做饭……还有棺材店的老板张少冰也没有去看戏，他的老婆孩子都去看戏了，他却在家里备好了酒菜等着游武强的到来，游武强说过，过完正月十五，他就要离开这个地方，再次到外面的世界去闯荡了。唐镇的小街变得清静，只有到大戏唱完后，小街才会重新热闹起来，人们会在小街上游花灯。

游武强的到来让张少冰十分兴奋，又十分的伤感，或许，这是他们最后一次在一起相聚了，以后游武强能不能再回到唐镇，是一个未知数。他们边喝着酒，边说着话，游武强说起了一件事。这几天晚上，他回到乌石崟的茅草屋时，就会感觉有个白色的影子在茅草屋顶晃动，等他走近前，那白色的影子就不见了。张少冰坚持说那白色的影子一定是被杀头的蛊女凌初八的鬼魂。游武强说他从来没有招惹过凌初八，为什么她的鬼魂会出现在自己面前呢？张少冰没有办法解释这个问题。

他们在喝酒聊天的时候，门外有个人的眼睛透过门缝，朝里面窥视。

这个人就是屠户郑马水。

郑马水悄悄地离开了张少冰的家门口，鬼鬼祟祟地来到土地庙外唱戏的地方，他和一个钟姓人家的年轻人耳语了几句就躲到一边看戏去了，他的脸上浮现出一丝奸笑。那个钟姓人家的年轻人又跑到戏台底下前排就座的钟姓族长面前悄悄耳语了几句。钟姓族长是个精瘦的老头，他听完年轻人的话，不露声色地和年轻人耳语了几句。年轻人在族长说完话后，就在看戏的人中蹿来蹿去，不一会十多个钟姓人家的精壮汉子就悄悄离开了看戏的现场。他们各自回到了家里，抄起了长矛大刀等械斗的家伙，聚集到了张少冰的家门口。

他们是因为游武强和钟七老婆沈文绣偷情的事情来找游武强寻仇的。

领头的那个年轻人大声地在张少冰的门外叫道："游武强，你有种的话给我滚出来！"

张少冰家里一点动静都没有。

唱戏的声音从不远处传来，撩拨得人们心痒痒的，其中有个钟姓汉子咬牙切齿地说:"抓住游武强,要把他弄死,害得我们好好的戏也看不成了!"

有几个人附和道:"对,抓住他要把他弄死,这个王八蛋偏偏要在这个晚上回来!"

领头的年轻人说:"大家小心点,游武强当过兵,还会点拳脚,手上还有刺刀,千万不要轻敌,他要是出来,大家一起上,先把他干翻再说!"

……

猪牯对着枣树上那些悄无声息的死鬼鸟,心里一阵阵地发冷。

这时,镇公所外面有人敲门,猪牯打开门,一个保安队员气喘吁吁地对猪牯说:"队长,不好了——"

猪牯说:"你慢慢说,发生什么事情了?"

那个保安队员说:"游武强回来了,正在张少冰家喝酒呢,结果被钟姓人发现了,现在钟姓人围住了张少冰的家,看来要出人命了!"

猪牯大吃一惊:"啊——"

他急忙进去敲开了书房的门,游长水满目哀伤地问猪牯:"发生什么事情?"猪牯把事情简单向游长水做了汇报。游长水破口大骂:"这个没有出息的狗东西,让钟姓人把他剁成肉酱才好!"过了一会儿,游长水叹了口气说:"唉,无论怎样,他还是我游家的一条根呀,我们游家不能再死人了!"猪牯说:"游镇长,那怎么办?"游长水沉思了一会儿说:"你赶快带人过去,不要让钟姓人把武强抓走,你把武强抓到镇公所来,就说由政府来处理。"猪牯点了点头:"好的,好的!"猪牯说完要走,游长水叫住了他:"你先把我送到逍遥馆去,今晚我就在那里过夜了,我不想看见那个没出息的东西,抓回来后,你就把他关起来。对了,今晚一定要好好看护好逍遥馆,多派些人手!"

269

……

猪牯带着保安队员来到张少冰家门口时，钟姓人正用一根木头撞张少冰的家门。猪牯大声说："你们给我住手！"领头的年轻人说："猪牯，这是我们钟家和游武强之间的私事，你最好不要插手！"猪牯说："你们无法无天了，什么事情都你们自己处理，还要政府干什么！"年轻人大声说："不要管他们，继续撞门，今天不把游武强弄死，我们绝不罢休！"猪牯和保安队员们用枪指着他们，猪牯说："谁要是不听我的话，不要怪我的枪不认人了！"钟姓人看到猪牯他们黑洞洞的枪口，有些怕了，停止了撞门。就在这时，张少冰的大门打开了，他站在门里，平静地说："你们想干什么？"

年轻人说："张少冰，你不要装蒜，赶快把游武强交出来！"

张少冰冷笑了一声说："游武强？你们谁看到游武强了？我还想找他呢！"

年轻人又说："张少冰，少废话，你把游武强交出来，你就什么事情也没有，否则——"

张少冰说："我可以让你们进家里去找，要找不出游武强，你们看怎么办？"

猪牯走上前说："少冰，让我进去看看吧！"

张少冰让猪牯进了屋，年轻人也跟了进去。他们找遍了张少冰的家，也没有找到游武强的影子。……他们走后，张少冰关上了大门，瘫倒在地上，双手捂着胸口，喃喃地说："吓死我了——"此时的游武强，早已经从张少冰的屋顶逃离，在月光下往乌石崇方向飞奔呢，唱戏的声音离他越来越远，直至消失。在奔逃的过程中，游武强想到了那个白衣女人，如果她真是蛊女凌初八的鬼魂，那会怎么样呢？……

28

"老东西,你有多长时间没有上过我的床了呀?今夜怎么就想到了我呢?你就是个官迷和财迷,心里早就没有我了吧!"李媚娘趴在游长水干瘦的胸膛上,摸着游长水的脸,娇滴滴地说。

游长水的双手放在李媚娘的屁股上,觉得她的皮肤还是那么溜光水滑,可他没有心情继续想有关李媚娘肉体的事情,叹了口气说:"和你在一起,心里踏实了些。"

李媚娘的手摸到了游长水的下身:"老东西,你真的老了,不行了。真怀念那些时光呀,我们在一起,一天一夜一会儿就过去了,可你现在老了,硬都硬不起来了,闻到我身上的味也没有感觉了。"

游长水把李媚娘轻轻揉搓他下身的手拿开,沙哑着嗓子说:"武飞死了!"

李媚娘不相信自己的耳朵:"老东西,你说什么?"

游长水顿时老泪横流:"武飞,他,他死了!"

李媚娘张大了嘴巴:"啊——"

李媚娘心里十分清楚,游武飞是游长水的大儿子,也是游长水最引以为豪的儿子,他在国民党军队里当团长。他曾经在当营长时骑着高头大马带着兵回过唐镇,那时,游长水弃商从政,刚刚当上唐镇的镇长。那次游武飞回来,就是为了帮助父亲巩固他在唐镇的地位,带兵进山剿过陈烂头,虽然没有打死陈烂头,但是让陈烂头好久没有在唐镇的地界上露面。游长水能够安稳地在唐镇当几年的镇长,游武飞起到了相当重要的作用,就连县里的县长都要敬他三分……游武飞怎么说死就死了呢?李媚娘心底冒起了寒气,颤抖地说:"怎么会这样——"

游长水哽咽地说:"中午的时候,队伍里派人送来了信,说他和共产党部队打仗时战死了。一大早,死鬼鸟就在枣树上叫呀,我想今天一定会发生什么事情，没有想到……"

李媚娘也哭了，她抱着游长水的头说："老东西，你要节哀呀，你可不能有什么事情了，你要有个三长两短，我可怎么办！"

游长水说："媚娘，这事情要保密，对谁也不能说，否则——"

李媚娘含着泪说："我明白，老东西！"

这时，唐街上传来了密集的鞭炮声，他们知道，大戏唱完了，镇上的人开始在街上游花灯了，这是这个春节里唐镇人最后的狂欢，从明天开始，唐镇人又要恢复平常的日子了。听到鞭炮的声音，游长水和李媚娘心里更加地悲伤了，游长水搂住了她，仿佛李媚娘是他最后的安慰。

游长水突然想起了游武强，游武强此时揪着他的心，无论怎么样，游武强还是他的亲侄子，但是他没有对李媚娘说起游武强的事情。

房间里的油灯不知怎么的，突然灭了。

游长水感觉到了不妙。

他想起了被杀头的凌初八，还有陈烂头……游长水紧紧地搂住李媚娘，在她耳边轻轻说："好像房间里进了人！"李媚娘那一身肥肉颤动起来，头埋在游长水的怀里，大气不敢出一口。

房间里的空气仿佛凝固了。

街上的鞭炮声还在继续。

游长水和李媚娘突然听到房间里有另外一个人的呼吸……

中
风飕飕

1

民国三十六年农历正月十六早晨，乳白色的晨雾笼罩了狂欢过后的唐镇，显得诡异和阴冷。一件神秘的死亡事件在浓雾中的唐镇流传开去。唐镇镇长游长水死在了逍遥馆老鸨李媚娘的眠床上，据说死相十分骇人，李媚娘在半夜醒来后，就发现游长水死了，他的尸体浑身肿胀，肚子鼓得像个小山包，头脸肿得像谷斗，散发出褐色的油光，七窍流出黑色的污血，微微张开的嘴巴里还游出青色蛇……天蒙蒙亮的时候，游长水的尸体蒙着白麻布，被抬出了唐镇，回游屋村的老宅游家大屋去了，有人碰见，说尸体经过后，留下一股恶臭久久不能飘散。猪肉铺前围了些人，他们神色惊惶，在谈论着游长水的事情。

屠户郑马水手上拎着剔骨尖刀，神秘兮兮地说："你们知道游长水为什么会死？死在谁的手上吗？"

大家都摇着头，一脸迷茫。

郑马水低沉地说："你们还记得那个被官府抓去杀头的蛊女凌初八吗？"

大家都点了点头。有人问："游长水的死和凌初八有什么关系，凌初八不是死了吗？"

郑马水的目光阴冷："她是死了，但是她的魂还没有散。你们也许不知道，大年三十晚上，当时杀死凌初八的两个刽子手也莫名其妙地死了，死状听说惨不忍睹，和以前镇上被凌初八下蛊致死的人一模一样。她死了也是恶鬼，不会放过一个和她的死有关系的人的。你们知道吧，是游长水派人到县城里去报官抓凌初八的，所以，凌初八的鬼魂自然不会放过他。天还没有亮的时候，有人起来到屎尿巷里屙屎，在月光下，看到皇帝巷飘出一个白色的影子，哭哭啼啼地沿着镇街，朝西边飘去，那人吓得屎都屙在裤裆里了。那人说，白色影子和凌初八十分相似……我认为，那就是凌初八的鬼魂，她开始向唐镇和她有关的人下手了，那天，把她押到县城去路过镇街的时候，不是有不少人朝她的身上扔脏东西，吐唾沫吗？这些人都应该要小心了，好在我只是看着她被押过去，什么也没有做。"

大家面面相觑，各自心怀恐惧，这些人里面大部分人都做过那样的事情。

有人声音颤抖地问："郑马水，你说的是真的？"

郑马水吞了口唾沫说："我要说假话，和游长水一样不得好死！"

郑马水坚定的语气让那些人更加的胆战心惊。

又有人问："那个看到凌初八鬼魂的人究竟是谁？"

郑马水脱口而出："是余花裤！"

那人说："郑马水，你昨天晚上闹完花灯，是不是又闹到余花裤的床上去了？"

一阵哄笑。

郑马水十分尴尬，后悔自己说漏了嘴。

尽管大家笑话郑马水，可他们都在这个春天即将来临之际，陷入了寒冷的冰窟里。大家都怀着一颗恐惧之心散去，把这件事情更加广泛地传播开去。

张少冰从浓雾中走来。

他眉头紧锁，苍白的脸疲惫而憔悴。

郑马水看到张少冰影子般飘到棺材店的门口，心里有些紧张。昨天晚上，本来想看一出好戏的，结果没有得逞，郑马水内心有些忐忑，真担心钟姓人会把他告密的事情说出去，那样游武强一定不会饶了他的，别看他满身横肉，但真要动起手来，绝对不是游武强的对手，昨天晚上游武强要是被钟姓人抓住了，那他就不用担心什么了，甚至在这个浓雾的早晨，可以用刻薄的语言挑战张少冰了。

郑马水在这个早晨还是感觉到了恐慌的滋味。

他为了掩饰自己的心虚，笑着高声对开门的张少冰说："张老板，你的棺材店又有生意了唷——"

张少冰回过头，冷冷地对他说："希望下一个躺进棺材的人是你——"

郑马水听了张少冰的话，一口痰噎在喉咙里，吞也不是，吐也不是。

这时，猪牯也从浓雾中匆匆走来。他走进了棺材店里，和张少冰说着什么。

2

三癞子被一阵急促的敲门声震醒过来，躺在他旁边的胡二嫂睁大空洞的双眼，口里蚊虫般喃喃地细声说着什么。胡二嫂一个晚上都没有犯病,三癞子没有把她捆绑起来,她一直这样该有多好!

敲门声还在继续。

三癞子想,这大清早的,谁在敲门?谁会敲胡二嫂的门?唐镇的人都把他们当成臭狗屎,谁会来找他们?

三癞子穿上衣服,下了床,走出了卧房,来到大门边,打开了门。浓浓的雾气涌进屋,浓雾充满了死亡的气息。迷蒙中,三癞子看到了猪牯焦虑的脸。猪牯闻到了一股淡淡的腥臭味,和宋柯身上散发出来的腥臭味一样。

三癞子冷冷地说:"猪牯,你找我有什么事情?"

猪牯顾不上考虑那股腥臭味,客气地对他说:"三癞子,我是来请你去挖墓穴的。"

三癞子迟疑了一会儿说:"我现在不给人挖墓穴了。"

猪牯说:"这怎么可能呢,难道有钱你也不赚?"

三癞子还是冷冷地说:"我现在不给人挖墓穴了!"

猪牯有些恼怒:"三癞子,你不要敬酒不吃吃罚酒,抬举你才叫你去挖墓穴的!"

三癞子显得十分倔强:"我不要你的抬举,也不吃你的敬酒!我告诉你,我不想再给人挖墓穴了!"

猪牯再也克制不住自己的情绪了,掏出了盒子枪,冰冷的枪口顶在了三癞子的脑门上。三癞子一动不动,平静地说:"猪牯,你开枪打死我吧,我早就想死了,就是死不了,活着就是受罪,活着就是担惊受怕!你开枪吧,我要是眨一下眼睛,就不是人养的!"

猪牯浑身颤抖着,不一会儿,拿枪的手软软地垂了下来,用近乎哀求的声音说:"三癞子,你就行行好,去给游镇长挖个墓穴吧!"

三癞子眨了眨小眼睛说:"你说什么,给游镇长挖墓穴?"

猪牯哀怨地说:"是的,给游镇长挖墓穴,他死了。他对你不错，你占了画店，他也没有说什么，怕你在土地庙里挨冻，让你先住在画店里，交代我不要管你。"

三癞子低下了头，轻声说："我去。"

三癞子吃完早饭后，换上了破衣烂衫，光着脚，扛着锄头准备出门。胡二嫂拉住了他的衣尾，他回头看到了胡二嫂迷茫的眼睛中闪烁着凄凉的泪光。三癞子柔声说："二嫂，我去给游镇长挖墓穴，不能带你去，你在家里好好待着，等我回来。挖完墓穴，我就有钱了，我去买肉煮给你吃。"胡二嫂紧紧地拉住他的衣尾，死活不放手。

三癞子无奈地说："好吧，我带你去，把你留在家里我也不放心。"

胡二嫂抓住他衣尾的手放松了。

三癞子带上了绳索，扛着锄头出了门，锁好门后，朝镇东头走去。胡二嫂跟在他的后面，像个还未懂事的懵懂的孩子。三癞子知道游家的坟山在哪里，走起来轻车熟路。他边走边回头，怕胡二嫂丢失在浓雾之中。

三癞子来到游家坟山时，游长水的小儿子游武平和风水先生在那里等着他了。游武平比较愚钝，不像哥哥游武飞那样聪敏活络，游长水就把他留在游屋村管理上百亩的田地，当个地主，过着衣食无忧的日子。游武平披麻戴孝，看上去十分猥琐。风水先生已经看好了地形，要挖墓穴的那块地上用石灰圈了起来。三癞子来了后，游武平交代了些什么，就和风水先生匆匆离去，消失在浓雾之中。

三癞子让胡二嫂坐在一棵树下，柔声说："二嫂，我要开始干活了，你在这里坐着，不要乱走。"

胡二嫂迷茫地望着他，微微地点了点头。

于是，三癞子就开始挖墓穴了。

三癞子挖着挖着，就想起了给游长水母亲挖墓穴时挖出的那一窝蛇。

那些蛇在他的脑海里缠绕在一起，不停地翻滚，浓雾中仿佛充满了阴湿的蛇的腥味。

游长水死了，真的死了，三癞子现在就在为他挖墓穴，像在梦中一样。在三癞子的眼中，有权有势的游长水不应该那么快就死掉的，怎么说死就死了，这个问题就像那些蛇一样缠绕在他的脑海，化解不开。

三癞子努力地挖着墓穴，不一会儿，身上就冒出了汗水。

雾水打湿了他的癞痢头，也打湿了他的破衣烂衫，后来，他就分不清湿透全身的是汗水还是雾水了。

三癞子埋头挖墓穴时，胡二嫂从那棵树下站了起来。

她竟然发现一只黑色的蝴蝶从浓雾中翩翩飞到了眼前。

胡二嫂伸出瘦骨嶙峋的手，企图抓住那只黑蝴蝶，可怎么也抓不住它。黑蝴蝶在胡二嫂面前飞来飞去，似乎在引诱着她。胡二嫂伸出手抓黑蝴蝶时，它就往前飞出去一点，却始终和胡二嫂保持着很近的距离。就这样，黑蝴蝶诱引着胡二嫂离开了那棵树。

胡二嫂追随着黑蝴蝶来到了一座坟前。

黑蝴蝶停在了坟头枯草的草叶上。胡二嫂走了过去。这时，胡二嫂看到一个穿黑衣服的年轻女子坐在坟上朝她露出了浅浅的笑容。那只黑蝴蝶却不见了踪影。胡二嫂愣愣地注视着穿黑衣的年轻女子，黑衣女子的脸是灰色的，没有一丝血色。她轻盈地从坟包上跳了下来，走到胡二嫂的面前，牵住了胡二嫂的手。胡二嫂的嘴唇抖动了一下，想说什么却什么也说不出来。黑衣女子牵着胡二嫂的手来到了不远处的一棵树下。黑衣女子灰色的脸上还是那浅浅的笑容。突然，从树上缓缓地落下一个白色绸布条结成的圈套，那个圈套不大不小，胡二嫂的头正好套进去。刚开始时，黑衣女子把自己的头伸进了那个圈套，圈套落在了她的脖子上，她的脸上呈现出无比幸福的色泽。胡二嫂仿佛被她脸上幸福的色泽感染了，当黑衣女子把头从那圈套中抽出来后，胡二嫂就痴痴地走了过去，也把自己的头伸进了那个圈套，胡二嫂突然看到了一个满是鲜花的世界，她仿佛听到有人在耳边说："进来吧，这里是天堂！"胡二嫂的眼睛里闪烁出动人的火花……三癞子偶尔一抬头，发现那棵树下已经没有了胡二嫂，他的心一沉，赶紧从已经挖下去一层的墓穴中跳了出来，大喊着胡二嫂的名字，在浓雾中游家坟山上寻找起来。

当三癞子发现胡二嫂时，胡二嫂的脖子正被那个圈套慢慢地勒紧，她的身体被提起来，脚尖渐渐地离开地面。

三癞子看不到那个黑衣女子。

他大喊了一声："二嫂——"

然后，三癞子像一只鬣狗般扑了过去，抱住了胡二嫂刚刚离开地面的脚。他觉得有种可怕的力量提着胡二嫂的身体往上拔，三癞子死死地抱住胡二嫂的双脚，不让她的身体悬空，只要她的身体悬空了，她就会窒息而死。三癞子觉得那力量太强大了，胡二嫂的身体很快就要脱离他的双手，他急中生智，抽出了一只手，快速地从裤裆里掏出了那截东西，往那棵树上撒了一泡热气腾腾的臊尿，尿是驱邪的一种手段，三癞子十分清楚。

果然，三癞子听到了一声哀绵的叫声后，胡二嫂的身体就软塌塌地瘫了下来。

三癞子对醒转过来的胡二嫂说："二嫂，我让你不要乱跑，你怎么不听我的话呢？"

说着，他就牵着胡二嫂的手，朝墓穴的方向摸索过去。

经过那个坟墓时，三癞子突然明白了些什么。他很清楚，那个坟墓里埋的是什么人，那是游姓人家的一个儿媳妇，不知道怎么回事，在一个早晨吊死在了一棵树上，那个女人的墓穴也是他挖的。

回到挖墓穴的地方后，三癞子让胡二嫂还是坐在了树下，用带来的绳索把她和树干捆在了一起。本来，他是准备在胡二嫂发疯时捆她的。捆完胡二嫂后，三癞子才继续挖游长水的墓穴，他挖一会儿墓穴，就抬头望望胡二嫂，生怕她再次突然消失。

这浓雾中的坟场里，什么事情都有可能会发生。

3

乌石岽山林中的茅草屋里，游武强四脚朝天地躺在铺着厚厚一层干稻草的床上，胸膛起伏，喘着粗气。他在夜里逃出唐镇回到山林中后，就一直没有合眼。要不是张少冰劝他走，他一定会冲出门外和钟姓人拼个你死我活的，如果那样，他就会连累张少冰，只好借着张少冰架在天井屋檐上的长梯，爬上了屋顶……他满脑子都是沈文绣哀怨的眼睛，她在另外一个世界里会不会冷？山林里浓雾漫起的时候，游武强听到茅草屋外面传来细碎的脚步声，那是女人的脚步声，那么真实撩人。该不会是沈文绣的脚步声吧？很多时候，游武强面对沈文绣画像时，他就会觉得她还活着，还会在那些幽静的深夜里义无反顾地和他约会。

游武强从床上爬起来，走出了茅草屋。

此时已经是早晨了，浓雾中的山林阴暗神秘，空气清冽得呛人。游武强咳嗽了两声，目光在浓雾的山林中搜寻，因为雾太大，几米开外就看不清东西了。游武强多么希望沈文绣从雾中飘出来，移动着轻盈的步子，微笑着走到他的面前，扑进他宽阔的胸膛里，柔声地告诉他，她还活着，要他带她远走高飞……那只是游武强今生再无法实现的幻想，游武强的心疼痛了，牙咬得嘎嘎作响。

突然，游武强听到有人在叫他的名字，他来不及思索什么，就答应了一声。紧接着，他的目光就变得迷离，身不由己地朝山林的某个地方深一脚浅一脚地走去。

游武强在浓雾中的山林里穿行时，他不知道自己的亲叔叔游长水的尸体已经冰冷僵硬了。

游武强的脑海里出现了一棵巨大的千年古松，古松树下有一堆白色的鹅卵石……那棵古松在哪里？山林里的千年古松到处都有，它们像一个个千年不死的老妖，有时沉默无言，有时发出令人毛骨悚然的吼声……对，那是黑森林入口处的那棵古松，游武强想起了女人缥缈的声音。不，我不再进入黑森林，我不想看到那个与蛇共舞的蒙面女子……游武强内心在挣扎，却无法阻止自己的脚步往黑森林的方向迈进。

他被一种巨大的可怕的力量控制着。

游武强走到黑森林外的那棵千年古松前时，冰冷的汗水已经把他的内衣湿透了。他果然看到了那堆白色的光滑的鹅卵石，它们错落有致地呈圆锥形堆起，像一个神秘的符号，游武强无法破解的神秘符号。

游武强听到了树顶发出的巨大的哗哗的响声，山林里没有一丝风，只有浓雾诡异地弥漫。游武强抬头望了望树顶，他看到的只是雾，其他什么也看不到，那巨大的响声是怎么发出来的，他根本就无从知晓。巨大的响声使游武强的心凌乱不堪，对事物失去了准确的判断。

他重新低下了头，迷离的目光落在了那堆光洁的鹅卵石上。

鹅卵石的表面就像美丽女人凝脂般的肌肤。

这个突然从他脑海冒出的奇怪想法使他伸出了手，游武强抓住了最上面的那块鹅卵石，紧紧地握住了它。

鹅卵石有点温热，柔滑，甚至还有弹性……游武强的身体微微颤抖着，把鹅卵石举了起来，在千年古松上轻轻地敲了三下。古松顶端的巨大响声停了下来，山林顷刻变得寂静，游武强仿佛可以听到自己脉搏起伏的声音。

一条青色的蛇从山林中游了出来。

无声无息。

游武强看到了那条两尺来长的青蛇，它通体透出令人迷醉的光泽。游武强此时什么想法也没有了，脑海一片空白，他在那条青蛇的引导下，茫然地进入了黑森林，一切都静止了，他听不到任何的声音，连同森林里熟悉的清脆的鸟鸣……游武强不知道自己是怎么进入那个山洞的，在进入山洞前，他产生过短暂的失明。进入山洞后，他的眼睛才恢复了可视的能力。

游武强感觉到了温暖。

他看到山洞里熊熊燃烧的那堆篝火，脑海里的记忆慢慢地恢复，浑身上下的每个关节和每条经脉渐渐地畅通了。那个白衣女子呢？还有那些青色的蛇？白衣女子和那些青蛇都不见了。温暖的洞穴没有让游武强产生什么安全感，相反，疑虑和恐惧渐渐地占据了他的整个心灵。

游武强惊恐的目光在山洞里掠来掠去。

山洞的一角，放着竹做的眠床，床上还有被褥；山洞的另一角，有灶台，有锅，灶台的旁边还有个竹柜，竹柜里放着碗筷盘子等用品……显然，这个山洞里住着人。

这个人是谁？

如果说游武强上次在山洞里见到的那个与蛇共舞的白衣女子是凌初八的鬼魂的话，他现在怎么也不会相信。鬼魂难道会在山洞里点燃一堆篝火？鬼魂会需要床铺和灶台？……一个女子单独住在黑森林里的山洞里，这本身就充满了神秘的色彩。

游武强正忐忑不安地想着什么，突然传来了缥缈的歌声：

入山看到藤缠树，
出山看到树缠藤，

藤生树死缠到死，

树生藤死死也缠……

4

到了中午时分，浓雾才渐渐散去，露出朗朗乾坤。纵使阳光普照，唐镇人的心里还是笼罩着一层阴霾，游长水的死令人们胆寒，因为他们不知道，下一个死的人会不会是自己。

王秉顺在这天里显得举足轻重。他在游长水家里主持着丧事。游长水的老婆吴琼花自从游长水的尸体抬回游家大屋后，她就一直躲在自己的卧房里，没有出来过。儿子游武平惊恐万状地闯入她的房间，告诉她游长水的死讯时，吴琼花竟然什么事情都没有发生一样无动于衷。她的卧房布置得像个尼姑庵似的，除了一张老式雕花的眠床，就是一个长方形的神龛，神龛上摆放着各种木雕的菩萨。吴琼花盘腿坐在神龛下的蒲团上，闭着眼睛，双手合十放在胸前，嘴巴里喃喃地念叨着什么，也许她是在超度游长水的亡灵，也许只是她多年来固定了的一个孤独的姿势。神情木讷的游武平见母亲如此状态，心急如焚，不知如何是好，他从来没有经历和处理过这样的事情。好在王秉顺一早就赶到了游家，为他们主持操办丧事。在王秉顺的安排下，一切事情变得井井有条。

可是让王秉顺和游武平发愁的事情终于出现了。

就是少了一个为游长水画遗像的人！

王秉顺和游武平商量了一下，决定派一个人去县城里临时请个画师来给游长水画遗像，不管出多少钱也在所不惜，可县城里的画师愿不愿意来，还是个问题。况且，还有个问题，风水先生算过，游长水死得不是时候，犯了凶煞，尸体不能久留，两天之内必须下葬，否则对活人不利。

出殡的时辰定在了正月十七的午时,这是不能够改变的,县城里的画师要是请不来,那该如何是好?

这的确是个难题,游长水如果连一张遗像都留不下来,游家还有什么脸面?

如果宋柯不死就好了!

这个时候,他们开始怀念身上有腥臭味的画师宋柯了,可宋柯不可能从坟墓里爬出来给游长水画像了。

5

三癞子在黄昏的时候,领着痴呆的胡二嫂回到了唐镇。三癞子把胡二嫂锁在了家里,就朝郑马水的猪肉铺走去。挖了一天的墓穴,他已经很累了,双脚发飘,像是踩在一堆棉花上。挖完墓穴后,经过验收,游武平给了他两块大洋,当时,他就把两块大洋放在胡二嫂面前,平静地说:"二嫂,我又有钱给你买肉吃了。"

三癞子的体内有种东西在冲撞着。

那是一条蛇,还是什么别的东西?

他没有感觉到什么痛苦,只是觉得体内的东西十分蛮横无理,随时都想要控制他,主宰他,使他变成另外一个和现在的三癞子完全不同的人,他甚至闻到了自己身体上散发出来的腥臭味儿,和宋柯身上一样的腥臭味儿,三癞子因此有些兴奋,又有些不安。

三癞子来到了猪肉铺跟前,郑马水正想收摊,今天他的生意并不好,刚刚过完年,不会有太多的人买他的猪肉,可就是一斤猪肉也卖不出去,他也要守在这里,这是他的职业。三癞子的到来,并没有使郑马水兴奋,他从骨子里瞧不起三癞子,无论三癞子怎么改变自己的形象,比如穿上改过后的宋柯的长衫,在他眼里,三癞子永远是一堆臭狗屎。

三癞子淡淡地说:"给我割一斤精肉。"

郑马水听到的声音仿佛不是从三癞子嘴巴里吐出来的,因为三癞子说话不可能如此不亢不卑。郑马水瞪着眼睛俯视着三癞子:"你要买肉?"

三癞子点了点头:"是的,给我割一斤精肉。"

郑马水仿佛觉得三癞子是在挑战他高高在上的尊严,他违心地说:"我的猪肉不卖了。"

三癞子冷冷地笑了一声,用平缓的口气说:"郑马水,你知道吗,我今天在挖游长水墓穴时,竟然睡着了一会儿,我还做了一个梦。我梦见你被人杀死了,就是用你手上的杀猪刀把你杀死的。杀猪刀捅进了你的心脏,血大片大片地飙出来,溅在案板的猪肉上,分不清是猪血还是你的血。杀你的人把刀拔出来时,带出了你的心脏,你的心脏是黑色的,他把你的心脏远远地扔了出去,围上来几只狗,那几只狗闻了闻你的心脏,都跑了,它们嫌你的心脏不干净,散发出恶臭!你栽倒在案板上死了,没有人来收你的尸,不久,你的尸体就长满了蛆……"

郑马水没想到三癞子会说出这样的话,而且,三癞子说话的时候,眼睛里闪烁着可怕的摄人魂魄的光芒,那里面有仇恨,有诅咒,还有……郑马水的内心一阵阵地发冷,被三癞子的话语和目光无情地宰割。

三癞子又说:"郑马水,你知道那个杀你的人是谁吗?"

郑马水下意识地摇了摇头,可以看得出来,他已经没有一点反击的能力了。

三癞子一字一顿地说:"那是你自己!"

郑马水的脸色变得惊惶,眼光凌乱失去了锋芒。他操起刀,割了一块上好的精肉,用湿稻草捆好后递给了三癞子,颤抖地说:"这块肉,就、就送给你吃吧,不要你的钱了,你快走吧!"

三癞子从兜里掏出了一块大洋,放在案板上,冷冷地说:"找钱吧!"

三癞子提着猪肉走了后,郑马水抽动了鼻子,闻到一股腥臭味儿,顿时想起了余花裤和他说过的话,他的心抽紧了,一阵悸痛。

6

刚开始时,游武强看到的只是一个虚幻的影子,就像水中波动的一个人的倒影。那在篝火中波动的影子渐渐变得真实,形成了一个披散着黑色长发的蒙面的白衣女子。游武强站在那里,两腿有些发软,她终于出现了,她唱歌时的嗓音竟然那么甜美,一丝杂质都没有。白衣女子已经停止了歌唱,缓缓地移动轻盈的步子,朝游武强走过来。

游武强感觉到一种巨大的无形的压力扑过来,他本能地抽出了腰间那把生锈的刺刀,不过,他握着刺刀的手微微战栗,也许他的灵魂也在白衣女子强大力量的压迫下战栗,白衣女子强大的力量从何而来?游武强嘴巴里吐出了三个字:"你是谁?"

白衣女子走到了游武强的面前,离他也就是半步之遥,他们相互可以闻到对方的呼吸,一个急促,一个平稳。白衣女子轻声说:"你怕了?你的手在颤抖,你会用你手中的刺刀把我捅死吗?"

游武强的嗓子发干,声音也变得沙哑:"你到底是人还是鬼?"

白衣女子伸出了手,她的手指修长而白嫩,她轻而易举地从游武强手中夺过刺刀,说:"这把刺刀跟了你很多年了吧,一定杀了不少人吧,我闻到了它身上散发出来的血腥味。这是一把杀人的刀,杀人的刀是要用人血来喂的,否则它就生锈了,失去了它的光芒,看来,这把刺刀也有日子没有喝人血了。"

游武强的心跳加速,在这个女子面前变得无能为力。

他杀不了她，但是如果她要把刺刀捅进他的胸膛，他不会作任何的反抗。

白衣女子幽幽地说："我不会杀你的，游武强！"

说完，白衣女子把刺刀扔在了地上。

白衣女子扯下了蒙住脸的白麻布。

游武强惊呆了。

他看到了一张无比美艳的脸。

那双眼睛却散发出血红的光芒……

7

丧鼓声有节奏地在游家大屋里响着。入夜后，去县里请画师的人匆匆赶回来了，他对王秉顺和游武平说，他去找了县城里所有画店的画师，他们没有一个肯来的，就是给再多的钱，他们也不愿来。明天正午就是出殡，游长水的遗像画不出来，游武平急得火烧火燎的，本来父亲的死就让他失去了主心骨，他仿佛被扔进一口翻滚的大油锅里，承受着痛苦的煎熬。王秉顺也挠头，在这个问题上，丝毫没有办法了。他叹着气对游武平说："看来只能这样了，明天出殡的时间是不能够更改的，只好先让长水兄入土为安了，以后来了新的画师，再让他给长水兄补画一张遗像了！"游武平无奈，也只好如此。

游武平走进了母亲吴琼花的卧房里。吴琼花闭着眼睛盘腿坐在蒲团上，口里喃喃地诵着经文。游武平坐在椅子上，注视着表面平静超脱的母亲。过了好大一会儿，吴琼花睁开了眼睛，淡淡地说："武平，这个家以后就靠你了，没有人再会帮你了，你要像个男人一样挑起重担了。"

游武平满脸恓惶，内心充满了恐惧。

在强势的父亲和兄长面前,他从来都是一个弱小的人。

游武平哭丧着脸说:"没有画师愿意来给爹画像。"

吴琼花冷冷地说:"人都死了,还画什么像,有什么用呢?你如果要记住一个人,心里记着就行了,如果你不想记住他,留下了画像你也会很快把他遗忘。等我百年之后,就是你能够请到画师,也不要给我画像,明白吗?"

游武平点了点头,可他心里还是没有完全理解母亲的话。

游武平轻声地说:"娘,你不出去看爹一眼?"

吴琼花轻轻地叹了口气说:"不看了,该看的早就看了,现在看一个死人,还有什么用?"

游武平不明白为什么母亲如此决绝。

他什么话也说不出来了,心里堵了一块沉重的石头。他想起了兄长游武飞,游武飞自从调防离开县城后,就一直没有回过家,也不知道现在怎么样了,在什么地方也无所得知,所以,父亲的死讯也无法送达。如果游武飞在家,游武平就不会有如此大的压力。

吴琼花仿佛看出了他的心思:"武平,你哥武飞恐怕这一辈子都不可能回来了。昨天晚上,我梦见了他,他满身是血站在我面前和我告别,我想他一定是遇难了,从前我每次梦见他发生什么事情,都是十分准确的,这次也不会错。一切都是命,逃都逃不过。你不要害怕,害怕也没有用的,你该承担的就要承担,所以今后你要像个男人一样活着了,没有人能够帮得了你了,以后会怎么样,谁也说不清道不明,你好自为之吧。我该说的话也就到这里,说完了,你自己好好掂量吧。你出去吧,去陪着你爹,我累了,要歇息了。"

游武平听了母亲的话,泪水流淌下来。

他站起来,告辞了母亲,战战兢兢地走了出去。

吴琼花在他身后冷冷地说:"你如果想做个真正有担当的男人,就不要哭!明天出殡的时候也不要哭!"

夜深了，游家大屋的灵堂里只剩下三两个游武平的本家兄弟陪着他守灵，他们已经很疲倦了，上下眼皮在打着架。游武平却一点睡意也没有，满脑子千头万绪，一团乱麻。

白麻布盖着的游长水的尸体安放在一块木板上，游武平离父亲的尸体最近，伸手就可以掀开游长水身上的盖尸布，看到父亲死灰的脸。尽管天气还十分寒冷，游长水的尸体还是散发出难闻的尸臭，但游武平对父亲的尸臭已经没有感觉了。游武平不相信是凌初八的鬼魂杀死了父亲，那么，杀死父亲的人是谁？早上，父亲的死讯传来后，他飞快地来到了逍遥馆。他问吓得面如土色的李媚娘："我父亲是怎么死的？"李媚娘惊恐地看着他，什么话也说不出来了。游武平知道，李媚娘一定知道父亲的死因，可就是李媚娘告诉他是谁杀了父亲，他能够给父亲报仇吗？如果他的亲哥游武飞和堂哥游武强之中的任何一个人在，都会比他有用。母亲说游武飞永远不会回来了，他不相信，他的心中还是有一种希望。游武强此时又在哪里？游武强听到自己的亲叔叔死后，会有什么样的反应？……游武平心乱如麻。

这时，游武平听到了沉重的脚步声从大门外传来。

他警觉地站了起来，朝大门外望去。他看到悬挂在大门外白色的灯笼在夜风中晃动，大门外的远处，黑漆漆的一片，显得十分诡异莫测。游武平的身体微微颤抖着，他用冰冷的声音对那些正在打瞌睡的本家兄弟说："大门外是谁？谁会在这个时候来呢？难道是杀死父亲的人？他把父亲杀了还不够？"

他们听了游武平的话，立即清醒过来，所有的目光都惊恐地朝大门外聚焦。

沉重的脚步声越来越近，他们的脸色就越来越紧张，没有一个人敢到大门外去看个究竟。

终于，一个人出现在了他们的视线之中。

这个人穿着一身灰色的长衫，腋下夹着一个画夹，手上提着一个小木箱。他走进了游家的大门，径直朝上厅的灵堂上走过来。游武平目瞪口呆，这不是宋柯宋画师吗？他不是死了吗？难道死去的人也会画像？游武平的那些本家兄弟也吓坏了，一个死去的画师在深夜光临另外一个死人的家，不能不令人毛骨悚然。

那人走到他们面前了，游武平和本家兄弟们才长长地松了口气，原来这个人不是宋柯，而是三癞子，可他穿的长衫是宋柯穿过的，画夹和那个小木箱子也是宋柯活着时去给死人画像时必备的行头。

游武平奇怪地问道："三癞子，你这是干什么？"

三癞子冷冷地说："我是来给游镇长画像的。"

游武平的心又提了起来，他发现三癞子说出来的声音竟然是宋柯的声音，可他眼前这张丑陋不堪的脸的确是三癞子的脸呀。三癞子什么时候学会画像了？他除了是个挖墓穴的好手，还能够干什么？

游武平讷讷地说："你会画像？"

三癞子漫不经心地瞟了游武平一眼，没有回答他这个问题，也许他这个问题问得太弱智，三癞子不屑一顾。三癞子走到游长水尸体旁边，蹲了下来，伸出黑乎乎的手，揭开了遮住游长水尸首的白麻布，游长水那张干枯的死灰的脸呈现在他们的面前。

三癞子呆呆地看着游长水的脸，嘴巴里发出叽叽咕咕的声音，仿佛在和死去的游长水作最后的交谈，他说的什么话，游武平他们一句也听不懂，似乎是来自阴间的冥语。

三癞子说完那奇怪的话语，缓缓地站起来，丑陋不堪的脸上浮动着一层阴冷的水汽。他根本就没有把游武平他们放在眼里，端了一张椅子放在游长水尸体的旁边，离游长水的头靠得很近。三癞子又神情自若地打开了那个小木箱，从里面拿出了一支画像用的炭笔,坐在了椅子上,他把画夹托在膝盖上,聚精会神地挥动炭笔,在画纸上一笔一笔地勾勒起来……他那神态,和宋柯一模一样。

让游武平更加心惊胆战的是,他竟然闻到了一股浓郁的腥臭味。

当初宋柯到游家大屋给游武平的奶奶画遗像时,游武平也从宋柯身上闻到过这样的腥臭味儿。

游武平的两腿发软,几乎吹来一丝阴风就会让他不小心瘫倒在地上。

灵堂里的气氛阴森森的,仿佛有许多幽魂在飘来飘去。

游武平的本家兄弟们也觉得匪夷所思,他们也闻到了那股从三癞子身上散发出来的腥臭味,他们也知道只有宋柯宋画师身上才会有这样的气味,可现在,三癞子的异状,让他们感觉到了深重的恐惧,本来在他们眼中,三癞子就是一个不祥的人……他们一个一个地借故离开了游长水的灵堂,离开了游家大屋,各自回家去了,只有到了白天,他们才会过来帮助游武平做他们应该做的事情。游武平根本就没有办法制止他们离开,他没有那个魄力,如果游武飞或者游武强在,无论发生什么事情,他们也不敢溜之大吉。

游武平呆呆地站立着,浑身战栗,冷汗从身上的毛孔中渗出,他没有任何的选择,只能呆立在那里,守着父亲的尸体和那个可怖的画像者……

8

游长水的死使唐镇的保安队长猪牯陷入了深深的自责和恐慌之中,他甚至对自己的能力以及手中的盒子枪产生了怀疑,或者下一个死的人就是他自己,而他那视为生命的盒子枪连他自己也保护不了,那只是一块无用的废铁。晚上猪牯从游屋村回到唐镇,就撤了所有的岗哨，对手下的那些保安队员说："你们都回去睡觉吧，保证好你们自己的安全就可以了！"

回到家里，猪牯的父亲王秉益已经睡了，冯如月父女也睡了，猪牯特地在他们的房间门口站了一会儿，把耳朵贴在门上，没有听到房间里面有什么声音。冯如月呀冯如月，这一天忙乱得都没有工夫想你了，猪牯心里如此哀叹。

猪牯疲惫地坐在厅堂里，肚子咕咕地叫着。他在堂叔王秉顺的指挥下，为游长水的丧事忙了一整天，竟然没有吃任何东西。猪牯把盒子枪连同枪套放在了桌上，长长地叹了口气，他现在有些后悔没有听父亲的话学门手艺什么的，日子是越来越难过了，也许哪天自己就会像游长水那样死于非命。游长水死了，猪牯的前途未卜。

"吱呀"一声，冯如月的房间门开了。开门声把猪牯的心提了起来，他突然有了一种强烈的渴望，渴望见到冯如月牡丹花般盛开的脸。从房间里走出来的就是冯如月，她出门后就把房间门关上了。猪牯痴痴地看着她，眼睛直了，他微微张着嘴巴，一时语塞，找不到可以表达自己思想的语言。

冯如月的头发有些凌乱，睡眼惺忪。

她走到猪牯面前，羞涩一笑："大哥回来了，是不是饿了？"

猪牯被冯如月那羞涩一笑勾走了魂，嘴角的口水也流了出来，他慌乱地用手抹了一下从嘴角流下的口水，点了点头："饿了，这一天我都没有吃东西。"

冯如月吃惊的样子："啊——一天没有吃饭，这怎么得了，哥，我马上去给你做饭去！"

说着，她就转身朝厨房走去。

猪牯的目光追踪着冯如月婀娜的背影，直到她走进厨房。

厅堂里仿佛还存留着冯如月温热芳香的气息，猪牯大口地呼吸。

猪牯突然皱起了眉头，他闻到了一股奇怪的异味，这股异味怎么和游长水的尸体上散发出来的尸臭那么相似？猪牯把衣袖放在鼻子底下闻了闻，衣袖上似乎也有那股异味。他想，从早上发现游长水的尸体，到晚上离开游长水的灵堂，自己的衣服上一定留下了游长水的尸臭。

一天来，猪牯也没有感觉到什么，可现在，他却恶心了。

胃里有什么尖锐的东西在搅动，特别难受，有什么东西涌到喉头，要破口而出。

猪牯跑到家门口，蹲在巷子的某个角落里呕吐，他的胃空空的，吐出的只是一些黏液。猪牯吐得眼泪鼻涕一起往下流，脊梁骨也疼痛得被抽掉了筋一般。

碓米巷里充满了猪牯嗷嗷的呕吐声。

阴冷的风从巷子口灌进来，夹带着死亡的气息。

猪牯重新进入家里时，闻到了酒菜的香味，酒菜的香味把那股异味覆盖了。酒菜的香味刺激着猪牯，这是他的心上人冯如月亲手炒出的菜和烫热的酒，有了另外一层刺激他的意味。刚才的恶心劲渐渐地消失，取而代之的是强烈的食欲。

这个深夜，猪牯第一次坐在自家的餐桌前，品尝冯如月做的饭菜。

桌子上放着四碟菜，蒜苗炒腊肉、清炒豆腐干、花生米、腌萝卜煎蛋……还有一碗热气腾腾的青菜汤米线和一锡壶烫热的米酒。冯如月和猪牯面对面地坐着，微笑地说："大哥，你先把米线吃了吧，垫垫肚子再喝酒，这样不会伤胃。"

猪牯觉得此时的冯如月就是自己的妻子，那份体贴和关怀，还有种说不出的甜和美妙，这是他梦寐以求的生活。猪牯痛快地答应了一声，端起那碗米线，吃了起来。

冯如月注视着这个其貌不扬的男人，眼睛里飘过一丝复杂的情绪。

冯如月说:"大哥,你慢慢吃,别烫坏喉咙。"

猪牯抬头看了看冯如月,笑着点了点头:"放心,烫不着我的。"

冯如月给猪牯面前的酒杯上斟上了酒。

吃完米线的猪牯端起酒杯,喝了一口酒,米酒浓郁香醇,他的脸舒展开来,心情也放松了,整个正月,他没有好好地喝过一次酒,每天都像一条看门狗那样活着,想想,那真不是人过的日子。猪牯感慨地说:"每天都像现在这样,那该有多好,简直是神仙的日子!"

冯如月的脸蛋透出迷人的红润:"大哥,你是个好人,好人有好报,你一定会过上好日子的。"

猪牯把一杯酒倒入喉咙,笑笑:"如月,我不是什么好人,可谁都想过上好日子,坏人也一样。"

猪牯喝了几杯酒后,脸就红了,眼光也变得热辣。他热辣的目光肆无忌惮地黏在了冯如月略显羞涩的脸上。猪牯嘴巴里呼出热乎乎的酒气:"如月,你也喝吧,陪我!"

冯如月轻声说:"大哥,我不喝酒的,我喝水陪你,好吗?"

猪牯说:"酒,越喝心越热,水,越喝心越冷!这天还寒着呢,我能让你心冷吗?你就是不陪我喝酒,我也不会让你喝水来陪我的!"

冯如月十分感动:"大哥,既然你这么说了,那我就陪你喝酒吧,但是在喝酒前,你要回答我一个问题。"

猪牯说:"如月,你有什么话就尽管说,不要把我当外人!"

冯如月低下头轻轻地说:"听说大哥在逍遥馆包了个女人?"

猪牯说:"你听谁说的?"

冯如月说:"镇上的人都这么说,我到街上买菜时,就会有人告诉我这些事情。"

猪牰突然大笑起来。

冯如月的头压得更低了,她不敢看猪牰狂笑的脸,也不知道这个男人会因为她的问题产生什么样的想法。

猪牰收起了笑声:"这个事情的确谁都知道,可他们知道的都是表面的现象,我实话告诉你吧,逍遥馆那个叫春香的女子的确是他们给我特地买来的,因为我当了保安队长,他们以为我和以前那个保安队长钟七一样好色,以为用春香可以笼络住我的心。我一直这样认为,就是没有这个女子,我也会做好我该做的事情。从那女子到唐镇的第一天起到现在,我没有碰过她的身体一下。你可能不相信,可我的确没有碰过她,我不能碰她,我怕最后会落到像钟七那样的下场。我希望能够好好地找个老婆,和她在一起过日子,那才是我想要的!"

冯如月抬起了头,双眸湿润而又晶亮:"哥,我相信你的话!我陪你喝酒吧!如果哥喜欢,我给哥唱小曲!"

……

就在冯如月边唱小曲边陪猪牰喝酒的时候,逍遥馆春香的房间里传出春香撕心裂肺的惨叫声。此时的逍遥馆里没有一个男人,那个看门的汉子在游长水死后,吓得不敢在这里干下去了,偷偷地逃离了这个是非之地。逍遥馆里其他几个婊子听到了春香的惨叫,躲在各自的房间里,大气不敢喘一口,她们担心那可怕的事情会不会落在自己的头上……李媚娘完全变了一个人,失去了往日不可一世的骄横和胸有成竹处事不惊的富态。游长水在她的心里就是一棵巨大的遮阴的大树,这棵大树轰然倒塌,李媚娘失去了依靠,以后会怎么样,那是个未知数,悲伤和恐惧占据了她整个的心身。她蜷缩在雕花木床的一角,用绣花被面的被子裹住自己战栗的身体,嘴角那颗黑痣不停地颤抖,眼睛里闪烁着异常诡谲的冷光……

9

自从那个深夜三癫子给游长水画完遗像后,唐镇的人就没见三癫子笑过,尽管他的笑比哭还难看。人们从此敬而远之。

三癫子的身份突然间变得扑朔迷离,有人说,宋柯生前教会了他画像的手艺,谁都知道,在唐镇,只有三癫子和宋柯走得最近。

也有人说,三癫子本来就是个天才,这个天才在唐镇一直被埋没,其实他干什么都可以像他挖墓穴那样百里挑一,他和宋柯在一起时,只是看几次宋柯作画,他就记在了心上。

还有人说,是宋柯的魂附在了三癫子身上,否则,游长水的遗像怎么画得那么逼真而神似,并且,他喜欢穿着宋柯穿过的灰布长衫,身上还散发出腥臭的味儿……大多数的唐镇人接受宋柯鬼魂附体这个说法。

这个说法充满了邪恶的味道,纵使在阳光灿烂的白昼,人们碰到三癫子,都不敢用目光和他对视,他们害怕被某种灵异的东西击中。他们对三癫子敬而远之的同时,也十分的恐慌,小镇上有一个被鬼魂附身的人和蛊毒邪咒一样令唐镇人胆寒。

这是唐镇人心灵无法安宁的年月,他们仿佛活在万劫不复的黑暗之中。

那些在黑暗的境地里挣扎的灵魂,有时会做出一些奇怪的事情,比如他们想出了很多对付三癫子的方法,其实他们不是在和三癫子对抗,而是在和他们想象中的那个鬼魂对抗。

在一些沉寂得让人窒息的深夜,有人偷偷地往画店的门上泼尿水,也往胡二嫂的门上泼尿水,尿水据说可以驱鬼辟邪;有时,三癫子在早上醒来走出胡二嫂的家门,就会发现画店的门上和胡二嫂的门上贴满了驱鬼的符咒……三癫子对这一切无动于衷,冷眼相待,人们发现他们的所有做法都没有起到任何效果,三癫子在他们的眼中越来越神秘，他们的内心就越来越不安宁。

三癞子经常会穿着灰布长衫，在唐镇的街巷窜来窜去，鼻子像狗一样嗅着什么，没有人会在这个时候和他搭话，就是很喜欢和人搭腔的屠户郑马水，见到他也会扭过头。

有股死亡的气息困扰着三癞子的中枢神经。

这股气息在碓米巷尤为浓郁。

10

游长水下葬后的第三天，是个阴天。天空中乌云密布，唐镇显得昏暗无光，冷风飕飕。就在这天上午，县城的官衙派人送来了一张委任状。猪牯的堂叔王秉顺出人预料地当上了唐镇的镇长。

那时猪牯正在家里睡大觉，这些天的晚上，他都没有去守卫镇公所，因为他要守卫的人死了，他只是在家里喝酒，牡丹花般的冯如月陪他喝酒，每天晚上都喝到深夜醉后才收场，白天里他就在眠床上沉睡。这些天，他没有见过冯瞎子，他一直待在房间里，似乎一直在沉睡，猪牯连他的任何声音都听不见。偶尔的，猪牯可以看到父亲，他现在一句话也没有，像个哑巴一样，他的脸上凝固着一种古怪的笑容。在猪牯没有喝醉的时候，他偶尔会问起冯瞎子的情况，但总是被冯如月轻描淡写地搪塞过去。

猪牯睡得昏天地暗时，刚刚当上镇长的王秉顺差人来叫醒了他。

猪牯挎着盒子枪昏昏沉沉地来到了镇公所，进入了以前游长水办公的书房。书房里的摆设和原来一模一样，没有任何细微的变化，只是这里的主人有了变化。王秉顺像游长水那样坐在太师椅上，端着沉甸甸的黄铜水烟筒，咕噜噜地抽着水烟，书房里充满了浓郁的烟臭。和游长水不一样的是，王秉顺油光闪亮肥胖的猪肚脸上洋溢着喜气，不像游长水死前那样焦虑不安。

王秉顺吐了口烟说："猪牯，我当镇长了。"

猪牯没有王秉顺想象中的那样兴奋，嘴巴里呵出一口浓浓的酒气说："我知道了，你当镇长了。"

王秉顺说："猪牯，你是我的侄儿，以后跟着我好好干，我不会亏待你的！"

猪牯点了点头，双眼迷茫，显然还在睡梦的状态。

本来王秉顺想和猪牯说些交心的话，见他这样，也就不想说了。王秉顺认为，猪牯是他自己的人，就是什么也不说，猪牯也会死心塌地为他卖命的。王秉顺走马上任后的第一件事情就是让猪牯去通知镇民们下午到土地庙外面的空坪上开会。

猪牯让一个保安队员敲着铜锣走在前面，他则在后面扯着嗓子喊："各家各户听好了，新镇长上任咯，下午大家到土地庙开会，新镇长要发表就职演说咯——各家各户听好了，每家最少要派一人参加……"

下午，镇民们纷纷来到了土地庙外。

王秉顺在猪牯带领的保安队员簇拥下进入会场，人们发出了一阵哄笑声，莫名其妙的哄笑声使猪牯的脸发烫，这是一种莫名其妙的感觉，猪牯觉得自己是一条狗。王秉顺没有猪牯这样的感觉，相反地，他认为群众的哄笑是对他的到来的欢迎。

王秉顺踌躇满志地扯着鸭公嗓子在唐镇人面前夸夸其谈，充满了激情。他在许愿与自我表扬中，得到了前所未有的快感，仿佛他是个皇上面对着自己的臣民。可他万万没有想到，突如其来的一场大雨把他的臣民们浇得四散而逃……

这个晚上，王秉顺没有回家，也没有要猪牯保护他，而是独自进入了萧条的逍遥馆。逍遥馆里寂静极了，没有了风月场中的浪声笑语。王秉顺发现李媚娘卧房的灯亮着，嘴角浮现出一丝冷笑。

他来到了李媚娘的卧房门口，敲了敲门。

里面传来李媚娘惊恐的声音："谁——"

王秉顺阴阳怪气地说："我呀，你的老熟人的声音也听不出来了，不会真的忘了我吧，开门吧——"

过了一会儿，李媚娘把门打开了。

王秉顺凝视着头发凌乱的李媚娘，冷冷地说："媚娘，你就是当年县城醉红楼里那个痣美人吗？想当初，谁看到你不被你迷得神魂颠倒呀！每次和游长水一起去醉红楼，看他揽着你进房里去，我就想，如果能够和你睡上一夜，我所有的家财散尽也在所不惜！可我不能夺好友所爱呀，他包了你，我怎么能够碰你呢？李媚娘呀李媚娘，我搂着别的女人的时候，感觉搂的就是你！多少年了，我的心还痒痒的，想一亲你的芳泽呀！"

李媚娘目光迷离，不明白为什么王秉顺会在这个夜晚来找她，也不知他到底要干什么，游长水的尸骨未寒呀。

王秉顺突然伸出手，托起了李媚娘的下巴，凑近她的脸，仔细端详："媚娘，前几天你还是那么风韵犹存，怎么就是几天工夫，就变得憔悴了呢，你看看，你的眼泡也出来了，额头上也有皱纹了，你脸上的皮肤发干，发白，看上去像是要裂了，就连你嘴角这颗当年迷死人的美人痣也像一颗老鼠屎那样难看了。可惜呀，可惜！当年的一朵鲜花，就这样枯萎了！"

李媚娘拿开了他的手，往后退了两步，胸脯起伏："秉顺，你、你要做什么？长水可一直把你当成知己呀！想当初，你们一起在县城里做生意，他帮了你多少忙呀，这些年来，他也没有亏待过你，有一杯好酒也要分你半杯！你、你怎么能这样——"

王秉顺冷笑了两声："嘿嘿，难道我就没有帮助过他？他明明知道我也喜欢你，可他怕我去嫖你，就把你包起来独占了。你是个婊子，他游长水睡得，我怎么就睡不得呢，这么多年来，我只能在梦里和你亲热，每当想到你们在一起，我的心刀割一般难受呀！我忍着，一直忍着！现在，他死了，真的死了！我看着他被抬出你的房间，看着他被放进棺材，看着他被埋掉……我哭了，你知道我为什么哭吗？我是高兴得哭呀！"

李媚娘没有想到他会说出这样的话，心里一阵一阵地发寒。

王秉顺走近了她，低下头，把鼻子凑近了她的脸，深深地呼吸了一口，说："媚娘，你已经没有香味了。那时候，游长水经常对我说，你身上有股让他欲仙欲死的香味，说得我直吞口水呀！那是多么残忍的事情，他明明知道我也恋着你，得不到你，却和我说这样的话，不是用软刀子割我的心吗？我忍呀，我一直忍呀，忍到他死了，可你身上没有香味了，只剩下一股肥肉的臊味！"

李媚娘颤抖着说："秉顺，你这样不怕遭报应？你不怕长水的儿子武飞回来找你算账！"

王秉顺笑出了声："报应？现在遭了报应的是他游长水，难道你不知道？武飞，你说武飞，哈哈哈哈——镇上的人也许不知道他死了，我难道不知道？县衙里的人难道不知道？你就不要拿死鬼来压我这个大活人了，现在，我是唐镇的镇长了，你知道吗？今天晚上我到你这里来，就是要告诉你，唐镇已经是我的天下了，游长水一手遮天的日子已经一去不复还了。哈哈哈哈——"

李媚娘在王秉顺的狂笑中瑟瑟发抖："你、你要干什么？"

王秉顺收起了笑容，双眼闪射出咄咄逼人的光芒："我要干什么，你说我要干什么？"

李媚娘惊恐地往后退着，最后退到了床边。

王秉顺朝她逼过去，肥胖的身躯贴在了李媚娘的身上，他突然伸出双手，抱住了李媚娘。李媚娘挣扎着："秉顺，你不要这样，看在长水和你多年好友的分上，你就饶了我吧！"

王秉顺咬着牙说："就是这个时候了，你还提游长水，你这个臭婊子！"

李媚娘被王秉顺扑倒在床上，王秉顺的双手慌乱地扒着她的衣服，边扒边说："媚娘，你本来就是个婊子，有奶便是娘的婊子，游长水不可能保护你了，现在只有我王秉顺才能保护你，只有我才能让你的逍遥馆继续开下去，才能让你过衣食无忧的日子，我可以让你的逍遥馆关闭，也可以让你……"

听完王秉顺的话，李媚娘的眼泪涌出了眼眶。

她不挣扎也不再说什么了，任凭王秉顺把她的衣服扒去，直到一丝不挂。半老徐娘的李媚娘的身体还是那么白，白得耀眼，王秉顺站在床边，贪婪地注视着她还是那么粉嫩的裸体，拼命地吞咽着口水，两个眼珠子像是要弹射到李媚娘的身上。

这是他想了二十多年的女人的身体，那时的李媚娘才二十来岁，正是花一样的年龄，如今，她的身体还是不亚于乡下二十多岁的女人的身体，只是没有了青春女人的香味了。这二十多年来，王秉顺也玩过不少女人，但都索然无味，他心中只有李媚娘，越是得不到的东西，他就越觉得珍贵。现在，这个女人的身体就横陈在自己面前，王秉顺突然扑在李媚娘丰腴的肉体上，大吼一声后，痛哭流涕！

李媚娘把手放在了他的背上，轻轻地抚摸起来，但她还是什么也没有说，眼中还流淌着泪水。

李媚娘的抚摸仿佛就是一种召唤，一种认可和接纳。

王秉顺边哭边在李媚娘的身体上狂亲乱舔，他想象着李媚娘青春时期的身体，那散发出香息的身体，感觉到她从来没有老过，感觉自己一直都和她在一起，从来也没有分开过。

李媚娘在王秉顺进入自己后，闭上了眼睛，她的眼前浮现出游长水壮年时的情景，仿佛骑在自己身上的就是那个有力干练的游长水。李媚娘呻吟起来，娇喘起来，王秉顺也吼叫着，在李媚娘的身体上疯狂地冲撞。

王秉顺毕竟老了，再不是那个壮年的王秉顺了，很快地，他就气喘吁吁死猪般趴在了李媚娘的身上，甚至连精液都没有射出来，就爬也爬不起来了。可这是王秉顺一生中最痛快淋漓最销魂的一次做爱，他那么真实地进入了李媚娘，而不是那些替代品。

这时，王秉顺想，自己终于得到了李媚娘，他本来以为这辈子再也得不到这个女人了的。现在，他得到了，就是死，也心甘情愿了。王秉顺的口水淌在了李媚娘雪白柔软的大奶子上，他真想就这样沉睡过去，再也不要醒来。

李媚娘长长地叹了口气，把死猪般的王秉顺从自己的身体上推了下去。

王秉顺喘着气说："从今天以后，我每天晚上都要睡在这张床上，一直到死！"

李媚娘突然说："长水的死是不是和你有关系？"

王秉顺把一只手伸过去，抓住了她的大奶子，什么也没有说。

11

游武强在昏沉中听到有个女人在耳边说话："我第一次见到你时，那是个圩日，你坐在棺材店门口的竹椅上，脱掉上衣，把身上的伤疤给大家看。我也站在那里看你的伤疤，听你讲你杀日本人的事情。我当时被你吸引了，在我心中，你是一个打不死的人，是个血性的男人。回到家里后，我一直想，如果有你在我身边，我一定不会受人欺负……"

他清醒过来，发现身边没有人。山洞里的篝火还在熊熊燃烧。他不知道这堆篝火燃烧了多久了，是不是一直没有熄灭过。山洞里十分温暖，甚至还有些热，游武强的额头上沁出一层细细的汗珠。

他躺在山洞一角铺着干草的地上,睁大眼睛,心想,自己在这里躺了多久了?

游武强努力地回忆着躺下前的情景。

他依稀地记得,白衣女子扯下了蒙住脸的白麻布,他看到了一张惊艳的脸,那张鹅蛋脸上的皮肤细腻,白瓷般透出亮光,那鼻子挺挺的,和那张樱桃小嘴搭配在一起是那么的完美无缺……但是,这个美人的眼睛里透出一股逼人的红光,其实她的丹凤眼同样是那么的美丽。

红眼美女朝他走过来。游武强心里十分紧张,他的确分不清这个女人是人是鬼,他没有见过凌初八,但是他知道习蛊的女人眼睛是红的。游武强喃喃地说:"你是谁?"

白衣女子笑了笑说:"你以为我是谁?"

游武强摇了摇头。

白衣女子说:"你是不是以为我是凌初八?"

游武强惶惑地望着她,如果眼前的是个日本鬼子或者是他的仇人,他一定不会如此恐惧,可他眼前的是个神秘而又美丽的女子,他的心一片冰凉,身上却在流汗。

白衣女子又笑了笑说:"你不要害怕,我不会害你的,真的!我不是凌初八,我是上官玉珠。"

游武强喃喃地说:"上官玉珠?"

上官玉珠停住了脚步,离游武强也就是半步之遥。她认真地说:"对,我叫上官玉珠。"

游武强说:"你为什么会一个人住在这个山洞里?"

上官玉珠的脸沉了下来:"因为我的师父死了,所以就剩下我一个人了。"

游武强感觉到了她的悲伤,她一定还在给她师父戴着孝,游武强渐渐地放松了自己紧张的情绪,问道:"你的师父是谁?"

上官玉珠的眼泪从红眼中滚落:"我师父就是凌初八,她死了,死得好惨,她的头被砍下来,她的眼睛一直没有合上,她死不瞑目!"

游武强的心又重新掉进了冰窟,身上的汗水湿透了内衣。

上官玉珠的眼睛里闪烁着愤怒和悲伤交织在一起的光芒,咬着珍珠般的牙齿说:"我要给她报仇!对,我一定要给她报仇,她是这个世界上唯一对我好的人,比我母亲还好!"

……

游武强怎么也想不起后来的事情了,自己怎么躺在这干草上的,他一无所知,仿佛自己大脑中的记忆被清洗掉了一段。游武强的两个太阳穴隐隐作痛。他从干草上站了起来,目光朝另外一个角落的那张竹床上掠过去,那竹床上空空的,什么人也没有。游武强又环顾了一下山洞的四周,根本就没有上官玉珠的影子。或者根本就没有上官玉珠这个人,一切都是他的梦幻,也许他现在也还在梦中,还没有清醒过来。

游武强在山洞中寻找出口,可山洞竟然没有出口,他当时是如何进来的?

游武强一片迷茫。

就在这时,他听到了一种"咝咝"的声音。

这种声音是那么的熟悉,好像在哪里听到过。游武强正在考虑着什么,他眼前出现了一条青色的蛇。那条青蛇飞在半空中,朝他吐着血红的芯子。游武强顿时眼前一片漆黑,大脑一片空茫。他觉得自己的身体飞了起来,朝一个未知的方向飞去。

那条青蛇在引导着他飞翔。

飕飕的风声从他的耳边呼啸而过。

飞翔的身体是那么虚幻,那么的不切实际,随时都有可能摔死在地上,可他无法控制自己的身体,此时,他的生命掌控在别人手里，根本就没有能力靠自己的力量解救自己。

他的身后仿佛有个女人在忧伤地说："你走吧，走得远远的，我本不该在唐镇看到你，更不该在那个雪天里碰到你，可你为什么要在那个雪天来到黑森林呢？……你走吧，走吧……"

游武强什么也看不到，就是回过头去也看不到那个说话的女人。

不知道过了过久，他的身体落在了地面上。他站在那棵巨大的古松下，斑驳的阳光从古松茂密树冠的缝隙中漏落下来。那条青蛇不见了，游武强看到了古松下那堆白色的鹅卵石。这不就是黑森林的入口吗？他突然记起了自己是怎么进入黑森林里的，他在黑森林里的那个山洞里沉睡了多久呢？现在又是一个什么日子？

游武强朝山外走去。

当他来到乌石岽时，看到那条山路上有两个山民走过来，边走边说着什么，他们好像说到了自己亲叔叔游长水的名字，游武强闪身躲到了一棵大树后面，偷偷地听那两个山民说话。

"真是天有不测风云呀，游镇长怎么说死就死了！"

"是呀，听说是被凌初八的鬼魂弄死的，死后的样子十分骇人！"

"游镇长当初不要听三癞子的话，派人到县城里去报官，他就不会惹下这个杀身之祸了的！"

"可是，游镇长做得没有错呀，他不去报官抓人，说不定凌初八还要害死多少人呢！"

"你不要说凌初八了，这里离黑森林不远，要是被凌初八的鬼魂知道我们在说她，那就麻烦大了！"

"你说得是！不说了，不说了！"

"新的镇长王秉顺听说是游长水的好朋友，不知道他会不会也——"

"不是说不谈这些事情了吗?走吧走吧!"

"……"

那两个山民走过去后,游武强才从大树后面闪了出来。他的脸色阴沉,口里喃喃地说:"他死了,他死了,死了——"

12

猪牯来到了画店的门前。三癞子坐在画店里,像是在考虑什么重要的问题,眉头紧锁。他看到了猪牯,猪牯的脸色蜡黄,像是得了肝病,只有得肝病的人,脸色才会这样黄。三癞子对唐镇保安队的人从来没有过好感,不仅仅是因为钟七经常呵斥他,不把他当人看。在三癞子眼里,他们都是狗,狗仗人势的狗!同样的,猪牯在他眼中,也是一条狗。

猪牯踏进了画店的门槛。

三癞子冷冷地对他说:"你来干什么?"

猪牯堆着笑脸说:"新镇长王秉顺让我来通知你——"

三癞子机警地打断了他的话说:"王秉顺让你来,是不是要我搬出画店?"

猪牯笑着说:"哪里,哪里,王镇长十分欣赏你,他自从看到你给老镇长游长水的画像后,就一直夸你是我们唐镇的天才,在短短的几个月时间里,就向宋画师学会了画像!不得了呀,王镇长让我来告诉你,你以后就住在画店里吧,没有人会赶你走的,你从今往后就是我们唐镇的画师了!"

三癞子没有再说话。

猪牯闻到了腥臭味,有些恶心,退出了画店的门。

三癞子看着他的背影,心里说:"他身上怎么有死人的味道?"

这些天,总是有一群一群的死鬼鸟在唐镇的上空,怪叫着盘旋，唐镇更加人心惶惶。

猪牯传达完王秉顺的话，就往家里走去。现在，他特别地恋家，只要能抽出空来，就往家里跑，他心里每时每刻都放不下冯如月。镇上的人都知道猪牯把那卖唱的父女捡回了家。有时，有人碰到猪牯会和他开玩笑："猪牯队长，你是金屋藏娇呀，什么时候把她领出来，给我们唱一曲《十八摸》呀！"猪牯就会假模假式地掏出盒子枪说："你再胡说八道，老子就一枪打爆你的狗头！"开玩笑的人根本就不会害怕，反而哈哈大笑。猪牯其实心里十分得意，把盒子枪插回枪套里，暗笑着离去。王秉顺也知道了这事，他问猪牯，是不是看上那个卖唱女了。猪牯没有明确表态。王秉顺就语重心长地对他说："猪牯呀，你是我的侄儿，有些想法不妨和你直说。你是老大不小了，该娶妻生子了，可是，你弄个卖唱的女人回家，人言可畏呀！有些话说得实在很难听，我的脸上也没有光彩！我想给你找个好人家的姑娘，你看如何？"猪牯听了他的话很不舒服，但又不好反驳王秉顺什么，况且王秉顺的话不是没有道理，猪牯只好借故离开，不让他说更多听上去不舒服的话。猪牯心想，我就是喜欢冯如月，关你们鸟事！

猪牯走进碓米巷，一群黑色的死鬼鸟怪叫着从巷子深处冲出来，从他的头顶呼啸而过，卷起一股阴冷的风。

他自然地想起游长水死的那天，镇公所那棵枣树上扑满的死鬼鸟，不禁胆寒，难道死鬼鸟在碓米巷出现，谁家要死人？而他的家就在碓米巷里，难道——猪牯不敢往下想了，匆匆地回家。

猪牯推开家门，就闻到了一股浓郁的熏苦艾草的味道，一缕缕淡青色的烟雾从冯如月父女住的偏房门的缝隙间冒出来。冯如月为什么要在房间里熏苦艾草？猪牯来到厅堂上，正要敲偏房的门，突然一个人从背后抱住了他。他回头一看，是父亲王秉益，王秉益在他的耳边讷讷地说："你娶了冯如月吧，你娶了冯如月吧——"

王秉益干枯的双手十分有力，紧紧地抱住猪牯，猪牯的腰都被箍痛了。

猪牯说："爹，你快松手！"

王秉益脸上呈现出凝固的笑容："你答应我娶冯如月，我就放手！"

猪牯心里异常纳闷，刚开始反对冯如月他俩住进自己家里的父亲怎么在某天后变得沉默寡言了，现在又要自己娶冯如月？猪牯无奈地说："爹，你快放手吧，我答应你，我娶冯如月。"

王秉益放松了手，不理猪牯了，他朝自己的房间里走去，边走边说："娶冯如月，娶冯如月——"

猪牯想，父亲怎么变成这个样子了，痴呆呆的，是什么让他变成这个样子的？这时，偏房的门开了，冯如月走了出来，房间门仿佛自动关上了，猪牯还听到了反闩房门的声音。冯如月的脸红扑扑的，水汪汪的双眸透出晶莹的光泽，她羞涩地对猪牯说："哥，你回来了，我去给你做午饭。"

猪牯说："如月，你这是？"

冯如月低下头说："父亲一直生病，房间里有了异味，我就去采了些苦艾草，点燃在房间里熏熏，这样异味就会除掉了。"

猪牯想了想，冯如月说的也有道理。

可冯瞎子怎么就一直不出门呢，按理说，他有病，出来到院子里晒太阳，或者病还好得快一些。猪牯说："如月，怎么不让你爹出来晒晒太阳呢？"

冯如月轻声地说："父亲怕见光，他的病一见光就会更加严重，只好在房间里静静养着。"

猪牯说："你刚刚到我们家里来时，不是说他只是饿的吗，其实没有什么病的？"

冯如月幽幽地说："其实我父亲得了很严重的病，当时我是怕你嫌弃我们，我就顺口那么一说。父亲的病就是怕见光，他只要一见光，就会昏倒。他得的是怪病，以前看过很多郎中，都查不出他患的是什么病。这些日子，多亏你收留了我们，父亲的病也渐渐好转了，真希望他能够尽快地好起来。"

猪牯叹了口气说："我也希望他尽快好起来，如月，我进去看看他老人家吧？"

冯如月听了猪牯的话，突然紧张极了："哥，你、你千万不要进去，我怕父亲身上的怪味熏到了你，等他病好了，你自然就可以看到了。现在，现在不行，父亲也不情愿让你看到他那个样子——"

猪牯说："如月，你不要着急呀，我不进去就是了，不进去就是了！"

冯如月心里松了口气，抬起头说："哥，你歇会儿，先喝点茶，我马上去给你做饭！"说完，她就匆匆地走向厨房。猪牯的目光追随着她的背影，吞了口口水。冯如月走进厨房后，猪牯才把目光收回来，出神地看着偏房紧闭的门。此时，他真想破门而入，看看冯瞎子到底怎么样了。

一群黑色的死鬼鸟从院子的上空怪叫着掠过。

猪牯有点毛骨悚然。

他不希望有什么不祥的事情发生在自己家里。

他的心莫名其妙地忐忑不安。

13

游武强偷偷地在这个阳光灿烂的正午摸进了游屋村的游家大屋。游家大屋里静悄悄的，一片死寂。游家的人都不知道去哪里了。游武强在正厅的神龛上看到了游长水的遗像。游武强默默地注视着游长水的遗像，眼睛渐渐地湿润了，人死了那些恩恩怨怨随风而散,游长水毕竟是他的亲叔叔,无论怎么样,还是对他有养育之恩。游武强跪了下来,朝游长水的遗像磕了三个响头。

这时,游武强听到身后传来阴森森的声音:"武强,是你吧?你怎么现在才回来呀?"

游武强回过头,看到了一个人。

她站在天井的旁边,一绺阳光照射在她苍老的满是褶皱的脸上,矮小干瘦的身子显得弱不禁风,那双专注的老眼中却充满了一种坚忍不拔的冷光。她就是游长水的老婆吴琼花。

吴琼花转过身,朝下厅旁边自己的卧房走去。

吴琼花进入自己的卧房后,没有关上房门。游武强知道,那房门是给自己留的,这个家里,婶婶吴琼花和堂弟游武平待他还算不错的。游武强走了过去,他也进了吴琼花的卧房。

吴琼花盘腿坐在蒲团上,闭着双眼,两手放在膝盖上。

游武强轻轻地说了声:"婶——"

吴琼花冷冷地说:"你有多少年没有踏进这个家门了?"

游武强说:"婶,我对不住你!"

吴琼花说:"你对得起自己就可以了,没有人要你对得起。我听说了你回来后在镇上发生的事情,那是你躲不掉的,是你的命。命中八尺,难求一丈。你祖母死时,你也没有回来,现在,你叔也去了,你现在回来了,回来做什么呢?多年来,你们像仇人一样。你叔死了,也是他的命,他该死了谁也救不了他。"

游武强说:"婶,武平呢?"

吴琼花说:"今天是正月二十二,是你叔的头七,武平和家里的其他人都到你叔坟地里去祭奠了。"

游武强:"哦——"

吴琼花说:"武强,你是不是为你叔死的事情回来的?"

游武强说:"是。"

吴琼花说:"我料到你会回来,只要你没走远,你知道他死后,一定会回来的。可人死了,一了百了了,你回来又有什么用?我担心你回来还会搭上一条性命,你还是走吧,走得越远越好,这个家会怎么样,看武平的造化了,如果会败,那也是天意,没有办法的事情,你还是不要管了。我知道你是个有血性的人,你不忍心看你叔这样莫名其妙地死去,你就是找到仇家,又怎么样呢?冤冤相报何时了?况且,镇上钟姓人家还在找你呢,你要是被他们捉住,他们不会善罢甘休的,你叔也死了,就是想暗中帮你,也是不可能的事情了。武强,你听我一句话,快走吧,永远也不要再回来了。你现在能回来和我见上一面,我也心满意足了,你叔也心满意足了!"

游武强的眼中噙着热泪,他哽咽地说:"婶,叔是怎么死的?"

吴琼花叹了口气说:"你叔死得不明不白,他是死在李媚娘那个婊子床上的!武强,你听我一句话,你不要管这件事情了,快走吧!"

游武强"扑通"一声跪在了吴琼花面前说:"婶,你多保重,我听你的话,这就走!"

14

天气渐暖,森林的树木冒出鹅黄或者褚红的嫩芽,那些野草也重新返绿,鸟雀的叫声仿佛也清脆了许多,透出春天的气息。可黑森林里还是那么阴郁,谁也不敢轻易地进来。

上官玉珠凄清的影子鬼魅般在黑森林里晃动,她一手拿着一把小铲子,一手提着一个粗布口袋。上官玉珠的脸被白麻布蒙着,一双血红的眼睛在森林里掠来掠去,她的嘴巴里发出古怪的声音,像是一种咒语。

上官玉珠站在一片荆棘丛边。

她蹲下身，把铲子放在地上，朝荆棘丛里一阵怪叫，怪叫声尖锐而又凄厉，令人毛骨悚然。

过了一会儿，荆棘丛中传来窸窸窣窣的声音，那声音越来越大，越来越密集，上官玉珠的眼中红光闪烁。她把扎着粗布口袋的绳子解开，放在了地上，两手抻开了口袋。

上官玉珠看到荆棘丛中爬出无数条蜈蚣闯进布袋里。

那些蜈蚣有大有小，身体上都呈现褐色的油光。它们爬进口袋后立即就感觉到了危险，但是想爬出口袋已经是不可能的了，上官玉珠把口袋提了起来，重新扎上了绳子。粗布口袋变得沉甸甸的，半口袋的蜈蚣在里面挣扎，口袋表面不停地有蜈蚣突起的痕迹。

上官玉珠提着装有蜈蚣的口袋，往黑森林深处走去。

她不再怪叫，显得异常落寞。

上官玉珠来到了一块爬满青藤的山壁前，左顾右盼了一会儿，就扒开青藤浓密的叶子和藤蔓，露出了一个三角形的洞口，这个洞口刚刚好可以钻进去一个人，上官玉珠先把粗布口袋放进洞里，然后才让自己的身体钻了进去。上官玉珠进入洞里后，那些藤蔓和叶子自然地恢复了原状，看不出这里还有个隐秘的洞口。

山洞里十分温暖，那堆篝火还在熊熊燃烧。

上官玉珠走过去，给篝火堆里添了些干柴，干柴碰到烈火，噼噼剥剥乱响。上官玉珠扯下蒙脸的白麻布，白瓷般的脸上透出一股淡淡的忧伤，嘴角浮现出一丝无可奈何的苦笑。

上官玉珠突然捂住了肚子，嘴角的那丝苦笑瞬间就消失了。她低下头，看着自己微微鼓起的肚子，轻轻地说："青儿，你不要急，我马上就喂你，你不要急呀，我不会饿着你的。"

说着，她朝角落的竹床走去。

上官玉珠的身体扭动着，蛇一般地扭动着。

她来到床边，蹲下来，从床底下搬出了一个用红布密封的陶罐，她抱着陶罐来到了洞中央的火堆旁，把陶罐放了下来。然后，她又端着一个木盆来到了灶台前，打开锅盖，从里面舀出尚且温热的清水，注入木盆里。上官玉珠端着装有半盆温热清水的木盆来到了陶罐旁边。

上官玉珠跪在木盆边，闭上眼睛，双手轻柔地抚摸着鼓起的肚子，喃喃地说着什么，山洞里顿时变得诡异莫测。念完咒语，上官玉珠的脸一片潮红，微微地喘着气，张大了嘴巴。

一个三角形的蛇头从她的喉咙里冒出来，不停地吐着骇人的蛇芯子。

上官玉珠脸上布满了异常痛苦的神色，脸涨得更红了，血红的眼睛里滴出了两串殷红的泪。那条青蛇从上官玉珠的嘴巴里缓缓地溜了出来，她伸出双手接住了青蛇。这是一条两尺来长的青蛇，它的身上还沾着上官玉珠的体液。上官玉珠来不及擦掉脸上的泪水，就把青蛇放进了木盆里。

上官玉珠给青蛇洗着身子，像一个母亲给自己的孩子沐浴，她还轻轻地说："青儿，你不要心急，我给你洗干净了，就给你吃东西，我今天捉到了很多你喜欢吃的东西，你一定会喜欢的！"青蛇的蛇头从水中抬起来，对着上官玉珠的脸，轻微地抖动着。上官玉珠给青蛇洗完后就打开了那个陶罐，接着把粗布口袋也打开，将口袋里挣扎的蜈蚣一条不剩地注入了陶罐里。青蛇抬着头，在木盆里游动着，似乎要迫不及待地进入陶罐，美美地饱餐一顿。

上官玉珠看透了青蛇的心思，将它从木盆里抓起来，放进了陶罐，然后用红布蒙在了陶罐口上，再用一根细细的麻绳扎紧。

做完这些，上官玉珠就坐在一个小竹椅上，擦着额头上渗出的细微的汗水和脸上残存的泪水。此时，上官玉珠显得特别疲惫，她听着陶罐里发出的啪啪作响的声音，浑身战栗，她知道青蛇在陶罐里和蜈蚣搏斗着吞食着……那是你死我活的争斗和蚕食。

上官玉珠站起来,走到竹床边,蹲下来,从床底下掏出了一个木箱,打开木箱,取出了一卷画纸。她拿着画纸站起来,画纸被摊开在床的席子上,那是一个女人的画像,女人长得端庄又俏丽,一双秋水般的眼睛哀怨地注视着上官玉珠。

上官玉珠伸出颤抖的手,去摸画像中女人的眼睛。

她轻轻地说:"他要像对你一样对我该有多好呀,那我就不会孤单了,不会害怕了。为什么他就是在梦中也还呼唤着你的名字,而对我无动于衷?他是属于你的吗?真的属于你的吗?我要像他一样的男人保护我。我不会像师父那样爱上一个白面书生,不会的,那样的人根本就保护不了我,反而会像师父那样到头来因为他断送了自己的生命,抛下孤苦的我!如果师父不爱上那个叫宋柯的画师,她就一定不会死,如果师父爱上一个像游武强那样的男人,也一定不会死,可师父偏偏迷上了宋画师,他除了有一支生花的妙笔又有什么?……不,游武强不是你的了,你已经死了,你不可能为他做任何事情了!我要得到他,无论怎么样,我要得到他,我也需要温暖,需要男人的怀抱!"

上官玉珠的眼睛里闪烁着可怖的红色光芒。

她面对的是沈文绣的画像,她在他昏迷的时候从他身上取下了这幅画像。

上官玉珠突然用双手捂住了脸,嘤嘤地抽泣:"师父,你的大仇我还没有报完,我怎么能够想男女之间苟且之事呢?师父,我对不住你,你的大仇我一定会给你报的,你放心,我会一个一个地杀死他们的!师父——"

过了一会儿,上官玉珠突然冷笑道:"游武强,我已经对你下了咒,我可以让你离开,也可以招你回来,你就是走到天涯海角,我也可以招你回到我的身边,等我给师父报完了仇,我就一定要得到你,你要陪我到死,让我一生都不会孤独,我已经受够了孤独的滋味……"

陶罐里的声音终于沉静下来。

上官玉珠面无表情地重新打了一盆温热的清水,放在了陶罐的旁边。

她打开了陶罐,朝陶罐低声细语了一会儿,那条青蛇就从陶罐口上仰起了头,仿佛心满意足的样子。上官玉珠伸手抓住了青蛇,放在木盆里洗了一会儿,然后跪了下来,喃喃地说了些什么,张开嘴巴,把那条青蛇放进了自己的口里……

15

民国三十六年农历正月二十二,中午还是晴好的天,到了下午,乌云从四面八方聚拢过来,遮住了太阳。一群死鬼鸟怪叫着掠过唐镇的上空,飘下几片黑色的羽毛。有一片羽毛正落在猪牯的头上。猪牯从头发上取下了那片羽毛,黑色的羽毛还有种油质的触感,他把它放在眼前仔细端详,眼前突然一片漆黑,浑身一片冰凉,他赶紧扔掉了那片羽毛,仓皇而去。

猪牯刚刚回到家里,还没有喝完冯如月递过来的那杯热茶,大门口就响起了一个保安队员的叫声:"猪牯队长,王镇长让你赶快去一趟镇公所,有事相商。"

猪牯把茶杯递给冯如月说:"如月,我去了!"

冯如月关切地说:"喝完这杯茶再走吧。"

猪牯笑了笑说:"不喝了,王镇长一定有什么急事找我,不能让他等太久。"

冯如月微笑道:"早点回家。"

猪牯点了点头:"明白。"

猪牯走出家门，穿过碓米巷时，觉得有一双莫测的眼睛在窥视着自己。猪牯总是觉得今天好像哪里不对劲，有什么事情要发生。

猪牯来到了镇公所，走进了书房，书房显得昏暗，没有点灯，他只是看到王秉顺吸水烟时发出的一明一灭的光亮，王秉顺猪肚般的脸也一明一灭。猪牯赔着小心说："叔，你找我有事？"王秉顺吐了口烟，冷冷地说："以后在镇公所或者公共场合，你不要叫我叔，要叫我王镇长。"猪牯鸡啄米般点了点头说："是的，王镇长。"

王秉顺站了起来，把手中的黄铜水烟壶放在了桌子上，然后踱着步子走到门边，朝外面看了看，关上了门，回头对猪牯说："猪牯，我叫你来，的确有重要的事情交代你！"

猪牯说："王镇长有什么事情尽管吩咐，我一定照办。"

王秉顺走到猪牯面前，嘴巴凑在猪牯的耳边，小声地说着什么，猪牯连连点头。

16

入夜后，天空中飘起了细雨。三癞子吃完饭后，就给胡二嫂烧水洗澡。胡二嫂像个孩子一样坐在木头澡盆里，脸上露出傻傻的笑容，任凭三癞子在她的身上触摸着。三癞子的表情十分专注，眼睛清澈得没有一丝邪念。胡二嫂瘦得皮包骨般的身上仿佛有了点肉感，脸上也红润了许多，这都是三癞子这段时间无微不至照顾的结果。虽然胡二嫂还是处于痴呆的状态，偶尔也会疯病发作，但这是她一生中最幸福的时光，从来没有一个男人对她这么好过。三癞子的手触摸到胡二嫂微微鼓起的肚子，他的脑海里就浮现出一条青蛇和那白衣女人飘忽的身影。

胡二嫂的肚子里就有着一条青蛇。

那白衣女人现在又在何处？

三癞子的手在胡二嫂的肚皮上微微抖动，他的心也在颤抖。他发过誓，一定要让胡二嫂肚子里的青蛇离开她的身体内部，要让胡二嫂重新成为一个正常的人，在唐镇过着自给自足的日子。这一天什么时候会来到？三癞子不得而知，这要取决于那白衣女人的出现，只有她才能够解救胡二嫂。可白衣女人的出现对三癞子意味着什么，他心里十分清楚，尽管他知道只要白衣女人出现在他面前，他就要经历一场深重的灾难般的恐惧，可他还是希望她能够尽快出现，哪怕是有一线的希望，他也要通过白衣女人来解救胡二嫂。

三癞子长长地叹了口气。

17

雨沙沙地下，越下越大，唐镇浮起一层寒意。

夜深了，雨水还在不停地洒落。郑马水睡得死猪一般，呼噜声响得像有人在拖动铁匠铺子的风箱。余花裤不是被雨声吵醒的，也不是被郑马水的呼噜声吵醒的，她是被一泡屎憋醒的。

晚饭前，郑马水提来了一大捆猪大肠，孩子们看到猪大肠一个个兴高采烈的，郑马水不但讨了孩子们的欢心，重要的是讨了余花裤的欢心，余花裤不像以前那样要他的钱物了，郑马水也放松了心中的防线，想到余花裤的大奶子就欲火焚身，自然就抹下脸皮和余花裤重归于好，虽然余花裤没有要求他什么报酬，但是他每次总要带点东西来，空手套白狼会使郑马水心虚。那捆猪大肠爆炒后足有一大盆，吃得余花裤一家嘴肥肚圆，孩子们饱了口腹之欲后，就睡觉去了。余花裤和郑马水就关起门来在眠床上颠鸾倒凤，做着那偷欢苟且之事。余花裤正是如狼似虎的年龄，哪能放过送上门来满身猪肉膻味的郑马水，一次次地折腾搏杀，直到两人筋疲力尽之后，才各自呼呼睡去。

余花裤在这个阴冷而落雨的深夜被屎憋醒，心里十分不爽，她踢了死猪般的郑马水一脚，低声说："都怪你那臭烘烘的猪大肠，让我吃多了半夜还要起来屙屎挨冻。"

余花裤起床，穿好衣服，突然看到了郑马水脱下的那一堆衣物，她走上前拿起了上衣，在口袋里搜索，他的上衣口袋里什么也没有，余花裤又拿起了郑马水臭烘烘油腻腻的裤子，摸了摸裤兜，里面还是什么也没有。余花裤骂了声："这个王八蛋是抠门到屁眼上了，一文钱也不带在身上，生怕被老娘没收了，唉，老娘真是贱！"

余花裤叹着气拿上擦屁股的草纸，就戴着斗笠出了门。雨夜里还是有点微微的天光，就是伸手不见五指的深夜，余花裤也可以摸出巷子，准确地到达屎尿巷的茅厕。余花裤蹲在茅坑里痛快淋漓地拉着屎，一股股冷风从茅坑的外面灌进来，她的屁股起了一层鸡皮疙瘩，她闻到的热烘烘的屎味有股猪大肠的味道，这让她心里还是有点满足，无论怎么样，她还是吃到了猪大肠，还满足了自己的性欲。

余花裤屙完屎，摸索着正要走出屎尿巷，突然看到一个白色的影子从唐镇的街上飘忽过去。余花裤趴在一个墙角，大气不敢出一口。那飘忽的影子让她想到了凌初八，想到了游长水的死。余花裤胆战心惊，如果白色的影子发现了自己，会怎么样呢？明天一早人们会不会在屎尿巷的茅坑里发现她的尸体？想到这些，余花裤浑身筛糠般瑟瑟发抖。

不知过了多久，余花裤才蹑手蹑脚地摸出屎尿巷，战战兢兢地溜回了家中。回到家里，余花裤惊魂未定地把沉睡的郑马水弄醒，颤抖着说："马水，不好了，我又看到那白色影子了。"

郑马水被余花裤扰了好梦，心情十分不快："臭婆娘，不好好睡觉，瞎闹什么呀！"

余花裤用力地掐了一下他的手臂，郑马水疼痛得大叫了一声："哎哟，你疯了——"

余花裤喘着气说："你就知道死睡，我告诉你，我又碰到鬼了！"

郑马水这才清醒过来："你看到什么了？"

余花裤扑在郑马水怀里，把去屎尿巷屙屎时看到白色影子的事情叙述了一遍，她的脸色煞白，可见吓得不轻。郑马水伸出粗壮的胳臂搂住了余花裤，嘴巴里发出低沉的声音："你是不是看花眼了？"

余花裤被郑马水搂着，身体温暖起来，说话的口气也缓和了些："真的，我看得清清楚楚，一点没错。"

郑马水倒抽了一口凉气："看来你的运气不好，游长水死的那天，你去屎尿巷屙屎，也看到了那鬼影，现在，你同样也看到了鬼影，你说才多长时间呀。你以后晚上不要去屎尿巷屙屎了，就屙在马桶里好了，等天亮后再去倒掉。"

余花裤说："你不是嫌我屙的屎臭吗！"

郑马水的大手捏了一下余花裤背上的肉说："我不嫌你臭，可以了吧，老碰到鬼可不是好事情，我看明天你还是到东华山的庙里去烧烧香吧，要是被那鬼魂缠上了，说不定会有什么灾祸！"

余花裤的身体又一阵战栗："我怎么就这么倒霉呢？"

郑马水若有所思地说："对呀，你怎么会那么倒霉呢？"

他们俩无语了，只是相互紧紧地搂抱在一起。

这个深夜，唐镇又会发生什么莫测的事情？

18

猪牯和几个保安队员穿着防雨的蓑衣，埋伏在逍遥馆院子里某个墙角的一丛夜来香后面。唐镇保安队的所有人员在这个深夜里都没有入眠，他们分布在各个角落里蛰伏，把逍遥馆团团地包围起来。新任的镇长王秉顺得到了线报，说今天晚上土匪陈烂头要进入逍遥馆，带走春香。春香房间的床底下也埋伏了两个保安队员，他们把子弹上膛的枪口对着房间的门。

猪牯心里忐忑不安。

陈烂头不是那么容易对付的狠角色，就是他潜入了逍遥馆，猪牯他们还不一定能抓住他，说不定还会被他伤害。猪牯不能退缩，他知道自己的堂叔王秉顺此时一定还坐在书房里不停地抽着水烟，焦虑地等待着事情的发生。王秉顺没有让猪牯派人保护他，而是让他把所有力量都集中在了逍遥馆里，王秉顺是要猪牯全力以赴。

雨沙沙地落下，在短时间内没有停止的迹象。猪牯的身上虽然裹着蓑衣，寒冷却无孔不入，加上对陈烂头本能的畏惧，他的牙关不住地打战。有种厌倦的情绪在猪牯的大脑里滋生，他想，过了这个晚上，如果没有什么问题，明天就向王秉顺辞了这个保安队长，尽快和冯如月把婚事办了，过平静的日子，反正他知道有不少人还眼红他这个保安队长的位子。

猪牯他们在外面苦熬着的时候，逍遥馆的老板李媚娘蜷缩在被窝里难以入眠，房间里没有点灯，浓重的黑如阴间一般。这个晚上，王秉顺没有来和她同床共枕，李媚娘在黑暗中睁着恐惧的双眼，内心寒冷而又失落。

这是一个什么样的夜晚？

还会不会有人在这个夜晚死去？

死亡对她来说是个巨大的噩梦，她被这个噩梦折磨得惶恐不安。这些天来，她一直想去游长水的坟前烧上三炷长香，可她害怕出门，甚至连阳光也害怕，她成了一只见不了光的老鼠，她一直躲在凄清的逍遥馆里，白天和那几个妓女无言相对，晚上心里拒绝王秉顺的到来又盼望他的出现。

李媚娘对王秉顺的感觉十分复杂，憎恨他是因为他在游长水尸骨未寒时就将她霸占，而游长水活着的时候竟然把他当成亲兄弟；依赖他是因为游长水死了他当上了唐镇的镇长，如果没有他的保护，她以后的日子会变得十分艰难。

自从过年到现在，特别是游长水死在她的眠床上之后，就一直没有人光顾逍遥馆，她不能够这样看着逍遥馆一天一天地萧条下去，如果逍遥馆要重新兴旺，还得靠王秉顺的支持。

李媚娘在这个落雨的深夜里，还担心着一件事情，就是害怕春香的房间里响起她撕心裂肺的喊声，春香痛苦凄惨的喊叫是那么无助，比死还冷酷，折磨着李媚娘变得脆弱恐惧的心。

那个魔鬼会不会在今夜出现？

李媚娘正在黑暗中煎熬，突然有一只手朝她摸索过来。这只手冰凉冰凉的，还沾着湿漉漉的水，它准确地摸到了李媚娘的脖子上，李媚娘想大声喊叫，却怎么也喊不出来，她吓瘫了，下身顿时涌出一股热乎乎的液体，她自己也闻到了一股尿臊味。李媚娘睡觉之前，把门窗闩得紧紧的，这个黑暗中看不清脸面的人是如何进来的，而且悄无声息？李媚娘的脑袋蒙了，已经没有能力想出应对的方法。此时，她是一只待宰的羔羊。

那只冰凉的手没有在她的脖子上用力掐下去，也许是因为她没有叫喊，就是这样，还是有一种巨大的压迫感让李媚娘窒息，她心里惊惶地说："游长水，你这个老东西，是不是你来招我去了？"

这时，李媚娘听到浑厚低沉的声音："你不要怕，只要你告诉我真相，我不会杀你的！否则——"

这是谁的声音？李媚娘无法辨别，她似乎从来没有听过这个人的声音，是不是因为恐惧而忘记了？

李媚娘终于说出了一句话："你是谁？"

那人说："你别问我是谁，我只要你告诉我真相！"

李媚娘喘了口粗气："你要知道什么真相？"

那人说："你要如实告诉我，游长水是怎么死的？"

李媚娘十分吃惊："你为什么要知道这些？"

那人冷冷地说："你别废话！快给我老实说！"

李媚娘心想，这个人一定和游长水有什么关系，他来寻找游长水死亡的真相到底为了什么？那人湿冷的手从李媚娘的脖子上移开了，仿佛移开了死亡的威胁，李媚娘渐渐放松自己紧张的情绪。那人在黑暗中低沉地说："你赶快说吧，我必须在天亮前离开这个鬼地方。"

……

19

三癞子也是这个深夜的未眠人，似乎有种预感，今夜会发生什么事情。胡二嫂侧着身子睡着了，响着均匀的鼾声，嘴角还流着清亮的口水。卧房的油灯一直亮着，三癞子没有将它吹灭。有灯光的夜晚，胡二嫂或者不会那么恐惧，三癞子经常会被她突其如来的胡言乱语惊醒，他会看到胡二嫂坐在床上，双手在眼前抓挠着，仿佛在驱赶看不见的恶魔。胡二嫂平静的样子就像一个无辜的孩子，让三癞子的心里有些柔软。

这个晚上，最起码到目前为止，胡二嫂没有被噩梦困扰。

胡二嫂的噩梦就是三癞子的噩梦，他要用很长的时间或者整个晚上的时间安抚她，让她平静下来，让她觉得有种安全感。现在，三癞子不会在她疯病发作时轻易地用绳索将她捆起来，而是把她紧紧地搂在自己的怀里，和她不停地说话，用自己的力量控制她的身体，用喋喋不休的话语抚摸她不安的灵魂，直至她像个孩子般乖乖地沉睡。

三癞子把手放在胸前,感觉着自己的心跳。莫名其妙地,他的心跳在这个深夜急剧地加速,而且肚子里隐藏的那条蛇好像在苏醒,那条蛇自从那天喝酒在他的肚子里躁动之后,一直在沉睡。三癞子又把手放在了肚皮上,掌心微微震动,肚子里的那条蛇在他的肠子里游动起来。

有种尖厉的声音一次次地穿过雨声,向房间里袭来,击中了三癞子的中枢神经。

三癞子突然坐了起来,双眼迷离。

肚子里的那条蛇仿佛听到了某种召唤,从肚子里一直往三癞子的喉头钻。

三癞子默默地穿上衣服,下了床,木然地朝大门边走去。他站在门边,伸出双手,抽开了门闩,打开大门。

湿冷的水汽扑面而来。

三癞子看到一个蒙面的白衣女人站在门口。

白衣女人注视着他,眼睛里闪烁着红色的光芒。三癞子的目光和白衣女人的目光碰撞在一起,三癞子着魔似的浑身打了一个激灵,然后走了出去。白衣女人朝镇子外面飘忽而去,三癞子鬼使神差地跟在她后面,也飘忽而去。他走后,胡二嫂的家门洞开着……

20

王秉顺孤独地坐在书房里,不停地吸着水烟,在寂寞中等待着什么,当烟被吸亮时,他的眼睛里闪现出诡异的色泽。时间随着升腾的烟雾缓缓地飘走,无声无息。现在是什么时辰了,王秉顺一无所知,尽管他怀里的怀表还在不停地走动,他没有拿出怀表来看时间的欲望,甚至他已经把那块怀表遗忘了,这块怀表可是当年游长水送给他的礼物。现在,王秉顺心里惦记的是逍遥馆里将要发生的事情，其他东西都是那么无关紧要。他心想，猪牯会不会让自己失望，只有除掉了那个人，他才能在唐镇高枕无忧地当他的土皇帝，那人是他现在唯一的心头之患。

猪牯饥寒交迫，春香房间里一点动静也没有，整个逍遥馆里也一点动静都没有。这时，从逍遥馆里面摸出一个保安队员，他走到猪牯面前，还没有说什么，猪牯就低声地训斥他："狗嬲的东西，你不好好埋伏，跑出来干什么？"

保安队员低声说："队长，我听到李老板的房间里有人说话。"

猪牯狐疑地说："真的？"

保安队员说："真的！我要骗你，我就是一条吃屎的狗。"

猪牯骂了声："狗嬲的！"

他带着几个保安队员朝李媚娘的卧房摸了过去。

猪牯让两个保安队员守住门，自己带了两个保安队员来到了窗下。猪牯竖起耳朵，企图听到里面传出的说话声。的确，猪牯听到有人在里面说话，说话的声音十分细微，他听不出说话的人是男人还是女人，也听不清说话的内容。是不是李媚娘在说梦话？这似乎不太可能，因为梦话不会故意压低声音，也不可能那么连贯。

这里面一定有鬼。

猪牯悄悄地带着保安队员来到了偏僻处，对他们低声说："狗嬲的，难道陈烂头会和李媚娘有一腿，他们在里面说悄悄话，真出鬼了！这样，多叫几个人过来，埋伏在李媚娘房门的两侧，里面如果有人出来，就一起扑过去，把他绑了！另外窗底下也要埋伏人手，防止他跳窗逃跑，外围的人先不要动，如果我们这里制伏不了他，外围的人就起了作用。注意，我们过去埋伏时，一定要轻手轻脚，不要打草惊蛇，让他有了防备，我们不好下手！"

猪牯布置完后，就领着保安队员重新朝李媚娘的房间门口摸了过去。

过了约莫半个时辰，李媚娘的房间门轻轻地开了，从里面走出一个人来。那人的脚刚刚跨出门槛，一旁的保安队员举起枪托朝他头上砸了下去，那人闷哼了一声倒了下去，几个人狼狗般朝那人扑了过去，用准备好的绳索将他捆了个严严实实。

一个保安队员兴奋地说："抓住了，陈烂头被抓住了——"

猪牯马上点燃了火把，保安队员们也纷纷点燃了火把，从他们埋伏的四周围拢过来。

猪牯兴奋极了，没有想到如此轻松地拿下了传说中厉害无比的陈烂头，这可是一记大功呀，以前出动过国民党的正规部队也没有剿到他！猪牯此时感觉不到寒冷，也感觉不到饥饿了，热血呼呼地往头上涌。他举着火把来到那人的跟前，那人脸朝地扑在地上，双手被结结实实地反绑着，双腿也被捆绑得结结实实，他就是有天大的本事也逃不掉了。

猪牯高兴地对手下说："狗嬲的！把他给翻过来，我倒要看看这个威震八方的土匪陈烂头是不是长着三头六臂！"

两个保安队员弯下了腰，把那人翻了过来。

猪牯手中的火把凑近了那人的脸，那人的脸上蒙着一块黑布，猪牯弯下了腰，伸手扯下了那人脸上的黑布。

"啊——"猪牯张大了嘴巴，呆了。

他看到了一张熟悉的脸，不可能吧，他怎么会是陈烂头，这个人分明就是游长水的侄儿游武强！

所有的人都十分吃惊。

连从房间里走出来的李媚娘也惊诧得睁大眼睛，用手捂住嘴巴，不让自己大声喊叫出来。李媚娘怎么也没有想到这个逼她说出游长水死亡真相的人会是游武强，在她眼里，游武强同样是游长水的仇人，亲人中的仇人往往更加可怕和绝情。

李媚娘对猪牯说："猪牯队长，你愣着干什么，赶快给他松绑呀，他不是你们要抓的人！"

猪牯喃喃地说了声："狗嬲的——"

他觉得十分为难，不知如何是好。这时，游武强悠悠地醒转过来，发现自己被缚，周遭还围着许多举火把的人，挣扎着抬起头吼道："干你老母，哪个孙子敢绑老子，快把老子放了！"

猪牯和保安队员们面面相觑。

猪牯想了想，还是先向王秉顺汇报了情况再说。他吩咐手下的人看好游武强，把手中的火把递给身边的一个保安队员，摸黑走出了逍遥馆，来到了镇公所王秉顺的书房里。书房里还是一片黑暗，充满了土烟丝燃烧后散发出的呛人臭味。王秉顺就坐在黑暗中的太师椅上，王秉顺没有吸水烟，猪牯看不到他的脸，也不清楚他现在脸上有什么表情，猪牯捉摸不透王秉顺此时的心情。

猪牯说："叔，不，王镇长，我们在逍遥馆捉到的不是陈烂头，而是老镇长的侄子游武强。你看——"

王秉顺在黑暗中咳嗽了一声，过了老大一会儿才低声说："你看怎么办？"

猪牯吞吞吐吐地说："这——还是，王镇长你拿主意吧，我做不了主。"

王秉顺又沉默了一会儿说："游长水活着的时候是不是派你去抓过游武强？"

猪牯说："是的。"

王秉顺冷笑了一声说："抓他做什么？"

猪牯说："因为钟姓人家要去抓游武强，老镇长就派我去——"

王秉顺阴冷地说："游长水要你去抓他，是为了保护他，怕他被钟姓人捉住了装进猪笼里沉潭，现在，游长水死了，钟姓人如果知道我们抓了游武强，一定会来镇公所要人的，是给他们还是不给？"

猪牯说:"这——"

王秉顺又说:"如果不给他们,我们把游武强放了,他们闹将起来,我这个镇长还怎么当,我总不可能让保安队把枪对着钟姓人吧,他们不是土匪,也不是敌人。这事情还真是难办呀,毕竟游武强拐了人家的女人,坏了人家的规矩,我们也没有办法。我看先这样吧,把游武强先关起来,天亮后再商量吧。天差不多也快亮了,我也该歇会儿去了,当这个镇长真累呀!"

猪牯讷讷地说:"好吧——"

21

天刚蒙蒙亮,雨停了,整个唐镇湿漉漉的,沉浸在暗灰色的气氛之中。钟姓人家不知从哪里得到了消息,说镇公所的保安队抓住了游武强,那个精瘦得像只老猴的钟姓族长带了几十个精壮汉子,抄着刀枪棍棒,来到了镇公所的门前,准备朝王秉顺要人。镇公所的大门紧闭,里面静悄悄的。瘦猴族长满脸肃杀,他对一个年轻汉子说:"游武强,我看你还能跑到哪里,钟庆,快去敲门!"

钟庆一手提着菜刀,歪了歪头,走到了大门边,伸出另外一只手,用力地敲起了门。

瘦猴族长看钟庆敲了一会儿门后,里面没有任何反应,就说:"里面的人难道死光了!"

就在这时,镇公所的大门"吱呀"一声开了,身穿长袍马褂的王秉顺独自出现在钟姓人面前,他的身后没有跟随任何人。王秉顺的出现,在钟姓人中间引起了一阵骚动。不知道谁在那里喊了声:"把游武强交出来!"接着,钟姓人一起吼叫起来:"把游武强交出来!"

瘦猴族长挥了挥手,吼叫声就平息下来。

王秉顺阴沉着脸说:"你们想干什么?聚众闹事?简直是无法无天!"

瘦猴族长说:"王镇长,你怎么能说我们聚众闹事呢!我们知道,保安队抓了游武强,就关在镇公所里,我们是来要人的!"

王秉顺冷笑了一声说:"要人,你们凭什么要人?"

瘦猴族长也冷笑了一声说:"游武强这个人,今天我们要定了!你给也得给,不给也得给!"

王秉顺脸上的肥肉颤动着说:"我只要还站在这里,看谁敢踏进镇公所一步!"

瘦猴族长干瘦的脸皮抽搐着:"王镇长,你不要说这样的狠话,我们把你当成镇长,是尊敬你,我们要不把你当镇长了,你就什么也不是!你们镇公所除了吃喝玩乐,要我们交这个税那个税,你们为老百姓做了些什么?游武强对我们钟家做下了猪狗不如的事情,就应该交给我们钟家人处理,这是天经地义的事情!你要是还想继续安稳地当你的镇长,你就把人给我们交出来,我们钟家还是会尊重你,否则——"

王秉顺提高了声音:"否则你要怎么样?我看你们真的是无法无天了!我告诉你们,游武强犯了什么法,政府自然会治他的罪!你们想要我把游武强交给你,连门都没有!"

瘦猴族长被激怒了,他振臂一挥:"族亲们,给我冲进去,把游武强那个王八蛋抓出来,装猪笼沉潭!"

钟姓族人吼叫着潮水般冲进了镇公所,王秉顺被推着涌进了院子里,倒在一旁,颓然地坐在地上,看着愤怒的钟姓人,连声说:"反了,反了——"

钟姓人这个时候根本就没有把王秉顺放在眼里,很准确地找到了关押游武强的那个房间。他们涌到那个房间门口时,停在了那里,房间门紧闭,门口竟然没有看守游武强的保安队员。

瘦猴族长走到那房间门口,说:"游武强,看你还能跑到哪里!"

他伸手推了一下门,门里面没有反闩,洞开着。

瘦猴族长第一个走了进去,房间里的光线不好,显得十分昏暗,这个房间历来都是镇公所用来关人的地方,地上铺满了稻草,稻草十分潮湿,散发出一股难闻的腐臭味儿。瘦猴族长看到房间的一角躺着一个五花大绑的人,他认为这个人就是游武强,过去朝那人就是一脚。那人挣扎着扭动着身体,瘦猴族长叫人把他拖出了房间。

到了房门外,大家都呆了,这个被捆绑着嘴巴里塞着一团黑布的人根本就不是游武强,而是唐镇的保安队长猪牯。猪牯口里塞着的黑布被瘦猴族长拿掉后,他就沙哑着嗓子叫道:"狗蹶的!快把我身上的绳子解开!"

有两个人就弯下腰七手八脚地给他解身上的绳子,好不容易把紧紧捆着的绳子解开后,猪牯站了起来,扑进了房间,嘴巴里嘟哝着:"狗蹶的!我的盒子枪呢,我的盒子枪呢?"

猪牯在房间臭烘烘的稻草上找着枪。

这时,王秉顺走了过来,他的身后这时却跟了不少人,有保安队员,还有镇公所里的闲杂人员。他走到房间门口,怒气冲冲地说:"怎么回事!怎么回事!你们简直要造反了!"

钟姓人面面相觑,不敢言语,游武强不见了,他们无法嚣张了。

只有瘦猴族长低声说:"游武强逃跑了。"

王秉顺心顿时一凉:"啊——"

猪牯找到了他的盒子枪,从房间里跌跌撞撞地跑出来。他在王秉顺面前站住了,王秉顺的眼睛里冒着烈火,怔怔地注视着他,猪牯的身体微微颤抖,他感觉到了王秉顺眼睛闪射出的愤怒火星。

王秉顺突然紧握双拳，挥舞着拳头，暴怒地朝猪牯吼叫道："你这个吃屎屙番薯的废物！你到底是怎么搞的！我千叮万嘱让你一定要给我看好人，你怎么就让他给跑了！我要枪毙了你这个狗东西！"

猪牯低下了沉重的头，沙哑着嗓子说："夜里，我们把游武强从逍遥馆抬到这里后，我就把房间门锁住了。我想，游武强被五花大绑着，门又有铁将军把门，他应该跑不掉的，我就想，保安队的弟兄们辛苦了一夜，我就让他们回家睡觉去了，自己留在这里看守游武强，我自己累点不要紧。狗嬲的！没有想到，保安队员们走后，我刚好卷了一根纸烟，正准备点火，就看到一个白色的影子阴森森地飘过来，我来不及拔枪，就头一晕，倒在了地上……醒过来，发现自己被绑在房间里，嘴巴也被堵住了，喊也喊不出来。狗嬲的！"

王秉顺沉默了，浑身颤抖，喘着粗气，不知道是被猪牯气的，还是听到那白色影子后被吓的。

瘦猴族长脸色苍白，喃喃地说："游武强，我看你还能跑到哪里——"

22

阴霾的天空一如棺材店老板张少冰的心情。他坐在棺材店里，脸色苍白而阴郁，口里细声地说着："大吉大利，大吉大利……"游武强被抓又逃脱的事情在唐镇很快流传开来，张少冰自然也知道了这件事情。游长水死的时候，他给游长水送了一副上好的杉木棺材，那时，他就想，游武强听到游长水死后会怎么样。张少冰这些天里，一直担心游武强会回到唐镇来调查游长水的死因，并且为他报仇，他太了解游武强了，尽管他和游长水多年来没有来往，并对他异常的敌视，可游长水毕竟是他的亲叔叔，他不可能袖手旁观的！张少冰希望游武强已经远走高飞，再也不要回到唐镇来了。可现在，张少冰担心的事情终于发生了，游武强还是回到了唐镇，尽管他逃跑了，张少冰认为他还会回来的。游武强又卷入了一场阴谋和是非的旋涡，张少冰就更加担心他的安危了。

棺材店对面的猪肉铺前围了不少人。

他们神情紧张地听郑马水讲那白色鬼魂的事情。

郑马水正绘声绘色地讲着，突然人群中挤进来一个人。大家一看，是疯婆子胡二嫂。大家马上躲闪开了，和她保持着一段距离看着热闹。如果说刚才郑马水讲的关于鬼魂的事情使他们胆战心惊，那么，疯婆子胡二嫂的到来或者可以给他们上演一出闹剧，来抚慰他们受过惊吓的心灵。其实，胡二嫂有一段时间没有独自在镇街上游荡了。

胡二嫂痴痴地对郑马水说："我要吃肉，我要吃肉——"

郑马水朝她挥了挥手中的剔骨尖刀，大声叫道："滚开，你给老子滚开——"

胡二嫂对他手中的剔骨尖刀根本就没有任何感觉，她还是痴痴地说："我要吃肉，我要吃肉——"

郑马水气得眼珠子突兀出来："你去吃屎吧，疯婆子！赶快给老子滚开！"

胡二嫂突然喃喃地说："吃屎，吃屎，吃屎……"

郑马水和围观的人都异常吃惊，胡二嫂竟然不停地说着"吃屎"这两个字，转过身，朝屎尿巷缓缓地蹒跚而去，一阵风嗖嗖地刮过来，把胡二嫂花白的头发吹得凌乱。

他们心里都明白，胡二嫂又要去屎尿巷吃屎了，可没有一个人阻拦她。

"三癞子今天怎么把胡二嫂放出来了？"

"是呀,三癞子呢?怎么没有看见他呀?"

"谁去告诉三癞子一声吧,胡二嫂也挺可怜的,不要让她再吃屎了,让人想起来就恶心。"

"……"

胡二嫂听不到他们在说什么,也不会在意他们说什么,她只是在嗖嗖的风中走向屎尿巷。

胡二嫂走了后,围观的人们也四散而去,大家都有自己的事情要去做,活着是那么的不容易,为了一口饭吃,他们必须付出很大的精力。这年头的粮食会不会有好的收成,生意会不会好做,都是一个未知数,就像那个白色的鬼魂会不会在某个晚上降临到自己面前一样,他们中的任何一个人也都有可能像胡二嫂那样突然变疯,到屎尿巷里去吃屎。这是唐镇人内心恐惧的根源。

23

整整一天,猪牯把自己反锁在房间里,躺在眠床上沉睡,熏苦艾草的气味从门的缝隙间丝丝缕缕地透进来,他已经没有力气去追问为什么冯如月要隔三岔五地在她和她父亲的房间里熏苦艾草,也没有力气在这个阴霾的日子考虑和冯如月结婚的问题。

猪牯在沉睡的过程中一直在做一个梦。

他梦见自己深陷在一片烂泥潭里,四周一片漆黑,那黑暗中有人在狞笑,在密谋着什么见不得人的可怕事情。他在腐臭的泥潭里挣扎,越挣扎就陷得越深,他高举着双手,沙哑地叫喊着,他面临着灭顶之灾。这个泥潭里的烂泥仿佛都是腐烂的尸体化积而成,他在下陷的时候,还没有腐烂的死人骨头划伤他的皮肤,他甚至可以听自己的皮肤被死人骨头划破时瘆人的声音。他渐渐地深陷下去,腐肉化成的烂泥将要把他吞没,叫天天不应,叫地地不灵……

一直到深夜醒来之前，他一直做着这个恐怖的噩梦。

他在深夜醒来后，发现自己全身都被冷汗湿透了，两个太阳穴针扎般疼痛，头上的颅骨像是在分裂。猪牯的嗓子干得冒火，他呼出的气息只要碰到一丁点火星就可以点燃。他在浓郁的熏苦艾草的气味中从床上爬了起来，身上的每一块骨头都那么酸痛，每一个关节似乎都发出奇怪的脆响。猪牯咬着牙走出了卧房，他看到冯如月一个人坐在厅堂的方桌旁，凝视着桌上那盏小油灯。

猪牯一踏出房门，心里就一阵发酸。

冯如月为什么还不睡？难道是在等他起床？

冯如月听到猪牯出门的声音，目光迅速从油灯飘摇的火光中移到了猪牯发黄的脸上。

猪牯走到她面前，沙哑着嗓子说："如月，你怎么还不睡？"

冯如月站起来，眼睛里飘着一丝忧郁的云彩，白瓷般的脸上却挂着微笑："哥，你终于起床了，你昏睡了一天，我一天都听到你在房间里说梦话，叫喊着，听得我心里发慌，我想进去叫醒你，你把门反闩上了，我没有办法打开你的门。我实在没有办法了，就敲你的房门，在门口叫你，你就是听不到敲门声和我的叫唤，人家心里可着急了，不知道你在房间里发生了什么事情。"

猪牯张口正要和她说什么，话没有出口，就是一阵猛烈的咳嗽。

冯如月赶紧绕到他的身后，给他捶背，边捶边说："哥，你是太累了，你一点都不爱惜自己的身体，干什么要那么搏命呀，整夜整夜地熬，是钢铁也被融化了！"

猪牯咳得眼泪汪汪的。

他推开了冯如月，快步往厨房走去。

冯如月跟在了他的身后。

猪牯进入厨房，来到水缸前，一手抄起水缸木盖上放着的葫芦瓢，另外一只手打开了木盖子，将葫芦瓢伸进水缸里，舀出了满满的一瓢冷水，咕噜咕噜地喝着，他需要用冰凉的水把喉咙里的烈火浇灭。

冯如月站在他身后，心疼地说："哥，我给你泡好了茶呀，你不能喝生水的，你要闹肚子了多不好！"

猪牯牛一样喝完那满满的一瓢冷水，长长地呼出了一口气，有股清凉之气从他头顶上徐徐升腾出去。猪牯感觉自己从一种困境中摆脱出来，他转过身朝冯如月露出了笑容："狗嬲的！我以为我死了。现在好了，没事了。"

冯如月目光凄迷："哥，你饿吗？"

猪牯在喝水之前根本就没有考虑到饥肠辘辘的肚子，现在他的确知道自己饿了，他朝冯如月点了点头。冯如月走到灶台前，打开了锅盖，锅里还热着饭菜，猪牯这才发现灶膛里还有火。

冯如月和猪牯一起把饭菜端到了厅堂里，放在了饭桌上。猪牯坐下来，端起饭碗，就不顾一切地狼吞虎咽，不一会儿工夫，就把饭菜一扫而光，连一粒饭粒都没有剩下。

冯如月一直坐在他的对面，脸带微笑目光迷离地注视着他。

冯如月柔声说："吃饱了吗？"

猪牯不假思索地说："狗嬲的！饱了。"

冯如月又柔声说："好吃吗？"

猪牯语塞，他用手挠着头，这个问题他实在无法回答，因为吃得太快了，光顾用饭菜塞饱肚子，吃完后竟然不知道刚才吃的东西是什么滋味的了。猪牯尴尬地笑笑："好吃，好吃，你做的饭菜当然好吃。"

这时，猪牯和冯如月都听到了一种声音，他们同时把头扭向了一边。那声音不是屋外传来的嗖嗖的风声，而是猪牯父亲王秉益房间里传来的叫喊声。王秉益的叫喊声凄厉而又可怖，绝望而又无助……猪牯不禁毛骨悚然，冯如月脸上的微笑也消失了。

猪牯赶紧走到父亲的卧房门口，伸手推开了房间门，他知道父亲的房间门从来不在里面反闩的，就是怕他人老了会突然发生什么事情，让人好及时进去。猪牯来到了父亲的床前，撩起了夏可防蚊冬可防风的蚊帐，冯如月正好端着油灯跟在他的后面。

借着油灯昏红的光芒，猪牯看到了父亲惊惶的模样：王秉益睁大浑浊的眼睛，眼睛里的血丝却清晰可见，瞳仁像是在渐渐扩散，仿佛可以看到另外一个人模糊的影子，那模糊的影子狰狞极了；王秉益整个身体战栗着，两腿不停地抽搐，双手弯曲着掌心向上，似乎他的身上压着一个人或者一块沉重的石头，他在使尽全力企图推开身上的重压；王秉益张着嘴巴，喉咙里不停地发出"啊——啊——"的叫声，脖子上的血管和筋脉蚯蚓般突起，随时都有可能爆破……猪牯用力地推着父亲的身体，说："爹，你醒醒，你醒醒——"

过了一会儿，王秉益浑身突然松弛下来，两只手也自然地垂下，放在了两边，双腿不再抽搐，嘴巴也闭上了，眼睛渐渐地恢复了正常。

猪牯焦虑地问："爹，你怎么啦？是做噩梦了？"

王秉益侧过头，双眼无神地瞟了瞟儿子，有气无力地说："我没事，没事，也没、没有做梦——"

猪牯听了父亲的话，更加紧张了："那你刚才是？"

王秉益答非所问："你、你赶快和如月结婚吧，结婚——"

此时，冯如月端着油灯，站在猪牯的身后，冷漠地注视着有气无力地说话的王秉益，白瓷般的脸上像下了一层寒气逼人的冷霜……

335

24

就在猪牯站在父亲的床前，和他说着话的时候，三癞子正提着一桶清水在县城的一条小巷子里顶着嗖嗖的冷风往前飘移。他大清早就来到了县城，一整天都在县城里游荡，打听警察局长赵有山的住处。穿着灰布长衫的三癞子显得不伦不类。因为他的脸相长得丑陋，许多人都躲着他，所以他问了很多人，人家都不理他，反而逃也似的跑掉。这让三癞子异常地着急，如果他办不成白衣女人交给的任务，他肚子里的蛇就会毫不留情地噬咬他的五脏六腑，而且，他希望从白衣女人那里得到的东西将化为泡影，胡二嫂也将一直这样疯癫至死。

三癞子不知道为什么人们看见他都像见了鬼一样，而且还用手把鼻子捂起，仿佛他是一堆臭狗屎。

到了下午，他还没有打听到警察局长赵有山的家庭住址，心里十分焦虑不安，他站在县衙门对面的一个骑楼底下，注视着县衙高大庄严的门庭，警察局就在县衙里面，还不时有穿着黑色制服的警察从里面走出来，那时，他真想像一条猎狗般扑过去，逮住那个警察，从他口中掏出赵有山的家庭住址。他很快打消了这个念头，如果他那样做，无异于找死。你为什么要知道赵有山的家庭住址，你想图谋不轨？警察有可能会把他抓起来，像凌初八那样砍头。三癞子犹如热锅上的蚂蚁，嘴巴里喃喃地说着："土地公公，土地公公——"

可他光叫土地公公是没有用的，土地公公根本就不可能显灵带他去找赵有山的家，况且，三癞子念叨的是唐镇的土地爷，他还管不到县城里的事情。三癞子在骑楼底下无能为力心焦如焚的时候，突然他的目光落到了一个衣衫褴褛的老头身上。

那个衣衫褴褛的老头是个乞丐，坐在离县衙不远处的一块石板上，身前放着一个缺个角的破海碗，目光痴呆地望着往来的人。

三癞子想，我怎么就没有想到找这些要饭的人呢，县城哪个地方他们会不知道，老乞丐应该不会像城里人那样鄙视他不理睬他吧？

三癞子朝他走过去。

他在老乞丐面前蹲下，笑着对老乞丐说："老人家，我想向你打听一个地方。"

老乞丐瞥了他一眼，也许连他也没有见过如此丑陋的人，笑起来龇牙咧嘴，比哭还难看。老乞丐皱了皱眉头，说出了一句让三癞子心惊肉跳的话："行行好，你离我远点，你这个人一脸倒霉相，不要把晦气传给我了，行行好！"

三癞子听了老乞丐的话，像有一把钝刀子在割着自己的心，连老乞丐都嫌弃他，他有些绝望，可他还是不死心，继续赔着难看的笑脸说："老人家，我只是想打听一个地方，我是外地人，县城里很多地方我都不熟悉。"

老乞丐又皱了皱眉头说："行行好，你赶紧走吧，你这个人很臭，身上有股死蛇的味道，我闻到这种味道就想吐，行行好，你走吧！我也是外乡人，要饭到这个地方，人生地不熟的，还能知道什么地方呀，行行好，你赶快走吧！你在这里影响我要钱，过路的人看到你就被吓走了，闻到你的臭味也被熏跑了，行行好，你走吧！"

三癞子十分无奈，看来这个老乞丐铁定是不会告诉他警察局长赵有山的住址了。他无比沮丧地站起来，抬头望了望阴霾的天空，长长地叹了口气，心里说："土地公公，我的命怎么会这样苦呀，连要饭的乞丐都瞧不起我，我活着有什么意思？"

三癞子漫无目的地在街上走着。

人们都用古怪而厌恶的目光瞟他。

三癞子走着走着，想到老乞丐说话的口音，从他口音来分析，他根本就不是外乡人，而就是县城里的人。三癞子越想越不对劲，你一个老乞丐凭什么要骗我，凭什么要侮辱我瞧不起我！

三癞子突然转过身，恶狠狠地朝老乞丐走过去。

他重新在老乞丐的面前蹲了下来，脸色阴沉，咬着牙愤怒地说："老乞丐，我告诉你，今天我就在这里陪你了，哪里也不去了，你不是闻到我身上的臭味会吐吗？我就在这里熏死你！你这个老东西！"

老乞丐惊恐地看着他，企图站起来溜走，但三癞子有力的双手紧紧地按住了他的两个肩膀。老乞丐颤抖着说："你行行好，放过我吧，我和你远无冤近无仇，你为什么要缠着我不放呢？我真的什么也不知道！"

三癞子的眼睛死死地盯着他脏污的老脸："你知道，你一定知道！你要不告诉我，我就一直陪着你，你到哪里我就跟到哪里，你甩都甩不掉我！我要恶心死你，老东西！"

老乞丐最终无奈地说："你要问什么呢？"

三癞子冷冷地说："我要你告诉我警察局长赵有山的家在哪里。"

老乞丐的眼中闪现着惊惶的色泽："他、他的家在府背巷五号。"

三癞子笑了，笑出了满脸的邪恶："老东西！"

老乞丐拿起那个缺角的海碗，站起来，悚惶地说："行行好，你千万不要说是我告诉你的！"说完，他就飞快地走了。三癞子想，这个老东西跑得还挺快的，和自己有的一拼。

……

这个深夜，府背巷空空荡荡的。下午的时候，三癞子就摸清了府背巷的情况，这条小巷并不长，两边住着十几户人家，那十几户人家都是平民百姓的普通房子，只有府背巷五号才是一个三进三出的府第式建筑的大宅子。那十几户人家里，只有两户人家养了看家的土狗，三癞子已经把它们解决掉了，狗的尸体也被他扔到从县城中间穿流而过的汀江河里了。

警察局长赵有山家里竟然没有养狗，这让三癞子十分意外，一般有权有势或者有钱的大户人家里，都会养条看家护院的恶狗的。可是，赵有山的大门上涂满了狗血，还贴着许多画满符咒的黄表纸。

赵有山家门上的狗血和黄表纸是三癞子要清除的东西，他只要把这些东西弄干净了，他的任务就算完成了。三癞子提着那桶清水，鬼魅般飘到了赵有山的大门口。此时，赵有山的大宅子里一片死寂，他和他的家人以及看家护院的爪牙也许都进入了梦乡，他们怎么也没有想到，有一个丑陋的人在用清水和刀子轻轻地将那些狗血和黄表纸刮掉后清洗掉。

风飕飕地在府背巷里荡来荡去，风声中隐隐约约地夹杂着一个女人凄凉悲伤而又邪恶的冷笑……

25

赵有山在睡梦中听到了一种阴冷的呼叫，仿佛有个无头的人浑身是血，赤着双脚朝他走来，那碗口粗细的脖子上还往外冒着带着泡沫的血浆。赵有山从梦中醒来，大汗淋淋，浑身冰冷。他光着上半身颓然地坐了起来，他的老婆李芹菜还在沉睡。赵有山每当在深夜时分从噩梦中醒来，就特别妒忌李芹菜，心想，他奶奶的，她凭什么就睡得如此安稳呢，这个没心没肺就知道伸手向他要钱的女人，而他却总是被噩梦折磨得要死不活！

自从那两个刽子手莫名其妙地死后，赵有山心里总是有种不祥的感觉，尽管他根本就不相信凌初八的鬼魂真的会杀人。李芹菜背着他请来了县城里的法师到家里来驱鬼，并且在大门上泼了狗血贴了符咒,这让赵有山十分光火,他堂堂的一个警察局长还怕什么鬼怪!但是他也没有过多地责备李芹菜,无论怎么样,李芹菜也是为了他好,为了他的平安。

那天,唐镇的游长水悄悄地来到了他的家,给了他一帖方子,说如果中了蛊可以保他无事,他虽然十分感激游长水,心里却不以为然,凌初八已经被杀了头,他不会怕她的鬼魂,就是还有什么蛊女,谅她们也不敢到县城里来作祟,况且他手中还有枪,他不相信蛊女的法术能够比子弹厉害,很多时候,愚昧的山里人过分夸大了歪门邪道的作用。

他连连的噩梦是从好友游武飞战死后开始的,赵有山对时局的焦虑远远地胜过了那些关于剑子手以及游长水死亡的神秘传闻,因为他手上有太多的命案,他害怕他杀死的那些人的同伙在某天占领了汀州城,他们也会把他押往刑场,砍掉他的头。

赵有山觉得自己身上的汗水变得冰凉,不禁打了个寒噤。他伸出手从床头柜上拿过一件衣服,披在了身上。他是应该考虑自己的后路了,可他又能够跑到哪里去呢?想到这个问题,他内心着了火一般焦灼。

赵有山骂了一句:"他奶奶的!"

他在黑暗中点燃了一根烟。

忽明忽暗的烟头使他的脸变幻着颜色。

这时,他听到了一个女人叽叽的冷笑声,冷笑声十分阴冷,仿佛离他很近,又很远。这不是做梦吧?哪个女人会在这个深夜里冷笑?李芹菜在他身边睡得很死,很平静,他家里的其他女眷也不会发疯了爬起来冷笑。会不会自己最近老做噩梦,醒来后也产生幻觉?

不一会儿,他又听到了女人叽叽的冷笑声。

这怎么可能?赵有山用烟头烫了一下手背,他抽了一口凉气,疼痛感是那么的明显。那女人的冷笑声的确存在，他不是在梦中，也没有产生幻觉。赵有山警惕了，从枕头底下抽出了一支勃朗宁手枪，这支勃朗宁手枪还是游武飞送给他的。赵有山下了床，点亮了灯，房间里除了他夫妻俩，其他什么人也没有，可他似乎闻到了一股腥味。

赵有山提着勃朗宁手枪走到了门边，打开了门，走到了厅堂里，厅堂神龛上祖宗牌位前的那盏长明灯发出暗红的光芒，给这个深夜增加了几分诡异。赵有山提着枪在厅堂里巡视着，什么也没有发现，那女人的冷笑声也消失了。突然，一阵冷飕飕的风从天井上面的天空中卷下来，厅堂神龛上的长明灯灭了，那被玻璃灯罩罩着的灯火就是刮再大的风也灭不了的，怎么就灭了呢？这时赵有山的心陡然提到了嗓子眼。

他摸过去，重新点亮了长明灯。

厅堂里还是什么也没有，甚至连平常经常在夜里出没的老鼠也不见踪影。整个赵家老宅一片寂静，那些阴暗的角落里是不是藏了什么人？赵有山想到了梦中的情景，如果真是从某个阴暗角落里缓缓地走出一个没头的血淋淋的人，他一定会吓得魂飞魄散的。

赵有山提着枪的手微微颤抖着，他退回了房间里，关上了门，把门闩也合上。这时，赵有山觉得自己口干舌燥，他就把八仙桌上的茶壶提了起来，里面还有半壶冷茶。他不管三七二十一，就把茶壶嘴对准自己的嘴巴，咕噜噜一口气喝完了那半壶冷茶，在喝茶时，仿佛有条滑溜溜的东西滑进他的喉咙里。

赵有山刚刚把茶壶放回桌上，又听到了一阵阴冷的笑声，那冷笑声从厅堂里飘到门外，渐渐远去。

赵有山顿时毛骨悚然。

不一会儿，他就感觉到了不对，肚子隐隐地疼痛起来。不好，难道凌初八的鬼魂真的出现了，而且给他下了蛊，那蛊毒就下在茶

341

壶里？赵有山的心理防线在一刹那间崩溃，他大声地喊叫道："李芹菜——"

李芹菜听到了丈夫的叫喊，当她从床上滚下来后，看到赵有山抱着肚子在地上惨叫着翻滚。李芹菜大惊失色，一时乱了方寸，赵有山叫着："快，快去把游长水给的治蛊毒的方子找出来，赶快派、派人去抓药——"

李芹菜这才省悟过来，打开房门，大声喊道："出事了，出事了——"

然后才回到房间里找那方子，药方子是她保存起来的，她一直相信游长水的话，没有把药方子随便放在某个地方，而是藏在了她的首饰盒里。

……

赵有山奄奄一息地躺在床上，脸色死灰，眼睛血红，肚子在不停地胀大，鼓起来像一个灯笼，此时，他已经人事不省没有疼痛的感觉了，只剩下一线游丝般的呼吸证明他还尚且活着。

一个老医生坐在床头，把着赵有山的脉搏。

房间里站满了赵有山的亲人和匆匆赶来的好友们，大家都睁着恐惧的眼睛注视着赵有山。

"老先生，怎么样？"李芹菜颤抖着问道。

老医生没有说话，他的眼神十分古怪。

过了老大一会儿，老医生才细声说："我从来没有见过这样的病，我恐怕是无能为力了。"

李芹菜听了老医生的话，疯了般地跪在老医生的面前，痛哭流涕地说："老先生，你一定要救活有山，你一定要救活有山！有山不能走，不能走呀！有山要是走了，我们这一家老小可怎么活呀——"

两个女眷把李芹菜拉了起来。

这时，门外有人嚷嚷："药煎好了，药煎好了——"

李芹菜的眼中顿时闪现出希望的光芒，她哭喊着："快，快给有山喂药，快给有山喂药——"

按游长水给的治蛊毒的方子抓来熬好的汤药经过老医生的手，一勺一勺地灌进赵有山的喉咙里，大家都没有说话，房间里只有汤药从赵有山喉咙里滑落的声音，房间里的气氛紧张而又恐怖，弥漫着腥臭和汤药混杂在一起的怪味。老医生好不容易喂完了汤药，把碗递给了他旁边的一个人，接着给赵有山把脉，眼睛盯着赵有山死灰色的脸。

李芹菜浑身颤抖着，目不转睛地盯着丈夫的脸，什么话也说不出来，泪水无声无息地在她富态的脸上冲出了两条河流。

老医生突然放开了给赵有山把脉的手，猛地站了起来，他的嘴唇抖动着，大家不知道发生了什么事情。

紧接着，大家看到了这样的情景：赵有山的脸色渐渐潮红，高高隆起的肚子发出尖厉的声音，像是有个人在他的肚子里惨叫，他的肚子表面有什么东西在频繁地突起，仿佛有什么东西在他的肚子里挣扎。

大家惊恐地看着赵有山身上出现的异相。

李芹菜心里说："一定是那药起作用了，菩萨保佑有山平安，度过这个劫难！"

赵有山突然睁开了眼，刚才还是血红的眼睛现在却透出一股瘆人的绿光，他猛地坐起来，双手死死地抓住了肚子，张开大嘴剧烈地呕吐。有人赶快去拿来脸盆，可赵有山已经吐了一床的秽物。赵有山吐出的秽物是青绿色的稀屎般的东西，散发出浓郁的腥臭味，那浓郁的腥臭味刺激得房间里另外的人也要呕吐，他们强忍着不让自己呕吐出来。

赵有山吐着吐着就什么也吐不出来了，而是大口地喘着粗气，他的双手还是死死地抓着肚子，他的肚子还是高高地隆起……房间里所有的人都睁大了恐惧的眼睛，他们分明看着赵有山的嘴巴慢慢地张开来，闭上了闪烁着绿光的眼睛，一条青蛇缓缓地从他的口中溜出来，然后顺着床脚爬下来，从人们脚的缝隙中穿过去，一会儿就没有了踪影，只听到房间外面传来一阵飕飕的风声。目瞪口呆的人们眼睁睁地看着赵有山张着僵硬的大口，双手也僵硬在那里，倒在了床上……游长水的药方根本就没有挽回赵有山的生命。

老医生喃喃地说："赵局长走了——"

李芹菜晕了过去。

房间里顿时混乱起来，有人号啕大哭，有人把李芹菜抬出房间，有人还站在那里发呆……

26

天蒙蒙亮，三癞子才回到唐镇。还是阴天，天空中铅云笼罩，像一张巨大的死人的脸。三癞子踏进唐镇小街，心情异常复杂，那时一群黑色的死鬼鸟低垂地从街上掠过，扔下怪叫的余波。三癞子迫不及待地来到胡二嫂的家门口，发现胡二嫂家的大门洞开，他已经记不起来自己离开时有没有把门锁上。

三癞子的心提了起来，他离开的这一天一夜里，胡二嫂会发生什么事情？

他冲进了胡二嫂家里，把每个房间的每个角落搜寻了一遍，没有发现胡二嫂的踪影。

她会到哪里去？

三癞子心急如焚。他冲出了胡二嫂的家门，在唐镇的街巷里搜寻。他搜遍了唐镇所有的街巷，也没有发现胡二嫂，难道她会水汽一般蒸发？冷风嗖嗖，三癞子浑身冰凉，阴霾的天空没有一丝生气。冷清的街道上行人稀少，三癞子逮住每一个早起的人问胡二嫂的消息，他们都摇着头说不知道，胡二嫂的生死在他们眼里是那么的微不足道，不值一提。

焦虑而又哀伤的三癞子喃喃自语："二嫂，你在哪里？你不要吓我呀，二嫂！我回来了，你有希望了，二嫂！土地公公，你告诉我，二嫂在哪里？土地公公，你就显灵吧，让二嫂出现在我面前。"

三癞子看到了屠户郑马水，早起的他正孤独地站在案板前剔猪的排骨。

郑马水仿佛不是在剔猪的排骨，而是在剔人骨头，那被杀的不是猪，而是胡二嫂。三癞子狂奔过去，冲着郑马水吼叫道："郑屠户，你住手——"

郑马水停住了手中的活计，瞪着眼睛对三癞子说："屌！你说什么？"

三癞子气喘吁吁地说："郑屠户，你怎么能把二嫂杀了，还剔她的骨头，你不是人呀，郑屠户！"

郑马水把剔骨尖刀举起来，指着三癞子的鼻尖说："三癞子，你是不是也疯了，睁开你的狗眼看看，我杀的是猪还是那个疯婆子！屌！"

三癞子伸出手，摸了摸还有些温热的猪肉，然后把摸过猪肉的手放在鼻子底下闻了闻，两行眼泪从他细小的老鼠眼中流了出来："这不是二嫂，不是二嫂！"

郑马水不理他了，重新开始剔肉骨头，他闻到了一股腥臭味，心里颤抖了一下。

三癞子的口气缓和了许多："马水，你知道二嫂去哪里了吗？"

郑马水没好气地说："这要问你呢，你不是把她看管得好好的吗？怎么把她弄丢了也不知道？你这一天一夜死到哪里去了？屌！"

三癞子无语。

郑马水又说:"昨天她还跑到我这里,说要吃肉呢,后来她就往屎尿巷去了。她一个疯婆子,说不定在屎尿巷吃屎时掉到茅坑里淹死了,你怎么不去屎尿巷看看!"

三癞子凄惶地说:"屎尿巷我找过了,每个茅坑都看过了,哪里有二嫂的影子呀,土地公公哟!"

郑马水抬起头,阴恻恻地说:"屎尿巷的那些茅坑里满满的都是屎尿,如果她掉到里面,被屎尿淹没了,你还能看得到吗?屌!"

三癞子听了他的话,额头上冒出了一层冷汗。

他找了一根棍子,朝屎尿巷飞奔而去。

三癞子用那根棍子在屎尿巷的每个茅坑里搅动着,企图找出胡二嫂的尸体,可他搅遍了整个屎尿巷的茅坑,就是没有发现胡二嫂的尸体。屎尿巷充满了难闻的呛人的臭味,那些早起上茅坑屙屎的人深受其害,都骂三癞子疯了,把茅坑里的屎搅得那么臭。

三癞子没有在屎尿巷的茅坑里找到胡二嫂的尸体,重新走到了街上,茫然四顾。他突然想到了唐镇外面的那条河,于是又没命地朝唐溪奔跑过去,胡二嫂会不会来到唐溪旁,掉到唐溪里淹死呢?这不是没有可能的事情。三癞子来到唐溪边上,因为前天晚上落了一夜的雨,唐溪滚滚流动着浑黄的水。三癞子沿着唐溪一直往下游走去,目光在河的两边搜寻着,希望在河边的水柳丛中发现胡二嫂,或者她正双手抓着水柳的枝条,等待三癞子的到来,或者她的尸体挂在水柳上……三癞子一路叫着胡二嫂,他的叫声凄凉地在灰色的旷野回荡。

他走了很远,也没有找到胡二嫂,哪怕是她的尸体!

三癞子绝望了。

他脸色阴郁地回到了小木桥边,看着远处五公岭的乱坟坡,低沉地说:"土地公公,怎么阎罗王不收我去呢,我活着真的没有意思了。我以为我能够救胡二嫂出苦海,看来我错了,我什么也做不了！我是该死了，土地公公！"

灰沉沉的天空上，一大群死鬼鸟怪叫着朝唐镇飞去。

三癞子的目光一直追随着那群死鬼鸟，直到看不见了，才把目光收回来。唐镇还会死什么人？还会发生什么匪夷所思的事情？三癞子已经没有力气去思考了，他走上了小木桥，晃荡着朝对岸走去。

五公岭的乱坟坡上，也有死鬼鸟栖在坟头，时不时地发出一声凄厉的令人毛骨悚然的怪叫。

三癞子有气无力地走在乱坟坡上。

他觉得自己的眼皮很沉，沉得无法睁开眼睛。他细眯着眼睛，乱坟坡上肃杀的景致变得模糊不堪。他凄迷地经过某个坟包时，栖在坟包上的那只死鬼鸟像是受到了某种惊吓，惊叫着扑哧哧地飞起来，其他坟包上的死鬼鸟也惊叫着飞走，它们汇成群，像一团乌黑的云，朝唐镇方向移动过去。

风飕飕。

三癞子鬼使神差地来到了他为自己挖好的那个墓穴前。

他站立在那里，从怀里掏出一个小纸包，纸包里装的是什么，他心里十分清楚，那是他向那个白衣女人求来的东西。他们一起离开县城，来到一个山坳时，三癞子突然朝她跪了下来，拼命地磕头，额头上磕出了血，他边磕头边哀求道："你救救二嫂吧，救救二嫂吧，我知道你有解药，凌初八就给我服过解药！"蒙着脸的白衣女人冷冷地说："你放心，我不会让你死的，也不会让你痛苦的，只要你听我的话，服从我去做事情，等我的仇报完了，自然会给你解药，让你过平安的日子！"三癞子痛哭流涕地说："不是我现在要骗你的解药，我真的是想救胡二嫂，她现在是唐镇最可怜的女人，她已经受到惩罚了，你就救救她吧，只要你愿意给她解药，我就是为你去死，一生做你的奴隶我也心甘情愿！"白衣女人叹了口气："没有想到你是这样的一个人！"……三癞子站在墓穴旁边，手里紧握着那个小纸包,浑身战栗地说:"二嫂,我给你求回了解药,你怎么就不见了呢,这是不是天意呀?!"

就在这时,三癞子突然听到了一声呻吟,微弱的呻吟。

这呻吟声是那么的熟悉。

难道是——

三癞子的心狂乱地跳动着,他努力地想睁开眼睛,可他不相信自己听到的呻吟声是真的,他还是不敢睁开眼睛,怕睁开眼睛后,发现一切都是虚幻的。紧接着,又是一声呻吟,命若游丝般的呻吟。三癞子的心要破腔而出,他终于鼓足了勇气,抬起了沉重如山的眼皮,睁开了那双疲惫的眼睛。

他看到墓穴里竟然蜷缩着一个人,她泡在墓穴里的泥水中,浑身是脏污的泥浆和枯草的细末,她凌乱的头发被泥浆糊住了,脸上也糊满了泥浆,只是那双惊恐无助的眼睛,在朝墓穴上面眺望。

那个浑身抽风般发抖的女人就是胡二嫂。

三癞子嘴唇抖动着,什么话也说不出来,热泪无声地滚落。

这是个死灰的早晨,风飕飕地掠过旷野……

下
心慌慌

1

　　春天的风又吹绿了唐溪两岸的田野。

　　连续的晴天温暖了这个季节，可对唐镇的镇长王秉顺而言，还是如寒冬那样冷酷。他想除掉的那个人神秘地逃脱，成了他一块心病，他本以为在那个雨夜之后，就可以高枕无忧地当他的镇长了，没有想到他会在不安和惶恐中度日。只有在夜里进入李媚娘卧房时，他才会以一个胜利者的姿态凌驾于李媚娘之上，他在折磨着李媚娘肉体的同时，也在折磨自己的精神，因为说不准在什么时候，有人会神不知鬼不觉地进入李媚娘的房间，用一把尖刀或者枪顶住他的胸膛。他也想过远离李媚娘，但李媚娘就像鸦片一样，使他上了瘾，欲罢不能，哪怕是死在李媚娘的身上，他也在所不惜。

　　这是王秉顺的宿命。

　　自从那个雨夜之后，春香的房间里一直没有出现她撕心裂肺的惨叫。李媚娘心里很明白，那惨叫声还会响起，就是不确定准确的时间。她现在表面上已经臣服了王秉顺，心里却还在期待着春香的惨叫声重新响起，那样也许会改变很多东西，包括她的命运，甚至连王秉顺的命运也会因此改变。李媚娘在忍辱负重中等待着某一天的到来。王秉顺几乎每天晚上都要逼问李媚娘，和游武强说了些什么，李媚娘却一直咬着牙说她什么也没有说。

王秉顺不会相信李媚娘的话，可拿她又毫无办法。

游武强是王秉顺恐惧的根源。

在这个温暖的春天，心灵在恐惧中备受折磨的还有一个人，那就是唐镇的保安队长猪牯。县城里的警察局长赵有山在那个晚上神秘暴死后，很快地，唐镇有了一种传闻，和凌初八的死有关的人就剩下猪牯和三癞子了，人们都相信凌初八的鬼魂不会放过他们。

这些传闻传到猪牯的耳朵里，猪牯自然也会心生恐惧。他本来想尽快和冯如月结婚的，可在赵有山死后，他就一直提心吊胆，害怕自己在某个深夜被凌初八的鬼魂缠上，让他死于非命，他找不到更好的办法来解决这个问题。猪牯的父亲王秉益一直痴呆，脸上凝固着古怪的笑容，每天都要对他说那句话："你赶快和如月成亲吧。"除此以外，王秉益没有半句话和猪牯说。

猪牯的哥哥王文青也听到了那些传闻，有天，他背着自己的老婆把弟弟约到了洪福酒馆，找了个包房，点了两个小菜和一壶米酒，边喝边说些事情。尽管王文青的老婆不希望他过问猪牯的事情，可猪牯毕竟是他的亲弟弟，他不可能看着弟弟就这样遭到不测。王文青提出了一个建议，就是让猪牯辞去保安队长的职务，带着他喜欢的冯如月远走高飞，至于父亲王秉益，在猪牯离开唐镇后，他会接过去和他们一起过日子，那时候，他老婆应该也没有什么话可说了，儿子为老子养老送终是天经地义的事情。猪牯没有接受王文青的建议，他不知道自己离开了唐镇还能够到哪里去，现在外面的世界兵荒马乱的，说不准出去了也难免一死，还不如在唐镇待着，也许凌初八的鬼魂会放过他，他也只是奉游长水之命去县城里报了个官，那也是没有办法的事情。王文青也着实没有办法了。

某个深夜，猪牯喝完酒后就回自己房间睡觉。

喝酒之后的猪牯胆子粗壮了些。

他躺在床上，把盒子枪枕在枕头底下，吹灭灯后，在黑暗中睁大眼睛。他心里发狠地说："凌初八，你来吧！狗嬲的！老子不怕你，活人还怕死鬼了，简直是笑话！凌初八，你来吧！"

猪牯酒后说这些话，还是因为他心虚。

这些日子里，每当深夜冯如月陪他喝完酒，他就想搂着她进房交欢，冯如月知道他心里想的是什么，就会柔声地提醒他，他们还没有结婚，没有结婚怎么能够同房，她虽然是卖唱的，可也是良家妇女，不是逍遥馆里的婊子，人尽可夫，没有廉耻。听了冯如月的话，他就强按下心中在酒后熊熊燃烧的欲火，回房睡觉去了。

现在，猪牯又想到了冯如月牡丹花般的脸，身体的某个部位蠢蠢欲动。

他暂时抛开了对凌初八鬼魂的恐惧，心想一定要早日和冯如月结婚，哪怕是结婚的第二天冯如月就当了寡妇，他实在受不了这种残酷的折磨了。猪牯不像钟七那样，色胆包天，他只想要自己喜欢的女人好好过几天日子。

如果和冯如月结婚，新婚之夜，当他揭掉冯如月头上的红盖头，脱掉她的衣服……猪牯的心泡在了幸福温暖的水中，难以自拔，此时，他完全忘记了凌初八，忘记了那些和凌初八有关的暴死的人。

就在这时，猪牯的房间里平白无故地刮起了一股阴风。

蚊帐也被阴风吹得扑扑作响。

猪牯滚烫火热的大脑在阴风中渐渐地冷却下来。

他还闻到一股难闻的臭味，这种臭味是那么的熟悉，仿佛在哪里闻到过。猪牯警觉起来,伸出手从枕头底下抽出了盒子枪,打开了扳机,他拿枪的手有些发抖,因为在抽出盒子枪的过程中,他想起了这种臭味在游长水的灵堂里闻到过,那是死人的尸臭。

猪牯悚然心惊。

为什么会在他的卧房里刮起阴风和出现尸臭?难道是凌初八……猪牯坐了起来,他没有下床,而是退缩到床里的角落,他在墨汁般的黑暗中感觉到蚊帐前站着一个影子,是那个影子朝蚊帐吹出了阴气。猪牯颤抖地说:"凌初八,我和你无冤无仇,你就放过我吧!只要你放过我,我一定找一块好地,给你建一座衣冠冢,每年的清明节,给你上坟烧香化纸钱……"

阴风还在继续往蚊帐里吹,尸臭味也越来越浓郁,弥漫了整个房间,猪牯浑身起了鸡皮疙瘩,汗毛倒竖。

难道今夜难逃这一劫了?

猪牯在惊恐中想到了自己手中的盒子枪,他想孤注一掷了,便朝他想象中黑影站立的地方扣动了扳机,让他更加恐惧的是,他扣动扳机后,枪哑火了,子弹竟然射不出去。猪牯心里哀鸣了一声:"狗嬲的,完了!"

黑暗中突然传来了低沉沙哑而又缥缈的声音:"猪牯,你赶快娶了冯如月,否则,我饶不了你——"

那声音消失后,阴风也朝门外刮去。

猪牯浑身冷汗,这到底是什么鬼,竟然在这个深夜来逼他和冯如月结婚?过了老大一会儿,猪牯才战战兢兢地下了床,点亮了油灯,他看到房间门洞开着。此时,一丝风也没有,空气仿佛凝固,尸臭味也凝固在房间里。猪牯想去把门关上,脚滑了一下,地上怎么有水?他掌着油灯,弯腰往地上看了看,发现有种黏液在地上一直通到房间门口……

2

这是个艳阳天，黑森林里却还是一片阴郁，森林深处某些地方还袅袅地升起黑色的瘴气。山洞里的篝火还没有熄灭，尽管冬天已经过去，不再寒冷。篝火其实只剩下一堆火炭，有些没有燃尽的木块还在焚烧。这堆篝火过不了多久就要熄灭了，如果不往里面加柴的话。苟延残喘的篝火还是使山洞里有些光亮，假如有人走进山洞，就可以看到躺在竹床上一丝不挂的上官玉珠。

上官玉珠白瓷般的裸体蛇一样扭动着，在竹床上翻来滚去。

她口里喃喃地说："我好怕，我好怕——"

上官玉珠处在一种昏糊的状态中，仿佛在经历着一场噩梦，其实她一直被噩梦纠缠着。

那是个面目狰狞的老头，他手上拿着在水中泡过的藤条，朝她走过来。老头举起湿漉漉的藤条抽在上官玉珠的身上，她鲜嫩的皮肤破裂的声音是那么的疼痛和伤感，甚至绝望。随着老头罪恶的藤条在她身上不停地狂抽乱舞，一朵鲜艳的花朵被无情地揉碎，从上官玉珠皮肤上渗出的鲜血就是鲜花被揉碎后尖叫的汁液。

恶老头用湿藤条凶残地鞭挞上官玉珠时，旁边还有一个流着口水的傻子在拍着巴掌乐着。上官玉珠闭上了眼睛，她不愿意看到这个傻子，这个傻子是她残酷的命运。如果不是因为这个傻子，她不会挨恶老头的鞭打，也不会像鬼一样暗无天日地活在这个山村里。傻子是她的丈夫，而鞭打她的恶老头是傻子的父亲。

上官玉珠一生下来就被送进了这个家里，做了傻子的童养媳。随着她一天天地长大，她的厄运就一天一天临近。上官玉珠十五岁那年，就已经出落成水灵灵的一个大姑娘了，也就在这一年，她和傻子拜堂成了亲。上官玉珠既当傻子的老婆，又当傻子的保姆，稍有不慎，没有照顾好傻子，恶老头就要用藤条抽她。

她的反抗是无声的,恶老头鞭打她时,她咬着牙,闭着眼睛,一声不吭地承受着暴虐。那时,她的心就会像一只鸟一样远走高飞。她想,迟早有一天,她要离开这个家,离开这黑暗的生活。

藤条抽打在身上的滋味疼痛而又苦涩……上官玉珠的身体停止了扭动,她从竹床上猛地坐起来,抓过一件衣服遮在了起伏的胸前。她口里还是喃喃地说:"我好怕,好怕——"

山洞里一片沉寂,篝火堆已经没有木柴燃烧后发出的噼噼剥剥的声音了。每次她出一次山回来,上官玉珠都会沉睡好几天,噩梦挥之不去,残酷地折磨她,似乎要她死去。

口干舌燥!

上官玉珠穿上了衣服,下了竹床。她从水缸里舀起一瓢清水,往嘴巴里送。喝完水,上官玉珠来到火堆旁,坐在那张小竹椅上,看着发出红光的火堆,两行泪水流了下来,她伸出舌尖,轻轻地舔了舔流到嘴角的泪水,又苦又涩。此时,上官玉珠的心情就像泪水一般苦涩。

上官玉珠的脸被火堆映得通红。

她的眼前幻化出一张脸,马脸,那马脸上的那双眼睛炯炯有神,而且还充满了一股杀气。

上官玉珠轻轻地说:"游武强,你怎么还不来?"

……

游武强又一次被那条青蛇带到了黑森林的山洞里。

上官玉珠坐在那堆苟延残喘的篝火旁,脸上没有任何表情。她看到游武强出现在自己的面前后,才缓缓地站起来,脸上露出了一丝微笑,颤抖着声音说:"武强,你来了,你终于来了,我好怕——"

她想扑到游武强宽阔的怀里,可她站在那里没有动,血红的瞳仁中充满了渴望的光芒。

游武强渐渐地从痴迷中清醒过来,迷惘的马脸上弥漫着一层雾,沙哑着嗓子说:"你到底是人是鬼?为什么要一次一次地把我引到这里来?"

上官玉珠幽幽地说:"我叫上官玉珠,我好怕——游武强,我第一次看到你,就喜欢上了你,我需要你这样的男人,因为只有你这样的男人才能保护我,才能让我不再害怕——"

游武强的目光闪电般在她微笑而哀怨的脸上掠过:"上官玉珠?我从来没有听过这个名字,我也不知道你是谁!我保护不了你,我连我自己喜欢的女人都保护不了,我怎么能够保护你!干他老母!"

上官玉珠血红的眼睛里闪烁着泪光:"你能够保护我,你只要在我身边,我就不会害怕了,只要你在我身边——"

游武强叹了口气,对于眼前这个神秘而美丽的女子,他一无所知,此时,他只想离开,要去做一件重要的事情,眼下,没有比这件事情更加重要的了!游武强说:"我不可能留在你身边,我还有事情要去做,干他老母,你就让我离开这个鬼地方吧!"

上官玉珠的泪水流了下来。

她什么也没有说,只是痴痴地看着他。

游武强最怕看见女人的泪,只要女人在他面前流泪,他的心就会变得柔软。他说:"你莫哭,莫哭——"

上官玉珠流着泪说:"你如果不答应我留下来,我会一直哭下去,直到死——"

游武强的心被什么东西击中,有些酸楚,有些疼痛。上官玉珠此时朝他轻轻移动了脚步,他站在那里,不知所措,进也不是,退也不是。上官玉珠走到他面前,离他是那么近,只要一伸手就可以触摸到他古铜色的脸,甚至可以听见他的心跳和呼吸。

游武强身上有种男人特殊的味道,那不是像宋柯那样的腥臭味,只有她师父凌初八才会喜欢宋柯身上的腥臭味,上官玉珠不会喜欢宋柯，她没有凌初八那样强大，她需要游武强这样的男人保护，如果凌初八不死，她还不会如此恐惧，提心吊胆地活在尘埃中。

上官玉珠说不出游武强身上究竟是什么味道，却被他吸引，迷恋。她真希望游武强用他粗糙的手抹去她脸上的泪水，然后把她揽在怀里，紧紧地抱着她，用他男人的体温烘化她。

"武强——"上官玉珠感觉自己醉了，声音透出一种从未有过的甜蜜，她的整个身体朝游武强贴了过去。刹那间，游武强浑身触电般颤抖了一下，迅速地推开了上官玉珠，往后退了两步，眼睁睁地看着她，警惕地说："你、你想干什么——"

上官玉珠从迷醉中醒悟过来，这个男人不是她的，最起码现在不是！他的心里一定还装着那个叫沈文绣的死去的女人，她不明白沈文绣在他身上下了什么毒咒，俘获了他的心，她死了也对她情深义重。上官玉珠的内心十分哀怨，难道只有那些下三烂的男人才会喜欢自己，而自己却和心中的英雄无缘？她突然想起了师父凌初八，凌初八用同样的手段把宋柯引到黑森林，可她得到了他，最后和他相依为命，那个叫宋柯的小白脸心中同样有另外一个女人，可他怎么就接受了凌初八呢？是师父的肉体征服了那个浮萍般飘零的男人？

上官玉珠认为，自己的肉体一定比师父凌初八的肉体更加迷人……想到这里，上官玉珠的脸飞起了两朵红云，为了得到游武强，她豁出去了。上官玉珠的眼睛一动不动地注视着游武强，几乎要喷出火来。她缓缓地脱掉了自己的衣裤，一丝不挂地站在游武强的眼前。

游武强的眼睛被一团白色的光灼伤了，他从来没有见过如此白嫩的女人的身体，而且是那么美妙绝伦，他讷讷地说："你、你、你要干什么——"

上官玉珠的脸上浮起妖媚的笑容："武强，你、你就要了我吧，要了我吧，我会一生一世对你好，哪怕为你去死——"

上官玉珠犹如一条美女蛇，朝游武强扭动着身体走过来。

游武强心里突然冒起了一股无名业火，朝上官玉珠大声吼道："干他老母！你这个贱货，快把衣服穿起来，你把老子看成什么东西了？！你以为老子是条公狗呀，谁都可以上？！没有廉耻的东西！"

上官玉珠听完游武强的话，呆了，她站立在那里，双手捂住了微鼓的小腹下面的阴部，脸上妖媚的笑容一扫而光。她浑身颤抖着，眼泪再次夺眶而出。上官玉珠碎玉般的牙在打战，过了一会儿，她牙缝里蹦出冷冷的话语："游武强，我贱是为了你才贱，难道只有沈文绣的贱你才能接受，我的就不能？游武强，你要知道，我可以让你活，也可以让你死，还可以让你生不如死！你就认命吧，游武强，你从今以后休想再走出这个山洞，我要你死也陪我在一起！"

上官玉珠的话音刚落，她口里念念有词，眼中射出两道红光。

游武强感觉到有什么东西迅疾地射入自己的眼睛，来不及想什么问题，身体就歪歪斜斜地瘫软下去，不省人事。

山洞里响起了一阵叽叽的女人的冷笑……

3

唐镇的街上表面上十分的平静，而且显得异常的冷清。这是做生意的淡季，却是农事繁忙的时节，就连猪肉铺的屠户郑马水也知道这个时候不会有太多的人买猪肉，而三两天才杀一口猪，拿到猪肉铺去卖，不卖猪肉时，他也和家人一起在田野里插秧，或者偷偷地溜到余花裤的田里去，帮她干点活，打打情骂骂俏。唐镇少数没有田种的人，只好守着店铺，眼巴巴地渴盼有人在百忙中光临，买走一些东西。

三癫子是没有田地的人，他也不可能去租地主的田种。这是个阳光很好的晴天，画店的门洞开，三癫子穿着灰色的长衫，人模狗样地坐在那里，目光落在对面胡二嫂的家门上。胡二嫂的家门紧锁，胡二嫂此时被三癫子锁在屋里。胡二嫂家里没有动静，她一定在沉睡，或者静静地坐着，等待三癫子开门后给她做饭吃。现在，三癫子白天基本上在画店里待着，他现在是唐镇堂堂正正的画师了，如果谁家死了人，就能够准确地在画店里找到他。晚上，他还是会回到胡二嫂的家里和胡二嫂同床共枕，他不敢在夜晚的时候像宋柯一样在画店的阁楼上睡觉，那些鬼魂令他恐惧，在夜晚时鬼魂会和宋柯说话，但是天亮后，他就忘得一干二净了，三癫子却不一样，就是天亮了，他也忘不了那些鬼魂在黑夜里出现的情景，三癫子就是当上画师了，也和宋柯有本质的不同。

三癫子的手放在了怀里，他怀里长衫的兜里藏着一样东西。

那东西在三癫子心中是那么的宝贵。这些日子以来，他一直把那东西藏在怀里，时不时地要摸摸，生怕它突然会不翼而飞，那就是他从白衣女人那里求来的一小包药末。

有时，三癫子会把门窗全部关上，画店阴暗起来，他点亮油灯，从怀里掏出那个纸包，放在桌子上，小心翼翼地打开，那黄色的药末就呈现在他的眼前。三癫子的眼睛炯亮，丑陋的黑脸上的皮肉颤动着，他真想把这包药末自己服下去，然后远远地离开唐镇，到一个白衣女人找不到的地方苟活。可他的眼前立即浮现起胡二嫂疯癫时的情景……三癫子的内心一直矛盾着，斗争着，是自己服用这包解药，还是让胡二嫂服用，这对他来说，的确是个难题。他本以为自己找到胡二嫂后，马上就会给她服下这包药末，让她从疯癫中解放出来，可他没有。那天早上，他只是把躺在墓穴里奄奄一息的胡二嫂背回了家，给她沐浴换衣做饭……在做这些事情的过程中，三癞子也考虑到了自己，因为要得到这包解药是多么困难的事情，甚至得用生命去做赌注。

其实他和胡二嫂都是可怜的人，三癞子的彷徨也有他的道理。

三癞子摸着怀里的那包药末，目光还是停留在胡二嫂的家门上，满脑袋都是糨糊。他不知道白衣女人还要杀多少人，最后一定要死的人也许就是他，他如果死了，这个世界上就没有关心胡二嫂的人了，她那么可怜！三癞子不敢往下想了，尽管他要想明白，这包解药是自己服下，还是给胡二嫂。

这时，三癞子听到了一种奇怪的声音。

三癞子猛地站起来，那奇怪的声音揪着他的心。

他快步来到了胡二嫂的门口，打开了门锁，走了进去。胡二嫂正躺在眠床上沉睡，嘴角还流着一条清亮的口水，她是那么安详，像个正常人一样，三癞子的心莫名其妙地颤抖起来。

他以为是胡二嫂发出的奇怪的声音，结果不是。那奇怪的声音还是不停地敲打着三癞子的耳鼓，难道是从胡二嫂的肚子里发出来的？三癞子俯下身子，把耳朵贴在了胡二嫂微鼓的肚子上，他听到的是叽叽咕咕消化的声音，而不是那奇怪的声音。

三癞子迷惘地走出了胡二嫂的家门，重新锁上了门。

镇街上十分冷清，连一条狗都没有。三癞子想，平常那些在镇街上游来逛去的人都到哪里去了？三癞子带着这个问题，像一条狗般机敏地在唐镇寻找那奇怪的声音。

他走进了皇帝巷，这条平常最热闹的巷子此时是那么的寂寞，因为寂寞，那奇怪的声音就显得惊天动地，三癞子在巷子口寻找到了那奇怪声音的来源，三癞子沿着空荡荡的皇帝巷走进去，挨家挨户地搜寻过去，在逍遥馆的大门口停住了脚步。

没错，那奇怪的声音是从逍遥馆里传出来的。

逍遥馆的大门紧闭，三癞子趴在门上，眼睛贴着门缝往里面窥视。

4

逍遥馆里气氛紧张，脸色苍白的春香在院子里的那棵桂花树下剧烈地呕吐，她边吐边凄惨地叫唤着，声音像猫叫，听上去十分瘆人。李媚娘和王秉顺站在屋檐下，焦虑地看着春香。另外几个妓女则躲躲闪闪地从各个地方朝桂花树下的春香张望，她们神情冷漠而惊恐。

王秉顺说："春香是不是得了什么病？"

李媚娘摇了摇头说："我不知道。我看还是把她送走吧，她在这里一天，我心里就一天不安宁。"

王秉顺从她无力的话语中听出了她心中的某种抵抗。他冷冷地说："春香不能走！"

李媚娘说："为什么？难道让她影响逍遥馆的生意？那对你对我都没有好处。"

王秉顺说："就是逍遥馆一分钱不赚，春香也不能离开！至于为什么，你就不要问那么多了。"

李媚娘狐疑地看着王秉顺，这些日子，到了晚上，王秉顺基本上都在逍遥馆李媚娘的眠床上搂着她过夜，可也有些时候不来，他不来的那些夜晚，到了夜深人静时，春香的房间里就会传来让人惶恐不安的惨叫，她们谁也不敢出门，只是躲在各自的房间里瑟瑟发抖，生怕春香的厄运降临到自己的头上。李媚娘把这事情和王秉顺说过，王秉顺的反应很平淡，根本就不把这事情放在心上。

李媚娘无语。

春香还是在那棵桂花树下呕吐，边呕吐边猫一样叫着，她的叫声在寂寞的唐镇传得很远。

王秉顺抬头望了望天，天空一片晴朗，惨白的阳光水波般漾动。

他冷冷地对李媚娘说："你让人去把郑雨山叫来，给春香看看，有什么毛病，如果有病，赶紧给她治，不要舍不得钱。"

说完，他就朝门外走去。

王秉顺打开逍遥馆的大门，就看到了三癞子离去的背影。

他心里悚然一惊，三癞子来这里干什么？

很快地，王秉顺的心稍微平静了些，他想叫住三癞子，却一直没有开口。三癞子很快就消失在皇帝巷的尽头。

王秉顺叹了口气，准备回镇公所。

这时，一群死鬼鸟在晴空中掠过，王秉顺的心又提到了嗓子眼，提心吊胆的他顿时觉得无所适从。

唐镇在他的眼中阴暗起来。

他感觉到自己的生命也灰暗起来，很多事情，只不过是一念之差，他觉得自己已经失去了逍遥自在的日子。

王秉顺突然想到了猪牯。

5

民国三十六年农历二月初二这天，据说是个好日子。

民谚曰："二月二，龙抬头。"农历二月初二前后是廿四节气之一的惊蛰。据说经过冬眠的龙，到了这一天，就被隆隆的春雷惊醒，便抬头而起。所以古人称农历二月初二为春龙节，又叫龙头节或青龙节。唐镇人保留了过春龙节的古老习俗。这天，平静了一段时间的唐镇又热闹了，唐镇人一早就起来，把煎好的米糕拿到土地庙里去祭拜，希望土地公公保佑人们平安，传说这一天也是土地公公的生日。唐镇人又来到唐溪边上焚香祭拜河神，向河神龙王祈求一年风调雨顺，五谷丰登。这个时节，唐镇人刚刚插完秧，水田里正需要水，这时若是天公降雨，十分宝贵，春雨贵如油。

这天对猪牯而言，是他一生中的大日子。

他终于要在这天和冯如月结婚。

天还没有亮，冯如月就早早地起了床，在她和父亲冯瞎子的房间里熏起了苦艾草，然后她又在厅堂里熏，在院子里熏。猪牯起床后，就闻到了浓郁的熏苦艾草的味道。猪牯很是纳闷，冯如月为什么要在这个大喜的日子熏苦艾草呢？他还没有把这个问题扔给冯如月，冯如月就笑吟吟地对他说："今天是二月二，熏了苦艾草，一年里不会有蚂蚁蚊虫进屋。"猪牯也就没有说什么了。

天亮后，祭拜完土地公公和河神的亲戚朋友们纷纷来到猪牯家，帮助猪牯张灯结彩办喜事。

猪牯穿上了簇新的长袍马褂，披上了大红的绶带，头顶的礼帽两边插了两枝金色锡铂纸糊成的竹叉，看上去喜气洋洋，一副新郎官的神气派头，他逢人都笑脸相迎，尽管他心里还是顾忌凌初八鬼魂的报复，但在今天，他无论怎么样也得神气活现。冯如月穿着红色的府绸嫁衣，头发高高地盘起了鸡冠般的髻，显得妩媚而又端庄，她如花般的脸上漾着幸福的笑容，可明亮如水的眸子里暗藏着一丝不易觉察的忧郁。

因为冯如月没有家，他们父女一直住在猪牯家里，很多结婚的礼仪都从简了，比如接亲等，猪牯只要从偏房里把冯如月接出厅堂就可以了。人渐渐地来得多了后，冯如月就进了偏房，头上披着红布，等待猪牯把她接出去。

猪牯的哥哥王文青一家也早早来到了家里。

弟弟大喜的日子，王文青自然也高兴，进屋后就开始忙活起来。王文青的老婆却不像丈夫那样欣喜，她像只狗一样抽动着鼻子，这里嗅嗅那里嗅嗅，仿佛这个家里有什么怪味。

猪牯的父亲王秉益穿着簇新的衣服走出房间门，脸上洋溢着喜气，口里讷讷地说："终于结婚了，终于结婚了——"

王秉益坐在厅堂上方的太师椅上，看着热闹非凡的家，眼睛里噙着泪水。

王文青的老婆嗅到了公公面前，王秉益痴痴地朝她笑，不像往日那样对她横挑鼻子竖挑眼。

她就对公公说："老货，你今天很高兴吗？"

王秉益的胡须颤动着："终于结婚了，终于结婚了！"

王秉益似乎就是在告诉她，他今天十分高兴，这让她心里十分不快，她心里暗暗骂道："老不死的，我一个良家妇女嫁入你王家时，你都没有如此开心，现在讨个卖唱的女人当儿媳妇，你就如此得意！呸，老不死的东西！以后你就好好地和卖唱的过好日子吧！"

王文青老婆抽动着鼻子轻轻地说："怎么会有股怪味呢？"

刚刚好猪牯走过来，听到了她的话，笑着对她说："是熏苦艾草的味道，今天二月二，熏了苦艾草，一年里就不会有蚂蚁蚊虫入屋了。"

王文青老婆怪异地瞟了猪牯一眼，感觉猪牯变了一个人，他的脸怎么会那么黄？

对于猪牯的婚事，王秉顺一直持反对意见，可事到如今，也随他去了。为了证明自己王家族长和唐镇镇长的地位，他不但答应猪牯做主婚人，还在镇公所对面的洪福酒店摆了几十桌酒席送给猪牯，这让唐镇人赞不绝口。

结婚仪式是在晌午时分进行的，猪牯请先生掐过的，这是个好时辰。

厅堂里围满了看热闹的人。

猪牯穿戴整齐，来到了偏房的门前。

司仪微笑地对偏房紧闭的房门说："时辰到，接新娘——"

房间里响起了冯如月的哭声，哭声越来越响，最后变成号啕大哭。看热闹的人们都在笑，有的人说冯如月哭得那么响，那么动情，是个有良心的女子。在唐镇，这叫哭嫁，女子嫁人是一定要哭的。

猪牯站在门前，迟疑地伸出了手，在杉木门上敲了三下。此时，猪牯想到了房间里的另外一个人，那就是冯瞎子，自从他进入这个房间后就一直没有出来过，猪牯都差不多记不起他的模样了，猪牯不知道自己一会儿见到他后，会产生什么样的情绪。

冯如月的哭声在猪牯的敲门声后喑哑下来，里面传来一个老态龙钟的声音："猪牯，你娶了如月后会一生一世对她好吗？"

猪牯知道，这是冯瞎子的声音，听到冯瞎子的声音，猪牯浑身莫名其妙地战栗了一下，他回答道："我会对如月好的，一生一世爱惜她！"

老态龙钟的声音："猪牯，你如果在贫穷的时候，只剩下一口饭，会给如月吃吗？"

猪牯回答："会的，哪怕剩下一粒米，我也要给她吃！"

老态龙钟的声音："猪牯，如果碰到什么灾祸，你会舍命救如月吗？"

猪牯回答："会的，我在她就在，我亡她也在！"

老态龙钟的声音："猪牯，如果你碰到比如月更好的女人，你会不会舍弃她，和那个女人好呢？"

猪牯回答："不会，我这一生就娶如月一个妻子，和她患难与共！"

……

猪牯不知道自己回答了多少问题，只是感觉身体越来越冷，如果这样回答下去，不知道自己的身体会不会冻僵，这是春暖花开的季节，怎么会这样冷呢？猪牯的脸蜡黄，声音也变得颤抖，他心里说了声:"狗嬲的!"

好不容易,冯瞎子的问题问完了:"猪牯,你要记住你说过的话,不能口是心非!你进来,把如月带走吧,我把她交给你了,从此她生是你的人,死是你的鬼,我也可以安心了!"

猪牯推开了门,走了进去。房间里点着红蜡烛,但阴气逼人,使他的眼皮也特别沉重。他看到头盖着红布的新娘坐在椅子上,冯瞎子则躺在床上,用被子盖着头,猪牯根本就看不到冯瞎子脸上的表情,房间里除了浓郁的熏苦艾草的气味,隐隐约约还有一种古怪的味道。猪牯跪在了床前的地上,朝床上的冯瞎子磕了三个响头,在他磕头的时候,他觉得地上有种黏液,他没有想太多,因为他的大脑已经被冯瞎子的问话弄得迷乱了,此时,他只想把冯如月背出这个房间。磕完头,猪牯站起来,把还在抽泣的冯如月背了起来,朝房间外面走去。那时,猪牯听到后面传来一声冰冷而悠长的叹息,他快步走出了这个诡异的房间。

猪牯背着冯如月走出房间后,房间门"砰"的一声自动关上了,这让在场的许多人都十分诧异,好在接下来的结婚仪式很快地进行,加上唢呐声吹奏出的曲调欢天喜地,人们很快就忘记了这事。

6

早在前两天,猪牯就把请帖散发出去了,除了猪牯本族人,镇上有些头脸的人他都发了请帖,连屠户郑马水和棺材店老板张少冰也不例外。婚宴的时间定在中午,地点就在洪福酒店。本来二月二就是个节日,加上唐镇的保安队长猪牯大婚,唐镇就更加地热闹了。

因为猪牯结婚,张少冰的棺材店这天没有营业,只要唐镇人办喜事,他都会把棺材店关上,这是他做人的原则。而且他从来不张扬和凑热闹,就是人家请他去喝喜酒,他也显得十分低调,悄悄地去,坐在无关紧要的席位上,不声不响吃完酒席就悄悄离开。这天也一样,中午时分,他随着贺喜的人流走进了洪福酒店,签到交了礼金后,就无声无息地找了个偏僻的席位坐下来。和往常不一样的是,张少冰今天出门时就感觉不对劲,身体的某个部位很不舒服,坐在酒席上,看着闹哄哄的人们,他的背脊一阵阵发凉,仿佛有什么事情要发生。他甚至还产生了一个莫名其妙的想法:是不是该准备一副棺材了。这个想法令他心惊肉跳,在人家的结婚喜宴上这样想,是对主人的不敬。张少冰心里忐忑不安,生怕被人知道了他内心的想法,不好交代,于是脸上堆起了笑容,掩盖心里的慌张。可是,无论他怎么掩饰,内心就有个声音重复着那句话:"是不是该准备一副棺材了!"张少冰如坐针毡,希望酒宴赶快结束,逃离这个地方。

唐镇有个习俗,新娘子是不参加结婚酒宴的,她只能在洞房里等着丈夫。

猪牯在自己新婚的酒宴里忘记了一切恐惧,在酒杯里找回了自己。可就在他开始一桌一桌地给大家敬酒时,有人进来说,在唐镇的上空发现了很多死鬼鸟。猪牯没有理会,他端着酒杯去给客人敬酒。

还是有不少人走出了洪福酒店,那些人里大部分都是荷枪实弹的保安队员。他们走出洪福酒店,果然看到了一群一群的死鬼鸟蝗虫般在天空中怪叫着盘旋,而且越来越多,仿佛整个山地的死鬼鸟都不约而同地往唐镇上空聚拢。黑压压的死鬼鸟几乎把灿烂的阳光都遮蔽了,那些保安队员个个面如土色,难道这些死鬼鸟在预示着什么灾祸的来临?这是他们队长大喜的日子,也是唐镇的节日,怎么会有这么多不祥的死鬼鸟遮天蔽日呢?

其中有一个保安队员说:"应该赶走这些死鬼鸟!"

加上他喝了酒，脑袋正发着热，就举起了枪，朝天空中盘旋的死鬼鸟放起了枪。

他的枪声一响，那些保安队员也效仿他纷纷朝天空中放起了枪，枪声爆竹般凌乱地响成一片，子弹在死鬼鸟群里呼啸地穿过。唐镇很多没有参加喜宴的人见到遮天蔽日的死鬼鸟，就心惊胆战，这种异象令他们恐惧，他们不知道在二月二出现这样的情景，对这一年来说意味着什么，听到密集的枪声后，他们纷纷涌到皇帝巷来看个究竟。

天空中落下了纷纷扬扬的黑色羽毛。

还有些死鬼鸟被子弹击中，落在了地上和屋顶上。

洪福酒店里喝喜酒的人听到枪声后，也纷纷跑出来看热闹，他们借着酒劲，对着天上在枪声中四处奔逃的死鬼鸟大吼大叫。

镇长王秉顺也走出了洪福酒店，看到那些死鬼鸟，他的右眼皮直跳。王秉顺活了几十年，经历过多少风风雨雨，可从来没有见过如此情景，一片黑色的羽毛在他眼前飘落，仿佛从天空中落下的一柄利剑，让他胆寒，难道他的厄运从此开始？王秉顺周围喧闹的人们仿佛不存在了，他只是一个孤独的人，那密集凌乱的枪声也仿佛不存在了，此时是那么寂静，他在这个阳光灿烂的午后陷入了万劫不复的黑暗之中，王秉顺恐惧而又惝惶地朝镇公所走去，似乎在穿过一条漫长的死亡通道。

王秉顺离开猪牯的酒宴后就没有再出现在洪福酒店。

还有一个人和镇长王秉顺一样逃离现场，那就是棺材店的老板张少冰。张少冰心中一直在重复着那句话："是不是该准备一副棺材了！"外面的枪声响起后，他心中的这种感觉更加强烈了，他相信自己的脸色一定很难看，无论用什么样的笑容掩饰都无济于事。

张少冰趁乱随着人流溜出了洪福酒店的大门，抬头看到那黑压压的死鬼鸟，眼睛像是被蒙上了一块黑布，他不知道是怎么挤出皇帝巷拥挤的人群回到家里的。

逍遥馆里的春香也听到了那凌乱而密集的枪声。

她脸色铁青,胃里有什么东西在上蹿下跳。春香跑到院子里,看到李媚娘手里拿着黄铜水烟筒,站在院子中央,仰头望着天空中的死鬼鸟,浑身筛糠般颤抖。春香知道今天是猪牯大喜的日子,她曾经梦想过有这么一天,和猪牯成亲,可自从那个晚上陈烂头闯进她的房间后,这个梦就肥皂泡般破灭了。唐镇任何人办结婚这样的喜事,都不会请逍遥馆的人去吃喜酒的,猪牯也一样。哀伤的春香来不及抬头望那些遮天蔽日的死鬼鸟,就迫不及待地跑到院子里的那棵桂花树下,呕吐起来,边呕吐边发出野猫一样的凄惨叫声。

皇帝巷鼎沸的人声和凌乱而密集的枪声把春香的呕吐声和惨叫声淹没了。

李媚娘的目光从天空收回来,又落到了春香的身上。

李媚娘叹了口气,嘴角的那颗黑痣抖动着:"可怜的孩子,都是我害了你呀,我要是不把你买进逍遥馆,你也不会遭如此的大罪!"

她心里十分明白春香为什么呕吐,那天,她叫人请来了郑雨山,郑雨山给春香看完病后,把结果悄悄告诉了李媚娘,李媚娘到现在也没有把结果告诉春香,她也束手无策,不知道如何是好,她内心充满了恐惧。

猪牯敬完一桌酒,见客人纷纷走出洪福酒店,也走了出去。

他看到天空中的死鬼鸟在枪声和人们的喊叫声中惊叫着潮水般退去,顿时哈哈大笑,笑完后,就大声吼道:"狗鸡的,连死鬼鸟也来给老子贺喜呀!痛快,真他娘的痛快!"

大家面面相觑,不知道猪牯为什么会说出这样的话来,猪牯的脸在人们眼中,一片蜡黄,没有一点喜庆之气。

死鬼鸟退去后,天空艳阳高照。

枪声平息了，人们的叫喊声也停止了，皇帝巷顿时鸦雀无声。

春香的呕吐声和野猫般的惨叫声却从大门紧闭的逍遥馆里传出，人们的心又被揪痛了，他们根本就不知道逍遥馆里的这个小妓女发生了什么事情。

猪牯也听到了春香的声音，他突然轻轻地说：“狗嫐的，这都是命！”

接着，猪牯的声音粗壮了：“大家不要在外面站着，回去喝酒，喝酒！狗嫐的！大家要痛快地喝呀，我猪牯也结婚了，有老婆了哇，我是真的高兴，高兴哇——”

7

游武强也听到了从唐镇传来的凌乱而密集的枪声。

他站在乌石崟的高处往唐镇眺望。唐镇又发生了什么惊天动地的事情？游武强不知道怎么走出黑森林的，他没有精力去想这个问题，也许本来就是一场幻梦，那个山洞根本就不存在，那个叫上官玉珠的白衣女子也根本不存在。此时，他只想找到一个人，为自己的亲叔叔游长水报仇！

游武强的眼睛里喷着火焰。

他的脑海里清晰地记得李媚娘在那个晚上和他说的话：“我和你叔叔听到了呼吸声，呼吸声很重，房间里不知道什么时候进来了另外一个人。这个人是谁？我抱着你叔叔，浑身发抖。你叔叔在我耳朵边轻轻地说：'是不是凌初八？'我没有回答你叔叔，我吓得连话也说不出来，我从你叔叔的声音里，也感觉到他的恐惧。我们知道，那神秘人或者鬼就站在床前。你叔叔斗胆说了那么一句：'你是人是鬼给我说话？'你叔叔的话刚刚说完，我就听到了一声冷笑，那绝对不是凌初八的冷笑，我知道了，那是个男人！我突然想起了春香房间里传来的惨叫声,这个男人是不是那个凌辱春香的人?也许是他记错了地方,摸到我的房间里来了。我本来想说,这不是春香的房间的,可我话还没有说出口,你叔叔的脚就被他抓住了,他把你叔叔拖到了床下,我听到你叔叔掉在床下沉闷的声音,我又心痛又害怕。我不知道他要做什么。不一会儿,我就听到了你叔叔喉咙里发出的呜咽声,还有他手脚挣扎的声音。我缩在那里,什么也说不出来,我救不了你叔叔,那个时候我一点力气也没有,连叫一声的力气也没有……你叔叔被那个男人活活地掐死了。掐死你叔叔的那个男人就是土匪陈烂头。他掐死你叔叔后,点亮了灯,还撩开蚊帐,把脸凑在我面前,阴沉地对我说:'老婊子,你看清楚我这张脸!我叫陈烂头,是我杀了游长水这个老东西!我早就想要了他的命!我从来就没有怕过他!'他的额头上有条蚯蚓一样的刀疤。我尿了一裤子,晕死过去……"

游武强发誓要找到陈烂头,这个传说中狠毒的在这百十里山林里风一样独来独往的土匪成了他最重要的敌人,他就是有三头六臂,游武强也要把他拿下,用那把刺刀割下他的头,放到叔叔游长水的坟前,否则叔叔死不瞑目。陈烂头为什么要杀游长水?难道仅仅是因为游武飞带兵剿过他?游武强从李媚娘的口里还知道了一些关于王秉顺的事情,会不会是王秉顺……他必须拿下陈烂头,只有拿下陈烂头,一切真相才能大白于天下!

如果不是上官玉珠让那条青蛇把他引诱到黑森林的山洞里,也许他已经找到了陈烂头,他无法怨恨上官玉珠,尽管他对她根本就产生不了男女之间的那种情感,可他还是觉得自己隐隐约约地被她控制着,那条青蛇随时都有可能出现在他面前,把他领到黑森林的那个山洞里去。

上官玉珠用了什么魔法把他控制住?游武强无头无绪。

只要杀了陈烂头,就是上官玉珠把他弄死,他也无所谓了,家仇不能不报!

陈烂头一定藏在这百十里山林里的某个角落里,游武强要找到他的味道,每个人都有自己的味道,游武强只要找到他的味道,就可以把他从深山老林里挖出来。陈烂头一定不止一个藏身的地方,狡兔也有三窟,何况他是一匹狡猾而又凶恶的野狼。

大群的死鬼鸟从唐镇方向掠过来。

游武强突然想起了另外一个人,一个女人,也许通过她,可以抓住陈烂头。

8

三癞子在二月二这天没有出门,一天都没有出门。他没有去祭拜土地公公,也没有去祭拜河神,他从出生到现在,从来没有如此过。整天,他守着胡二嫂。胡二嫂在这天晌午时分,疯病发作。三癞子用绳子把她捆了起来,放在了床上。他就呆呆地坐在床边,看着翻着白眼吐着舌头的胡二嫂,胡二嫂疯病发作,就不是一个人了,连猪狗也不如了。

三癞子的手一次一次地伸向胸口,这是他有生以来最矛盾的一天!

解药应不应该给胡二嫂吃?

这是漫长的一天,犹如他苦难的一生。

他把胡二嫂捆绑起来后,听到了从碓米巷猪牯家里传来的喜庆的鞭炮声。猪牯今天结婚的事情他也知道,而且他也知道中午时王家要在洪福酒店摆喜宴。猪牯是不会把请帖发给他的,唐镇也从来没有人给他发过办喜事的请帖,只有死人了,唐镇人才会自然而然地想到他。

听到那鞭炮声,三癞子没有如何欢喜的感觉,他无法融入唐镇喜庆的氛围,他生下来就是一个和唐镇格格不入的人。相反的,他在鞭炮声中感觉到了寒冷,奇怪的是,他的内心竟然响起了丧鼓的声音。

丧鼓声有节奏地响着,敲得他的心有些疼痛。

他伸手摸了摸胡二嫂苍白扭曲的脸,喃喃地说:"你要死了,我会怎么样呢?土地公公!"

胡二嫂不会回答他这个奇怪的问题。

三癞子虽然坐在阴暗的房间里,守着胡二嫂,但是他还是感觉到了屋外天空中灿烂的阳光,也感觉到了那些遮天蔽日的死鬼鸟。他抽动着狗般灵敏的鼻子,有种游丝般的尸臭被他吸入。

他轻声对胡二嫂说:"唐镇有人死了,胡二嫂,我又该有钱买肉喂你了——"

不久,屋外就传来了凌乱的枪声。

他还听到了死鬼鸟的尖叫。

三癞子丑陋的脸上浮现出一种邪恶的笑容,不过,这种邪恶的笑容很快就从他脸上一闪而过。三癞子闭上了眼睛。他刚刚闭上眼睛,眼前就出现了这样的情景:胡二嫂躺在五公岭的乱坟坡上,脸面朝着天空,天空中死鬼鸟盘旋着怪叫着俯冲下来,落在了胡二嫂身上。不一会儿,胡二嫂的身上就密密麻麻地站满了死鬼鸟,死鬼鸟用锋利的喙撕咬着胡二嫂的皮肉。三癞子站在一旁,眼睁睁地看着死鬼鸟把胡二嫂的肉体撕碎。胡二嫂的叫喊声撕心裂肺,而三癞子浑身僵硬,动弹不得。胡二嫂的声音渐渐微弱下去,直到死寂,那些死鬼鸟一只一只地从胡二嫂身上飞走,阳光下,呈现在三癞子眼中的是一副血淋淋的骨架,地上还散落着人肉的残渣……三癞子惊惶地睁开了眼,胡二嫂还是躺在床上,偶尔挣扎。他又一次把手伸向怀里。

三癞子在这天入夜后,在唐镇的喧闹声中解开了胡二嫂身上的绳子。胡二嫂此时已经平静了，无动于衷地坐在床上，双眼痴痴地望着三癞子。三癞子守了一天，没有人来敲门，让他去给死人挖墓穴或者画像，他想，自己再不去给死人挖墓穴了，他只会去给死人画像。

胡二嫂突然伸出枯槁的手，在三癞子的脸上摸了一下，她的手冰块般划伤了三癞子粗糙的脸。

胡二嫂讷讷地说："我、我要吃肉——"

三癞子的心突然柔软，眼睛一热，泪水滚落。

他想，如果自己不在了，有谁会给胡二嫂肉吃？三癞子擦了擦眼睛说："二嫂，今天没有肉吃了，看明天吧！如果明天还没有人请我去给死人画像，我赊账也要给你肉吃！"

胡二嫂孩子般瘪了瘪嘴，然后大哭。

胡二嫂的哭声如一万支箭，穿过三癞子的心脏。

他又把手伸向怀里，颤抖地掏出了那个小纸包，长叹了一声说："唉——胡二嫂，我上辈子一定欠你的债，今生要还！这包解药就给你吃了吧，只要你好了，像正常人那样生活了，我也安心了！"

三癞子给胡二嫂服药时，猪牯家里正在闹洞房。

胡二嫂服下了那包药，身体一歪，躺在床上一动不动，像死了一般。三癞子吃惊地睁大眼睛，这药难道是毒药，难道那个白衣女子欺骗了他？可她为什么要欺骗他呢？他伸出颤抖的手，放在胡二嫂的鼻子底下，胡二嫂已经没有了鼻息，完全是个死人了。

三癞子突然觉得绝望。

他吼叫道："为什么！这是为什么！"

三癞子没有想到今天死的会是胡二嫂，可他怎么也闻不到胡二嫂身上散发出的尸臭，哪怕是一丝一缕。他抓住自己的头发，使劲扯着，喉咙里呜咽着，他感觉不到疼痛，只是有黑色的死亡的潮水在把他淹没。

突然，胡二嫂的身体动了一下。

是的，胡二嫂的身体是抽搐了一下。紧接着，胡二嫂的身体剧烈地抽搐，三癞子呆立在那里，脑袋里一片空茫。他竟然不知道胡二嫂身上发生了什么事情。胡二嫂抽搐着，肚子渐渐地鼓胀，越来越大，像一个即将要吹破的皮球。她的体内传出尖锐的声音。

那尖锐的声音似乎要刺穿三癞子的耳膜。

胡二嫂猛地坐起来，大口地呼吸着。她的脸一阵红一阵白又一阵绿……胡二嫂痛苦地用双手捂住了肚子，头往前一倾，一口绿色的黏液从她张开的口中飙出来，紧接着，大口大口绿色的黏液吐出，吐了一床。绿色的黏液散发出浓郁的腥臭味，三癞子呆呆地望着痛快呕吐的胡二嫂，那张脸扭曲成一颗老苦瓜。

最后，胡二嫂趴在了床沿上，张大嘴巴，一条青蛇缓缓地从她口里溜出来，落到了地上，朝门外面迅速溜走……嘴角还残存着绿色黏液的胡二嫂猛地坐起，双眼灵活地转了转，神智清醒地看着三癞子，皱起眉头，厉声地对呆呆的三癞子说："三癞子，你这个下三烂的，怎么会在我房间里？"

9

李媚娘流着泪。这个夜晚令她不安和伤怀，还夹杂着莫名的恐惧。每当有人结婚办喜事，她就会产生这种复杂的情绪。游长水在很久以前，答应过娶她，要办轰轰烈烈的婚礼，可那是假话，游长水死了也没有兑现，李媚娘只有等下辈子才能实现这个愿望了，她多么希望自己真正地当回新嫁娘，坐回大花轿，羞涩地进一次洞房……李媚娘哽咽地自言自语："游长水，你这个骗子，你为什么不娶我呀！你这个老东西，你和我就是一场梦，无头无尾的残梦！

游长水,你好好在阴间等着我哇,老东西,千万不要和女鬼们勾搭,等着娶我,给我穿大红的衣服,绣花的鞋,给我八人抬的大花轿……"

这个凄凉的夜晚,没有游长水陪在她身边,连王秉顺也不见踪影,夜已经很深了,王秉顺也许不会来了。他来又怎么样呢,只会增加她内心的恨,可王秉顺要是搂着她,她不会像现在这样孤独和恐惧。

李媚娘伤感地抽泣,突然有一个人站在了床前。

透过蚊帐,借着油灯昏黄的光亮,李媚娘看出了这个人是谁。

李媚娘颤抖地说:"游、游武强,你、你怎么又来了?你、你难道不怕——"

游武强冷冷地说:"我怕什么?"

李媚娘说:"你这不是送肉上砧板吗?要是被他们知道你又回来了,他们一定会来抓你的,你现在是他们的眼中钉肉中刺,他们要是抓住你,会要你的命的,你的运气不会永远那么好,你还是赶快走吧。"

游武强冷冷地说:"我知道他晚上一定会来!我要杀了他!只要杀了他,我死又如何?干他老母!"

李媚娘瑟瑟发抖:"他会来吗?会来吗?可怜的春香!"

游武强吹灭了灯,在黑暗中,他轻轻地说:"李媚娘,他会来的,一定会来的,我在这里等着他,你不用害怕,我会拿下他的,会的!"

……

王秉顺在这个晚上没有去参加猪牯的闹房,也没有住在镇公所里,更没有去李媚娘那里,中午他看到遮天蔽日的死鬼鸟,就有种预感,唐镇有什么事情要发生,或者事情就发生在他的身上。他回到了家里,一直躲在密室里。王秉顺脸色凝重,一手托着水烟筒,一手拿着点燃的纸捻子。水烟壶上的烟丝装得满满的，他就是没有点燃，过了很长时间，他才朝纸捻子吹了一口气，纸捻子冒出了淡蓝色的火苗，然后把燃烧的纸捻子放在了水烟壶上，狠狠地吸了一口。王秉顺吐出了一口浓烟。

突然，他听到密室的墙壁"咚咚咚"响了三下。

王秉顺十分明白，这是他老婆敲的，说明有很重要的人来找他。王秉顺打开了密室的门，一个戴着斗笠的人闯进来，带进来一股风。王秉顺赶紧把密室的门关上，转过身，对戴着斗笠的人说："你、你怎么到这里来了——"

那人冷冷地说："难道我不能来？"

王秉顺也冷冷地说："陈烂头，这可不是你来唐镇的时候！"

陈烂头摘下斗笠，额头上那条刀疤暴露在王秉顺的眼中，他伸出手，从王秉顺手中夺过黄铜水烟筒，使劲地吸了口水烟，因为吸得太快太急，陈烂头被烟呛得直咳嗽，他把黄铜水烟筒递还给了王秉顺："什么鸟东西，呛死老子了！我不在今天晚上来，什么时候来？唐镇保安队那几十条枪都泡在猪牯的结婚酒里呢！我还有什么好怕的？"

王秉顺冷笑着说："嘿嘿，什么人用什么东西，这玩意不是你用的！保安队的枪不泡在酒里，拿你也没有办法，可你想过没有，还有一个可以要你命的人！说不定他已经跟上了你，也许就在我家的门外面等着你呢！我现在担心的就是他，我差点把他除掉，可惜让他跑了。他活着一天，就对我们有威胁一天，他是插在我心上的一把尖刀呀！"

陈烂头的双手抓住了插在腰间皮带上的两把盒子枪的枪把上，皱着眉头，低沉地说："王秉顺，你说的这个人是谁？"

王秉顺牙缝里蹦出了三个字："游武强！"

陈烂头笑了："什么鸟东西，无名小卒！"

王秉顺吸了口水烟说:"你不要小看这个人,他当过兵,真刀真枪地杀过日本人,是个从死人堆里爬出来的主,没有什么事情他干不出来!我想,李媚娘那小婊子一定把事情告诉给他了。我以前没有想到他会回来,我一直认为就是游长水被人当众杀死在镇街上,他也会袖手旁观,他恨游长水!现在,我不那么认为了,他回来,就是想给游长水出头,要给游长水报仇。你想想,如果没有他,游家现在大势已去,根本不在话下,我就是让你当唐镇的保安队长,也没有人敢放个屁。可是,游武强回来了,他已经插手了这件事,他一定知道是你杀了游长水,而且不会善罢甘休,我想,他现在就在唐镇!"

陈烂头冷笑了一声:"嘿嘿,那就来吧,什么鸟东西!老子杀一个人就像拍死一只苍蝇那么简单。王秉顺,你知道我今天晚上来找你干什么吗?"

王秉顺又吸了一口水烟说:"你来,不就是要钱嘛,还能有什么别的事情!你是个贪得无厌的小人!我沾上你,也算倒了八辈子的血霉!一念之差呀,我放着逍遥的日子不过,争这一口恶气做什么呢?这是我的报应!我现在成天提心吊胆,活得清汤寡水,不值呀!"

陈烂头低沉地说:"王秉顺,你这条老狗!老子得人钱财为人消灾,天经地义!王老狗,实话告诉你吧,老子想洗手不干了,我今天晚上最后找你一次,然后一拍两散,从此隐居山林,再不现世!你也很清楚,我看上那个小婊子了,我是真心喜欢上了那个可怜的小婊子,况且她已经怀上我的孩子了,我必须在今天晚上把她带走,找个地方度过余生!"

王秉顺把黄铜水烟筒放在了桌子上,愣愣地审视着他:"你会从此退出江湖?"

陈烂头坚定地点了点头。

王秉顺站起来，走到一个柜子跟前，伸出颤抖的手，打开了柜子，从里面拿出了一个红布包，转过身，走到陈烂头的跟前，把红布包递给了陈烂头："这些东西全部给你了，你走吧！"

陈烂头接过了那个红布包，放在桌面上，打开来，他的眼睛被几根黄澄澄的金条照亮了。

王秉顺咬着牙，眼睛里闪动着泪光。

陈烂头低沉地说："王老狗，你够意思！老子从今往后，再不踏入唐镇一步！你安心当你的镇长吧！"

……

唐镇沉寂下来，猪牯家闹房的人也散了。远方的天空传来了隐隐的雷声，游武强听到了那隐隐的雷声，内心竟然有种奇妙的冲动，感觉有什么东西像蛰伏在泥土里过冬的虫子般苏醒。

他一直坐在李媚娘房间里的一张椅子上。

李媚娘则坐在床上，黑暗中，她看不清游武强的表情。她也听见了隐隐的雷声，但她心里没有游武强那样奇妙的冲动，浑身冰凉。李媚娘一直在想着一个问题，如果这个时候王秉顺闯进了她的房间，游武强会不会用那把生锈的刺刀把他给捅死？如果游武强捅死了王秉顺，她会怎么样？李媚娘希望游武强杀了王秉顺这个畜生，可她又不希望王秉顺死！李媚娘被一种古怪的情绪折磨着，内心的恐惧越来越强烈。

游武强突然在黑暗中站了起来，低声说："他来了！"

李媚娘还没有反应过来，游武强就蹿了出去。

游武强悄悄地来到了春香的房间门口，手里握着那把刺刀。他要用这把刺刀把陈烂头杀了，然后割下他的头，尽管他有两支盒子枪。春香的房间里还亮着灯，游武强屏住呼吸，他在等待一种声音的出现，那种男女之间苟且之事的声音出现后，他就会神不知鬼不觉地进入春香的房间，房间里的门闩根本就阻挡不了他！

空气仿佛凝固。

游武强觉得自己心跳的声就像雷声一样轰响。

过了老大一会儿,房间里竟然没有任何的声音。

游武强按捺不住了,用刺刀撬开了春香的房门。他冲了进去,房间里一个人也没有,风把蚊帐轻轻地拂起。这时,游武强听到有一块瓦片从屋檐上掉落摔碎的声音。

他心里说:"干你老母,跑得好快!老子还是晚了一步!"

游武强二话不说,走出了春香的房间,飞快地爬上了屋顶。这时,天上霹雳下来一道闪电,刹那间,他看到有个人扛着一个麻袋在唐镇人家的屋顶疾走,那人一定是陈烂头,麻袋里的人一定是春香。

一股热血冲上了游武强的颅顶,他踩着瓦片,快步追了上去。

那扛着麻袋的人风一样消失得无影无踪。

游武强根本就追不上他。游武强感觉到了前所未有的困难,他知道了关于陈烂头的那些传说并不是空穴来风。他面对的是一个强大的敌人,这个敌人比他高明很多,也许他穷一生的精力也杀死不了他,说不准,到头来死的是他游武强自己。游武强咬了咬牙:"干你老母,老子就是豁出性命也要找到你,把你杀了!"

天上响起炸雷声。

游武强站在屋顶上,根本就没有把雷电放在眼里。此时,他心里充满了一种激情,那是好斗的豹子才有的激情,因为陈烂头的强大,他报仇的欲望更加地强烈。

雷声过后,猛雨降落。

游武强跳下了屋顶,来到了寂寞的镇街上,冒着猛雨朝镇西头奔去。他心里有过一个闪念,就是去看一眼自己的好兄弟张少冰,可他转念间就打消了这个念头。

他循着陈烂头的气味一路追踪过去。

此时,猪牯正惊骇地从冯如月的身上滚下来,恐惧弥漫了他的全身……

10

闹房的人走后，猪牯醉眼迷离地捧起冯如月牡丹花一般羞红的脸，呼吸异常急促。这一刻十分宁静，宁静得如此不真实，宛若在虚幻之中。冯如月此时没有躲避他，双眸热辣辣地和他对视，丰满的胸脯一起一伏，像涨潮的河面。猪牯讷讷地说，声音有些沙哑："如月，你现在是我的老婆了？"

冯如月微微点了点头，眸子里漾起一层迷蒙的水雾。

猪牯呆呆地看了她一会儿，突然抱住了冯如月，嘴巴在她的脸上乱拱起来，手不停地在她的后背摩挲，冯如月任凭他处置，今夜，她将完全地交出自己，毫无保留地奉献给猪牯。

猪牯气喘吁吁地把冯如月放倒在婚床上，迫不及待地剥掉了她身上的衣服。在摇曳的烛光中，冯如月的裸体一览无余。猪牯几乎要窒息，冯如月的裸体是那么完美，没有一点瑕疵。他浑身颤抖着，额头上沁出了一层细细的汗珠，就是到了这个时候，他还是不敢相信眼前冯如月的身体是真实存在的，一切都仿佛在梦幻之中。

没错，冯如月的确是他梦中的美人。在多少寂寞的夜里，他梦醒后，在黑暗中孤独地抓住自己的头发，拼命地撕扯，痛苦而又迷惘。如今，他梦中的女人就这样心甘情愿地躺在他的床上，等待他的侵犯。猪牯抓住了自己的头发，撕扯了一下，头皮感觉到了疼痛。

这应该不是在梦中！

新房里有种迷醉的甜味，那应该是冯如月肉体散发出来的幽香。

猪牯使劲地吞咽下一口口水，伸出颤抖的手指，按在冯如月坚挺的粉色的乳尖上，一股电流随着乳尖通往他的全身，猪牯的身体顿时麻酥了，这是在梦里绝对没有的感觉。

冯如月扭动了一下身体，她的身体顿时鲜活起来，充满了诱人的质感，她柔声说："哥，我从今天起，就是你的了，你想怎么样就怎么样！哥，来吧，我是你的了，哥——"

猪牯终于大吼了一声："狗嬲的！老子真的有老婆了！"

然后他脱光了自己的衣服，朝冯如月的身体扑了过去……他们都听到了雷声和雨声。猪牯没有顾及外面世界里发生的一切，他第一次感觉到了作为男人的畅快，他气壮如牛地在冯如月的身体上冲撞，恨不得把她撞得粉碎。冯如月眼里含着泪水，呻吟着，努力迎接猪牯的冲撞，忘记了流浪途中的一切苦难，今夜，她是个幸福的新娘，哪怕被猪牯揉碎像朵鲜花那样枯萎！

猪牯突然闻到了一股怪味，准确地说，那是死人的尸臭味。

尸臭味顷刻弥漫了整个新房。

猪牯闻到浓郁的尸臭，脑海里立刻浮现出唐镇那些死人的情景，他怪叫一声从冯如月的身上滚下来，气喘如牛的猪牯突然屏住了呼吸，眼睛里出现了恐惧的色泽。

蚊帐外面站着一个人。

猪牯惊惶地把手伸向枕头底下，掏出了盒子枪，颤抖地说："你是谁？"

那人无声无息。

只有死人才无声无息，难道是凌初八的鬼魂在他新婚之夜前来寻仇了？猪牯觉得自己的末日来临，他的幸福生活才刚刚开始，末日就来临了。如果这样，他死也不会瞑目！可他又有什么办法阻止将要发生的一切？

冯如月慌乱地抓过衣服，穿了起来。猪牯感觉到冯如月一点都不害怕，只有害羞和慌张，恐惧万分的猪牯十分纳闷。她穿好衣服后，撩开了蚊帐。猪牯看清了站在床边的那个人，那人竟然是他的岳父冯瞎子。

冯瞎子穿着新做的长袍马褂,戴着一顶瓜皮小帽,仿佛是个绅士,也许他一生也没有穿过如此光鲜的衣服,只有在今天,他的女儿大喜之日,才穿得像个人样。

可这个穿得绅士一般的老人渐渐地在猪牯的眼中变了味道。

他无声无息地站立着,脸色死灰,纵使是新房里喜庆的红蜡烛的光芒也无法掩盖他脸上的灰暗色调。他那空洞的双眼黯然无光,还流下两股白生生的黏液,那两股白生生的黏液一直顺着只剩一层老皮的脸颊流到脖子里,然后顺着身体流到脚下,黏液又从他脚上的布鞋上渗出来,黏在地上。

那浓郁的尸臭就是从冯瞎子身上散发出来的。

猪牯十分惊骇,张着嘴巴,什么也说不出来,他赤裸着身体坐在床上,犹如一尊木雕。难道发生在家里的一切神秘事情都和冯瞎子有关?猪牯在这个时候分不清楚和冯如月结婚是福还是祸了。

冯如月泪流满面。

她下了床之后,"扑通"一声朝冯瞎子跪下了:"爹,你为什么要在这个晚上到我们新房里来呢?你不是答应女儿,只要女儿结婚后,你就可以瞑目了的吗?现在女儿有自己的家了,你应该安心了哇!你为什么要在这个晚上到我们的新房里来呢?你要是吓坏了我夫君,那该如何是好!我本来想在这个晚上和他说你的事情,明天就厚葬你的,可你为什么要这样做呢?他是个好人,他那么爱惜我,他一定会答应我厚葬你的,爹,你有什么不放心的呀!爹,女儿求你了,你安心地去吧,你不要再担心女儿了,爹——"

猪牯对冯如月说的话一头雾水,她说的是什么?猪牯在惊愕中仿佛听到一声长叹,他看到冯瞎子直通通地往后一仰,倒在了地上,发出沉闷的声音。冯瞎子倒在地上后,冯如月从地上站了起来,转过身,面对着木雕般的猪牯,冷冷地说:"哥,你是好人,只有你才会收留我们。本来，我想把身子给你后再和你说清楚事情的，可现在——哥，我把事情告诉你，你听完后如果能够原谅我，就把我留下做你的老婆，并且厚葬我爹，我将一生感激你，愿意为你做牛做马；如果你不肯原谅我，我把话说完后，马上背我爹的尸体离开你家，绝对不会拖累你的！其实，我父亲早就该死了，在来唐镇的半月前，有个好心的郎中给我爹看过病，说他已经病入膏肓了，最多也就几天的命了，让我准备后事。可爹说，他如果没有把我嫁到一个好人家里去，他死不瞑目！他对不住我死去的娘！我们都没有想到，到唐镇后，你会收留我们。其实，在到你们家的那天晚上，爹就咽气了。他走之前对我说，在你没有娶我之前，千万不要告诉你们他去了。他说，你是好人，会对我一辈子好的。我知道，我们都很自私，可是——"

猪牯浑身发冷，还是什么话也说不出来。

冯如月突然朝猪牯跪了下来，一把鼻涕一把泪地说："你原谅我吧，哥，我爹苦了一辈子，我不愿意看到他死后连一口棺材都没有，哥，我愿意给你做牛做马一辈子，来报答你的大恩大德——"

此时，新房里阴风四起，那些燃着的红蜡烛剧烈地摇曳，有几支被阴风扑灭了。猪牯陷入了寒冬的氛围，每一个毛孔都冒出恐惧。他仿佛听到一个阴森森的声音在他耳边说："猪牯，我的女婿，你一定要善待如月，和她白头到老，否则，我饶不了你的，我不会离开，我一直会看着你……"

11

上官玉珠哀怨地坐在竹椅上，长长的头发披散着，那条青色的蛇在木盆的水里游动，畅快的样子。上官玉珠喃喃地说："青儿，你告诉我，他走了还会回来吗？"

青蛇仿佛听懂了上官玉珠的话，从水中抬起了蛇头，朝她抖动了两下，吐了吐鲜红的蛇芯子。

上官玉珠听到一个尖细的声音说："傻女子，游武强自己是不可能回来的了，除非你再次施展你的法术让他回来，你在他身上下的咒还没有消除，他还是控制在你的手中。"

上官玉珠凄凉地说："我让他回来又有什么用呢，他的心根本就不在我身上，他还爱着那个死去的沈文绣，他昏迷后的几天里，嘴巴里一直喊着沈文绣的名字，我不知道沈文绣究竟施了什么魔法，让他死心塌地。我要是沈文绣该有多好，这都是我的命不好哇！"

尖细的声音说："傻女子，游武强有什么好的呢，你如此迷恋他？这真是落花有意，流水无情呀！"

上官玉珠说："我好怕，真的好怕，我害怕这样一个人孤独到老，害怕这样见不了天日的日子！我需要像游武强这样的男人，呵护我，我闻着他身上男子汉的气息，心里就会安宁，就很踏实。只要他在我身边，我就会忘记一切苦和痛！"

尖细的声音说："傻女子，既然这样，你为什么不在他身上下情蛊呢，那样他就会迷失自己，他会忘记沈文绣，会忘记他要做的一切事情，心中只有你一个人，永远像你忠实的奴仆那样守在你身边，你要他做什么他就会做什么。"

上官玉珠流下了泪水："我不忍心，真的不忍心，我怎么能够那样对待他呢，如果那样，他就不是游武强了，就不是我心目中的那个英雄了，我怎么能够让他做我膝下的一条狗呢？我宁愿一生孤独至死也不会这样做。在世人眼里，我们这些习蛊的女人都是十恶不赦的魔鬼，可他们不知道，我们也是人，也有一颗有血有肉的人心。"

尖细的声音说："这就是你放走游武强的理由？"

上官玉珠点了点头说："是的，他说他有大仇未报，我怎么能够把他囚禁在山洞里呢，有仇不报非君子，我希望他报完仇后能够得到他，无论怎么样，我不会放弃，就像我不会放弃为师父报仇那样。"

……

上官玉珠把自己的长发盘起来，盘成了一个圆圆的髻，用簪子插进发髻里固定，然后把木盆里的青蛇捞起来，放进了嘴巴，青蛇乖乖地经过她的喉咙滑到了她的肚子里。上官玉珠用青蛇沐浴过的水洗了一把脸，血红的眼中透出一股瘆人的光芒。

做完这些事情，上官玉珠来到了床边，蹲了下来，从床底下拖出了那个箱子。上官玉珠打开了那个箱子，从里面拿出了一个小木偶，小木偶上写着一个人的名字，上官玉珠盯着这个小木偶，喃喃地说："王猪牯，你该死了！"

12

三癞子的眼泡浮肿，一连几个晚上，他没有好好睡觉。这天清晨，三癞子来到了郑马水的猪肉铺前，他冷冷地对郑马水说："给我割一斤肉。"郑马水鄙夷地瞟了他一眼，一刀下去切了一块肉，称都没有称就用湿稻草捆好，扔在三癞子面前的案板上。

三癞子把钱也扔在了案板上，提起那一吊猪肉，扬长而去。

郑马水伸出手，拿过三癞子扔下的钱，放在鼻子底下闻了闻，发现没有腥臭味，就随手扔在了装钱的小木箱里。整个唐镇的人都知道，猪牯的岳父冯瞎子死后，三癞子给冯瞎子画了遗像，得到了一笔酬金，他就拿着给死人画像得来的钱买肉给胡二嫂吃。唐镇的人也知道，胡二嫂的疯病神奇地好了，大家都认为是三癞子的功劳，可三癞子是怎么治好胡二嫂疯病的，没有人知晓，就连唐镇的郎中郑雨山也觉得不可思议。

胡二嫂疯病的痊愈和猪牯家喜事变丧事的事情在唐镇成了人们茶余饭后的谈资，三癞子和猪牯的老婆冯如月都成了唐镇人眼中的神秘人物，某些关于他们的传闻匪夷所思。有人认为三癞子现在就是死去的画师宋柯的化身，他身上附着宋柯的鬼魂；而猪牯的老婆冯如月则是一个来路不明的怪物，猪牯的脸色越来越黄，身体也越来越瘦，仿佛被冯如月这个怪物吸干了似的。唐镇人对三癞子和冯如月都敬而远之，仿佛和他们接触就会惹祸上身。加上土匪陈烂头和凌初八鬼魂在唐镇的出没，这个春天的唐镇变得人心惶惶。

三癞子来到了胡二嫂的家门前，敲了敲门。

脸色苍白的胡二嫂开了门，看到三癞子，就没好气地说："三癞子，你又来干什么？"

三癞子的笑比哭还难看："我给你送猪肉来了。"

胡二嫂拉下了脸说："谁要你的猪肉！"

三癞子没有再说话，只是把猪肉递给了她。虽说胡二嫂嘴巴里说那样的话，她的手却伸出去，接过了猪肉，然后"砰"地把门关上了。三癞子站在那里，不知所措。

自从他把胡二嫂的疯病治好后，胡二嫂就把他赶出了家门，她似乎记不起和三癞子相依为命的那段时光。这几天晚上，三癞子又睡回土地庙里去了，因为他晚上不敢住在画店里，害怕那些鬼魂纠缠他，土地庙里虽然四面透风，可是十分安全，但是他没有一天睡得舒坦，整夜整夜的失眠让他痛苦万分。他已经习惯了和胡二嫂同床而眠，他心里早就把胡二嫂的家当成了自己的家，而胡二嫂是他的什么人，这个概念却十分模糊。在那些失眠的痛苦之夜，他后悔过把那包解药给了胡二嫂，天亮之后，这种想法就烟消云散了，他还是会去买猪肉，送给胡二嫂吃。

三癞子打开了画店的门，一个人凄凉地走了进去。

一切是那么的索然无味。

他甚至会突然产生一个恶毒的想法，今天会不会有人死去！这时，他就抬头朝画店外面的天空望去，希望看到死鬼鸟的出现，只要唐镇上空出现了死鬼鸟，唐镇就一定会有人死去。在百无聊赖的时候，三癞子就有种强烈的给死人画像的冲动。

胡二嫂终于打开了门。

三癞子闻到了猪肉的香味。

他看着胡二嫂快步地走出了家门，左顾右盼了一下，就走进了画店。她的手里端着一碗香喷喷的烧熟的猪肉。进入画店后，胡二嫂把那碗猪肉放在了桌子上，对三癞子说："三癞子，我看你可怜，给你烧了肉，你吃吧，以后不要再买肉让我给你烧了，我不是你的长工。"

三癞子没有说话，眼睁睁地望着屋外的天空。

胡二嫂见三癞子没有搭理她，就走出了画店的门。

她走出去之后，三癞子突然说了声："吃屎！"

胡二嫂的后背颤抖了一下，但是她没有回头，仓皇地回到家里，重重地把门关上了。

不一会儿，胡二嫂的屋里传来了嘤嘤的哭声。

三癞子又莫名其妙地说了声："吃屎！"

13

游武强知道陈烂头身上的那种气味，在二月初二的那个夜里，他就在逍遥馆春香的房间里捕捉到了那股味道，那是一种硝烟和血腥味混杂在一起的味道，游武强知道，每个人身上的气味都是不一样的。

自从二月初二那个晚上之后，游武强就不停地在山林里寻找陈烂头身上的气味，他像一条猎狗那样在山林里窜来窜去。他饿极了就到山里人家去讨点食物，比如这个正午。

这个正午阳光很好，温煦而灿烂，要是没有什么心事，在这样的阳光下昏昏欲睡是多么舒服的事情。可这美好的阳光和他没有关系，舒服的日子也早已经远离了他。他悄悄地来到山脊上一户人家的门口。

那山里人家的门洞开。

游武强可以看到他们一家人围坐在饭桌前吃午饭，饥肠辘辘的他吞咽着口水。他站在门口，不知道如何开口。那家人中的一个老头发现了他，站起来，走了出来。游武强的头发很长，而且凌乱脏污，腰间的皮带上还插着一把生锈的刺刀。那家人中的一个年轻女子也发现了他，也许是被他人不人鬼不鬼的样子吓着了，端着饭碗进了里屋。还有个年轻的汉子跟在老头后面走了出来。

老头笑着问他："请问你找谁？"

游武强沙哑着嗓音说："我谁也不找，只想讨口饭吃。"

这时，老头身后的年轻人粗声粗气地说："现在什么时节，青黄不接的，自家人都吃不饱，哪来的饭给你吃！快走吧，要饭也应该到唐镇那样的地方去要，到我们山里人家里能要到什么饭吃！"

游武强鹰隼般的目光落在了年轻汉子的脸上。

老头好像看出了游武强眼中的杀气，连忙说："我们的确也没有什么吃的了，你看，我们吃的都是地瓜干熬的稀粥，里面一粒米也没有，你要是不嫌弃，就进来喝一碗吧，多了也没有。"

年轻汉子还想说什么，老头制止了他。年轻汉子就进屋里去了。老头把游武强领进了家里，给他盛了一碗汤汤水水的地瓜粥，放在了他的面前。游武强二话没说，端起那碗地瓜粥，稀里哗啦地喝起来，不一会儿工夫，游武强就把那碗地瓜粥吞进肚里，他还用舌头把碗里的一些渣子舔得干干净净。

老头难为情地说："家里实在穷，没有什么东西给你吃了，你就垫垫肚子吧。"

游武强喝下那碗地瓜粥后,有了精神:"老人家,已经给你添麻烦了,还敢要什么别的东西吃呀,有地瓜粥喝就已经很不错了,大恩不言谢,我也不感谢你了,以后如有机会,定当厚报!"

老头说:"看得出你是一条汉子,也不像是我们山里人,不知道你进山来做什么?"

游武强说:"实话告诉你吧,老人家,我是进山来找仇家报仇的!"

老头脸上顿时呈现出惊惧之色:"喔——"

游武强又说:"不知道你们有没有看到过一个额头上有刀疤的男人,带着一个怀孕的女子路过这里?"

老头的眼睛闪现出慌乱的神色。

游武强准确地捕捉到了老头眼睛里的慌乱:"你告诉我,他们往哪里去了?我不会和任何人说起这件事,我会把你告诉我的话烂在肚里。"

老头颤抖地说:"我们没有见到过这样的人,不过,离这里五十多里地有个叫红峰嶂的地方,那里和黑森林一样,是个诡异的地方,一般正常的人轻易不敢到那里去,那里有个麻风村,住着很多麻风病人,你要是够胆,可以去那里看看。"

游武强心里一惊:难道陈烂头会躲在麻风村里?

14

猪牯平常挎着盒子枪走在唐镇街上心里也会莫名其妙地发慌,总感觉到还有什么事情会在这个风调雨顺的春天里发生。他在新婚的第二天就安葬了冯瞎子,给他买了副上好的棺材,还请三癞子画了遗像,但是,安葬冯瞎子时,没有太多的人参加,这样,冯如月也是心满意足的了,猪牯就是不知道冯瞎子会不会像他女儿那样心满意足。

这天傍晚,猪牯从镇公所回家时,在路上碰到了三癞子。

三癞子站在那里,看着他从自己的身边经过。猪牯发现三癞子的眼光有些异常,想了想有什么不对,就回转身走到三癞子面前,笑着对三癞子说:"你是不是有话对我说?"

三癞子摇了摇头,慌慌张张地跑掉了。

猪牯望着三癞子的背影,若有所思。

猪牯回到家里,冯如月已经做好了饭。这些日子,每当猪牯回到家里,就要抽动鼻子,闻闻有没有尸臭味,他已经患上了强迫症。他总觉得家里的某个角落里还残留着冯瞎子的尸臭,冯瞎子住过的那个房间,他是怎么也不会踏进去的。他甚至总觉得冯如月身上也残留着冯瞎子的尸臭,冯如月也知道他心里想什么,每天晚上睡觉前,都要烧水沐浴,如果有一天没有洗澡,猪牯就不敢搂着她睡觉,离她远远的。

冯如月见他回家,就把饭菜摆上了桌。

猪牯的父亲王秉益还是痴呆呆的,总会说些莫名其妙的话。他早就坐在桌前,等待吃饭了。冯如月把一碗饭放在了王秉益的面前,笑吟吟地说:"公公,你吃饭吧。"王秉益痴痴地笑着,突然说出了一句令猪牯夫妇心惊肉跳的话:"亲家公要我陪他,我要吃饱点!"说完,王秉益端起饭碗,狼吞虎咽。

猪牯突然觉得有一缕尸臭飘了过来,胃里有一根棍子在无情地搅动。

他闷声闷气地说:"我要喝酒!"

冯如月乖乖地拿了一壶酒,放在了猪牯的面前。

她的脸红扑扑的,低下头,自顾自地吃饭。

猪牯叹了口气,倒了满满的一碗米酒,端起来,一口气喝见了底。他只有喝酒，才能麻痹自己，让自己闻不到尸臭。

……

猪牯搂着冯如月，云雨过后的她浑身暖烘烘的，散发出香气，猪牯只有在这个时候，才有一丝安慰。冯如月像一只小乖猫一样趴在猪牯的胸前，轻柔地说："哥，我要给你生孩子。"

猪牯抚摸着她光滑如玉的背："生吧，多生几个。"

冯如月话锋一转："哥，这些日子，你一直不痛快，是不是因为我爹的事情？"

猪牯叹了口气说："不是。"

冯如月说："你骗我。"

猪牯说："我没有骗你，真的不是因为你爹。"

冯如月说："那是什么，你心事这么重，应该告诉我的，我是你老婆，你有什么不能和我说的呀。你说出来，总比闷在肚子里好，我会和你一起分担的，不管是什么事情。"

猪牯说："你应该听说过凌初八的事情吧？"

冯如月说："听说过，很吓人的。"

猪牯说："和她的死有关的人，大部分都神秘地死亡了，唐镇也只剩下我和三癞子了，我在想，她是先找我呢，还是先找三癞子。如果我死了，你会不会哭？"

冯如月的身体微微颤抖，但是她的语气十分坚决："哥，你不会死的，不会的，你是好人，好人应该有好报的！"

猪牯说："但愿如此。"

冯如月说："哥，你睡吧，不要想那么多，我唱歌给你听，你听着听着就睡着了，睡着了就什么也不想了。"

猪牯闭上了眼睛，的确，他只要听了冯如月唱的小曲，就会沉沉地睡去，那让人听了激动万分的《十八摸》不知怎么就成了他的催眠曲了。冯如月柔声地唱起了那支猪牯百听不厌的小曲：

……
伸手摸姐下巴尖，
下巴尖尖在胸前，
伸手摸姐耳朵边，
凸头耳交打秋千。

伸手摸姐肩膀儿，
肩膀同阮一般年，
伸手摸姐胁肢湾，
胁肢湾弯搂着肩。
……

猪牯沉沉地睡去后，冯如月悄悄地下了床，穿好衣服，走出了房间。这个春天的夜晚，充满了危险和诡异……

15

春夜虫豸的叫声此起彼伏，一种焦灼的情绪在三癞子心底油然升起。他满脑子都是胡二嫂躺在床上沉睡的情景，她安详的脸，嘴角还流着清亮的口水，微微响起的鼾声……三癞子不明白为什么胡二嫂会如此绝情，疯病好了后就把他赶出了家门，根本就不念他的好。三癞子坐了起来，今夜又将是一个难眠之夜，他干脆跳下了土地庙的神龛，走出了庙门。

天上繁星点点。

那是一只只漠然冷酷的眼睛，俯视苍茫的悲凉大地。

一阵凉风吹过来，土地庙门口的那棵老樟树哗哗作响，三癞子也打了个寒噤，浑身哆嗦，上牙和下牙颤动着，碰撞出叮叮当当的声响。

三癞子突然想去敲胡二嫂的门，走出几步路后，又觉得无趣，只好折转身，来到了老樟树底下。茂密的老樟树是一个巨大的黑影，这个巨大的黑影将三癞子的身躯吞没。三癞子又一次想到了死，可他是个死不了的人，这个世界上，许多人说死就死了，比如宋柯，比如沈文绣，比如钟七，比如游长水……只有他想死也死不了。三癞子爬上了老樟树，坐在一根粗壮的树枝上，双手把一根根枝条折断，扔到地下，他希望触怒土地公公，让土地公公把他从树上扔下去摔死。

也许土地公公在沉睡，对三癞子的挑衅无动于衷。

也许土地公公根本就对三癞子不屑一顾，三癞子是生是死和他都没有任何关系。

三癞子的内心烦躁到了极点。

突然，原野上虫豸的叫声停止下来，连风也像水银般凝固在无边无际的夜色之中，四荒八极一片死寂。三癞子闻到了一种气息，那种只有蛇才散发出的气息使他恐慌，他心里异常清楚，他最不想见到的那个人又要来让他干最不想干的事情了。

果然，一个白色的影子飘然而至。

白色影子站在老樟树下，幽幽地说："三癞子，你下来吧，你死不了，死不了就要听我的话，我让你做什么你就做什么。我答应你，做完这件事情后，我就放过你，你去过你的安稳日子。下来吧——"

三癞子从树上跌落。

他失去了控制，有种强大的力量把他拽下来。他落在了地上，像是落在一堆棉花上，安然无恙。三癞子浑身冰凉，他没有想到她来得这么快，猪牯刚刚新婚不久，她就要在这个晚上取他性命。和疯癫中的胡二嫂相处了那些日子，三癞子的内心有了一种悲悯情怀，他不愿意猪牯就这样死去，况且猪牯不是个十恶不赦的人，他不该死！

三癞子鼓足了勇气对白色影子说："你放了猪牯吧！我愿意替他去死！"

白色影子发出叽叽的冷笑："三癞子，你以为你是谁？你想死，我就是不要你死！你救不了猪牯，他必须死！如果你不听我的话，我同样也可以找机会对猪牯下手，不过，我还会让一个人重新过上生不如死的日子！那个人是谁，你心里很清楚。"

三癞子明白她所指的那个人就是胡二嫂。他的心莫名地颤动，胡二嫂一边吃屎一边哀叫的情景在他脑海浮现……不，不能，哪怕她永远也不理我也不能再让她陷入暗无天日的境地，三癞子这样想。三癞子讷讷地说："你要我怎么做？"

白色影子又发出了叽叽的笑声，那笑声阴冷而又锋利，犹如杀人不见血的刀子。

……

三癞子鬼魅般飘向唐镇的小街。唐镇小街静得可怕，所有的门扉紧闭，没有一家人家的屋里还会从门缝里漏出灯光。三癞子朝碓米巷飘去，无声无息。他路过棺材店时，停了下来。棺材店里似乎有些动静，他停下来后，棺材店里的动静顿时消失了。三癞子觉得棺材店里藏着什么。是游武强吗？还是别的什么……三癞子感觉到有种力量推了他一下，他又身不由己地朝碓米巷飘忽过去。

三癞子飘过青花巷巷子口时，青花巷里有个黑影闪到某个角落里去了，三癞子没有发现那个黑影。

三癞子进入了碓米巷。

碓米巷里弥漫着古怪的气味。

三癞子的心狂蹦乱跳，他突然想起一件事情，就是他给冯瞎子画像时，冯瞎子流着白色黏液的眼中出现了蓝色的光芒，像暗夜中五公岭乱坟坡上闪烁的鬼火。有个阴沉的声音在他的耳边响起:"谁也不能做对不起如月的事情,否则我会让他……"

他将要飘到猪牯家大门口时,听到了狗的呜咽。

那是猪牯家的狗。

狗在黑夜里如果看见鬼魂,它就吠不出声来,只会发出痛苦的呜咽。他不是鬼魂,怎么狗会如此呜咽?难道这阴森的碓米巷里还有什么……三癞子站在那里,不敢靠近了,他手中的那块藏着毒药的熟肉不知道该不该朝呜咽的狗扔过去。

三癞子正在迟疑着,猪牯家门口出现了一个黑影。

那个黑影凄厉地说:"凌初八,你终于来了,我告诉你,我不会让你祸害我老公的,死也不会!我不怕你,你过来吧,我的手上拿着菜刀,狗就被我绑在脚下,你要是敢过来,我就会把狗头剁下来,溅你一身狗血,让你魂飞魄散,永世不得超生!从今往后,我每天晚上都会守在家门口,等着你来,凌初八,别人怕你,我不怕——"

三癞子的耳边响起了一声悠长的叹息,这声悠长而又无奈的叹息是从远处传来的,不知道冯如月听到没有。随即,三癞子就鬼使神差地退出了碓米巷,回土地庙里去了。

16

第二天早晨,屠户郑马水在他的猪肉铺又放出了让人心神不宁的消息。他神秘兮兮对买猪肉的人说:"不得了了,昨天夜里,唐镇又闹鬼了。"

买猪肉的人倒吸了一口凉气:"你说说看,又怎么了?"

"屌,昨天夜里,余花裤那个烂狗嬷又拉稀了,她怎么每次吃多了猪大肠都要拉稀呢,真是个没有出息的东西,看来以后再不能给她吃猪大肠了,她还好这一口,你说该死不该死。"

"谁让你这么小气,去嫖人家余花裤也不带些好肉去喂她,人家三癞子还知道给胡二嫂买好肉吃呢,你以为余花裤是猪呀!"

"屌!她就是一头猪,笨猪,我都和她说过多少次了,如果晚上拉稀,就不要出门到屎尿巷去,拉在马桶里,天亮以后去倒掉就可以了。这个笨猪,偏偏要出去,我都说过不嫌她拉的屎臭了,她就是穷讲究。结果,一出去就碰到鬼!"

"又碰到什么鬼了,快讲,快讲!"

"她还没有走出青花巷呢,就看到一个黑影从街上飘过去。"

"余花裤不是经常看到白影吗,怎么变成黑影了,这唐镇有多少鬼魂呀,嗨嗨——"

"她说刚开始看到的是黑影,那黑影飘到碓米巷去了。碓米巷猪牯家的狗见了那黑影呜咽呢,吠都吠不出来。余花裤那头猪还不回家,竟然还到屎尿巷的茅坑里去屙屎,她说,蹲在茅坑里,听到猪牯家狗的呜咽,吓得屎都屙不出来了。等她屙完屎,刚刚走出茅坑门,又见鬼了——"

"啊——"

"屌!她竟然又看到了白色的影子,白色影子一直往西头飘过去,那白色影子说是在哭——"

"看来唐镇是不能住人了,吓死人了。马水,白色影子可能是凌初八,你说,那黑色影子是谁?"

"谁知道呀!会不会是猪牯的死鬼丈人冯瞎子?"

"啊,冯瞎子——"

"嘘,小声点——"

"……"

17

游武强感觉自己在渐渐地靠近陈烂头，越是往红峰嶂深入，陈烂头身上的那种硝烟和血腥味混合的气息就渐渐地浮现在山林的空气中。游武强有些兴奋，又有些忐忑。他相信，这将是一场殊死的搏斗，不是你死就是我活，无论怎么样，他们之间要有个了断！天色微亮时，游武强就踏入了红峰嶂的地界。

麻风村就在红峰嶂山腰的一片开阔地上，那里凌乱地搭建了许多茅草屋。游武强远远地看到了麻风村，那些茅草屋就像一摊摊牛屎趴在那里。麻风病在当时是一种无可救药的可怕的病症，得了这种病的人全身都会长满脓疮，特别是脸上和手脚会变得十分难看。这里方圆百里的人只要得了麻风病，就会送到红峰嶂的麻风村里来，让他们自生自灭，正常的人都害怕这种病会传染到自己的身上。

游武强对麻风病有种本能的恐惧，如果染上了这种病，那将生不如死。

他突然觉得陈烂头不可能带着春香来到麻风村，那是多么危险的事情，可许多事情是不能意料的，最危险的地方也就是最安全的地方。无论怎么样，游武强认为自己应该冒一次险，为了报叔叔游长水的仇，他豁出去了。他慢慢地在晨光中靠近麻风村。

麻风村异常宁静，他看不到一个人。

他在离麻风村不远的一个地方埋伏下来，这是个高处，从这里可以观测到麻风村的全景。这是个晴朗的早晨，山里飘荡着淡淡的青雾，瓦蓝的天空是一面巨大的镜子。露水味清新而又甜美，掩盖了陈烂头的气息。山林里的鸟雀无忧无虑地叫唤，游武强由此产生了一个想法：做一只鸟或者会比做人幸福，做人是一件多么无聊而且麻烦的事情呀！

游武强蛰伏在草丛中，双目一直没有离开过麻风村。

他突然想起了沈文绣，沈文绣如果当时和他私奔成功，他们躲到麻风村里来，应该不会有人到这里来寻找他们，无疑，这里对那些逃离的人来说，是世外桃源。沈文绣令他伤感，他的眼睛潮湿，他不知道在什么时候把沈文绣的画像丢了，这是罪过，每当他心烦意乱的时候，只要看到画像中沈文绣的眼眸，心绪就会渐渐平静，仿佛沈文绣凄迷的眸子可以过滤他内心的毒素。他不知道沈文绣的画像遗失在哪里了，或者在山林的某处，被枯叶覆盖。由此，他又想到了那个叫上官玉珠的神秘女子，也许，沈文绣的画像遗落在她的山洞里了，等他办完事情，一定要回山洞里去寻找，不管有多大的风险。

那个叫上官玉珠的神秘女子的面容在他脑海已经模糊，他只记得她那双血红的眼睛。他不知道那个神秘女子为什么会喜欢自己，可他怎么也产生不了喜欢她的欲望，哪怕她赤身裸体地站在自己面前，哪怕她用迷咒使自己处在昏糊的状态，并且对他百般亲热和倾诉。

他最后一次离开山洞时，上官玉珠让他从昏迷中清醒过来。他发现自己躺在她的竹床上，而她坐在床沿上，注视着他，她的眼中含着泪。她对他说："我本来不想让你醒来，可你在昏迷中一直叫唤着一个女人的名字，而且，还说要报仇，对于你呼唤的那个女人，我很嫉妒她，我多么希望我能够代替她！你有仇未报，我于心不忍，我让你回去报仇，不过，我不会放弃你的，游武强！"游武强说："你为什么要这样？"上官玉珠说："我害怕，真的害怕，只有你在我身边，我才会有安全感！"游武强说："你到底是什么人，你和凌初八到底是什么关系？"上官玉珠说："我是个十恶不赦的人，我实话告诉你，我是个蛊女！凌初八是我的师父。是她救了我，收留了我。我告诉你这些，不怕你去官府告发我，我不怕被抓去砍头，不怕烈火焚身，因为我一直认为在师父死后，只有你是能够保护我的人，就是死在你手里，我也心甘情愿！"……游武强后来就在一种痴迷的状态中被一条青蛇带出了山洞，带出了诡秘的黑森林。如果他回到黑森林里去，一定还会迷路，也找不到那个山洞。他记着黑森林的入口处，记得那棵古松下的白色鹅卵石堆。他怎么也不可能喜欢上那个蛊女，无论她的身世多么的凄惨，无论她有多么厉害的法术企图让他就范，他要去找回沈文绣的画像，当初把沈文绣埋葬时，他发过毒誓：他人在画像在，画像不在人就亡！

游武强想到这里，长叹了一口气。

阳光从东方的山坳倾泻在麻风村的时候，游武强的眼中出现了一个人。那是个女人，她从一间茅草屋里走出来，挑着一担水桶。他看不清女人的容颜，但是从她走路的样子，看不出她是个麻风病人，而且可以感觉到她是个年轻的女人。她一定早起去山下的溪流里挑水，山下的那条溪流应该是唐溪的上游。果然，那年轻女子沿着山间的羊肠小路往山下走去，她的身体有些单薄，肚子却微微隆起，难道她就是被陈烂头带走的春香？

一股热血冲上了他的脑门，游武强骂了声："干他老母！"

他必须证实这个年轻女子是不是春香，如果是，那么陈烂头一定就潜伏在麻风村的那间茅草房里。

游武强猫着身子，猎狗般朝山下蹿去。

游武强来到溪流旁边时，那年轻女子已经挑着两桶水，准备往山上走了。站在这个地方，看不到麻风村，麻风村的人估计也看不到溪边的他们。游武强朝她迎了上去。年轻女子看到突然出现在自己面前的游武强，神色慌张，站立在那里一动不动。她的脸色苍白，眼圈红肿，但还是个健康的女人，不像是麻风病人。

游武强低沉而沙哑地说："你是春香吧！"

猝不及防的年轻女子呆呆地说："你怎么知道我的名字？你

是谁?"

游武强内心一阵狂喜,这个年轻女子果然就是春香。他突然扑过去,从春香的肩膀上卸下水桶担子,放在了地下,然后把她拉到了一片杂草丛中,茂密的杂草丛很快就淹没了他们。

游武强老鹰抓小鸡一样抓着春香娇小的身体,还捂着她的嘴巴,怕她叫唤惊动麻风村里的人和陈烂头。春香显然吓坏了,浑身瑟瑟发抖,像一只待宰的羔羊。游武强把她放在草丛里,低声说:"你不要怕,我不会伤害你的,你也不要叫!"说完,他捂住春香嘴巴的手松开了。春香娇喘着,惊惶地看着这个不速之客,她不知道自己会怎么样。

游武强说:"陈烂头在哪里?"

春香摇了摇头,没有说话。

游武强狐疑地说:"你会不知道陈烂头在哪里?干他老母,难道不是陈烂头把你带到这里来的?"

春香此时没有摇头,只是愣愣地看着游武强,她根本就不认识游武强,不知道这个人要找陈烂头干什么,但有一点可以肯定,这个男人来者不善,她无法应对这个满脸杀气的男人。

游武强说:"告诉我,陈烂头在哪里?"

春香开了口,声音充满了哭音:"你、你是谁?你找他干什么?"

游武强说:"干他老母!明人不做暗事,告诉你吧,我是游武强,是游长水镇长的侄儿,你不认识我没有关系,你一定知道游长水吧?是陈烂头杀了我叔叔,我是来找他报仇的!我只要杀了他,就可以救你出这个火坑,把你带回唐镇去!快告诉我,陈烂头在哪里?"

春香的泪水扑簌簌地流淌下来:"我不要你救我回去,打死我也不回唐镇,我宁愿天天和麻风病人在一起,也不会回唐镇去!那些麻风病人都是好人,他们不会害人!这里不是火坑,逍遥馆才是火坑，你走吧！陈烂头不在麻风村，他走了，离开麻风村了，他把我安置在这里就走了，他让我在这里好好待着，他说不要怕那些麻风病人！我不知道他到哪里去了，真的不知道他到哪里去了！"

游武强咬着牙说："你说的是实话？"

春香泪流满面，洁白的牙咬着下嘴唇，点了点头。

游武强盯着她迷乱惊恐的眼睛，说："你不会骗我？"

春香的头拨浪鼓般摇了摇。

游武强把牙咬得嘎嘎作响："我会找到他的，上天入地也会找到他的，干他老母！"

游武强说完就蹿出草丛，一会儿就没有了踪影，留下草丛中惊魂未定的春香，阳光如雨，倾泻在春香苍白的脸上。

春香突然大声地说："你找不到他的，找不到的！烂头不是你们想象中那样的坏人，不是——"

春香的喊叫在山谷隐隐地回响，不知道游武强听到没有，也不知道陈烂头听到没有，还有麻风村的那些麻风病人也不知道听到没有。

18

猪牯发现冯如月的眼圈黑黑的，他早上醒来，发现冯如月坐在床沿上，凝视自己，夜里发生了什么事情，猪牯一无所知，他睡得实在太沉了。冯如月伸出手，摸了摸他的脸，轻柔地说："你好好的，哥，我要你一生都好好的！"猪牯心里涌起一股潮水，一把把冯如月拉到自己的怀里，紧紧地抱住她，咬着她柔嫩的耳垂说："如月，你也要好好的，要给我生一群孩子——"冯如月的眼睛潮湿了："哥，凌初八生前是不是住在黑森林里？"猪牯说："是的！你为什么问这个问题？"冯如月慌乱地说："没什么，没什么，只是随便问问！"

猪牯吃完早饭后就出门去了，例行公事地到镇公所去做事。

其实镇公所没有什么事情，王秉顺躲在书房里不知道干什么，门也不开。猪牯就和三个保安队员玩牌九。到了中午吃饭的时间，大家就散了纷纷回家吃饭。猪牯没有马上走，他来到了王秉顺书房的门前，轻轻地敲了敲门。

书房里面传来王秉顺阴冷的声音："谁——"

猪牯唯唯诺诺地说："是、是我，猪牯！叔叔，不，是王镇长，有什么事情需要我去做吗？"

书房里面沉默了。

猪牯尴尬地站在书房门口，推门进去也不是，走也不是。他有些后悔自己多事，和那些保安队员一起回家吃饭不就得了，还来问王秉顺什么呀，简直是自讨没趣。

过了好大一会儿，王秉顺才阴阳怪气地说了一声："有事又怎么样，没事又怎么样？你又能够帮我解决什么问题？我考虑的问题你永远也搞不懂的，你还是回去吃冯如月给你做的好饭菜吧——"

王秉顺的话高深莫测，猪牯听得云里雾里的，赶紧拔腿走人。

猪牯回家路过棺材店门口时，他看到了张少冰。张少冰脸色苍白，他坐在那里，双手抱着一个小茶壶，不时地把茶壶嘴对着自己的嘴巴喝茶。猪牯突然在棺材店门口站住了，用怪异的目光看着张少冰。

张少冰诚恐诚惶地站起来，走出了店门，苍白的脸上堆着笑："猪牯队长，你有什么事吗？"

猪牯奇怪地说："狗嬲的！我有什么事？"

张少冰点头哈腰："没事就好，没事就好！"

猪牯头也不回扬长而去，张少冰望着他的背影，若有所思。

这时，对面猪肉铺的屠户郑马水大笑起来。

张少冰把目光从猪牯的背影上收了回来,落在了笑得变形了的郑马水的脸上,他不明白郑马水为什么会如此大笑,精神病一样。张少冰没有理他,转过身重新走进棺材店里。

郑马水对着张少冰说:"我看你的棺材店又快有生意了!"

郑马水的话说得没头没脑,莫名其妙。

张少冰心里"咯噔"了一下,脑海里突然浮现出猪牯蜡黄的脸,而且心里产生了一个恶毒的想法:那是一张死人的脸!

张少冰产生这个恶毒念头的时候,猪牯已经走入寂静的碓米巷了。走入碓米巷,猪牯的心猛地提了起来,有种黑暗的力量压迫着他的精神和肉体,尽管正午的阳光直射在巷子里。

猪牯回到家里后,发现冯如月不见了。

"如月——"

"如月——"

猪牯喊着她的名字,没有人回答他。猪牯走进厨房,厨房里没有冯如月的踪影,她做好的饭菜却热在锅里。猪牯走出了厨房,来到厅堂里。父亲王秉益坐在饭桌前等吃饭呢,他的脸上凝固着僵硬的笑容,对猪牯说了句莫名其妙的话:"亲家公让我要吃饱,吃饱后去陪他!"

猪牯沉着脸问父亲:"爹,你知道如月去哪里了吗?"

王秉益还是僵硬地笑着说:"亲家公让我要吃饱饭,吃饱后去陪他!"

猪牯瞪了父亲一眼:"吃,就知道吃!人都不见了,吃个屁!"

猪牯找遍了家里的每个角落,也没有找到冯如月。

冯如月会到哪里去呢?

猪牯的大脑一片空茫,他的心慌乱极了。

19

李媚娘在这个春暖花开的季节渐渐消瘦，逍遥馆的生意一落千丈，新镇长王秉顺并没有给逍遥馆带来繁荣，许多逍遥馆的常客都不再出现，仿佛人间蒸发，其实，整个皇帝巷也在这个春天里萧条，赌馆、酒店……来的人并不多。王秉顺似乎也无心管太多的事情，只是管管日常的一些工作，其他事情则高高挂起，他甚至把保安队员夜间巡逻也取消了，镇公所也不要岗哨，只是要求保安队有事才集合在一起。保安队从上到下都偷偷地喜欢王秉顺消极的决定，谁不乐意晚上在家搂着老婆睡大觉呀！唐镇人却因此更加人心惶惶，晚上都不敢出门，怕碰到什么邪恶的东西，还担心有谁会在深夜突然闯进家里来，劫财杀人。

王秉顺还是每天晚上到逍遥馆去和李媚娘睡觉，他当上这个镇长后，几乎没有和谁打过麻将，也很少出门抛头露面，家、镇公所、逍遥馆是他活动的三个地方，他唯一的娱乐活动就是和李媚娘睡觉。王秉顺感觉到了李媚娘身体的渐渐消瘦，她的肉体仿佛就是在他的抚摸下变得黯然无光，皮肤发皱。李媚娘变了一个人，以前心宽体胖的她，变得焦虑恐惧和神经质。她经常会在半夜里突然惊醒，大口地喘着粗气，眼睛里透出惊恐的神色。王秉顺问她怎么了，她紧紧地咬住牙关，什么也不说。

这个春天的老鼠出奇得多。

只要一入夜，寂静的逍遥馆里到处可以听到老鼠窸窸窣窣的声音和吱吱的叫声。本来就神情焦虑的李媚娘更加烦躁不安，她就让一个妓女去买了好些老鼠药，撒在逍遥馆的每个角落。每天早上，逍遥馆里都会在不同的地方发现丑陋的老鼠尸体。就是这样，逍遥馆里的老鼠还是有增无减，李媚娘就让妓女们去买来了更多的老鼠药，撒在逍遥馆的每个角落。于是，被毒死的老鼠就更多了，有时早上从各处拣出的老鼠尸体在院子里堆成了一座小山。

老鼠还是有增无减,有些老鼠甚至在白天里也敢在逍遥馆里出没。逍遥馆里还弥漫着死老鼠腐烂的臭味。逍遥馆仿佛变成了老鼠的家园和坟场。李媚娘脸上的皮肤松弛了,就连她嘴角那颗饱满的黑痣,也渐渐干枯了,那可是颗美人痣呀,有许多算命先生夸过的有福之痣!李媚娘对着在逍遥馆横行的老鼠,木然地说:"败了,逍遥馆要败了!"

20

一路上,冯如月不停地问着路人:"黑森林怎么走?"路人就会狐疑地望着她,觉得她要去黑森林,简直不可思议。冯如月按路人指引的方向来到了黑森林的入口处。那棵古松底下堆积的白色石头晃动着冯如月的眼睛,她被那些光滑透亮的石头迷住了,她想,等她办完了事情,出来时,一定要带一颗白石回家。冯如月闯进黑森林后不久就迷路了,黑森林里瘴气弥漫,阴森可怖。她穿着大红的嫁衣,绣花的鞋。她在黑森林里迷茫地乱窜着,口里喊叫着:"凌初八,你出来,我有话要和你说,凌初八,你出来——"

冯如月的身体在发冷,但她已经没有退路了,为了猪牯,她无所畏惧。不知不觉地,她来到了一个地方,看到了一块林中空地,林中空地的上方,是一片阳光灿烂的天空,仿佛只有在这块林中空地,才能看到天空,才能沐浴在春天的阳光之中。

冯如月没有因为看到阳光和天空而惊喜,相反,她被林中空地中的情景吓呆了,原来她以为自己鼓足了勇气,碰到什么都不会害怕的,可现在,她站在那里,两腿不停地打战,红润的脸也变了颜色。

林中空地的中央站着一个穿着白麻布的女人,冯如月看不清她的脸，她的脸被一块白麻布遮住了。冯如月只能够看到她的眼睛，血红的眼睛。白衣女人嘴巴里发出鸟一般的叫声，她把头上的斗笠摘下来，扔向了天空，那顶斗笠顿时变成了一只金色的凤凰，她又把另外一只手中拄着的竹扁担扔向了空中，那条扁担就变成了一条青龙。

金色的凤凰和青龙在半空中飞舞嬉戏。

白衣女人也手舞足蹈，口里还是发出尖厉的鸟叫声。

在白衣女人手舞足蹈时，惊异的冯如月还听到了另外一种声音，那是某种爬行动物从草丛中滑过的声音，那声音水流一般圆润，却带着嗖嗖的寒气。

不一会儿，冯如月就看到无数的蛇从黑森林的四面八方聚拢到那片林中空地上，还有许多蛇就从冯如月的脚下溜过去。蛇聚拢到林中空地上后就纷纷争先恐后地爬上白衣女人的身体，很快地，蛇就缠满了她的全身，她还在那里舞蹈，嘴巴里还是发出尖厉的鸟叫。那些没有爬上白衣女人身体的蛇，也在不停地抬着蛇头，嗞嗞地叫着，仿佛是在进行一场狂欢……

上官玉珠看见了冯如月。

她看见冯如月，脑海里就浮现出这样的情景：在黑森林外面通向深山的路边，坐着一个哭泣的女子，她遍体鳞伤，伤心欲绝。就在她伤感地哭泣时，一个穿着士林蓝土布衣裳的健硕的女人来到了她的身边，蓝衣女人对她说："你为什么哭呢？"哭泣的女子说："我的命好苦呀！"蓝衣女人就在她的身边坐了下来，和她攀谈起来……哭泣的女子眼睛里没有了泪水，她跟着蓝衣女人进入了黑森林，她们来到了那块林中空地，蓝衣女子的嘴巴里发出鸟一般的叫声，她把斗笠扔向了天空，斗笠就变成了金色的凤凰，她又把竹扁担扔向了天空，竹扁担就变成了一条青龙……哭泣的女子看着天空中的龙飞凤舞，仿佛忘记了一切苦痛，她怀疑自己碰到了神仙。但蓝衣女人告诉说:"我不是神仙,我只是有点法术,你要是喜欢,就不要回家去了,就留在这里和我一起学法术吧,有了法术,就不会有人欺负你了。"……

上官玉珠心里十分清楚,当初那个哭泣的女子就是她自己,而那个蓝衣女人就是她师父凌初八。她看到站在不远处森林里的那个美妇眼睛里好像也含着泪水,是不是她也是受不了伤害想到黑森林里来寻死的?

想到这里,上官玉珠停止了鸟一般的叫声,长长地叹了一口气。她刚刚叹完那口气,天空中的龙凤就落在了地上,还原成了扁担和斗笠。她身上缠绕着的蛇也纷纷落在了地上,和林中空地上的其他蛇一起,溜回到了森林中。林中空地顿时冷清下来,仿佛什么也没有发生过。

冯如月觉得自己宛如在梦境之中,浑身还在瑟瑟发抖,就连那白衣女子走到她面前了,她还是那么痴呆,不知所措。

"你是谁?"上官玉珠冷冷地问道。

冯如月突然清醒过来,反问道:"你又是谁?"

上官玉珠感觉到了冯如月逼人的目光:"我就是我,你为什么要到黑森林里来?你难道不知道,只要踏入了黑森林,就很难活着出去?"

冯如月说:"只要我老公能活,我死了又怎么样?"

上官玉珠打量着冯如月:"你老公又是谁?为什么说这样没头没脑的话,我听不懂!"

冯如月此时显得十分平静:"我老公叫猪牯,是唐镇的保安队长,我是他的老婆,叫冯如月。你是凌初八吧?"

上官玉珠心里明白了些什么:"你为什么会认为我是凌初八?"

冯如月说:"只有凌初八才会在黑森林里与蛇共舞,别人做不到。"

上官玉珠说:"凌初八不是已经被砍头了吗?"

冯如月说:"可她的鬼魂还在,她的鬼魂还在杀人,你就是凌初八，我就是来找你的！"

上官玉珠叽叽地笑了笑："人死了，就什么也没有了，还杀什么人？你为什么要来这里找凌初八？"

冯如月说："我是来求你的，求你放过我老公猪牯，他是个好人！他不应该死！"

说着，冯如月朝上官玉珠跪了下去，眼睛里流下了两行滚烫的泪水。

上官玉珠站在那里一动不动："他怎么是个好人？"

冯如月流着泪说："他的确是个好人，我本来是个卖唱的，是他收留了我，还娶了我，唐镇有头有脸的人不会这样做，他顶着很多骂名娶了我，我无以为报，我不会让他死的，如果你要杀他，就杀了我吧，我替他去死，心甘情愿！"

上官玉珠的心里涌过一阵潮水："他这样就是好人，他娶你，是看你长得漂亮！"

冯如月说："他不光收留我，我才说他好人，他心地善良，正直。他看自己的堂叔王秉顺设计害游武强，把游武强抓住了，要送给钟姓人家装猪笼沉潭，是猪牯偷偷地放了他。猪牯他是个英雄，不能就那样窝囊地死去！你说他是不是好人！"

上官玉珠睁大了血红的眼睛："啊——"

21

民国三十六年四月四日，是清明节的前一天。唐镇人其实在清明节的前几天，就开始扫墓了，这个清明时节，没有像往常年那样下雨，而是持续的天晴，天晴反而让他们心慌慌的，人们在祭祖扫墓的时候，希望天空中落下如油的雨水，干旱有时比洪涝更加让人心惊肉跳。

唐镇的任何节日对屠户郑马水而言，都是好日子，清明时分，是他赚钱的好时光，每天杀两头猪都卖得精光，连一根猪大肠也剩不下来。所以，他的姘头余花裤也不会在这几天里因为吃多了猪大肠，半夜起来拉稀，碰到什么鬼事。

三癞子却在四月四日这天感觉到了不安，仿佛有什么大事要在平静了没有几天的唐镇发生，山野不时传来的扫墓人燃放的鞭炮声也无法掩盖他心中的慌乱。这天，他还是买了一吊猪肉送给胡二嫂，胡二嫂还是把他拒之门外。他独自一人坐在画店里，等待着事情的发生，他相信，死鬼鸟很快就会来到唐镇，至于死鬼鸟们会在谁家的屋顶叫唤，三癞子不得而知。

和三癞子同样心慌慌的还有一个人，那就是棺材店的老板张少冰。他在这天没有开店营业，也没有去扫墓祭祖，而是待在家里，闭门不出。他老婆游水妹见他心事重重，问他怎么回事，他也一言不发。

他心里记挂着游武强。

夜里的时候，他梦见游武强赤身裸体，浑身血淋淋的，一手握着那把生锈的刺刀，一手提着一件血衣，面色模糊地站在他的床前……

22

游武强蛰伏在红峰嶂的山林里，一直监视着麻风村。陈烂头的确离开了麻风村，每天早晨，他还是可以看到肚子日益隆起的春香到山下的溪边去挑水。他坚信，只要春香不离开麻风村，陈烂头一定会回来的，他有足够的耐心在这里等待他的归来，与其说四处漫无目的地寻找陈烂头，还不如在这里守株待兔！游武强每天都在山里的不同地方守望着麻风村。

这天,游武强到山林里采了些野果,然后躲在一个可以清晰地看到麻风村的高处,目光朝麻风村掠过去,把野果往嘴巴里塞。麻风村里异常宁静,他看不到一个人。

一阵山风吹拂过来,夹带着一股淡淡的蛇腥味。

山中多蛇,也许此时就有一条大蛇在他附近的草丛中游走。

游武强日本鬼子都不怕,还会怕蛇?他从腰间拔出了那把生锈的刺刀。他心里突然想起了黑森林里的那个隐秘山洞,想起了那个蛊女上官玉珠,她是不是还在与蛇共舞?她对他说过,她怕蛇,刚刚开始时,怕得要死,现在也还怕,可是她没有办法,只能与蛇共存亡。上官玉珠给他讲过刚刚和凌初八学习蛊术时的情景。她看到从凌初八口中吐出的青蛇就吓得背过气了,在凌初八怜爱的抚摸下,她醒转过来。凌初八对她说,蛇不可怕,可怕的是这个世界上的人,人心比蛇更加恶毒。上官玉珠没有回头的路,她和凌初八相依为命,凌初八教会了她蛊术,那是蛊术中最厉害的青蛇蛊,它可以置人死地,也可以让人发疯,其实,这个世界上别人根本就没有解药,只有习蛊的人才有解药。有一天早上,凌初八把腹中的青蛇吐出来,放在木盆里沐浴,木盆里的水是温水,凌初八让她看着那条沐浴的青蛇,自己却在一旁编竹篮。上官玉珠发现水有点凉了,就往木盆里加了许多热水,水太热了,蛇就在木盆里乱窜,仿佛发出绝望的哀叫。这时,正在编竹篮的凌初八突然倒在地上,痛苦地翻滚起来,口里不停地叫:"玉珠,玉珠,快往盆里加凉水,你要把蛇烫死了,我也就没命了——"上官玉珠吓坏了,赶紧往木盆里注入凉水,蛇渐渐地平静下来,凌初八也从地上爬了起来,口里不停地念着咒语……游武强想,上官玉珠也是个可怜的人,她孤独地在黑森林里活着,成天与蛇为伴,寂寞了也只能用扁担和斗笠变着法术玩,也只能和蛇共舞。

游武强想着想着,觉得腥臭味越来越浓了。

他还听到了窸窸窣窣的声音，仿佛有什么东西向他包围过来！

游武强马上反应过来，这绝对不是蛇，而是有人在向他临近，而且不止是一个人。他想到了陈烂头，是不是他已经潜回麻风村了？如果他回到了麻风村，春香一定会告诉他，游武强在找他寻仇，那么……游武强死死地握着手中的刺刀，猛地站起来，转过了身，大吼了一声："陈烂头，你给我出来，我们俩单挑，拼个你死我活！"

他没有看到陈烂头出现，眼前却出现了好几个人。

那几个人面目狰狞地站在林子里，死死地盯着他。他们的脸上长着一坨一坨的烂肉，狮鼻獠牙，有的烂肉上还流着脓水……他们都是麻风病人！

"你要找陈烂头？"

"你为什么要找陈烂头？"

"陈烂头杀了游长水有什么错，他杀的不是人，是狗官！"

"陈烂头是我们的恩人，没有他养活我们，四处去寻医问药，我们早就死了！"

"这个世界上有谁会关心我们，只有陈烂头不嫌弃我们，他不该死！该死的是要他命的人！"

"……"

麻风病人们七嘴八舌地说着。

游武强握着刺刀的手在颤抖……

23

李媚娘在四月四日这天，第一次去给游长水上了坟。香烟缭绕，纸钱飘飞，李媚娘趴在游长水的坟头泣不成声。阳光惨白，游家祖坟的坟地里除了李媚娘，没有任何其他人。李媚娘突然感觉到有一股淡淡的黑烟从游长水的坟头冒出来，她大惊，喃喃地说："长水,长水——"

……

李媚娘回到逍遥馆后,一直阴沉着脸。

到了傍晚的时候,她把逍遥馆剩下的几个妓女叫到了自己的卧房,对她们说:"你们几个跟了我那么久,到现在也没有过上好日子,难为你们了。现在,逍遥馆要败了,我也不留你们了,你们明天一早就离开唐镇吧,自己喜欢到哪里去就到哪里去,你们和我再没有任何关系了。"

那几个妓女面面相觑。

其中一个妓女哭了起来:"李妈妈,我不走,不能辜负妈妈的恩情,我要留下来陪妈妈!"

另外的几个妓女也抹起了泪:"我们不离开李妈妈,要留下来陪妈妈!"

李媚娘凄凉地叹了口气,淡淡一笑:"难得你们有这样的孝心,我也没有白心疼你们一场。天下没有不散的筵席,我们的缘分已经到头了,你们离开逍遥馆后,找个自己喜欢的人从良了吧,不要挑拣什么,只要过得去就可以了,你们已经没有挑拣男人的资本了。我劝你们不要再去做这行了,再怎么样的男人,只要对你好,能够给你温暖,给你饭吃,你这一辈子就踏实了,做人不能眼界太高,不能有太大的幻想,免得像我一样到头来竹篮打水一场空。"

那几个妓女听了李媚娘的话,都泪水涟涟。

李媚娘用手指了指八仙桌上的几个红布袋,声音颤抖:"这些年,我也没有给你们什么好处,桌上的这些钱,是我多年的积蓄,也没有多少钱,我今天把它全部拿出来,每人给你们分了一份,你们拿走吧,就算是我给你们买嫁妆的钱,你们千万不要嫌少。你们走了以后就把我忘记了吧,不要再想起逍遥馆的事情……"

妓女们都朝李媚娘跪下了。

……

夜渐渐地深了。李媚娘的卧房里点起了几支红蜡烛。八仙桌上摆了四碟小菜，还有一壶酒，两套碗筷。李媚娘的头发梳得油光发亮，在头上盘起了一个圆圆的髻，这是游长水生前最喜欢的样式。李媚娘的脸上扑了粉，抹了点胭脂，掩盖了她脸上的苍白和憔悴。这个晚上，李媚娘穿上了一套黑色丝绸旗袍，旗袍上用金线绣着细碎的雏菊花朵。她端庄地坐在太师椅上，等待着王秉顺的到来。

逍遥馆里老鼠的叫声不绝于耳，还有那几个即将离开的妓女嘤嘤的哭声。

王秉顺推开了逍遥馆大门的一条缝，鬼魅般闪进来。他进入逍遥馆后，就把大门反闩上了。每天晚上，李媚娘都会给他留门的。王秉顺的脚步踏入逍遥馆的院子，他没有感觉到今天晚上和往常有什么不同，老鼠的叫声和妓女的哭声，他习以为常。

王秉顺惊诧的是他推开李媚娘卧房后看到的情景。

李媚娘的卧房让他感觉到了温暖，这是他在很早以前梦寐以求的情景。王秉顺心潮澎湃，一直以来，他知道李媚娘心里装的还是死鬼游长水，对他只不过是万般无奈下的敷衍。而今夜，李媚娘难道真的要对他敞开心扉，和他真正地相好？他一直在等待着这一天的到来，这一天终于来临。

王秉顺一扫这些日子以来的惊惶，脸上浮现出喜悦的笑容，眼睛里也闪烁着泪光，他走到李媚娘的面前，深情地叫了声："媚娘——"

李媚娘脸上呈现的是淡淡的笑意。

她淡淡地说："秉顺，坐——"

王秉顺觉得李媚娘淡定的神情不是装出来的，她越是如此淡定，就越证明她心里已经接纳了他。王秉顺像个听话的孩子坐在了太师椅上，目光火热地凝视着李媚娘仿佛桃花般灿烂的脸容。

李媚娘给他斟了杯酒，放在了他面前。

然后，也给自己斟了杯酒。

李媚娘端起了酒杯，淡淡地说："秉顺，我十分感激在长水过世后你对我无微不至的照顾，我敬你一杯！"

王秉顺也端起了酒杯。

李媚娘将那杯酒一饮而尽。

王秉顺也将那杯酒一饮而尽。

酒过三巡后，李媚娘的脸上真正地笑得桃花般灿烂了："这些日子来，我每天晚上都做着噩梦，总是梦见游长水那老东西要带我走，我不愿意跟他走，他就拼命地掐我的脖子……现在，一切都将过去了，秉顺，一切都过去了。"

王秉顺喜形于色地说："是呀，一切都过去了！媚娘，再过一段时间，我就带你离开唐镇这个鬼地方，等我做完最后一件事情，我们就到县城里去过日子，我已经在县城里买好宅子了！这个镇长没有什么好当的！现在我把一切告诉你，当这个镇长，我只是争一口气，我不能输给游长水，他得到过的东西，我也要得到，包括你，哈哈哈哈——"

李媚娘也笑出了声："我知道，你想什么我都知道，其实我提醒过老东西的，他不相信你会害他，他死前还把你当成最好的兄弟！"

王秉顺拉住了李媚娘的手："媚娘，无论如何，你现在是我的了，我已经给那老东西戴上绿帽子了，我还要做最后一件事情，就是要把他这些年来搜刮来的钱财都弄出来！我已经掌握了他所有贪污的证据，只要我报到县党部去，就可以派人去抄他的家了，哈哈哈哈——"

李媚娘的脸突然拉了下来："王秉顺，你好狠毒呀！"

突然，王秉顺的肚子疼痛起来。

李媚娘看着王秉顺因疼痛而渐渐扭曲的脸，也捂住了自己的肚子，她觉得自己的肠子很快就会绞断，王秉顺也一样。

王秉顺的额头上滚下了豆大的汗珠，脸色铁青地站起来："你、你这个烂婊子——"

李媚娘咬着牙说："王秉顺，我说、说过你不得好死的，我、我现在让、让你死个明白，我在酒里下、下了老鼠药——"

王秉顺绝望地哀号了一声，倒在了地上，浑身抽搐⋯⋯

24

三癞子这个晚上没有到土地庙里去住，他一直坐在画店里，画店门洞开着，他注视着对面胡二嫂的家门。他把画像的工具都准备好了，随时都可以出发去给死人画像。他越来越强烈地感觉到，这个晚上唐镇一定会死人，一定会有人惊慌失措地来到画店，找他去给死人画像。三癞子没有掌灯，画店里一片漆黑，伸手不见五指，就是街上有人走过，也看不见孤独地坐在那里睁大着眼睛的三癞子。画店里弥漫着一股浓郁的腥臭味，三癞子也闻到了那股腥臭味，那是宋柯身上的味道，三癞子一直这样认为。这个夜晚，三癞子变得无所畏惧，他有种莫名的冲动，就是尽快地给某个死去的人画一幅上好的遗像，然后明天买上三牲酒礼，去给宋柯上坟。

唐镇的夜晚一片死寂。

胡二嫂家里的灯早就灭了，也许她已经沉睡。三癞子现在对胡二嫂没有任何感觉，谈不上什么情感和仇恨，他只是一个唐镇的守夜人。他在黑暗中仿佛听到了死鬼鸟扇动翅膀的声音，那些可以灵敏地闻到死人气息的死鬼鸟正在从四面八方往唐镇围拢过来，它们是黑暗中的天使，要带着亡魂在旷野疾走。

25

就在三癞子坐在黑暗中等待死人的消息时,有一个白色的影子从黑森林里出来,一路向五公岭乱坟坡上飘移。那个白色影子就是上官玉珠。她怀抱着一个黑色陶罐,那里面装着凌初八的骨灰。其实,在凌初八杀头的那天,上官玉珠躲在山上的一棵树后面凄凉地看着,凌初八是这个世界上最关怀她的人,凌初八的死,对她是个沉重的打击。凌初八死后,尸体被焚烧,然后放在一个铺满石灰的坑里埋葬。那个深夜,悲伤至极的上官玉珠挖开了那个坑,取了些骨灰放在了黑色陶罐里,她发誓,为师父报仇后,就把凌初八的骨灰和宋柯的尸体埋在一起,她知道,凌初八死后,宋柯也活不长了。

上官玉珠一路上流着泪,她怀抱着黑色陶罐,犹如抱着凌初八的尸体,还可以感觉到凌初八的体温,心里想念着和凌初八在一起的情景:……凌初八摸着上官玉珠的头,微笑着说:"玉珠,你要好好活着,我知道自己罪孽深重,迟早会死于非命,我死后,你不要为我报仇,离开这个地方,把祖师爷留下来的蛊术传下去。你记住师父的话,千万不要和别人斗气斗狠,不要去害无辜的人,也不要对男人动情,我后悔已经来不及了,我收不住手了,谁让我喜欢上他了呢,他是那么的让人怜爱,无依无靠……"

凌初八在和宋柯好上后,只要宋柯到黑森林凌初八的小木屋里,上官玉珠就会躲到那个隐秘的山洞里去。那时,孤独的上官玉珠就会感觉到恐惧,恐惧是潮水,一次一次地淹没她。她没有办法阻止凌初八的疯狂,她只能祈祷凌初八平安无事,并且希望那个叫宋柯的男人尽快离开唐镇……可一切并不以上官玉珠的意志为转移,凌初八还是被送上了断头台。可上官玉珠没有听凌初八的话,她还是给凌初八报了仇,还喜欢上了游武强。

未来会怎么样,她一无所知。一路上,她喃喃地说:"师父,我好怕，好怕呀——"

上官玉珠抱着黑色的陶罐，来到了五公岭乱坟坡上。

她找到了宋柯的坟。

她来到乱坟坡上后，这里所有鸣叫的虫豸都安静下来，仿佛害怕被上官玉珠抓去喂她的蛊蛇。乱坟坡上没有一丝风，空气仿佛凝固。死一般的寂静。上官玉珠浑身发冷。

许多鬼魂在向她靠近。

她流着泪喃喃地说："师父，我好怕，真的好怕——"

接着，她就开始挖开宋柯的坟。她每挖掉一层土，就会听到一声叹息。她不知道那是谁的叹息。而且，她渐渐地闻到了一股腥臭味，那股腥臭味越来越浓郁，渐渐地在乱坟坡上弥漫开来。

……

上官玉珠把那装着凌初八骨灰的黑色陶罐埋在了宋柯的坟里之后，就颓然地跪在了坟前。她的呼吸突然急促起来，好像有个人用拳头猛捶她的胸部，她将要窒息。在这个黑夜里，上官玉珠的心疼痛极了。她突然忘记了一切，因为她听到了遥远的山地里传来的呼喊声，呼喊声是那么的微弱而凄惨。那是破空而来的呼救声，是从游武强嘴巴里发出的。上官玉珠的眼前突然浮现出这样的情景：游武强被吊在一棵树上，剥得精光，一个模糊的人，手里拿着游武强那把生锈的刺刀，一刀一刀地往游武强赤裸的身体上捅着，血从那肉洞洞里流出来，还带着泡沫。每捅一下，游武强就发出一声绝望的呼喊……上官玉珠的心刀割一般难过，眼睛里喷射出两道血红的光芒。她呼号了一声，朝山那边狂奔而去……

2007年12月完稿于海南三亚
2008年4月修改于上海家中

《唐镇故事1：执梦》内容介绍

清光绪年间，平静偏远的小镇，因李公公的衣锦还乡，陷入一场执迷不醒的噩梦。不断有人神秘死亡，怪事迭现，人性的狂迷也如病毒般疯狂蔓延。

少年"冬子"是这场悲剧的目睹者：父亲的诡秘行踪、母亲的离家出走、姐姐的苦苦寻母、舅舅的猝然离世、李公公的阴柔怪笑……冬子的耳朵异常灵敏，常在深夜听到诡异的脚步声，他内心困惑又恐惧。冬子不知道姐姐何时能找到母亲，更不知道唐镇这场噩梦何时能结束……

《唐镇故事3：饥饿》内容介绍

炎热的夏天，辞掉上海工作的青年宋淼来到唐镇，遵照祖母遗嘱，寻找六十年前离家出走的祖父——画师宋柯的遗骨。

唐镇，认识宋柯的人仅剩游武强，他虽然已八十多岁，却仍有一把蛮力，倔强的性情不减当年。游武强的房屋被开发商强拆，宋淼在废墟里发现一个旧皮箱，进而解开一段唐镇的悲苦往事：麻风病曾肆虐唐镇，有人为救治麻风病人奋不顾身，也有人因贪图麻风病人的口粮而良心丧尽。

游武强还没来得及讲述宋柯的往事，便过世了，但在黑森林深处，另一个深爱游武强的红眼女人，知道答案。